KB160316

금요일의 시간여행자

금요일의 시간여행자

1판 1쇄 찍음 2018년 6월 20일
1판 1쇄 펴냄 2018년 6월 27일

지은이 | 김다현
펴낸이 | 정 필
펴낸곳 | (주)뿔미디어

기획 · 편집 | 김수정
표지 디자인 | 우 물

출판등록 | 2002년 9월 11일 (제1081-1-132호)
주소 | 경기도 부천시 원미구 소향로 17, 303(두성프라자)
전화 | 032)651-6513 / 팩스 032)651-6094
E-mail | scarlets2012@hanmail.net
블로그 | http://blog.naver.com/dahyangs
비북스 | http://b-books.co.kr

값 10,000원

ISBN 979-11-315-9154-3 03810

김다현 장편 소설

금요일의　　　　　시간　여행자

contents

1

prologue

12월 23일 금요일.

크리스마스를 불과 이틀 앞둔 서울의 번화가는 연말 분위기로 한껏 달아올라 있었다. 등불을 매단 거대한 트리와, 산타클로스로 분장하여 길목에서 호객하는 이들. 매해 반복되었던 지겨운 풍경이지만, 1년에 딱 보름만 느낄 수 있는 이국적인 풍취는 잿빛 일상에 지친 사람들을 단번에 매료시켰다. 그렇잖아도 붐비던 금요일 밤의 번화가가 발 디딜 새 없이 번잡해진 것은 자연한 수순이다.

3년 차 고달픈 직장인 차선우는 그래서 크리스마스가 진저리 나게 싫었다. 늘 번화가를 가로질러 집과 직장을 오가는 그로선 귀청 떨어지게 요란한 데다, 한 걸음 내디딜 때마다 서너 사람과 부딪치는 연말이 반가울 리 없다. 머리 위로 늘어진 형형색색의 전구와 곳곳에서 들려오는 흥겨운 캐럴 따위 그에겐 아무런 기쁨도 되지 못했다. 오히려 불행이라면 불행이지.

힘없이 인파 사이를 헤집어 나아가던 그는 문득 비 맞는 길고양이처럼 적이 지친 얼굴로 한숨을 내쉬었다. 연일 직장에서 업무에 치이는 만큼 퇴근길만은 평화로웠으면 하는 소박한 바람조차 요즘 시대에는 너무나도 큰 욕심이던가. 차라리 택시를 잡을까 싶다가도, 꽉 막혀서 연신 경적 소리만 울려 대는 차도를 보면 그런 생각일랑 말끔히 사라졌다.

그래, 조금 멀더라도 내일부터는 여길 빙 에워가자.

선우는 그리 결심하며 느릿느릿 이어폰을 귀에 꽂았다. 멍한 정신을 다독여 대강 핸드폰을 매만지니, 부드러운 기타 사운드가 단숨에 곤한 정신을 사로잡는다. 뒤잇는 남자 보컬의 목소리도 녹녹하긴 매한가지였다.

아마 물 건너 영국의 어느 밴드일 것이다. 그는 기억이 흐릿한 노래 제목을 떠올리려 무던히도 애썼지만, 야근에 지친 머리는 좀체 빠릿빠릿하지가 못했다. 가까스로 맨 앞 글자 c라도 떠올린 것이 유일한 수확이다.

어느덧 밤 10시에 가까운 시각. 가지각색 사람들로 만원인 번화가는 낮보다 밝고 휘황찬란했다. 이미 줄 서서 기다리는 술집이 한가득인데도, 외곽에서 밀려드는 인파는 끊이지 않았다. 금방이라도 터질 듯 부풀어 오르는 풍선처럼, 거리는 점차 사람으로 차오르고 있었다.

그 와중 선우는 꾸역꾸역 몰려오는 인파를 힘겹게 거슬러 올라갔다. 연이어 어깨를 부딪치고, 발등이 짓밟히고. 그렇게 사람들 틈을 비집어 겨우 번화가 끄트머리 횡단보도에 다다랐을 때는 이미 소금에 푹 절인 배추처럼 가련한 행색이었다. 흐트러진 목도리 사이로 찬 바람이 숭숭 드나드는 것도 방치한 채, 얼른 신호가 바뀌기만 하염없이 기다릴 뿐이다.

그래서, c 다음에 뭐였더라.

그는 들으면 들을수록 익숙해지는 노랫소리에 마냥 집중한 채로 멍하니 신호등을 주시했다. 차 한 대 지나다니지 않는 밤중의 사거리. 멀지도 가깝지도 않은 거리에서 신호등은 곧 초록빛으로 일변했고, 그는 여전히 곤한 정신으로 횡단보도에 발을 들였다. 마치 어두운 밤바다를 헤엄치는 것처럼, 규칙적이지만 더딘 발걸음이 조금씩 어둠 속으로 들어갔다.

번화가의 하늘을 뒤덮은 오색찬란한 전구들이 멀어지며 차도는 점점 어두워지고, 매서운 밤바람은 갈수록 거세어진다. 북적이던 소음과 캐럴은 이미 까마득해진 지 오래. 제목을 잊어버린 선율만이 끊임없이 귓가를 맴도는 가운데, 기억이 날 듯 말 듯 한 노래 제목이 자꾸만 신경을 갉작거렸다.

c⋯⋯. cl⋯⋯.

머릿속으로 온갖 영어 단어가 산란하게 떠올랐다 사라지길 거듭한다. 하나하나 들여다보기엔 지나치게 무수한 숫자지만, 대체로 무심하면서 이상한 부분에 집착하는 성미는 꼭 이런 데서 발현되기 마련이다. 요사이 거듭된 야근으로 지칠 대로 지친 머리가 한 줌 남은 힘을 불살라 핑핑 돌아가기 시작했다.

그래서였는지도 모르겠다.

난데없이 들려오는 요란한 경적 소리에 반사적으로 고개를 돌린 선우는 그대로 얼어붙고 말았다. 어마어마한 덤프트럭이 그에게로 거세게 돌진하고 있다. 빨리 피해야 한다는 생각이 섬광처럼 뇌리를 스쳤으나, 이상하게도 사지가 옴짝달싹하지 못했다. 다리가 꼭 물 먹은 것처럼 둔하다. 실감 나지 않기 때문일까, 꿈꾸듯 정신이 몽롱하기만 했다.

closer, closer.

점차 고조되는 노랫소리가 귓전을 마구 때린다. 가까이, 더 가까이. 우습게도 그는 시시각각 가까워지는 트럭을 목도하며 마법처럼 노래 제목을 떠올렸다. closer. 사정을 듣는다면 누구라도 비웃을 만치 어처구니없는 제목이다.

트럭은 이미 지근거리였다. 어쩌면 죽을 수도 있겠다. 아픈 건 싫은데. 이런저런 상념이 몰아치는 가운데, 느닷없이 누군가 그를 세차게 밀고 들어왔다. 그는 마치 허물어지듯 도로를 굴렀다. 아픔을 느낄 새도 없이 별의별 소음이 귓속을 파고든다. 찬물을 맞은 것처럼 순식간에 정신이 확 깼다.

"야, 이 미친놈아! 눈 똑바로 뜨고 다녀!"

끼익! 차선을 넘어 겨우 트럭을 멈춰 세운 운전기사가 창문을 열고 고래고래 고함을 내지르기 시작했다. 멍하니 트럭을 올려다보던 선우는 기사가 무슨 말을 하는지도 모르고 연신 고개만 주억거렸다. 방금 무슨 일이 일어날 뻔했는지 제대로 인식하지도 못하는 어리어리한 모습으로. 얼굴을 시뻘겋게 물들이고 거하게 욕지거리를 퍼붓던 기사는 한참 뒤에야 씩씩거리며 운전대에 손을 올렸다.

조용한 밤공기 속으로 트럭이 부르릉, 떠들썩한 매연을 뿜어냈다. 더디게 멀어지는 트럭 뒤꽁무니를 우두커니 지켜보던 선우는 뒤늦게 엉거주춤 자리에서 일어났다. 이제 자각했지만, 그는 아직 도로 한복판이었다. 트럭이 쌩하니 지나간 자리에 선명하게 남은 거뭇한 타이어 자국을 발견하고서야 비로소 저 육중한 트럭에 치일 뻔했구나, 실감이 났다.

"저기, 괜찮으세요?"

선우는 경황없이 주변을 두리번거리다가, 마찬가지로 근처에 쓰러져 있는 여자에게 황급히 다가갔다. 잘은 모르겠지만, 이 사람 덕분에 무사한 것 같다. 만일 그녀가 온몸으로 저를 밀쳐 내지 않았더라면. 뒷일은 상상하기도 끔찍했다.

"거 도로에서 뭐 하는 겁니까? 빨리 비켜요."

"네? 아, 잠시만요."

속도를 줄이며 다가온 승용차에서 볼멘소리가 나왔다. 코앞에서 환한 불빛을 뿜어내는 헤드라이트에 눈살을 찌푸리던 선우는 반쯤 얼이 빠진 상태로 잘도 사과하며, 얼른 여자를 일으켜 세웠다. 그러곤 여자를 붙들어 거의 질질 끄는 모양새로 겨우 횡단보도를 건넜다.

그리 인도에 닿자, 안도감이 노도처럼 밀려들었다. 저 반대편에서 여기까지. 그다지 멀지도 않은 거리를 건너다가, 한 차례 죽을 고비를 넘겼다는 것이 영 믿기지가 않았다. 그나마 맨정신이 조금 돌아와서 한겨울 찬 바람도 느껴지고, 멀리서 아득하게나마 들려오는 캐럴도 인지되고 그랬다.

한숨처럼 길게 뿜어낸 입김이 밤중에 몽글몽글 하얗게 피어오른다. 선우는 언제 귀에서 빠졌는지 주머니에서 달랑거리는 이어폰을 분주히 정리하며 힐끗 시선을 틀었다. 위험천만한 사고에서 그를 건져 낸 은혜로운 여자는 여전히 고개를 숙인 채 말이 없었다. 겉으로 봐선 딱히 다친 곳이 없지만, 혹시 모른다. 그는 고마움과 미안함이 뒤섞인 표정으로 슬쩍 고개를 수그려 얼핏 보이는 여자의 얼굴을 살폈다.

"혹시 어디 다치셨어요?"

"……."

"저기요?"

그는 난감하게 여자의 눈치를 살피다가 슬그머니 손을 들었다.

"저기, 말씀을 하셔야 제가……."

조심스레 여자의 얼굴을 들어 올리던 선우가 흠칫하며 손을 물렸다. 어느새 축축해진 손끝. 하지만 물기를 인지할 겨를도 없이, 흐린 가로 등 불빛 아래 창백하게 질린 여자의 얼굴이 서서히 드러났다.

처음 눈길이 닿은 것은 억세게 사리문 입술이다. 피가 배어 나올 만치 붉게 물든 색에 잠시 머물던 시선은 그녀의 얼굴선을 타고 느리게 올라갔다. 석고처럼 하얗게 빛나는 뺨과, 차가운 겨울바람에 실처럼 흩날리는 갈색 머리칼. 부유하는 잔머리를 따라 한없이 분산되던 시선은 곧이어 눈물이 거미줄처럼 엉겨 붙은 속눈썹에 닿았다.

여자는 울고 있었다.

"다행이에요……."

"……."

"무사해서 정말 다행……."

헐떡거리며 간신히 말을 이어 가던 여자가 끝내 참고 참았던 울음을 터트렸다. 양손은 허공에서 바들바들 떨기만 하고, 미처 뺨을 닦아 낼 생각도 못 한 채 연이어 눈물방울만 뚝뚝 떨군다. 어찌할 줄 몰라 눈물만 줄줄 흘려 내는 모습이 제법 가련했다.

하지만 선우는 그보다 당혹스러운 감정이 앞섰다. 멋모르고 트럭 앞으로 뛰어들었다가 덜컥 겁이라도 난 건가. 아니면 그가 그러했듯, 무사하다는 안도감이 뒤늦게 찾아든 건가. 하지만 어느 것도 딱 들어맞지 않았다.

무엇이 그리도 서럽기에. 무엇이 그리도 애달파서.

사정을 모르는 선우는 섣불리 말을 붙이지 못하고 머뭇거리기만 했다. 속을 죄 토해 내듯 울어 대는 사람에게 도대체 어떤 위로를 건네야 하는지. 그런 건 어디서 배운 적도, 들어 본 적도 없다. 눈물방울 사이로 언뜻언뜻 보이는, 이루 말할 수 없는 눈빛에 외려 말문이 턱 막혔다.

그 무렵, 인근 지하철역에서 한 무리의 사람들이 대거 지상으로 올라왔다. 다들 번화가에서 금요일 밤을 불태울 심산인지, 인도를 가로질러 하나둘 횡단보도를 뒤덮어 나간다. 그 바람에 부지불식긴 인파에 떠밀린 선우는 순간 여자를 시야에서 놓치고 말았다.

"잠깐, 이봐요!"

도로를 뒤덮었던 수십의 인파는 금세 차도를 건너 휘황찬란한 거리 속으로 사라졌다. 그리고 거센 파도가 지나간 모래사장엔 아무것도 남지 않듯, 깜빡깜빡, 고장 난 가로등이 어설프게 내리비추는 사위에는 어느덧 그만이 홀로 자리를 지키고 있었다. 어디에도 서럽게 울던 여자의 자취는 남아 있지 않다. 마치 신기루처럼, 한순간 사라져 버렸다.

정적만이 감도는 길가.

그는 어두운 허공을 응시하며 허탈하게 중얼거렸다.

"뭐야, 대체……."

2

a midwinter night's dream

"예? 그게 무슨 말입니까?"

지겹디지겨운 크리스마스를 하루 넘긴 26일 월요일. 여느 때처럼 정시에 출근한 차선우에게 생각지도 못한 비보가 날아들었다.

"그러니까, 다 날아갔다고요? 그동안 작업한 게 다? 깡그리?"

"네……."

노트북을 뜯어 이리저리 살펴보던 직원이 우물쭈물하며 고개를 얕게 끄덕였다. 선우는 더없이 황망한 눈으로 직원을 바라보았다. 다른 때는 몰라도 일할 때만큼은 칼같이 예리하던 입이 웬일로 오랜 시간 잠잠하다.

"……아니, 그래도 어떻게 좀 고쳐 주세요. 여기 진짜 중요한 서류가 있거든요? 며칠 동안 계속 작업했던 건데……. 심지어 어제, 크리스마스에도 나와서 붙잡고 있었단 말입니다."

"그게, 제가 어떻게 할 수 있는 게 아니라서요."

"그래도 전문가시잖아요. 그냥 이대로 손을 놓아 버리시면 전 어떡합니까."

"전문가라고 신은 아니죠, 선생님도 잘 아시잖습니까. 그리고 이 노트북은 아예 하드가 나가 버려서 더는 못 써요. 다른 걸로 교체해 드리겠습니다."

호시탐탐 곤란한 상황에서 빠져나갈 기회만 노리던 직원은 일방적으로 대화를 끝내며 사무실을 빠져나갔다. 삽시에 홀로 남겨진 선우는 그저 허탈한 표정만 지을 뿐이다. 피땀 어린 그의 지난 며칠이 무용지물로 화하기 직전이었다.

횅한 직원의 빈자리를 응시하던 선우는 차마 미련을 놓지 못하고 셔츠 앞주머니에서 안경을 꺼내 들었다. 그리고 심각한 눈으로 잘 알지도 못하는 노트북 내부를 한참이나 들여다보지만, 그런다고 폭삭 죽은 하드가 되살아나는 건 아니었다.

"차 선생, 노트북 고장 났다면서."

선우의 대학 동기이자 입사 동기인 김정혁이 한 손에 커피를 든 채 팔랑거리며 다가왔다. 지난 며칠, 낑낑대며 거의 완성 직전에 이르렀던 서류를 허무하게 날린 나머지 정신도 함께 날아가 버린 누구와 달리, 아주 얄미울 정도로 여유로운 작태다.

"어디 USB나 다른 데 저장 안 해 놨어?"

선우는 허망한 눈으로 말없이 동기를 올려다보았다. 안경 너머 애처로운 눈빛에서 답을 읽은 김정혁이 칸막이에 왼팔을 걸치며 혀를 끌끌 찼다.

"그거 마감이 내일까지던가? 그러게 어제는 왜 굳이 회사에 나와서 불행을 자초하느냔 말이야. 크리스마스에는 가족도 만나고, 친구도 만나고 하면 좀 좋아?"

"도와줄 거야?"

"에이."

"그럼 꺼져."

그토록 서글프던 눈빛이 순식간에 차디찬 온도로 일변했다. 송곳처럼 매몰찬 대꾸에 기가 찬 김정혁이 헛웃음을 뱉어 냈다.

"야, 넌 어째 갈수록 성격이 더러워지는 것 같다?"

"그리고 넌 어째 갈수록 잔소리만 느는 것 같지."

"네가 그러니까 애인이 없는 거야. 아니지, 애인이 없어서 성격이 더러워지는 건가?"

"결혼하면 다 너처럼 입만 사나? 그런 거라면 평생 혼자 살고 싶은데."

무심히 받아치는 소리에 곧장 비웃음이 뒤따랐다.

"그거 진짜 쓸데없는 걱정이다. 어떤 정신 똑바로 박힌 여자가 너처럼 겉만 번지르르한 남자를 데려가겠냐?"

"속이 멀쩡하기 힘든 시대에 겉이라도 번지르르해야지. 안 그래?"

선우는 눈을 둥글게 휘며 예의상 한 번 웃어 주었다. 대놓고 칼날을 숨긴 미소에, 끈질기게 말장난을 붙이던 김정혁도 도리 없다는 듯 고개를 절레절레 내저었다.

"그러지 말고 주말에 시간 좀 내. 우리 와이프 후배 중에 진짜 괜찮은 애가 하나 있거든."

"이제 곧 시즌 돌입하는데 주말에 시간이 나겠어? 괜한 일 꾸미지 말고 가서 일이나 보세요, 김 선생."

눈길조차 주지 않는 냉정한 축객에 타고난 재간꾼 김정혁도 더는 토달지 못했다. 다만 마지막까지 미련을 놓지 못하고, 제자리로 돌아가는 길에 이런 악담을 남기고 마는데.

"아이고. 보인다, 보여. 욕쟁이 할아버지로 혼자 늙어 죽을 차 선생의 미래가 내 눈앞에 선해요, 아주."

관심 없는 척하면서 은근히 둘의 대화에 귀 기울이던 몇몇이 피식거리며 웃음을 삼켰다. 하지만 그것도 잠시, 차선우의 성질머리를 익히 잘 아는 주변에서 서둘러 입단속을 했다. 그때껏 쓸데없이 서류나 들춰 보던 선우는 신경질적으로 안경을 벗으며 금방까지 김정혁이 있던 자리를 힘껏 노려볼 뿐이다.

올해로 스물아홉, 그러니까 곧 서른을 앞둔 차선우는 세간에서 흔히들 말하는 잘난 남자였다. 예순 가까운 나이에 아직까지도 대학 병원에서 의사 노릇 하는 부모와, 성질이 좀 드세기는 해도 그럭저럭 사이 좋은 여동생. 차선우 본인은 어릴 적부터 이만하면 똑똑하다는 소리를 귀에 못이 박히도록 듣고 자란 강남 키드로, 특목고와 명문대 루트를 차곡차곡 밟아 온 현직 회계사다.

게다가 이목구비 뚜렷한 얼굴은 단정하니 참으로 잘생겼으며, 키도 장대처럼 훤칠하다. 다소 냉한 인상이 흠이라면 흠이겠으나, 요즘에는 그조차 매력으로 받아들이는 사람이 많았다. 한마디로, 외적으로는 흠잡을 구석이 하나도 없다는 뜻이다.

외모 출중, 집안 출중, 학력 출중, 직업 출중. 넷 중에 하나만 갖추어도 괜찮은 신랑감 소리를 듣는 마당에 넷 전부를 갖추었으니, 주변에선 1년이 다 되도록 솔로 생활을 자처하는 그가 이상하게 보일 법도 했다. 정작 본인은 선을 종용하며 일주일 걸러 걸러 오는 아버지의 전화나, 일단 좋은 여자라면 사돈의 팔촌까지 끌어들일 기세로 소개팅을 외치는 동기 및 친구들의 열성에 질색하고 있지만, 그런 자세가 더더욱 주변의 의구심만 부추긴다는 것을 모르진 않았다.

'혹시 예진이 때문에 그래?'

솔로 생활이 길어지자, 이제는 콕 집어 누구라고 말하기 힘들 정도로 많은 사람들이 그의 옛 여자 친구를 거론하기 시작했다. 백예진. 4년은 그냥저냥 알고 지내던 대학 동기로, 3년은 연인으로 함께였던 둘은 제법 길었던 연애 기간이 무색할 만치 건조하고 깔끔하게 끝을 맺었다. 으레 오래된 연인들이 그러하듯 권태기가 아주 없었던 것은 아니나, 이별의 주된 원인은 따로 있었다.

결혼.

연애의 끝을 결혼으로 보는 사람과, 연애의 끝을 이별로만 보는 사람이 언제까지나 함께일 수는 없다. 이만큼 연애했으니 슬슬 미래를 생각해 보자던 백예진과, 애초부터 결혼할 생각은 털끝만큼도 없던 차선우. 애당초 연애의 지향점이 달랐기에 둘의 파국은 시작부터 예정된 것이었다. 다행인지 불행인지 차선우나 백예진이나 그러한 사실에 유감만을 표할 뿐, 이미 끝난 마당에 구질구질하게 매달리거나 일방적으로 상대를 매도하는 사람은 아니었다.

실제로 그는 예진에게 아무런 악감정도 없었다. 악감정 운운하기 이전에 남아 있는 감정 자체가 얼마 없었다. 거의 3년을 사귀었던 사람과 헤어졌던 만큼, 이별한 직후에는 어쩔 수 없이 쓸쓸함과 허전함을 느꼈지만 그조차 아주 잠시였다. 이제는 그녀가 어떻게 웃었는지, 어떻게 울었는지 기억조차 흐릿했다. 작년 이맘때 헤어진 옛 연인의 속내를 짐작하기엔 심히 멀어진 사이다만, 짐작컨대 그녀도 마찬가지일 것이다.

하지만 그건 어디까지나 그의 속사정이고. 이런저런 곡절을 알지 못하는 주변인들이야 그가 아직도 헤어진 옛 연인을 잊지 못해 새로운 사랑을 시작하지 못하노라 거의 확신하는 듯했다. 물론 그 편이 입으로 놀리기 더 재미있기도 하고.

'넌 그때 예진이 잡아야 했어. 솔직히 그만한 애가 어디 흔하냐? 예쁘지, 성격 싹싹하지, 너한테 잘하지, 거기다가 돈도 잘 벌지. 내가 알아, 너 나중에 백 프로 후회한다.'

술자리에서 종종 친구들이 꼬부라진 혀로 그리 말할 때마다, 선우는 진지하게 털어놔 봤자 어차피 듣지도 않을 이야기를 속으로 읊조리곤 했다.

그러니까, 〈인 디 에어(Up in the air)〉란 영화가 있다. 해고 전문가로 미국 전역을 돌아다니는 주인공은 어릴 적 혼자 양로원으로 들어가는 할머니를 보며 만고불변의 진리를 깨달았다.

바로, 사람은 혼자 살다 혼자 죽는다는 것.

인생이란 어차피 외로운 것. 결혼이란 사회적 제도에 얽매여 죽을 둥 살 둥 하다 종국에는 홀로 외롭게 관 속으로 들어가느니, 차라리 평화로운 솔로 생활을 즐기다가 제 발로 실버타운에 들어가리란 아주 참된 독신주의자로서의 믿음이 뿌리내리게 된 계기였다.

학창 시절 우연히 그 영화를 봤던 선우는 주인공이 할머니를 보고 독신주의자가 된 것처럼, 주인공을 보고 운명처럼 독신주의의 길로 돌아섰다. 영화 중간중간 주인공이 얼마나 외로워하고, 어떤 비극을 겪는지는 이미 기억에서 휘발된 지 오래였다. 비록 주인공을 연기했던 배우 조지 클루니는 몇 해 전 화려한 독신 생활을 접고 스무 살 연하의 변호사와 결혼하여 쌍둥이의 아빠가 되었다지만, 어쨌건 영화의 주인공은 마지막까지 독신으로 남았으니 괜찮다.

그러한 까닭으로 선우는 최근 자신의 연애를 둘러싼 주변의 집요한 관심이 참으로 불편했다. 전혀 외롭지 않은 것은 아니다만, 그렇다고 작금의 평화로운 일상을 제물로 바치면서까지 벗어나고픈 외로움은 절대로 아니었다. 모든 선택에는 일장일단이 있는 법. 그는 이따금 결혼한 친구들이 부러웠지만, 대체로 자신의 생활에 만족하며 살아가고 있었다.

하지만 이런 속내를 넌지시 털어놓을 때마다, 부모님과 몇몇 친구들은 그를 어린아이 취급 하며 이렇게 말하곤 했다.

'네가 아직 진정한 사랑을 못 해 봤구나.'

그럴 때면 선우는 항상 생각한다. 그런 사랑은 영화에나 있다고. 아니, 요즘은 영화에도 드물다고.

평화로운 일상을 무너뜨리고, 오직 한 사람에게 눈이 머는 것이 사랑이라면.

그런 게 사랑이라면, 나는 차라리 하지 않겠다고.

착한 아이들은 잠들고도 남을 야심한 시각.

자욱한 어둠이 내린 사무실에 외딴섬처럼 홀로 반짝이는 책상이 있다. 스탠드를 환하게 켜 놓은 사람은 다름 아닌 차선우로, 다른 사람들은 모두 퇴근한 사무실을 혼자 꿋꿋이 지키는 것으로 모자라 용케 아슬아슬한 자세로 졸고 있었다. 그렇지만 턱을 괴던 손이 순간 삐끗하며, 꼭 악몽이라도 꾼 것처럼 소스라치게 깨어나고 말았다.

"몇 시지……."

그는 가물가물한 눈을 깜박이며 핸드폰 액정을 켰다. 12시 17분. 벌써 자정을 넘긴 시간이다. 시즌이면 새벽 서너 시까지 야근하는 게 일반적인 회계사의 삶이라지만, 아무도 없는 오밤중의 사무실을 홀로 지키는 것이 마냥 유쾌할 리 없다. 창문 너머 어둠에 잠긴 도시의 야경을 물끄러미 내다보던 선우는 곤한 한숨을 집어삼키며 삐거덕 고개를 틀었다. 그러다 책상에 놓인 낯선 음료수 하나를 우연히 발견한다.

파란 이온 음료와, 분홍색 하트 모양의 메모지. 어쩌면 괜한 상상으로 가슴 두근거릴 일이겠으나, 이미 열댓 번도 겪어 본 장난에 놀아날 차선우가 아니다. 그는 뻐근한 고개를 느릿하게 좌우로 꺾으며 심드렁히 메모를 들여다보았다.

역시나, 김정혁이 맞았다.

「너무 곤하게 자길래 안 깨우고 간다. 적당히 쉬엄쉬엄하고 집에 들어가서 자.」

내일이 마감인 걸 알면서 '적당히 쉬엄쉬엄' 하라는 건 도대체 누구 머릿속에서 나온 말인지 모르겠다. 게다가.

「추신. 너 또 새벽에 커피 들이부을까 봐 사 놓은 거야. 생각 없이 커피 마시다 밤잠 설치지 말고, 이 형님 말 잘 귀담아들어. 살다 살다 너처럼 무지막지한 카페인 중독자는 처음 본다.」

"무슨 추신이 더 길어."

선우는 괜스레 불평하면서도 얌전히 이온 음료를 땄다. 자판기에서 뽑은 지 꽤나 오래되었는지 살갗에 닿는 느낌이 별로 시원하진 않다. 그는 고개를 기우뚱하며 잠시 고심하다가 눈 딱 감고 음료를 들이켰다. 오래된 생크림 케이크처럼 미적지근하게 달콤한 액체가 목구멍을 한껏 적셨다.

"……밍밍해."

떫은 얼굴로 빈 캔을 멀찍이 내려놓은 선우가 끝내 자리를 털고 일어났다. 자고로 뇌에는 적당한 자극이 필요하다. 이렇게 싱거운 음료로는 뇌에 기별도 가지 않을 터, 역시 정신 차리기엔 커피만 한 음료가 없었다. 기껏 생각해서 이온 음료를 사다 준 김정혁에게는 미안한 일이지만, 그는 오늘도 커피와 함께 불면의 밤을 보낼 예정이었다.

늘 산더미 같은 업무에서 피신한 직원들로 바글거리던 탕비실은 난민 캠프란 오명에 걸맞지 않게 웬일로 고요했다. 물론 회사에 남아 있는 사람이 그 혼자라서 가능한 일이다. 조용하다는 이유만으로 한겨울에도 옥상을 선호하던 선우는 새삼스러운 눈으로 탕비실 내부를 돌아보았다. 역시 공간은 아무런 잘못도 없다. 죄가 있다면 사람에게 있겠지.

포트 거름망에 원두를 넣고 쪼르르 물을 부으니, 나머지는 기계의 몫이다. 가만히 선 채로 시간을 죽이던 그는 고소한 커피 냄새가 올라올 즈음에야 느릿느릿 손을 움직였다. 마치 태엽이 거의 다 풀려 가는 인형처럼 활력 없는 손짓이다.

도대체 왜 이렇게 피곤한 걸까. 한참을 고민해 보아도 머릿속은 물안개 낀 새벽 바다처럼 흐릿하기 그지없었다. 그러다가 대강 집히는 대로 꺼낸 머그컵 가득 진한 커피가 차오를 무렵, 선우는 불현듯 자신이 왜 이토록 피곤한지 깨닫게 되었다.

문제는 어제였다. 크리스마스라는 그럴듯한 명분으로 잡힌 가족 모임.

이렇게 말하면 의심스러울 줄은 알지만, 본디 그는 가족들과 사이가 원만한 편이었다. 조금 무뚝뚝하긴 해도 부모에겐 충분히 자랑스러운 아들이고, 특히 하나뿐인 여동생에겐 어릴 적부터 늘 져 주는 착한 오빠였다. 각자 바쁜 일정으로 몇 년 전부터 자주 모이지 못했으니, 당연하게도 한 달에 한 번 꼴로 있는 가족 모임은 늘 반가운 약속이었다.

그랬던 그가 유독 올해부터 가족 모임을 기피하게 된 이유는, 우습게도 불필요한 사회적 제도 때문이었다.

결혼.

연애를 끝장낸 것으로 모자라, 훈훈한 가족 관계까지 넘보는 무서운 괴물.

오래전부터 결혼할 생각은 눈곱만큼도 없던 선우와 달리, 부모는 내심 아들이 백예진이란 참한 여자 친구와 결혼에 골인할 줄 알았던 모양이다. 그도 그럴 것이, 내내 조용히 사귀고 조용히 헤어지던 아들이 처음으로 부모에게 소개해 준 여자 친구이며—길에서 우연히 마주쳐 어쩔 수없이 소개해야 했던 사정을 부모는 이미 잊은 지 오래였다—, 무려 3년씩이나 큰 다툼 없이—물론 차선우는 여자 친구와 다퉈도 부모에게 털어놓을 위인이 아니지만— 나름대로 잘 만났기 때문이다.

그러나 아들은 소리 소문 없이 이별했고, 부모는 그 소식을 장장 석 달이나 지나 들었다. 그것도 평화로운 주말, 아침 밥상 앞에서.

'예진이는 잘 지내지?'
'글쎄요. 잘 지내지 않을까요.'
'둘이 싸웠니? 대답이 왜 그 모양이야?'
'저 예진이랑 헤어졌는데요.'

일상적으로 물었던 안부 인사에 전혀 예상치 못했던 폭탄이 돌아오자, 부모는 깜짝 놀랄 수밖에 없었다. 백 보 양보해서 선우는 거기까진 이해했다. 하지만 은연중에 독신주의자로서의 오랜 꿈을 내비치자마자, 세상에 둘도 없이 인자하던 부모는 아수라 백작처럼 180도 달라지고 말았다.

안부 전화로 분한 선 종용은 그나마 나았다. 하지만 선우는 이제 부모의 동료 의사들에게 얼마나 착한 딸이 있는지, 얼굴도 모르는 은사님의 딸이 얼마나 예쁜지, 옛날에 두어 번 마주쳤던 어머니 친구의 사촌의 딸이 얼마나 똑똑한지 알고 싶지 않았다. 그는 어디까지나 독신주의 회계사로 평온하게 늙고 싶은 것이지, 결혼 정보 업체처럼 움직이는 부모 슬하에서 스트레스로 과로사 하기는 싫었다.

'결혼하라는 게 아니다. 한번 만나 보기라도 해 봐.'

어제, 크리스마스를 겸한 가족 모임의 실상은 그러했다. 식탁에 차려진 진수성찬이 무색하도록 부모는 무척이나 심기 불편하신 얼굴이고, 평소 오빠에게 허물없다 못해 버릇없던 여동생도 이번만은 부모의 뜻에 따르길 바라는 눈치였다.

아마 다른 문제였다면 그도 눈 딱 감고 부모에게 순응했을지도 모른다. 그러나 어제는 아니었다. 만사 이기는 것이 능사는 아니라지만, 세상사 물러나면 안 되는 일도 있는 법. 그에겐 바로 어제가 그러했다.

"하아……"

줄기차게 이어지는 고단한 상념은 깊은 한숨을 끌어내기 마련이다. 선우는 피곤한 눈두덩을 꾹꾹 누르며 한 손으로 머그컵을 들어 올렸다. 계속 고민한다고 해결될 문제도 아니거니와, 제 뜻대로 할 수도 없는 문제를 붙잡고 늘어질 만큼 여유롭지도 않다. 일단은 마감이 코앞인 일부터 끝마쳐야…….

"땅 꺼지겠어요. 무슨 한숨을 그렇게 요란하게 해요?"

"악! 뜨거워!"

돌연 등 뒤에서 들려오는 목소리에 선우가 기겁하며 펄쩍 뛰어올랐다. 그 바람에 뜨거운 커피가 손등으로 흘러넘쳤으나, 살필 겨를도 없다. 아픈 줄도 모르고 황급히 뒤돌아보자, 조금 전까지만 하더라도 아무도 없던 탕비실에 웬 낯선 여자가 눈을 동그랗게 뜨고 있는 모습이 보였다.

"……뭐야, 당신 대체."

"잠깐만요. 손에 그거 설마 커피예요?"

여자가 주춤거리며 커피에 덴 손을 가리켰다. 선우가 얼결에 고개를 끄덕이자, 삽시에 그녀의 입가에서 미소가 사그라졌다. 여자는 미처 말릴 새도 없이 그의 팔을 붙잡아 개수대로 끌고 갔다.

"저기, 잠깐. 이것 좀 놓고……."

벌겋게 달아오른 손등 위로 별안간 찬물이 쏟아져 내렸다. 선우는 따끔한 느낌에 오만상을 찌푸렸다. 불안한 눈빛으로 그의 표정과 손을 번갈아 살펴보던 여자가 속상한 듯이 입술을 깨물었다.

"미안해요. 난 선우 씨가 그렇게 놀랄 줄도 모르고……."

마치 꼬리 내린 강아지처럼 기죽은 모양새다. 죽상으로 여자에게 붙잡혀 있던 선우는 어쩐지 가슴 한편이 심란해지는 느낌에 슬그머니 개수대에서 손을 뺐다.

"……됐습니다. 크게 다친 것도 아닌데."

"얼음이라도 갖다 줄까요? 아님 약? 병원에 갈래요?"

"그렇게 요란 떨 거 없다니까요. 내가 무슨 환자도 아니고……."

대수롭지 않게 말을 이어 가던 선우가 불현듯 미간을 확 찌푸렸다. 그러곤 갑자기 얼굴을 들이밀더니, 무척이나 집요한 눈길로 여자의 생김새를 낱낱이 살핀다. 당황해서 눈알만 이리저리 굴리던 여자가 슬쩍 얼굴을 뒤로 물렸다.

"당신 설마……."

선우는 자세를 바로 하며 황망히 중얼댔다.

"설마 금요일 밤에 날 구해 준……."

"어, 기억하네요?"

애꿎은 소맷자락만 쥐어뜯던 여자가 과히 반색했다. 선우는 멍하니
입을 벌리며 그녀를 삿대질했다.

"그때 그 횡단보도에서……. 맞죠?"

"네, 맞아요!"

"그날 그렇게 사라져서 내가 얼마나 걱정한 줄 압니까?"

"걱정이요? 선우 씨가, 날?"

갑작스러운 질책에 여자가 가만히 눈만 깜박였다.

"정말로 날 걱정했어요?"

"당연한 거 아니에요? 날 구해 준 사람이, 그것도 어디 초상이라도
난 것처럼 펑펑 울던 사람이 갑자기 사라졌는데?"

아직도 그날의 황당함이 잊히질 않는 듯 몹시 짜증스러운 투였다.
그런데 이상하다. 상대방이 그리 대놓고 표정을 구기는데도, 여자는
기분 나쁜 기색은커녕 양손으로 뺨을 감싸며 웅얼대기 바빴다.

"방금 설레었어요."

"뭐라고요?"

"선우 씨가 나 걱정했다면서요. 어떻게 안 설레요."

"아니, 그게 무슨……. 도대체 어디서 설렌 건데요? 설레라고 한 말
아닙니다."

"원래 노리고 들어오면 효과 없어요. 노리지 않은 말이야말로 진짜
배기지."

여자가 밝게 웃으며 허리에 양손을 올렸다.

"어쨌든 이젠 걱정하지 않아도 돼요. 보다시피 아주 말짱하거든요."

확실히 들뜬 표정이나 과한 몸짓만 보거든, 말짱하다 못해 활기가 넘치는 모습이다. 떨떠름하게 그녀를 스쳐본 선우는 머그컵에 입술을 붙이며 흘리듯 말했다.

"말짱한 사람 눈이 그 모양이에요?"

"네?"

"눈 빨개요."

선우가 흘끗 여자의 눈가를 보았다.

"그날도 그러더니, 또 운 모양이네."

내리 잔잔하던 여자의 눈이 한차례 크게 일렁였다. 커피를 삼키며 유심히 지켜보는 선우의 눈길을 피해, 머쓱한 표정으로 어물거리길 한참. 오래도록 발치에만 머물던 시선이 느지막하게 기어 올라오더니, 여자는 도로 습관처럼 배시시 웃었다.

"그게, 찬 바람을 맞아서 그런가 봐요. 안구 건조증이 좀 있거든요."

"차라리 양파 썰다 왔다고 하지 그래요."

"맞다, 그렇게 말할걸."

천연덕스러운 대꾸에 선우는 당연히 기가 찼다. 그는 하릴없이 고개를 내저으며 커피를 들고 소파로 향했다.

"그런데 여기서 일했어요? 몰랐네, 나는."

"모르는 게 당연하죠. 여기서 일을 안 하는데."

우뚝, 그의 걸음이 멈췄다.

"……그럼 여긴 어떻게 들어온 겁니까?"

어쩐지 분위기가 스산해졌다. 다행히도 눈치는 빠른지, 여태 무슨 말이든 쾌활하게 받아치던 여자가 드물게 답을 고심했다.

"음, 비밀?"

물론 제대로 된 대답은 아니었다.

"경비 부르겠습니다."

"아, 안 돼요!"

미련 없이 탕비실을 나가려는 선우를 여자가 황급히 붙잡았다.

"충분히 수상해 보이는 거 아는데, 나 정말 이상한 사람 아니에요. 금방 나갈게요. 네?"

"그래도 안 되는 건 안 됩니다. 막말로 당신이 뭘 훔쳤는지 어떻게 알아요?"

"그건 정말 아니라고 단언할 수 있어요. 정히 의심스럽다면 수색이 라도 해 볼래요? 왜, 드라마에서 경찰들이 그러잖아요."

여자가 그리 말하며 스웨터를 벗는 시늉을 했다. 선우가 기겁하며 화들짝 뒤로 물러섰다.

"무슨 수색을 그런 식으로 합니까!"

"아니, 나는 어설프게 하면 선우 씨가 계속 의심할까 봐……."

"그래도 계속 의심할 거거든요?"

"그럼 어떻게 해야 내 말을 믿겠어요? 의심을 풀 수만 있다면 선우 씨가 하라는 대로 다 할게요."

마치 전쟁이라도 나가는 것처럼 결연한 태도였다. 선우는 골이 아픈 지 관자놀이를 눌러 대며 신경질적으로 물었다.

"됐고, 당신 대체 뭡니까. 뭐 하는 사람이길래 이 시간에 남의 회사 에 들어와요?"

"유지나요."

"네?"

"뭐냐고 물었잖아요. 내 이름, 유지나라고요."

여자, 유지나는 무엇이 그리도 기쁜지 줄곧 들뜬 기색이었다. 선우는 그제야 조용히 입을 다물었다. 어쩐지 말로 형언할 수 없는 기묘한 느낌이 엄습했다.

"난 당신 이름을 물어본 게 아닙니다."

"그래도 언제까지 계속 날 당신, 당신 할 수는 없잖아요."

"난 계속 당신이라고 부를 건데요."

"치, 그래 봤자 선우 씨만 불편하지."

여자가 입을 비쭉였다. 선우는 천천히 눈을 내리감으며 애써 짜증을 다스리려 했지만, 그다지 효과적이진 않았다. 하기야 오늘, 아니 어제부터 이어진 불운이 연달아 절정을 찍고 있으니 그럴 만도 하다.

"불편하든 말든 그건 내 사정이고요, 댁이 신경 쓸 문제가 아닙니다. 그리고 날 언제 봤다고 그렇게 친근하게 부릅니까? 그렇게 부르지 마요."

"선우 씨를 선우 씨라고 부르지 그럼……."

"아, 그렇게 부르지 말라니까요!"

"진짜 너무하네. 금요일에 내가 구해 준 건 벌써 까맣게 잊었죠? 그래도 나름 생명의 은인인데, 호칭 하나로 그렇게 쩨쩨하게 굴 거예요?"

갑자기 금요일 밤이 화두로 오르자, 선우는 그만 할 말이 없어졌다. 반박하려 해도 여자의 말엔 조금도 틀린 구석이 없었다. 그녀가 아니었다면 지금쯤 그는 병원 신세를 지고 있었을 테고, 만일 조금만 더 운이 나빴다면 진즉 영면에 들었을 터. 저만한 호칭으로 성내기엔 무척이나 양심에 찔렸다.

결국엔 선우는 영 내키지 않는 기색으로 입을 열었다.

"미안합—"

"차선우 씨."

눈썹을 모으고 등등하게 그를 쏘아보던 여자가 하는 수 없다는 듯 짐짓 한숨을 내쉬었다.

"하도 불쾌해하니까 앞으로는 차선우 씨라고 부를게요. 뭐, 크게 차이 나는 것 같지도 않고, 좀 정 없게 들리기도 하지만 어쩔 수 없죠."

"……."

"그럼 이제 괜찮은 거죠?"

선우는 꿀 먹은 벙어리처럼 고개만 주억거렸다. 다행스럽게도 여자는 한결 밝아진 표정으로, 꼭 자기가 주인인 것처럼 그를 소파로 이끌었다.

"그런데 오밤중에 웬 커피예요?"

"아직 일이 남아서요."

"그러다 잠 못 자면 어떡하려고요."

"어차피 못 잡니다. 꼬박 새워야 할 것 같아요."

"세상에, 회계사는 다들 그렇게 바쁘게 일해요?"

선우는 커피를 마시려다 말고 흠칫하며 여자를 보았다.

"……내가 회계사인 건 어떻게 알았습니까?"

돌이켜 생각하면 이상한 점이 한둘이 아니다. 어물쩍 넘어가긴 했어도 이 야심한 시각 회사에 들어와 있는 것도 수상하고, 경비 소리에 기함하는 것도 수상하다.

그러나 무엇보다도.

"내 이름은 어떻게 알았어요?"

고작 지난주 금요일에 잠깐 마주쳤던 사이. 그가 그녀를 모르는 것처럼, 그녀도 그를 몰라야 정상이다. 그런데도 여자는 그를 속속들이 알고 있었다. 이름, 직업, 어쩌면 다른 것들도.

마치 그를 잘 아는 사람처럼.

"그걸 이제 물으면 어떡해요."

여자는 대수롭지 않게 아랫입술을 매만졌다. 지극히 한가로운 손짓이나, 선우는 저도 모르게 반사적으로 어깨를 굳혔다. 어째선지 여자의 움직임 하나하나에 신경이 곤두섰다.

"아까 내가 뭐냐고 물었죠? 좋아요, 대답할게요."

희고 가는 손가락이 제법 대차게 그녀의 가슴팍을 짚었다.

"나는 천사예요."

정적이 흘렀다. 여자는 변함없이 웃는 낯 그대로다. 굳은 얼굴로 그녀를 마주 보던 선우가 아주 천천히 말문을 열었다.

"……장난합니까?"

"역시 안 믿네. 그럼 초능력자는 어때요?"

여자가 눈을 반짝이며 되물었다. 저 눈빛, 진심이다. 진심으로 저렇게 묻는 것이다. 그는 온몸에서 긴장이 풀린 나머지, 양손으로 머리를 감싸며 깊은 고뇌에 잠겼다. 대체 뭘 기대하고, 뭘 예상한 걸까. 잔뜩 긴장했던 것이 무색할 만큼 황당한 여자였다.

"왜 그래요? 혹시 어디 안 좋아요?"

"네, 덕분에요. 내가 미친 건지, 당신이 미친 건지 가늠하고 있습니다."

"와……. 예상은 했지만 정말, 사람 말을 왜 그렇게 못 믿어요?"

"정상적인 사람이라면 다 나처럼 반응할 텐데요."

"천사나 초능력자가 뭐 어때서요. 책에도 나오고, 영화에도 나오고. 가끔은 직접 목격한 사람들도 있잖아요."

도저히 더는 들어 주지 못하겠어서, 선우는 신경질적으로 고개를 들어 올렸다.

"이봐요. 무슨 어린애도 아니고, 세상에 그런 게 어디 있습니까? 누굴 바보로 알아요? 차라리 산타클로스도 있다고 하지 그럽니까?"

난데없이 여자가 입을 꾹 다물었다. 순간 좋지 않은 예감이 그의 뇌리를 스쳤다.

"산타클로스는 진짜로 있어요."

"……."

"진짜, 맹세코. 내가 두 눈으로 직접 봤다니까요."

의심이라곤 추호도 찾아볼 수 없는, 무척이나 확신에 찬 어조였다. 멍하니 그녀를 응시하던 선우가 문득 열없이 자리에서 일어났다. 이젠 아무래도 좋았다. 그냥 1초라도 빨리 여기서 나가고 싶었다.

"이제 일하러 가는 거예요?"

"네."

"혹시 일하는 거 구경해도 돼요?"

"아니요."

끝을 내리려면 확실하게 내야 한다. 선우는 문 앞에서 결연한 마음가짐으로 뒤를 돌아보았다. 여기서 그만 헤어지자. 앞으로는 마주쳐도 모르는 척하자. 그리고 사무실에 도착하면 경비부터 부르자. 평화로운 일상을 지키기 위해, 때로는 냉정해져야 하는 법. 구해 줘서 고마운 건 고마운 거고, 아닌 건 아닌 거였다.

"……뭐야. 어디 갔어."

그런데 방금 전까지만 하더라도 쫄래쫄래 뒤따라오던 여자가 온데간데없다. 여러 가구들만이 조용히 제자리를 지키는 탕비실. 마치 처음부터 존재하지 않던 것처럼 빈자리가 휑뎅그렇게 남았다.

지난 금요일 밤 그러했듯 홀로 남겨진 차선우는 망연자실하게 중얼거렸다.

"와, 나 진짜 미쳤나 보네."

"정말 아무도 없었습니까?"

"그렇다니까요. 개미 한 마리 얼씬거리지 않더만."

거듭된 질문에 경비가 조금 짜증스럽게 대꾸했다.

"왜요, 어제 회사에서 수상한 사람이라도 보셨습니까? CCTV라도 보여 드릴까요?"

"……아니요. 됐습니다."

선우는 귀찮게 해서 미안하다는 말을 덧붙이며 경비실을 나왔다. 짐 작대로 경비는 어젯밤 회사 입구에서 아무도 보지 못했다. 누굴 봤다 면 어젯밤부터 오늘 아침까지 회사가 이토록 조용할 리도 없다. 하긴, 수상쩍긴 해도 불 다 꺼지고 문까지 내린 회사에 당당히 들어올 정도 로 멍청해 보이는 사람은 아니었다.

사실 그 외에도 이상한 구석은 한두 가지가 아니다. 왜 하필 이 회사 였을까. 여기가 업계에서 제일가는 법인이라지만, 그건 주변에 위치한 다른 기업들도 마찬가지였다. 이 일대는 대한민국에서 내로라하는 기 업들의 본사가 몰린 서울의 중심지. 상식적으로—기업 본사에 숨어드는 것부터가 이미 상식을 넘어선 일이지만— 돈이 급하다면 은행을 노렸을 것 이고, 타사의 신기술을 노리는 산업 스파이라면 회계 법인에 숨어들었 을 리 없다.

아니, 그 이전에 상식을 논하자면 무언가 훔치러 들어온 사람이 그 렇게나 한가롭게 대화를 나눌 리 없었다. 뒤가 켕기는 사람이라기에 어젯밤의 여자는 지나치게 들떠 있었다. 게다가 지난주 금요일에 그를 구해 준 건 또 무엇이고…….

정말로 천사일까? 아님 초능력자?

"영화를 너무 많이 봤나."

그는 머쓱하게 뒷목을 문지르며 탕비실로 들어갔다. 이른 아침에도 옹기종기 모여 수다를 떨던 몇몇 직원들이 반갑게 눈인사를 했다. 선우도 대강 눈짓으로 화답하며, 물을 마시는 척 천장과 벽면을 유심히 살펴보았다. 역시나, 탕비실에는 CCTV가 없었다. 크게 기대한 것은 아니다만, 내심 실망스러운 것은 어쩔 수 없다.

어젯밤 신기루처럼 여자가 사라진 뒤, 그는 무슨 정신으로 일을 끝냈는지도 모른 채 황급히 귀가했다. 일단 자고 일어나서 상쾌한 정신으로 기억을 되짚고 싶었으나, 야밤에 마신 커피 탓인지, 아니면 눈앞에서 사라진 여자 탓인지 좀체 잠이 오질 않았다. 새벽 나절에야 겨우 잠들어 한두 시간 눈 붙이고 나온 것이 바로 오늘 아침.

선우는 아직도 여자가 정말 실재했던 것인지, 그저 생생한 꿈을 꾸었던 것인지 확신하지 못했다. 마지막 희망이었던 CCTV조차 물거품이 되어서, 이젠 확인할 수 있는 방법조차 없다.

"……헛것이라도 본 건가."

"헛것? 뭐야, 귀신이라도 봤어?"

느닷없이 귓전에서 은밀히 속삭이는 목소리에 선우가 흠칫하며 고개를 돌렸다. 아니나 다를까, 김정혁이 스푼으로 머그컵을 휘저으며 멀뚱히 서 있다.

"야……. 너 내가 그렇게 뒤에서 불쑥불쑥 나타나지 말라고 몇 번을 말했는데."

"네가 못 들은 거지. 나 저기서부터 계속 너 불렀거든? 차 선생을 부르는 내 애타는 목소리가 들리지 않던?"

선우는 질린 표정으로 돌아섰다. 탕비실을 벗어나 복도를 가로지르는 발걸음이 점차 빨라지는데도, 김정혁은 끈질기게 그의 뒤를 따라붙었다.

"무슨 생각을 그렇게 깊게 해? 부르는 소리도 못 듣고."

"그냥 피곤해서."

"벌써부터 피곤하면 어떡하냐. 당장 다음 주부턴 집에 들어가지도 못할 텐데."

"그러게나 말이다."

선우는 기운 없이 대꾸하며 넌지시 김정혁을 보았다. 은근히 기회를 엿보는 듯하더니, 정혁이 긴장을 놓은 틈을 타 그의 손에서 슬며시 머그컵을 빼 든다.

"고맙다."

뒤에서 김정혁이 우두커니 멈춰 서거나 말거나, 선우는 한가로이 커피를 들이켜며 느른한 숨을 토해 냈다. 역시 피곤한 아침에는 카페인만 한 특효약이 없다. 카페인이 공급되기 무섭게, 내리 굼뜨던 머릿속이 비로소 정상적으로 작동하기 시작했다.

"아, 차 선생. 어제 일은 다 끝냈어?"

"네."

"한시름 놨네. 앞으로는 백업 잘하고. 아직도 그런 초보적인 실수 저지르면 안 되지."

"죄송합니다."

지나가는 모습은 또 어떻게 발견했는지, 여기저기 어깃장 놓기 좋아하는 선배가 부리나케 복도로 달려 나와 쓴소리를 늘어놓았다. 부서도 다른데 어디서 소문을 주워들었는진 모르겠다만, 선우는 공연한 화젯거리가 되고 싶진 않아 그저 고분고분하게 굴었다. 자고로 똥은 무서워서 피하는 게 아니라, 더러워서 피하는 것이라고 했다. 이 회사는 대체로 합리적이고 수평적인 분위기지만, 어느 집단이나 미친놈은 꼭 하나씩 있기 마련이었다.

12월 27일. 연말의 막바지에 다다른 회사는 어수선하기 짝이 없었다. 그 복판에서 선우는 며칠 뒤면 펼쳐질 내년을 가만히 상상해 보았다. 눈코 뜰 새 없이 바쁜 시즌으로 시작해서 몸이 근질거릴 만큼 지루한 비시즌을 지나, 차츰 업무가 늘어나는 연말. 올해가 그러했듯 내년도 그러할 것이고, 작년 이맘때 그러했듯 내년 이맘때도 지금과 비슷한 생각을 할 것이다.

그리고 나는 변함없이 평화로운 일상을 영위하겠지.

바쁘냐 덜 바쁘냐의 차이일 뿐, 본질적으로 그의 1년은 매일이 같았다. 그 어디에도 정체 모를 여자가 비집고 들어올 틈 따윈 없다.

선우는 남은 커피를 단숨에 삼키며 사무실로 들어섰다. 빗발치는 전화와, 바삐 출장을 나가는 사람들. 익숙하디익숙한 광경이 눈앞에 펼쳐진다.

그렇게 쏜살같이 며칠이 지났다.

새해가 밝았다. 이윽고 본격적인 시즌이었다.

신년이 밝기 무섭게 한파 주의보가 몰아닥쳤다. 지난여름은 사람을 말려 죽이려 들더니, 아무래도 이번 겨울은 뼛속까지 얼려 죽이려는 모양이다.

"솔직히 우리나라 이제 사계절 아니지 않냐. 우리 조카 교과서 보니까 아직도 봄, 여름, 가을, 겨울이라면서 사계절이라고 가르치던데 양심도 없지. 여름은 무지 덥고, 겨울은 무지 춥고. 봄이랑 가을은 대체 어디로 간 건데? 응?"

혓바닥이 얼어붙어 대답하지 못했을 뿐, 선우도 김정혁의 말에는 백 번 동의했다. 꽃 피는 봄날과 청명한 가을 하늘을 즐긴 지도 이젠 까마득하다. 봄이면 미세먼지가 기승을 부리고, 가을은 눈 깜짝할 새 지나가 버리니 농담 삼아 여름과 겨울, 이계절 국가라 말하는 것도 족히 이해가 되었다.

"그래도 눈은 안 내리니까 다행이지. 폭설이라도 내려 봐, 지방 내려갈 때 골치 아파진다."

"야, 것도 이제 아니야. 언제더라. 이번 주말이었나, 아님 다음 주였나. 눈 소식 있는 것 같더만."

"차라리 차편 다 끊기게 눈이나 엄청 내렸으면 좋겠다."

기상청에서 한파 주의보를 때리든 말든, 시즌에 돌입한 감사 부서는 예년과 별다를 바가 없었다. 회계사들은 자신이 담당하는 기업을 방문하기 바빴고, 몇몇은 저녁나절 본사로 귀환해서 새벽 서너 시까지 좀비처럼 키보드를 두드려 댔다. 어떤 사람은 집을 오가는 시간조차 아까워서 회사에서 며칠째 숙식하기도 했다.

선우도 상황은 비슷했다. 이 시점에서 집은 그저 생존을 위해 최소한의 수면을 취하고, 씻고 옷을 갈아입으려 잠시 들르는 곳에 지나지 않는다. 아마 이 생활을 쭉 반복하다 3월경 시즌 막바지에 이르면, 어디든 머리를 대자마자 잠드는 희귀한 기술을 마스터할 것이다. 시즌을 처음으로 겪으며 회계사란 직업에 대해 진지하게 고민하던 신입 때보단 많이 나아졌지만, 안타깝게도 그건 상황이 나아진 게 아니라 살인적인 업무량에 심신이 익숙해진 것이었다.

좌우지간 올해도 정신없는 첫 주의 주말이 밝았다. 그래도 연초라고 바깥은 나름대로 희망적인 분위기가 감도는데, 새해의 첫 주말을 출근으로 시작하는 이들답게 사무실의 면면은 그다지 밝지가 못했다. 울적한 표정은 물론이고, 벌써부터 눈 밑에 그늘을 주렁주렁 매단 사람들이 한가득이다. 그러나 너도나도 판다 꼴이니, 서로 우습다 장난칠 처지도 못 되었다.

다만 정신없이 바쁘면, 시간이 총알보다 빠르게 흘러가기 마련이다. 어느덧 올해의 주말을 40여 분 남긴 일요일 밤 11시 17분. 선우는 웬일로 가방을 잽싸게 챙기며 자리에서 일어났다.

"먼저 퇴근하겠습니다."

기적적으로 자정 전에 퇴근하는 선우의 등 뒤로 부러움과 선망이 뒤섞인 눈빛이 여럿 따라붙었다. 그가 먼저 퇴근하는 꼴은 죽어도 못 보는 김정혁은 다행히도 화장실에 틀어박힌 모양이다. 선우는 피로가 두껍게 쌓인 어깨를 털어 내며, 가벼운 걸음걸이로 회사를 나섰다.

그리고 곧바로 후회했다.

"차 가져올걸……."

밖으로 나오기 무섭게 매서운 바람이 안면을 세게 강타했다. 찬 바람에 경황없던 것도 잠시, 그는 붉은 목도리를 단단히 여미며 종종걸음 쳤다. 아침마다 꽉 막힌 도로 위에서 스트레스 받기보다 차라리 이삼십 분 걷길 택한 것을 후회하진 않지만, 오늘처럼 아주 춥거나 아주 더운 날에는 주차장에 고이 보관되어 있는 승용차가 몹시 그리워졌다.

선우는 어깨를 잔뜩 웅크리며 찬 바람을 헤쳐 걸었다. 중간중간 멈춰서 택시를 잡으려고도 했지만, 오늘따라 택시에는 죄다 선객이 타고 있었다. 그렇게 네 번째 택시를 덧없이 보내고서야, 편히 귀가하려는 생각을 접고 터덜터덜 번화가로 접어들었다. 연말이 지난 번화가는 지난주처럼 인파로 바글거리진 않았다. 어쩐지 성황리에 끝난 축제의 뒷

마무리를 엿보는 것처럼 쓸쓸한 광경이다.

그의 집은 회사에서 걸어서 20분이 조금 넘게 걸리는 주택가에 위치했다. 근처에 초등학교가 있어서 한낮에는 제법 시끌벅적하다고 하는데, 주중 오전에는 늘 사무실에서 업무에 치이는 그와는 그다지 상관없는 이야기다. 어쨌건 그걸 제하면 아주 조용한 동네였다. 선우는 회사에서 가까운 데다 조용하기까지 한 동네가 무척 마음에 들었다. 특히나 출퇴근길로 이용하는 한적한 산책로가 참으로 일품이다.

겨울에도 잎을 떨어트리지 않는 상록수가 길목에서 그를 맞이하듯 몸을 흔들어 댔다. 선우는 인적 없는 산책로를 거닐며, 하얀 입김을 구름처럼 뿜어냈다. 몹시 추운 날이지만, 그만큼 청량한 공기가 폐부를 쓸고 지나가는 느낌이 좋았다. 5분, 10분 빨리 도착하겠다고 차를 끌고 나왔다간 전혀 느끼질 못할 여유로움. 일상에선 쉽사리 느낄 수 없는 평화 때문이라도 그는 내일도 이 산책로를 걸어 출근할 것이었다.

"……그래도 춥긴 춥네."

하지만 요즘 같은 때에는 평화로움을 즐기는 것도 사치다. 여느 때처럼 금세 감상에서 빠져나온 선우는 목도리에 얼굴을 깊이 파묻으며 걸음을 서둘렀다. 집에서 오매불망 그를 기다리고 있을 따뜻한 커피 한 잔을 몹시도 그렸건만, 어째 얼마 가지 못하고 차차 걸음걸이가 느려진다. 이윽고 우두커니 멈춰 선 그의 표정이 영 심상치 않았다.

"잘 지냈어요?"

산책로의 중간 지점. 어젯밤 신기루처럼 사라졌던 여자가 느긋이 나무에 기대어 서 있었다.

"얼굴이 왜 그래요? 꼭 못 볼 사람이라도 본 것처럼."

"……본인이 못 볼 사람이란 건 잘 아시네요. 그나마 눈치는 있어서 다행이네."

선우가 퍼렇게 질린 얼굴로 좌우를 둘러보았다.

"이봐요, 설마 나 스토킹 했어요?"

"스토킹은 또 무슨 스토킹이에요."

"스토킹이 아니면. 우리 집이 여기인 건 어떻게 알았습니까, 대체?"

"여기가 차선우 씨 집이에요?"

내내 뚜하던 여자의 표정이 문득 밝아졌다. 아뿔싸. 스스로 위기를 자초한 선우가 반쯤 정신이 나간 사이, 여자는 주위를 빙 둘러보며 인근의 건물들을 하나씩 가리키기 시작했다.

"혹시 저 빌라예요? 아님 저기 저 아파트? 아니다, 저 오피스텔인 것 같기도 하고."

여자는 보이는 대로 짚어 본 것이겠지만, 또 그래야 하지만, 선우는 차마 입이 떨어지지 않았다. 그녀가 가리킨 오피스텔이 그의 집이었기 때문이다.

"그…… 이보세요. 동네 사람들 깨기 전에 그것 좀 그만하고."

"유지나."

"네?"

"유지나라고요, 내 이름. 왜 멀쩡한 남의 이름 두고 이봐요, 이보세요 그래요. 그냥 편하게 불러요."

탓한다기보단 등을 부드럽게 떠미는 투였다. 혹은 이름으로 불러 달라 완곡하게 청하는 말이기도 하고. 그래서인지 선우는 평소대로 야멸치게 쏘아붙이는 대신, 물끄러미 그녀를 쳐다보았다.

"그래요, 유지나 씨."

"지나라고 불러도 되는데……."

"당신 도대체 정체가 뭡니까?"

지난 일주일. 그는 틈날 때마다 치열하게 기억을 더듬어 보았다. 혹시나 아는 사람은 아닌지, 어릴 적의 악연은 아닌지. 심지어는 여태 보관해 둔 것도 잊고 있었던 초중고 졸업 앨범까지 꺼내서 샅샅이 뒤져 봤다.

　결과적으로 유지나는 어디에도 없었다. 졸업 앨범에도, 그의 기억 속에도. 그러니 생전 처음 보는 사람임이 분명한데, 이상하게 유지나는 그를 알은체했다. 알려 주기도 전에 먼저 이름을 부르고, 직업을 말했다. 심지어는 아무도 없는 회사에 갑자기 나타나기도 하며, 이렇듯 집 앞에서 마주치기까지 했다.

　이 모든 것이 과연 우연일까? 단순히 우연이라 치부하기에 차선우는 지나치게 의심이 많은 사람이었다.

　"나 알아요? 우리 예전에 어디서 만난 적이라도 있습니까? 나는 도저히 유지나 씨를 모르겠는데, 유지나 씨는 나를 너무 잘 알잖아요. 도대체 여긴 어떻게 알고 왔어요? 아니, 그 전에 지난주 회사에는 어떻게 들어온 거고? 탕비실에서 갑자기 사라진 건 또 뭡니까? 20층 건물에서 창밖으로 뛰어내리기라도 한 겁니까, 아님 내가 잠시 졸기라도 했답니까? 그리고 전에 금요일에도, 그때도 설마 나 스토킹 했어요? 그렇지 않고서야 그렇게 딱 맞춰서 날 구했을 리가……."

　어라. 그는 멍하니 기억을 되짚었다. 그러고 보니 가장 중요한 걸 잊고 있었다.

　"고마워요."

　"……네?"

　기관총처럼 다다다 쏟아지는 말을 벅차게 받아 내던 지나가 뒤늦게 반문했다.

　"고맙다고요. 그때 날 구해 줘서."

당시에는 그녀가 갑자기 울음을 터트려서, 다음에는 갑작스러운 재회가 너무도 당혹스러워서 미처 감사를 표할 겨를이 없었다. 하지만 유지나란 사람이 의심스러운 건 차치하고서라도 일단은 생명의 은인이다. 지금까지 제대로 된 감사 인사조차 없었으면서, 일방적으로 몰아붙이는 건 교양 있는 사람으로서 차마 못 할 짓이었다.

선우는 숨을 깊게 내쉬며 마른세수를 했다. 추위에 질려 파리해진 얼굴에 금세 피로가 몰렸다.

"미안합니다. 진작 감사를 전했어야 했는데. 내가 너무 경황이 없었어요."

"아, 아녜요. 내가 더 고마운걸요."

"유지나 씨가요? 난 딱히 감사를 받을 만한 일을 한 적이 없는데."

선우가 의아한 듯이 고개를 까딱였다. 코앞으로 총총 다가온 지나가 해맑게 웃으며 말했다.

"무사해 줘서 고마워요."

"……날 무사하게 해 준 게 유지나 씨니까, 그건 내가 유지나 씨한테 감사할 일이죠."

"그래도요."

"뭐가 그래도야, 참……."

선우는 도리 없다는 듯 중얼댔다. 그러고는 은근슬쩍 옆에 붙어서 따라오는 유지나를 흘끗 내려다본다.

"그래서 정체가 뭐예요. 뭔데 이렇게 날 따라다녀요."

"또 그 질문이에요? 나한테 물어볼 게 그런 것밖에 없나."

"그럼 내가 유지나 씨한테 또 뭘 물어봐야 하는데요?"

"음……. 내가 왜 차선우 씨를 구했는지?"

"좋아요. 그건 다음에 물어볼 테니, 일단 내 질문에 답해 봐요."

차선우의 철벽은 굳건했다. 입술을 비쭉이며 한참을 미적거리던 지나가 슬쩍 미소를 머금으며 그를 올려다보았다.

"내가 누구냐면요, 차선우 씨 생명의 은인."

"……."

"아, 왜요. 맞잖아요, 생명의 은인. 조금 전에도 구해 줘서 고맙다면서요."

"맞긴 한데, 내 말은 그게 아니라—"

"알아요. 듣고 싶은 대답은 따로 있다는 거."

맥없이 걷던 선우가 불현듯 멈칫하며 지나를 돌아보았다. 변함없이 생글생글 웃는 얼굴. 겉보기에 달라진 점은 없는데, 이상하게 자꾸만 영문을 모르겠는 위화감이 고개를 들었다. 이유를 몰라 난감해하는 그를 묘한 눈길로 지켜보던 지나가 느릿하게 입술을 뗐다.

"그래도…… 그냥 믿어 주면 안 될까요? 나 진심으로 차선우 씨한테 해 끼칠 생각 요만큼도 없어요. 만약 그렇거든 그날 트럭 앞으로 뛰어드는 게 아니라, 차선우 씨를 트럭 앞으로 떠밀었겠죠."

"……굉장히 무서운 말인데. 유지나 씨한텐 참 쉽네요."

"하나도 안 쉬워요. 그날도 안 쉬웠어요."

샛말간 눈이 점차로 그와 시선을 맞춰 온다.

"아무리 사람을 구하기 위해서라지만, 차선우 씨라면 달려오는 덤프트럭 앞으로 뛰어드는 게 쉽겠어요?"

몇 번이고 입술을 달싹거리던 그는 끝내 아무런 말도 내뱉지 못했다. 미간을 살짝 찡그린 채로 뒷머리를 매만지던 선우가 괜스레 지나에게 턱짓한다.

"그런데 옷은 왜 그 모양이에요."

"옷이요?"

"오늘 영하 12도예요. 이 날씨에 감기 걸리려고 작정했어요? 도대체가 생각이 있는 건지, 없는 건지…….."

스웨터를 몇 겹씩 껴입고, 두꺼운 패딩을 걸쳐도 모자랄 날씨다. 며칠째 뉴스에서 한파 주의보를 떠들어 대는 마당에 고작 걸친 것이 하얀 스웨터와 청바지뿐이니, 보는 사람 입장에선 복장이 터질 만했다.

"원래 추위 많이 안 타서 괜찮아요."

지나가 머쓱하게 웃으며 대꾸했다. 물론, 조금도 믿음직스럽지 못한 변명이었다. 선우는 사뭇 한심스럽다는 눈으로 지나의 행색을 훑었다. 정상적인 사람이라면 응당 온몸이 춤겠지만, 유지나는 뺨과 목덜미처럼 바깥에 드러난 부분이 유독 빨갛게 달아올라 있었다. 십중팔구 거센 칼바람이 때리고 간 흔적일 것이다.

선우는 한숨을 삼키며 느릿느릿 목도리를 풀렀다. 그리고 도무지 영문을 모르는 지나를 끌어다가, 하얗게 드러난 목에 붉은 목도리를 둘러 준다.

"저, 정말 괜찮아요. 차선우 씨도 추울 텐데."

"그냥 하고 있어요. 보는 사람 더 춥게 만들지 말고."

야멸친 핀잔에 지나는 말없이 목도리에 얼굴을 파묻었다. 평범한 목도리 어디가 그리도 신기한지, 양손으로 목도리 끄트머리를 조심스레 매만지기도 했다.

그러니까 그 손, 갑자기 그게 눈에 들어온 게 문제였다.

선우는 고개를 돌리려다가도 자꾸만 저도 모르게 지나의 손등을 흘긋거렸다. 오랜 시간 추위에 노출되어 발갛게 부르튼 손등이 어째 그의 양심을 콕콕 찔러 온다. 저 여자는 널 구하려고 덤프트럭 앞으로 뛰어들었는데, 넌 고작 목도리 하나 주고 생색내는 거냐. 마음 깊숙한 곳에서 부정할 수 없는 사실을 읊는 목소리가 얄밉게 울려 퍼졌다.

"……차선우 씨?"

그의 동요를 눈치챈 지나가 의아한 표정을 지었다. 반쯤 포기한 눈으로 그녀를 마주 보던 선우가 갑자기 서류 가방을 내밀었다.

"잠깐 들고 있어 봐요."

선우는 억지로 가방을 넘기고서 곧장 코트를 벗기 시작했다. 그리고 멍하니 그를 올려다보는 지나의 어깨 위로 코트를 걸쳐 준 뒤, 그녀의 품에서 가방을 휙 빼앗아 갔다.

"다음부턴 그렇게 춥게 입고 다니지 마요. 참, 주머니에 장갑 있으니까 그것도 좀 끼고."

선우는 그 말을 끝으로 미련 없이 몸을 돌렸다. 코트를 벗으니 오늘 날씨가 얼마나 추운지 단박에 느껴진다. 저 여자는 도대체 무슨 용기로 외투도 없이 서 있던 걸까? 아니, 그건 용기가 아니라 깡기다. 저번에도 느꼈지만, 참으로 혀를 내두를 만치 별난 사람이었다.

"잠시만요! 차선우 씨!"

별안간 팔뚝을 붙드는 손길에 그가 신경질적으로 뒤를 돌아보았다.

"또 뭡니까? 추워서 빨리 들어가려는데."

"이거, 이걸 왜 날 줘요. 빨리 가져가요. 춥다면서요."

지나가 황망한 얼굴로 더듬더듬 목도리를 풀기 시작했다. 그녀답지 않게 몹시도 경황없는 기색이다. 눈썹을 찌푸린 채 그 모습을 가만히 지켜보던 선우는 이내 한숨을 삼키며 반쯤 풀어진 목도리를 다시 단단하게 여며 주었다.

"장갑은 어디 있어요. 그것도 끼라니까."

"차선우 씨 장갑을 왜 내가 껴요."

"코트는 입었잖아요."

"그거야 차선우 씨가 입힌 거죠!"

지나가 빽 소리를 질렀다. 깜짝 놀란 선우가 다급히 검지를 입술에 붙이며 속삭였다.

"저기, 동네 사람들 다 깨거든요? 조금만 목소리 낮춰서 얘기해요."

"그러니까 차선우 씨 옷을 왜 내가……."

"됐고, 나중에 돌려줘요."

선우는 무심결에 말을 내뱉고서 순간 당황했다. 나중이라니, 마치 이번 만남이 끝이 아니라고 선언하는 것만 같았다. 실상은 이번이 마지막인데. 이런 비일상적인 만남 따위, 지속할 생각이라곤 조금도 없는데.

"……나중에요?"

지나가 묘한 기대감이 서린 얼굴로 물었다. 말을 정정하려다 선수를 빼앗긴 선우는 하릴없이 난처한 표정으로 그녀를 외면했다.

"됐으니까 그냥……."

그냥 가져요. 이렇게 말하려고 했다.

하지만 갑자기 선득한 기분이 들어 고개를 돌렸을 때, 유지나는 이미 사라지고 없었다. 처음과 두 번째가 그랬던 것처럼 또다시 언질도 없이 증발했다.

선우는 이제 놀랄 기운도 없었다. 그저 망연히 허공을 응시하다가, 집으로 향하는 발걸음을 재촉할 뿐. 추위에 옹송그린 뒷모습이 어쩐지 처량하기만 했다.

"벌써 들어가게?"

"집에서 하려고."

선우는 노트북을 챙겨 자리에서 일어났다. 건너편 책상에서 서류에 파묻혀 있던 김정혁이 퀭한 얼굴로 손을 흔들었다.

"그래. 내일 보자."

내일 볼 수 있으면 다행일 정도로 피폐한 몰골이나, 선우의 안색도 크게 다르진 않았다. 외려 오늘 저녁에야 겨우 지방 출장에서 돌아온 그가 더 피곤하면 피곤했지, 덜하진 않을 터. 다 같이 힘든 형편에 서로 피로의 경중을 따지는 것도 우스운 일이지만, 그만큼 선우는 오늘따라 안색이 좋질 않았다.

이게 다 전부 술자리 때문이다. 며칠 전 포항으로 출장을 떠났던 그는 짧은 출장 기간 내내 밤이면 술로 배를 채워야 했다. 마음 같아선 정말이지 숙소로 돌아가 부족한 수면 시간이나 채우고 싶었지만, 대놓고든 은근하든 회식 자리에서 빠져나가기가 영 여의치 못했다. 양옆에 어마어마한 주당이 딱 버티고 있는 데다, 거기 사장이 맞은편에 앉아 잔이 비기 무섭게 연거푸 술을 채워 줬기 때문이다.

덕분에 그는 오늘 아침부터 극심한 숙취에 시달리고 있었다. 속이 울렁거려서 밥 한술 제대로 뜨지도 못했고, 머리는 내내 깨질 듯이 아파 왔다. 빈속에 커피를 들이붓는 건 차마 그로서도 못 할 짓이라 온종일 커피 한 모금 마시지 못했더니, 이제는 카페인 금단 증상마저 보이고 있었다. 한마디로 사는 게 죽을 맛이다.

하지만 맘 놓고 잠들지도 못하는 고단한 인생. 선우는 조금 전 김정혁이 던져 준 빵을 기계적으로 우물거리며 회사 근처 24시간 카페로 향했다. 살기 위해선 뭐든 먹고 마셔야 하는 법. 비타민이나 단백질 같은 영양소를 따져 먹을 겨를은 없지만, 다행스럽게도 커피를 사 마실 겨를은 있었다.

"아메리카노 나왔습니다."

선우는 그제야 돌 씹는 것처럼 까끌까끌한 빵을 목구멍으로 넘겼다. 이젠 빈속도 아니니, 커피를 마셔도 양심에 거리낄 것이 없다. 집에 돌아가서 마저 일을 끝내려면 커피라도 마셔야 한다는 둥, 안 그럼 피곤함을 못 이겨 졸고 말 거라는 둥 내심으로 갖가지 변명을 댔지만, 죄어떻게든 커피를 마시기 위한 자기변명에 지나지 않았다.

그래도 커피가 들어가니 좀 살 것 같다.

선우는 오늘 처음으로 한숨을 돌리며 카페를 나섰다. 벌써 자정 가까운 시각. 인근 건물에는 새카만 어둠이 내렸고, 길가에는 지나다니는 사람조차 드물었다. 늘 만성적인 교통 체증을 빚던 도로도 느지막한 휴식을 취하고 있다. 술에 취한 차주를 싣고 대리기사를 운전석에 태운 고급차만 종종 쌩하니 곁을 지나쳤다.

그러고 보니 오늘이 무슨 요일이더라. 출장을 떠났던 것이 이번 주 화요일이고, 이틀 지나 올라오는 일정이었으니 아마 목요일인 모양이다. 선우는 뒤이어 날짜마저 헤아려 보려다가 금세 포기하고 말았다. 어차피 몇 분만 지나도 바뀔 날짜고, 바뀔 요일이다. 날짜가 다르고 요일이 다르다고 생활이 달라지는 것도 아니니, 그렇잖아도 지친 머리를 계속 혹사시키는 것은 무의미했다.

날씨는 여전히 더럽게 추웠다. 한파 주의보는 진즉 가셨지만, 계절이 뒤바뀌지 않는 이상 아무리 따뜻해 봤자 1월은 한겨울. 그나마 추워서 한 가지 좋은 점이 있다면, 늘 번잡하던 번화가가 드물게 한가하다는 것이다. 조금 쓸쓸하고 황량한 광경일지언정, 번화가를 가로질러 출퇴근하는 그에겐 그보다 반가운 소식이 없었다.

어느덧 선우는 휑한 번화가를 지나 어둑어둑한 주거지로 접어들었다. 간간이 나타나는 가로등이 흐릿하게 내리비추는 길가는 생각보다 더 어둡고 적요했다. 지난 이틀, 지방에 다녀왔다고 그새 귀갓길이 낯설어지기라도 한 걸까. 그는 조금씩 식어 가는 커피를 후후 불어 가며 발을 재촉했다. 하지만 집 앞으로 이어지는 산책로에 다다랐을 무렵엔, 저도 모르게 서서히 걸음을 멈추고 말았다.

노란 불빛이 하늘하늘 굽이치는 가로등 아래, 그녀가 잠잠히 기대어 서 있었다. 마치 빛의 폭포수를 온몸으로 받아 내는 것처럼. 하나로 동여맨 갈색 머리카락이며, 지루하게 발끝만 내려다보는 눈동자가 노란 빛을 받아 유독 밝았다.

그 모습을 가만히 보고 있자니, 무척이나 기묘한 위화감이 들었다. 전혀 예상치 못한 곳에서 예상치 못한 사람을 만났기 때문인지, 아니면 온통 어두운 사위에서 홀로 환하기 때문인지. 이유야 어쨌든 선우는 그녀에게서 오래도록 시선을 떼지 못했다. 일상적이지 않은 기이한 정경이 자꾸만 시야에 박혔다.

그때, 갑자기 여자가 고개를 돌렸다. 그와 눈이 마주치자, 내리 무료하던 얼굴에 밝은 미소가 피어오른다.

"차선우 씨!"

여자가 단걸음에 그에게로 달려왔다. 채 숨기지 못한 반가움이 목소리에 가득 묻어났다.

"음, 우리 오랜만인가요?"

"……네."

떨떠름한 대꾸에도 개의치 않은 채, 여자는 빙그레 웃으며 자신의 손목을 가리켰다. 물끄러미 그녀의 손짓을 지켜보던 선우가 의아한 기색으로 손목을 들어 올렸다. 그러자 여자가 얼른 그의 손목으로 고개를 숙인다. 처음에는 내심 당황했지만, 알고 보니 손목시계를 보는 것이었다.

"와, 11시 50분. 오늘도 늦었네요. 일이 많은가 봐요."

"시즌이니까요."

가볍게 수긍하던 여자가 뺨을 매만지며 슬쩍 그를 올려다보았다.

"……그런데 왜 그렇게 빤히 봐요?"

그녀처럼 해괴한 사람도 줄곧 내리꽂히는 시선이 조금은 부담스러운 모양이었다. 하지만 선우는 좀처럼 입을 열지 않았다. 그녀에게 꽂힌 시선에도 한 점 흔들림이 없다.

유지나.

지난 세 번의 만남이 황당하고 기막혔던 것이 무색할 정도로, 그간 유지나란 여자를 까마득하게 잊고 지냈다. 할 일 없이 빈둥거리는 비시즌에야 온종일 수상쩍은 여자에 대해 고민할 시간이 차고 넘치겠으나, 지방과 서울을 며칠 간격으로 오가는 요즘 같은 때는 딴생각을 할 여력이 추호도 없었다. 오죽하면 하나뿐인 여동생 생일도 까마득하게 잊고 살다가, 생일을 완전히 넘기기 몇 분 전에야 간신히 생일 축하 메시지를 보낼 정도일까.

그 탓인지, 오래간만에 보는 여자가 반갑고도 신기했다. 마치 영영 퇴장한 줄 알았던 등장인물이 예상치 못한 시점에 깜짝 등장하는 소설을 읽는 기분이다.

"……유지나 씨."

"네."

갑작스러운 호명에 긴장하는 기색이 역력했다. 선우는 특유의 건조한 어투로 느릿하게 말문을 열었다.

"그거, 내 코트 아닙니까?"

멍하니 그를 마주 보던 지나가 천천히 자신의 행색을 살펴보았다. 얼굴을 반쯤 가리는 붉은 목도리와, 품이 넉넉하다 못해 한참이나 남는 검은색 코트. 모두 지난번 차선우가 둘러 주었던 옷가지다.

"아, 맞다. 지금 돌려줄게요."

지나가 황급히 목도리부터 풀기 시작했다. 선우가 떫은 표정으로 고개를 저었다.

"됐습니다."

"네? 하지만……."

반쯤 풀어진 목도리와 옷깃 사이로 얼핏 하얀 스웨터가 보였다. 스웨터가 아무리 두꺼워도 한겨울 추위를 이겨 내긴 무리니, 지금 받아가면 날씨가 춥다며 코트까지 벗어 준 의미가 없었다.

"애초에 돌려줄 거였으면, 다른 외투라도 가져왔어야 하는 아니에요? 지금 돌려준다고 냉큼 받아 가면 내가 뭐가 돼요?"

"뭐가 되냐니……. 코트를 빌려줬던 착한 사람이 되는 거죠."

"됐으니까, 그냥 가져요."

그날 여자가 갑자기 사라져서 그랬지, 원래도 줄 생각으로 걸쳐 준 옷이다. 그런데 유지나는 뭐가 그다지도 놀라운지, 그렇잖아도 큰 눈을 더욱 또렷하게 뜨며 한 걸음 가까이 다가왔다.

"그냥 준다고요?"

"네."

"왜요?"

"왜긴……. 코트가 그거 하나만 있는 것도 아니고."

"차선우 씨, 원래 그렇게 코트 많다고 남한테 함부로 적선하고 그러는 사람이었어요?"

"……왠지 나를 자린고비 구두쇠처럼 보는 것 같은데, 나만의 착각이겠죠?"

선우가 애써 입꼬리를 당겨 웃었다. 한눈에도 입만 겨우 웃는 모양새였으나, 지나는 전혀 개의치 않았다. 엷은 갈색 눈에 설핏 장난기가 어린다.

"어쩜, 눈치도 이렇게 좋으실까."

"내놔요."

"네?"

"코트 내놓으라고요."

"왜요, 나 준다면서요!"

"마음 바뀌었으니까 얌전히 내놔요. 거기 목도리도."

"싫어요!"

"아, 달라고!"

"싫다고! 세상에 줬다 뺏는 게 어디 있어요? 장난 좀 쳤기로서니, 차선우 씨가 무슨 초등학생이에요?"

결국 큰소리가 나오고 나서야 선우는 입술을 꾹 다물었다. 적잖이 심기가 불편한 듯 입꼬리가 파르르 떨렸지만, 여기서 허투루 반박했다간 정말 초등학생 수준으로 떨어지는 수가 있었다. 워낙에 커다란 굴곡 없이 곱게만 자라 어린아이처럼 유치한 면모가 있긴 해도, 기본적으로 차선우는 그럭저럭 괜찮은 눈치와 판단력을 지닌 성인이었다. 유지나가 바라는 대로 함부로 입을 놀렸다가 죽도 밥도 못 되는 상황은 기필코 만들지 않을 것이다.

"어쨌건 나 그렇게 야박한 사람 아닙니다. 그리고 그 옷도 좀……."

선우가 영 못마땅한 기색으로 지나의 차림새를 가리켰다.

"내가 줬으니까 뭐라고 말은 못하겠는데, 그거 원래 남자 옷이거든요? 웬만하면 다른 걸로 입고 다녀요."

"따뜻하고 좋은데, 왜요."

"따뜻하고 좋은 옷이라는 건 나도 잘 아는데, 그러니까 보고 있기가 좀……."

지나가 영문을 모르겠다는 듯이 고개를 갸웃거렸다. 정확한 이유를 말해 주지 않으니 그녀 입장에서야 의아한 것이 당연하지만, 속이 답답하기로는 그도 마찬가지다.

족히 반 뼘은 차이 나는 어깨선과, 복사뼈에 닿을 듯 말 듯 한 기장. 게다가 소매는 거의 손톱 끝까지 가릴 지경이다. 그에게 맞춘 옷이니 여자에게 큰 것이 당연하지만, 어쩐지 말로 설명할 수 없는 이상한 기분이 스멀스멀 발밑에서부터 올라오고 있었다.

"꼭 어린애가 몰래 아빠 옷 입은 것 같잖아요."

"좀 크긴 하죠? 나 그래도 작은 키는 아닌데, 확실히 차선우 씨가 크긴 큰가 봐요."

"좀이 아니라 많이, 아주 많이 큽니다."

"어차피 보는 사람도 없는걸요."

지나는 사람 그림자 하나 얼씬거리지 않는 주변을 연신 두리번거렸다. 보는 눈까지 계산하는 걸 보면, 아무래도 앞으로 코트를 자주 입을 의향인 듯했다. 차마 말을 잇지 못하고 황당한 시선만 던지던 선우는 어느새 미지근해진 커피를 한 모금 마시며 맥없이 중얼거렸다.

"네, 마음대로 하세요. 마음대로."

확실히 조금 전 본인의 말처럼, 옷을 줘 놓고 입지 말라고 하는 것도 모양새가 영 이상하다. 이제 저 코트는 엄연히 유지나의 소유니, 입을 권리도 입지 않을 권리도 어디까지나 그녀의 몫이었다. 다만 볼 때마다 그의 기분만 이상해질 뿐.

훌훌 바람에 날리는 코트 자락을 여미며 발걸음을 옮기는 그를 지나가 눈치껏 따라붙었다.

"야밤에 웬 커피예요?"

"잔업이 있어서."

"그래도 밤인데……."

"익숙해져서 괜찮아요."

선우가 커피를 홀짝이며 대꾸했다. 그의 안색을 조심스레 살펴보던 지나가 문득 흐려진 낯빛으로 물었다.

"잠은요?"

"네?"

"잠은 잘 자냐고요."

"……피곤하면 잘 자죠."

그러고 지나는 한참이나 말이 없었다. 뒤늦게 이상함을 감지한 선우가 흘끗 그녀를 보았다. 제법 키 차이가 나서 표정이 자세히는 보이지 않지만, 확실히 평소처럼 웃는 낯은 아니다.

"피곤하지 않으면, 못 잔다는 뜻이잖아요."

느지막하게 돌아오는 대답에 선우는 떨떠름한 기색으로 종이컵 끄트머리를 살짝 물었다. 무슨 의도로 저런 질문을 하는 건지 도통 모르겠다.

"그건 다른 사람들도 마찬가지 아닌가."

"새벽까지 일하느라 피곤해서 잘 자는 거랑, 일상적인 피로만으로도 잘 자는 거랑은 엄연히 다르죠."

"……보통은 새벽까지 일해서 괜찮습니다."

비시즌이라면 몰라도, 시즌의 회계사는 커피 없이 살아갈 수 있는 환경이 아니다. 전국 수십 개의 회사를 돌아다니는 것으로 모자라, 저녁이면 본사로 돌아와 새벽 서너 시까지 야근하고도 일을 끝내지 못하는 경우가 부지기수였다. 잠을 줄여도 잔업이 넘치는 판국에, 커피 없이 잘 자는 밤? 사치도 그런 사치가 없었다.

하지만 선우는 그런 피곤한 삶을 속속들이 설명할 생각은 추호도 없었다. 빛 좋은 개살구라 했던가. 겉으로 보기에 아무리 때깔 좋고 그럴 듯해 보여도, 직접 먹어 보지 않으면 그 내실을 알 수 없는 법이다. 직업도 마찬가지였다. 몸소 겪어 보지 않은 사람은 그의 고초를 쉽게 이해하지 못했다.

그리고 걱정해서 하는 말을 심각하게 받아칠 필요도 없고.

……걱정해서 하는 말은 맞겠지?

선우는 슬그머니 고개를 돌리다가 그만 지나와 정면으로 눈이 마주치고 말았다. 그가 흠칫하는 사이, 지나는 커피를 눈짓하며 은근한 목소리로 말했다.

"내일은 내 것도 사다 줄래요?"

"……내가 왜 유지나 씨 커피를 삽니까?"

"에이, 치사하긴."

"네. 나 치사하니까 안 사도 되죠?"

"좀 사 줘요, 그러지 말고."

"그러니까 내가 왜 유지나 씨한테 커피를 대령해야 하냐고요."

퉁명스러운 대꾸에 지나가 짐짓 고심하는 체했다.

"음……. 목숨값?"

"아, 그래서 코트 줬잖아요."

"차선우 씨 목숨값이 이거밖에 안 돼요?"

여상하게 묻는 소리에 그만 말문이 막혔다. 선우는 무어라 반박도 못하고 속으로만 구시렁대며 남은 커피를 전부 입에 털어 넣었다. 벌써 바닥을 보이는 커피가 이렇게 못마땅하기도 오랜만이다.

"그럼 허브티로 부탁해요. 그중에서도…… 카모마일! 카모마일이 좋겠다."

갈수록 속이 엉망진창으로 꼬여 가는 누구와 달리, 지나는 공짜로 차를 얻어 마실 생각에 기분이 몹시 좋은 듯했다. 하기야 그날 유지나가 횡단보도에 없었더라면 그는 아주 큰일을 겪었을 테니, 코트며 차는 아무것도 아니다. 다만 이렇게 예상치 못한 순간순간 그녀와 얽히는 것이 영 마뜩잖을 뿐.

퇴근하는 순간부터 오롯한 혼자만의 일상을 원하는 그에게 유지나는 지나치게 부담스러운 존재였다. 지금까지 누구도 그녀처럼 마구잡이로 그의 일상을 헤집진 않았기 때문이다.

"그런데 내일은 또 뭡니까?"

조금 전의 대화를 되짚어 보던 선우가 불현듯 눈살을 찌푸렸다.

"뭐가요?"

"방금 그랬잖아요. 내일은 당신 것도 사 오라고. 난 유지나 씨랑 더는 만날 생각이 없는데요."

"원래 사람 일이라는 게 원하는 대로만 흘러가지가 않더라고요. 차선우 씨도 살다 보면 언젠가 느끼는 날이 올 거예요."

선우는 기가 찬 나머지 헛숨을 내뱉고 말았다. 웬만한 연륜이 아니고서야 누구에게도 썩 어울릴 말이 아니지만, 특히나 척 봐도 자신보다 네댓 살은 어려 보이는 유지나가 할 법한 이야기는 결단코 아니었다. 고작 낫살로 유세 부리고 싶은 마음은 추호도 없으나, 여기서 그런 얘길 듣자니 저도 모르게 억울함이 샘솟았다.

때마침 두 사람은 산책로 막바지에 이르렀다. 자연스레 멈춰 선 지나가 앞쪽으로 허리를 굽혀 그의 얼굴을 빤히 들여다본다.

"이만 들어가요. 많이 피곤해 보이는데, 빨리 일 끝내고 눈부터 붙여야죠."

"누가 나타나지만 않았어도, 지금쯤 일을 시작하고도 남았을 텐데요."

"듣는 사람 섭섭하게……. 힘들까 봐 어렵게 와 준 거구만."

"덕분에 더 힘들어졌습니다. 고맙네요, 아주."

"그렇지만, 차선우 씨는 몸만 힘든 게 아니잖아요."

저건 도대체 무슨 소리지.

선우는 눈을 가늘게 뜨고 지나를 쳐다보았다. 하지만 지나는 그저 말갛게 웃기만 할 뿐이었다.

"내일 카모마일, 잊지 마요."

이튿날 퇴근길.

선우는 습관처럼 카페에 들렀다가 불현듯 유지나를 떠올렸다. 차라리 깜빡 잊어버렸으면 몰라도, 끝내 기억해 버리고 말았으니 차마 무시할 수가 없다. 만약 그녀의 몫을 사 가지 않는다면, 오늘은 또 무슨 말로 성질을 긁어 놓을지 상상하기도 싫었다.

"아메리카노랑…… 카모마일이요? 오늘은 어쩐 일로 두 잔이나 사 가시네요."

"그러게나 말입니다."

선우는 열없이 중얼대며 포장된 음료 두 개를 받아 들었다. 카페를 나서자마자 찬 바람이 몰아치는 바람에 따뜻한 커피가 몹시 동했지만, 먼저 마셔 버리는 건 상대에 대한 예의가 아닌 것 같았다. 비록 그 상대가 언질도 없이 불쑥불쑥 나타나는, 예의라곤 조금도 찾아볼 수 없는 사람이어도, 저마저 비슷한 수준으로 추락할 수는 없다.

그러고 보니 유지나는 대체 동네를 어떻게 알고 찾아온 걸까. 당신에게 해 끼칠 생각은 추호도 없다는 말로 어물쩍 넘어갔을 뿐, 그녀는 여러 의문점에 대해 속 시원히 밝힌 적이 없었다. 고작해야 천사니 초능력자니 하는 어처구니없는 말로 그를 잠시나마 현혹시킨 것이 전부다.

하지만 이상하기로는 차선우 본인도 마찬가지였다. 정확히는 그가 유지나를 받아들이는 태도. 갑자기 아무도 없는 회사에 나타나질 않나, 오랜 친구들도 거의 초대한 적 없는 집 앞으로 불쑥 나타나질 않나. 제아무리 트럭에 치일 뻔한 걸 구해 줬다 하더라도, 그의 성격상 고마운 건 고마운 거고 아닌 건 아닌 거라며 단호히 밀어 내야 옳았다. 이렇게 은근슬쩍 스며드는 건 30년 인생에서 전례가 없는 일이다.

피곤해서 그런가. 지친 머리로 고심하던 선우는 곧 수긍했다. 확실히 눈코 뜰 새 없이 바쁜 요즘에는 웬만해서 딴생각할 여유가 없었다. 한가로운 비시즌에야 미리미리 고심하고 벽을 세워서 유지나가 나타나기 무섭게 선을 긋겠으나, 이렇듯 퇴근길에야 겨우 고민할 여유가 주어지는 시즌에는 불쑥 나타나면 나타나는 대로, 말을 걸면 거는 대로 당할 수밖에 없었다.

그리고 뭐, 같이 있으면 편하기도 하고.

못마땅해도 인정할 수밖에 없는 사실이다. 성격이 좋은 건지, 말을 잘하는 건지, 아님 둘 다인 건지. 불쑥 나타날 때마다 본능적으로 경계심이 들긴 해도 그조차 아주 잠시일 뿐, 정신을 차리고 보면 어느새 그녀와 미주알고주알 대화를 나누고 있었다. 대개가 시시껄렁한 이야기긴 해도, 만사에 까다롭고 결벽적인 그의 성격상 잘 알지도 못하는 사람과 그리 풀어져서 얘기하는 건 확실히 드문 일이다. 그러니까 이렇듯 수상쩍은 여자에게 차도 갖다 바치는 거겠지만.

선우는 옅은 한숨을 내쉬며 신경질적으로 뒷머리를 헝클였다. 정말이지, 하여간에 마음에 안 든다. 그렇잖아도 살인적인 업무량으로 매일같이 수명이 줄어드는 느낌인데, 쓸데없는 고민까지 겹치니 짜증이 치솟을 수밖에 없었다. 퇴근길만큼은 머리를 텅 비워 놓아야 집에서 잔업을 할 때 한결 편할…….

"와, 다크서클 좀 봐. 줄넘기해도 되겠어요."

"악! 깜짝이야!"

난데없이 지근거리에서 들려오는 목소리에 선우는 식겁하여 뒤로 넘어질 뻔했다. 그의 고함에 도리어 놀란 지나가 화들짝 눈을 부릅떴다.

"……차선우 씨, 진짜 잘 놀라는구나."

"아, 진짜! 그렇게 뒤에서 불쑥불쑥 나타나지 말라니까요!"

"누가 들으면 내가 갑자기 나타난 줄 알겠네. 나 저기 서 있었는데 차선우 씨가 못 보고 지나친 거잖아요."

"못 보고 지나치면 조심스럽게 한 번 부르든가, 갑자기 뒤에서 말을 걸면 누가 안 놀랍니까?"

"그래서 불렀잖아요. 불러도 못 듣는 걸 어떡해요, 그럼?"

지나가 억울한 기색으로 그를 흘겨보았다. 아직도 두근두근 뜀박질하는 심장을 겨우 진정시킨 선우가 잔뜩 부어터진 표정을 지었다.

"어쨌든 다음부터는 그러지 마요."

가시 세운 고슴도치처럼 경계하는 모습에 지나는 뭐라 핀잔도 못 주고 코웃음만 쳤다. 그러다가 그의 손에 들린 종이컵 두 개를 발견하곤 삽시에 낯빛을 바꾸었다.

"설마 진짜로 사 온 거예요?"

"사 오라면서요. 그렇게 신신당부하더니……. 그런데 지금 뭐 하는 겁니까?"

둘 중 어떤 게 커피인지 몰라 뚜껑을 열려 하는 사이, 돌연 지나가 손을 쑥 내밀어서 종이컵 하나를 가져갔다. 멍하니 그 모습을 지켜보던 선우가 서둘러 남은 종이컵 뚜껑을 열어 보았다. 아니나 다를까, 카모마일이다.

"저기, 그게 내 커피거든요? 유지나 씨가 사 달라던 건 여기……."

"으, 쓰다. 이렇게 쓴 걸 어떻게 마셔요?"

"뭐야, 그새 마셨어요? 아아, 잠깐! 그만 마셔요! 그거 내 거라니까!"

"다음번엔 시럽 꼭 넣어야 돼요? 한 네 번 정도만 펌핑하면, 내 입맛에 딱 맞을 것 같네."

"그거 내 커피라고요! 유지나 씨는 여기 이거, 카모마일 마시고 싶다고 했잖습니까! 그리고 다음번은 또 뭐예요. 그런 거 없거든요?"

그가 옆에서 빽빽대는 동안, 지나는 듣는 둥 마는 둥 하며 잔뜩 찌푸린 얼굴로 커피를 전부 비웠다. 뒤늦게 그 사실을 알아챈 선우가 황급히 컵을 채 갔으나, 이미 지나가 남김없이 마셔 버린 뒤였다.

"대체 이게 뭐 하자는……."

너무도 어이없는 나머지 말까지 더듬고 말았다.

"아니, 커피가 마시고 싶었으면 어제 그렇게 말을 하든가. 왜 남의 걸 뺏어 가요?"

"나 커피 별로 안 좋아해요. 여름에 마시는 아이스 아메리카노는 몰라도."

나랑 장난하자는 건가. 선우가 날카롭게 쏘아붙이려는데, 지나의 목소리가 먼저 끼어들었다.

"그런데 차선우 씨가 커피 마시는 건 더 싫어요."

"……"

"카모마일이 심신 안정, 스트레스 해소에 그렇게 좋대요. 게다가 잠도 잘 오고. 이왕 사 온 거 한번 마셔 봐요."

지나는 그리 말하며 길 왼쪽으로 난 야트막한 방벽 위로 깡충 뛰어올랐다. 비좁은 방벽 위에서 날렵하게 중심을 잡아 걸어가는 모양새가 꼭 고양이 같다. 허탈하게 그녀의 뒷모습을 응시하던 선우가 갑자기 눈가를 찡그리며 얼른 뒤를 따라붙었다.

"안 그래도 오늘 끝마쳐야 하는 일이 산더미 같은데, 잠은 무슨 잠입니까? 남의 일에 그렇게 함부로 끼어들지 마요."

"내가 이러는 거, 오지랖으로 보일 수도 있다고 생각하지만—"

"오지랖 맞아요."

"······그러는 차선우 씨야말로 남의 오지랖 걱정하기 전에 본인 건강부터 잘 살펴요. 애초에 차선우 씨가 철두철미하게 자기 건강 관리했으면, 내가 이렇게 유치한 수까지 쓰겠어요?"

기가 찬 나머지 헛웃음부터 나왔다. 자길 언제 봤다고, 얼마나 안다고 건강 운운하는 건지 정말로 이해가 안 갔다.

"이봐요, 유지나 씨. 나 건강합니다. 술도 회식에서나 좀 마시지 평소에는 입에도 안 대고, 담배는 절대 안 피워요. 지금이야 시즌이라서, 일이 너무 많아서 피곤한 거지 몸에는 아무런 이상도 없다고요."

"대신 커피를 물처럼 마시고 살잖아요."

"아니, 커피 좀 많이 마신다고 그렇게 환자 취급 합니까?"

"그럼 내가 질문 하나만 할게요. 차선우 씨, 비시즌에는 하루에 커피 몇 잔씩 마셔요?"

예리한 질문에 그만 할 말이 없어졌다. 물론 잠까지 줄여 가며 일하는 시즌보다는 덜해도, 기본적으로 그는 비시즌에도 하루 예닐곱 잔씩 커피는 꼭 마셔 왔다. 누가 보더라도 꽤나 심각한 커피 중독이다.

"술 담배만 문제인 줄 알아요? 그 정도면 커피도 문제예요. 카페인 중독도 엄연히 정신 질환의 하나라고요."

"요즘엔 일하느라 그런 거고, 시즌 끝나면 나도 줄이려고 계획하고는 있었는데······."

"그게 몇 년째예요, 대체? 작년에는 그런 계획 없었어요?"

선우는 이제 장난감을 빼앗긴 어린애처럼 심통 난 얼굴이었다. 흘끗 그를 살펴본 지나가 차분한 어조로 말을 이었다.

"지금 당장 끊으라는 게 아녜요. 다만 미래를 생각해서라도 조금씩 자제하라는 거죠. 지금이야 괜찮을지 몰라도 언제 병이 터질지는 아무도 모르잖아요. 정 끊기가 힘들면 요새 심리 상담 센터 많던데, 그런 데라도 한번 가 보든가요."

"……아주 악담을 하시네요."

구시렁거리는 소리에 지나는 몹시 억울한 기색으로, 악담이 아니라 걱정이라며 자꾸 '걱정'이란 단어를 강조했다. 하지만 선우는 아무래도 좋았다. 이런 일, 어차피 처음 겪는 것도 아니었다.

너처럼 심한 카페인 중독은 처음 본다, 그것도 병이다. 그로서는 이런 참견이 마냥 낯설지만도 않았다. 회사에서만 하더라도 동기인 김정혁이 매일같이 달고 사는 말이 바로 커피 좀 줄이라는 거고, 가끔 만나는 여동생조차 정신과에서 상담부터 받아 보라며 늘 성화였다. 오빠는 그게 문제라는 둥, 하루라도 커피를 끊으면 손부터 달달 떠는 사람이 환자가 아니면 뭐냐며 쏘아붙이던 여동생의 목소리가 아직도 귓가에 쟁쟁하다.

"그래도 병원 가란 소리는 안 하네요."

선우가 한숨처럼 입김을 뿜어냈다. 하얗게 솟구쳤다가 사방으로 흩어지는 모양새를 넋 놓고 지켜보는 사이, 지나의 대답이 잔잔하게 그에게로 흘러들었다.

"차선우 씨, 병원 가기 싫어하잖아요."

"……."

"방금 또 소름 돋았죠."

선우가 퍼렇게 질린 표정으로 그녀를 힐끔거렸다.

"진짜 스토커 아닙니까?"

이름에, 직업에, 사는 동네에. 여기까진 그렇다 쳐도, 병원에 대한 건 사정이 다르다. 친한 친구들조차 알지 못하는 그와 가족들만의 내밀한 비밀. 이제는 가족들조차 암묵적으로 쉬쉬하는 일이며, 너무 오래되어 그 역시 기억에서 한참 지우고 있던 일이었다. 심지어는 사귀던 여자 친구에게도 말한 적 없는 비밀을 고작 한 달 전에 만난 그녀가 어떻게 알고 있단 말인가. 말이 스토커지, 사실상 스토커도 파헤치기 어려운 과거였다.

"충분히 의심스럽게 보인다는 거 잘 알아요. 내가 차선우 씨여도 그러겠죠."

좁은 방벽 위를 아슬아슬하게 걸어 나가던 지나가 불현듯 발을 멈추었다. 그를 돌아보는 만면에 샛노란 미소가 흐드러지게 피어났다.

"그래도 믿어 줘요. 가끔은 믿음이 사람을 구하기도 한다잖아요."

달은 2월로 접어들었다. 날씨는 여전히 지독하게 추웠고, 업무량도 지독하긴 매한가지다. 아직 시즌이 한창인데 말해 무엇 하겠느냐만, 그나마 다행스럽게도 이제는 폭증하는 업무에 심신이 완벽하게 적응한 모양인지 예전만큼 힘들진 않았다. 예전에는 당장 죽을 것 같았다면, 이제는 죽어도 내일모레쯤 죽을 것 같다는 아주 어마어마한 차이였다.

유지나는 일주일이 넘도록 나타나지 않았다. 정체도 모르는 수상한 여자, 계속 나타나 봤자 그에게 좋을 것은 하나도 없었으나, 가끔, 머

68

리 싸매고 일하다가 한숨 돌릴 때면 아주 가끔씩 그녀가 떠오르곤 했다. 마지막 만남에서 다음 운운했던 걸 보면 또 나타나긴 할 텐데, 그게 언젠지 도통 모르겠다. 올 거면 연락이라도 하고 오든가.

그는 괜스레 툴툴거리며 다음번엔 꼭 유지나의 전화번호를 받아 내겠노라 다짐했다. 물론 사심이 있어서 그런 건 절대 아니고.

하여간에 그런 수상쩍은 여자의 존재는 대체로 까맣게 잊어버릴 만큼 바쁜 나날이었다. 서울과 지방을 오가는 바쁜 출장 일정과, 출장이 끝나고도 이어지는 기나긴 야근. 일은 아무리 해도 끝이 안 보였고, 일을 끝마치는 속도보다 새로운 일이 추가되는 속도가 더 빨랐다. 마치 망망대해 같은 업무의 홍수 속에서 혼자 어떻게든 살아 보겠노라 버겁게 헤엄치는 느낌이었다.

그렇게 며칠이 더 지나, 어느덧 주말에 이르렀다. 요일을 잊고 살아간 지 한참이라 오늘이 일요일인 것도 출근길에 있는 교회로 사람들이 꾸역꾸역 들어차는 걸 보고 알았다. 어제 새로운 한 주를 시작한 것 같은데 벌써 일요일인가. 멍하니 날짜를 되짚어 보던 선우는 이내 떠올리길 포기했다. 눈코 뜰 새 없이 바빠 한 가지 좋은 점이 있다면, 그만큼 시간이 눈 깜짝할 새 지나간다는 것이었다. 또 이렇게 그냥저냥 살다 보면 어느새 시즌도 끝나 있고, 겨울도 끝나 있고 그럴 것이다.

그 말대로 일요일은 순식간에 지나갔다. 노트북 좀 만지고, 서류 몇 장 읽은 것 같은데 벌써 창밖 하늘이 컴컴했다. 선우는 저녁은 대충 빵으로 때우고서, 그 뒤로도 네댓 시간 더 일해 새벽 2시를 넘기고서야 자리를 털고 일어났다. 회사를 나서는 그의 등 뒤로 야근에 지친 직원들을 비추는 스탠드 불빛이 창백하게 넘실거렸다.

웬만큼 유명한 기업들의 본사란 본사는 전부 몰려 있는 서울의 중심지지만, 그럼에도 회사의 위치가 마음에 드는 가장 큰 까닭은 정문과 마주 보는 곳에 자리한 24시간 카페의 존재다. 지칠 대로 지친 선우는 어깨를 축 늘어뜨린 채로 힘없이 카페에 들어섰다. 향긋한 커피 내음이 부드럽게 두뇌를 어루만지며 차츰차츰 곤한 정신을 일깨웠다.

"주문하시겠어요?"

그리고 고민이 밀려들었다.

"저, 손님?"

선우는 핏발 선 눈으로 찌를 듯이 메뉴판을 노려보았다. 아메리카노. 세상 그 무엇보다 달콤한 다섯 글자가 끊임없이 그를 유혹해 대고, 그 역시 기꺼이 유혹에 빠지고 싶었으나, 어떤 기억이 자꾸만 아메리카노를 향한 발목을 붙잡았다.

유지나.

과연 오늘은 나타날까.

"……죄송합니다. 주문할게요."

잠시 후, 직원의 인사 소리와 함께 찬 바람 쌩쌩 부는 길가로 나오는 그의 손아귀엔 얌전하게 포장된 종이컵 두 개가 들려 있었다. 힐끗 그것을 쳐다보는 두 눈에 짙은 후회가 서렸다.

내가 미쳤지, 정신이 나갔지. 쫓아내도 모자랄 판에 제 손으로 드십사 바치는 꼴이라니. 게다가 유지나는 오늘 나타날지도 확실치 않다. 도대체가 무슨 생각으로 두 개나 샀는지, 스스로 사 놓고도 좀처럼 납득이 되질 않았다.

하지만 이제 와 주문을 무를 수도 없는 노릇이다. 선우는 깊은 한숨을 내쉬며 터덜터덜 길을 걸었다. 이제는 지나다니는 택시도 드문 야심한 시간. 셔터 내린 번화가를 지나 주거지로 이어지는 어둑어둑한 길가로 접어들 무렵, 그의 발걸음이 불현듯 멎었다. 가로등 노란 불빛을 받아 길게 늘어진 그림자 끄트머리로 낯선 그림자 하나가 맞닿아 있다. 물끄러미 발밑을 굽어보던 선우가 천천히 고개를 들어 올렸다.

불빛이 거멓게 잦아드는 경계. 그 흐릿한 어둠 속에서 여자가 그림처럼 가만히 서 있었다. 지나치게 커다란 코트를 걸친 우스꽝스러운 꼴로, 더없이 환하게 웃으며.

그대로 요지부동하던 그녀가 문득 가벼운 걸음으로 날듯이 다가왔다. 하나로 묶은 갈색 머리채가 아지랑이처럼 너울거린다. 눈 깜빡할 때마다 조금씩 가까워지던 모습이 어느덧 목전이었다. 지나가 상기된 얼굴로 그를 올려다보았다. 미처 숨기지 못한 반가움이 눈빛에 열렬하게 드러났다.

"우리, 오랜만인가요?"

묵묵부답에도 개의치 않은 채, 그녀는 눈치껏 선우의 손목을 들어 손목시계를 확인했다. 2시 55분. 늘 미소가 떠나지 않던 얼굴에 오래간만에 경악이 들어찬다.

"세상에, 오늘도 이렇게 늦게까지 야근한 거예요? 밥은, 저녁은 먹었죠? 아니지, 이젠 저녁이 문제가 아니라 야식이 문제구나. 혹시 이게 야식으로 사 가는 거예요?"

지나는 호기심 어린 표정으로 그의 오른손에 들린 짐을 살펴보았다. 하지만 그것도 잠시, 야식이 아니라 포장된 음료라는 걸 알아차리기까진 금방이었다.

"에이, 또 커피 사 가는 거예요? 내가 그러지 말라고 몇 번이나 말했잖아요. 정말이지, 당최 사람 말을 듣질 않……. 어, 그런데 두 잔이네."

멀뚱히 종이컵을 보던 지나가 슬그머니 눈을 올렸다.

"차선우 씨, 설마설마해서 묻는 건데요. 김칫국부터 마신다고 놀리지 말고요."

71

"……."

"혹시 이거 하나는 내 거예요?"

기대감으로 가득한 눈빛이 올곧게 그를 향했다. 멀거니 시선을 마주
하던 선우가 그제야 느릿하게 고개를 끄덕였다.

"네."

"와, 정말이죠?"

지나가 분주한 손길로 종이컵 하나를 빼 갔다. 뚜껑을 열어 내용물
을 확인하자, 그렇잖아도 밝던 표정이 더욱 폈다.

"코코아네. 내가 달콤한 거 좋아하는 건 어떻게 알았어요? 정말 고
마워요. 잘 마실……."

그때, 선우가 갑자기 그녀의 머리 위로 손을 얹었다. 머리를 쓰다듬
는 것도 아니고, 말 그대로 얹어 두기만 했다. 당황하여 눈만 깜박거리
던 지나가 이리저리 눈알을 굴리며 조심스럽게 운을 뗐다.

"저, 차선우 씨?"

"네."

"지금 뭐 해요?"

"진짠가 싶어서요."

"뭐가 진짠가 싶은데요?"

"유지나 씨요."

지나는 멍하니 입술을 벌렸다. 잠깐의 침묵 뒤로 대답이 튀어나온
다.

"당연히 진짜지, 그럼 내가 가짜예요?"

"그냥…… 내 환상인가 싶어서."

마치 꿈꾸는 듯한 목소리로 중얼대던 선우는 금세 본래의 건조한 모
습으로 돌아왔다. 그는 남은 음료를 한 모금 마시며, 우두커니 선 지나

를 그대로 지나쳐 갔다.

"환상은 아니네."

그 말에 정신을 차린 지나가 황급히 그를 뒤따랐다.

"차선우 씨, 그게 무슨 말이에요? 환상이라니?"

"말 그대롭니다."

"설마 내가 환상 같아요? 막 현실적이지 않고 그래요?"

"……무슨 상상을 하는 건진 모르겠는데, 그냥 오래간만에 만나서 그렇습니다. 한동안 안 나타나던 사람이 갑자기 눈앞에 떡하니 있는데, 누구라도 의심할 것 같지 않아요?"

선우가 조금 신경질적인 어조로 대꾸했다. 하지만 그가 짜증을 내든, 신경질을 내든 유지나에겐 일말의 타격도 없는 듯했다. 외려 빤한 시선으로 이렇게 물어 온다.

"혹시 나 보고 싶었어요?"

내내 평온하던 선우의 낯에 일순 금이 갔다. 아주 잠시였지만, 그에게 찰거머리처럼 붙어 있던 지나는 아주 확실하게 보았다. 대충 감 잡은 그녀가 승리의 미소를 지으며 채근하려던 찰나, 순식간에 표정을 갈무리한 선우가 걸음에 속도를 붙였다.

"아닌데요."

"에이, 맞잖아요."

"아닙니다."

"안 그래도 보고 싶었는데, 갑자기 눈앞에 딱 나타나니까 놀라서 그런 거죠? 설마 환상이면 어쩌지 싶어서? 아님 환상으로 보일 만큼 내가 보고 싶었어요? 보통은 놀라면 놀랐지, 환상이란 생각은 잘 안 하는데."

"아니라고요."

"알았어요, 알았어. 모르는 척해 줄게요. 하여간에 부끄러움은 많아서."

"부끄러운 게 아니라!"

느닷없이 소리가 높아졌다. 놀란 지나가 반사적으로 어깨를 움츠리자, 도리어 당황한 선우는 공연히 헛기침하며 목소리를 한층 낮추었다.

"어쨌든 보고 싶던 거 아니라고요. 알겠어요?"

"네……."

"그리고 올 거면 좀 연락부터 해요. 만약 내가 차로 귀가하거나, 회사에서 꼬박 밤새우면 어떡하려고 그래요? 가만, 오늘도 기다렸죠? 대체 여기서 얼마나 기다린 겁니까?"

"별로 안 기다렸어요."

"그럼 다행이긴 한데, 아무리 그래도 이 시간에 여자 혼자서 있으면 안 되죠. 그렇잖아도 여기 인적 많은 곳도 아닌데, 큰일이라도 나면 어쩌려고 그래요."

계속해서 말을 쏟아 내던 선우가 순간 흠칫하며 입을 다물었다. 누가 들어도 걱정하는 말이다. 그럴 의도는 아니었는데, 꼭 여동생에게 잔소리를 늘어놓던 꼴과 비슷해졌다.

"……어쨌든 앞으로는 연락하고 와요."

"음, 연락은 좀 힘들 것 같아요."

지나는 가볍게 대꾸하며 야트막한 방벽 위로 폴짝 뛰어올랐다. 연락하기 힘들다는 말에 눈초리부터 세우던 선우가 못마땅하다는 듯이 그녀를 올려다보았다.

"위험한데 내려오죠?"

"별로 높지도 않은 걸요, 뭘."

"거기서 넘어지면 크게 다치는 거 몰라서 그래요? 빨리 내려와요."

"안 넘어져요. 내가 차선우 씨도 아니고."

"뭐라고요?"

잔뜩 뿔이 난 목소리에 지나가 배시시 웃으며 그를 돌아보았다.

"걱정하지 마요. 나 친사라고 했잖아요."

"……."

"아, 천사가 아니라 초능력자였나."

또 헛소리구나. 선우는 떫은 표정으로 시선을 돌렸다. 지나가 의아한 듯이 눈을 가느스름하게 떴다.

"표정이 왜 그래요? 꼭 못 들을 소리라도 들은 것처럼."

"맛이 없어서요."

"커피가요? 차선우 씨, 커피라면 일단 덮어 두고 좋아하는 거 아녔어요?"

"커피가 아니니까 그렇죠."

"그럼 뭔데요?"

"카모마일."

뜨거운 코코아를 후후 불던 지나가 뒤늦게 반응했다.

"……카모마일? 진짜예요?"

"그럼 이런 걸로 거짓말하겠어요."

"커피가 아니면 거들떠도 안 보던 사람이 웬일로……. 혹시 전에 내가 했던 말 귀담아들었던 거예요?"

지나의 눈이 부담스럽게 반짝였다. 선우는 슬쩍 고개를 비틀어 그녀를 외면했다.

"집에 들어가자마자 눈 붙여야 해서 마시는 겁니다. 이상한 착각 하지 마요."

"음, 그래도 차선우 씨가 커피 안 마시니까 기분은 되게 좋네요."

"커피 하나로 요란은……."

"그러는 차선우 씨도 예전에 조금 놀린 거 가지고 요란 떨었으면서."

"아, 내가 언제요!"

"봐요, 지금도 그러네."

지나가 깔깔거리며 그를 가리켰다. 성질을 가라앉히려다가도 도무지 멈추지 않는 웃음소리에 울컥 짜증이 치솟아, 선우는 미간을 잔뜩 찌푸린 채로 핀잔을 주었다.

"위험하니까 좀 내려오라니까요."

"그럼 손 잡아 줄래요?"

"네?"

"올라오는 건 괜찮았는데, 막상 내려가려니까 무서워서."

지나가 조금 멋쩍은 듯이 웃었다. 그러고 보니 저번에는 방벽에 올라간 채로 사라졌던가. 두런두런 대화를 나누다가 부지불식간에 그녀가 사라진 걸 깨달았던 지난 기억이 되살아나자, 어째 기분이 언짢아졌다. 함께 있던 사람이 갑자기 사라지는데 기분이 멀쩡할 리도 없거니와, 쏟아지는 업무에 치여 한동안 잊고 지냈던 유지나의 수상한 정체가 다시금 그의 머릿속을 어지럽혔기 때문이다.

"……여기요."

하지만 그렇다고 지금 고민하긴 싫다. 방학 숙제를 미루는 초등학생처럼, 선우는 고민거리를 외딴 구석으로 밀어놓으며 손을 내밀었다. 행여 미끄러질까, 한쪽 장갑을 벗은 지나가 조심스레 허리를 굽혀서 손을 맞잡았다. 뜨거운 음료 덕분인지, 아주 따스한 온기가 잠시 손안에 머물다 갔다.

그의 손을 잡고 폴짝 땅으로 내려온 지나가 다시 주섬주섬 장갑을 끼는 동안, 선우는 물끄러미 자신의 손바닥을 내려다보았다. 핏줄 불거진 남자 손에 비한다면 으레 여자들의 손이란 다 매끈하겠으나, 유지나의 손은 유독 가늘고 조그만 느낌이다. 어쩐지 무척이나 이상한 기분이었다.

"차선우 씨는 키도 커서 손도 큰가 봐. 이것 좀 봐요. 장갑이 이렇게나 많이 남아요."

지나는 일전에 그가 코트와 함께 건넸던 장갑을 야심차게 끼더니, 너무 길어서 달랑거리는 손가락 윗부분을 가리키며 웃음을 터트렸다. 확실히 코트가 그렇듯 볼품없이 크긴 했다. 다만 문제가 있다면, 누가 봐도 우스꽝스러운 모양새에 도무지 웃음이 나오질 않는다는 것이다.

왜지. 왜 자꾸 이상한 느낌이 드는 거지.

선우는 적잖이 혼란스러운 기분이 들어 지나의 얼굴을 빤히 들여다보았다. 왜 저 여자에게는 자꾸 풀어지는 건지, 다른 사람이었으면 진즉 내치고도 남았을 텐데 왜 자꾸 말려드는 건지, 왜 자꾸 걱정스러운 건지 당최 모르겠다.

"……왜 그래요? 내 얼굴에 뭐라도 묻었어요?"

집요한 시선을 알아챈 지나가 머뭇거리며 물었다. 선우는 그녀에게서 시선을 떼지 않은 채로 더디게 입을 열었다.

"내 동생이랑 닮았나 싶어서요."

그러고 보니 여동생인 세연이 딱 저만한 나이긴 했다. 아직 학생 티가 묻어나는 사회 초년생. 어딘가 어수룩하면서도, 다른 어딘가는 똑 부러진 시기.

"어, 내가 동생이랑 닮았어요? 어디가요?"

"……키?"

"나 160cm인데…… 나랑 키 비슷한 사람은 넘치고도 남지 않을까요?"

지나가 진지한 얼굴로 중얼거렸다. 그런 그녀를 아래위로 훑어본 선우가 그럼 그렇지, 싶어서 옅은 한숨을 내뱉었다. 나이대가 비슷해 보이는 걸 제하면 콕 집어 닮은 구석을 찾을 수 없다. 애초에 그의 여동생은 방긋방긋 잘도 웃는 유지나와 달리, 첫인상만은 누구보다도 차갑고 도도한 도시 여자였다.

"생각해 보니까 별로 안 닮았네요. 그냥 잊어버려요."

선우가 여상히 대답하며 걸어갔다. 지나가 얼른 그의 곁으로 달려가 물었다.

"차선우 씨는 여동생이랑 많이 닮았죠?"

"아무래도 동생이다 보니."

"여동생은 어떻게 생겼는데요?"

"그냥 예쁘장해요."

"아, 나는 안 예쁘단 거구나."

"딱히 그런 건 아니고."

"그럼 나 예뻐요?"

"딱히 그런 것도 아니고요."

별생각 없이 대꾸하던 선우는 문득 뼈가 시린 듯한 느낌에 주춤거리며 고개를 돌렸다. 아니나 다를까, 지나가 토라진 얼굴로 그를 흘겨보고 있다.

"아하. 나는 딱히 예쁜 것도 아니고, 안 예쁜 것도 아니구나."

"저기, 유지나 씨……."

"뭐, 하긴. 차선우 씨처럼 매일 거울로 잘난 자기 얼굴 보는 사람들은 어지간해선 예쁜지도 모르겠죠. 괜찮아요, 난 충분히 이해하니까."

그제야 지나가 짐짓 삐친 척 자신을 놀리고 있다는 사실이 와닿았다. 선우는 이를 꽉 깨물며 간신히 웃어 보였다.

"적당히 좀 하죠?"

"적당히 하고 있잖아요."

"그게 적당한 거면 대체……. 사람이 어떻게 그리 매일이 가볍습니까?"

"내가 가벼워 보여요?"

지나가 살며시 미소 지으며 물었다. 그간의 행적을 낱낱이 읊으려던 선우는 그녀의 표정을 보자마자 저도 모르게 입을 다물었다. 평소와 다를 바 없이 웃는 낯이건만, 어쩐지 말로 설명하기 어려운 기묘한 느낌이 들었다.

"이래 봬도 나 정말 절실해요."

"뭐가 그렇게 절실한데요?"

"……."

"유지나 씨?"

거듭 되묻는 소리에도 지나는 가만히 웃기만 할 뿐이다. 어느새 걸음을 멈춘 그녀가 선우의 등을 가볍게 떠밀었다.

"오늘은 여기까지. 잘 들어가요."

엉겁결에 앞으로 밀려 난 선우가 뒤늦게 그녀를 돌아보았다. 하지만 그때는 이미 유지나가 깨끗하게 자취를 감춘 뒤였다.

조금 전까지만 하더라도 지나가 서 있던 자리를 황망히 응시하던 선우가 이내 뒷목을 문지르며 괜스레 짜증을 부렸다. 도대체가 마음에 드는 구석이라곤 하나도 없다. 그는 마지막으로 한 번 허공을 노려본 뒤, 바닥을 보이는 카모마일 차를 한입에 털어 넣으며 외로이 산책로로 들어섰다.

검푸른 새벽녘. 겨울바람이 유난히 찼다.

＊

"나 진짜…… 이렇게 일하다 죽는 거 아닐까?"

출장 나갔다가 2주 만에 본사로 돌아온 동기 안태준이 늦은 저녁을 먹다 말고 식탁에 고개를 처박았다. 그러고 보니 예상치 못한 사고가 터져서 수습하느라 꽤나 애를 먹었다는 얘기를 들었던 것도 같다. 하지만 이맘때 동기들이 앓는 소리 하는 건 너무나도 익숙한 흐름이라, 선우는 대강 맞장구쳐 주고 말았다.

"걱정 마. 안 죽어."

"아냐. 이번엔 예년 같지가 않아. 어느 날 갑자기 코피 터트리면서 죽을 것 같다니까?"

"미리 조의를 표할게."

"차 선생, 매정하긴."

김정혁이 밥알을 삼키며 선우의 어깨를 세게 밀었다.

"야, 태준아. 괜찮아. 인마, 너 정도 되니까 그만한 사고도 치는 거지. 결국엔 잘 해결됐다며?"

"그걸 위로라고 하냐……."

선우가 떨떠름하게 중얼거리며 밥 한 술을 떴다. 맞은편에 앉아 한껏 좌절하던 안태준이 슬그머니 고개를 들어 올렸다.

"나 차라리 이참에 법인 관두고 공기업 쪽으로 옮길까?"

"갑자기?"

"갑자기가 아니라. 나 도저히 더는 이렇게 못 살 것 같다. 시즌에만 힘들면 다행이게. 업무는 매년 늘어 가지, 이젠 비시즌에도 용역으로 돌려 대지. 처음에는 돈 많이 준다고 좋아했는데, 생각해 보면 이렇게 몸 버려 가며 일하면서 고작 이 정도 받나 싶기도 해."

제법 허심탄회하게 털어놓는 속내지만, 실은 회계사들끼리 모인 자리에선 꼭 한 번씩은 나오는 소리기도 했다. 매해 과중되는 업무와, 도무지 비전이라곤 보이지 않는 회사. 업계에서 제일이라는 법인조차 이 모양이니, 다른 회사라고 형편은 크게 다르지 않을 테다.

그래서 다들 일과 삶의 균형을 되찾겠노라 공기업 쪽을 두리번거리는 듯한데, 사람 생각이란 다 비슷비슷한지 이름 있는 금융 공기업에서 회계사로 채용되기란 하늘의 별 따기였다. 몇 년을 공부해서 취득한 회계사 자격증이 이토록 가볍게 느껴지는 때도 없었다.

"학생 때는 몰랐지. 그땐 CPA만 취득하면 장밋빛 인생이 펼쳐질 줄 알았는데."

"언제는 아니었냐. 난 고3 때 대학만 들어가면 다 끝나는 줄 알았다."

정혁의 말에 선우가 피식거리며 웃었다. 새삼 멀게만 느껴지는 과거다.

"그래서, 태준이 너는 이직하려고?"

"마음은 굴뚝같은데……."

"거기서 받아 줘야 말이지."

"야, 차선우. 넌 입 다물고 있어."

김정혁이 우악스럽게 선우의 입을 틀어막으려 했다. 가까스로 몸을 틀어서 그의 손을 피한 선우가 농담이라는 듯 슬며시 입가에 미소를 띄웠다.

"일단 바쁜 일부터 끝내고 차근차근 생각해 봐. 어떻게든 답이 나오겠지."

"그래. 기운 내고."

동기들이 짤막한 위로에 조금이나마 기분이 나아진 태준이 다시 숟가락을 들었다. 다행스럽게도 천성이 밝은 녀석이라 금세 평소처럼 대책 없는 낙천가로 돌아왔지만, 어째선지 그를 바라보는 선우의 표정은 그다지 밝지가 않다.

미래에 대한 고민.

당연히 그에게도 중요한 문제였다.

조심조심 방벽 위를 걸어 나가던 지나가 놀라움을 섞어 감탄했다.

"와, 의외네요. 회계사도 그런 고민이 있구나."

"……당연히 고민이 있죠. 의사도 고민이 있고, 변호사도 고민이 있습니다."

"그렇긴 한데 뭐랄까, 그런 직업군은 자격증 따는 것부터가 고역이잖아요. 일단 되기만 하면 만사형통인 줄 알았죠."

"그러면 얼마나 좋겠습니까."

조금 울적하게 들리는 목소리에 지나가 슬그머니 선우의 옆얼굴을 힐끔거렸다.

"그런데 차선우 씨는 왜 회계사가 된 거예요? 특별한 이유라도 있어요?"

"경영학과 나왔거든요."

"……경영학과 나오면 다들 회계사가 된다고요?"

"다 그런 건 아니지만, 경영학과 치고 CPA 생각 조금도 안 해 본 사람은 없을걸요."

갈수록 바늘구멍처럼 좁아지는 취업 시장. 처음에는 적당한 기업에 취직해서, 적당히 일하다, 적당히 퇴직하려던 학생들도 점차 현실을 깨닫곤 그나마 자신 있는 분야로 몰리기 시작했다. 명문대 경영학과 학생들에겐 그것이 바로 CPA 자격증이다. 적당히 근사하면서, 괜찮게 벌어들이는 직업. 끝을 가늠하기 어려운 고시보단 CPA가 차라리 닿을 수 있는 별이었다.

"졸업하면 취직은 해야 하는데, 선배들 하는 거 보니 영 쉽지는 않을 것 같고. 그나마 자신 있는 게 공부라서 시작한 겁니다. 그래도 생각보다 일찍 합격해서 다행이었죠."

"혹시 후회해요?"

"설마요. 그래도 적성에는 꽤 맞습니다. 적성에도 안 맞았으면 진작 때려치웠을걸요."

"하긴, 주말도 없이 새벽까지 일하는데 적성에라도 맞아야죠."

지나가 다행이라며 소리 없이 웃었다. 어쨌거나 생각해 주는 마음이 고마워 선우도 힘없이 마주 웃어 주었다. 하지만 다시 정면으로 고개를 돌렸을 때, 그의 입가에 간신히 걸려 있던 미소는 온데간데없이 사라지고 말았다.

막 입사했던 햇병아리 시절, 주변에서 흔히들 하는 얘기가 있었다. 네가 다니는 회사의 10년 선배를 봐라, 그게 너의 미래다. 내 미래는 다른 사람들과 달리 특별하리란 멋모를 적 기대는 이제 평범하게 사는 게 제일이란 주의로 바뀐 지 오래였으므로, 선우도 호기심에 회사의 10년 선배들을 찾아 헤맸었다. 그런데 그들이 얼마나 바쁘게 사는지, 얼마나 큰돈을 버는지보단 그들의 숫자가 더욱 인상 깊었다.

한눈에도 훅 줄어든 선배들의 숫자. 분명 그들도 입사할 땐 수많은 동기들을 거느렸을 텐데, 10년이란 세월 동안 도대체 무슨 일이 있었기에 이렇게 줄어 버린 걸까. 나머지는? 지난 10년 사이 차례차례 떨어져 나갔을 나머지는 지금 어디서 무얼 하고 있는 걸까. 아마도 일반

기업으로, 공기업으로, 혹은 로컬 법인으로 이직했을 터. 그럼 거기로 이직한 사람들은 지금쯤 어디를 표류하고 있는 걸까.

공무원처럼 만 60세 정년퇴직을 바랐던 건 당연히 아니다. 다만 대기업 신입 사원으로 시작해서 동네 치킨집 사장으로 끝난다는 우스갯소리가 비로소 실감 났을 뿐이다. 열심히 공부하고, 열심히 일하는데도 보장받지 못하는 미래. 선배들의 전철을 그대로 밟아 나아갈 내 미래는 어디로 향하고 있는지 불현듯 두려워지며…….

그리 생각에 잠겨 있던 선우는 문득 자신의 걸음이 멎은 것을 자각했다. 더디게 고개를 돌리니, 아예 방벽에 걸터앉은 채로 흐뭇하게 저를 지켜보는 지나의 모습이 눈에 들어온다.

"……왜 그렇게 봅니까?"

"그냥, 좋아 보여서요. 고민하는 모습이."

남은 심각하게 고민하고 있는데……. 순간 울컥했던 선우는 금세 시들해졌다. 애초부터 그를 비웃거나 조롱하는 투는 아니었다. 말 그대로 고민하는 차선우의 모습이 좋게 보인 것이다. 다른 사람의 말이었으면 듣자마자 기분이 나빠졌을 텐데, 이상하게도 그녀의 말이라 괜찮았다.

유지나가 비현실적인 사람이라 그런 걸까. 그녀를 빤히 쳐다보던 선우는 순순히 납득했다. 눈 깜짝할 새 나타났다가, 눈 깜짝할 새 사라지는 사람이 현실적으로 느껴질 리 없다. 게다가 이상한 데서 엉뚱한 성격도 한몫할 테고.

가만히 그녀를 응시하던 선우가 갑자기 손을 내밀었다.

"그만 내려와요."

"왜요. 또 위험할까 봐?"

"나란히 걷고 싶어서요."

지나는 한동안 말없이 그를 바라보았다.

"차선우 씨. 은근히 꼬시는 거 알죠?"

"모르겠는데요."

"모르면 더 큰일인데……."

짐짓 걱정스럽게 종알대면서도 지나는 선선히 손을 맞잡았다. 가느다란 손가락이 잠시 손안에 머물다 빠져나간다. 선우는 어쩐지 허전하게 느껴지는 손을 가볍게 쥐었다 폈다.

"안 가고 뭐 해요?"

몇 걸음 앞서 나가던 지나가 의아한 얼굴로 돌아보았다. 물끄러미 자신의 손을 내려다보던 선우가 느릿하게 근처의 벤치를 눈짓했다.

"오늘은 별로 안 추운데, 잠깐 앉았다가 갈래요?"

지나는 조금 놀란 것처럼 눈을 동그랗게 떴다.

"어쩐 일이에요. 평소에는 집에 빨리 못 들어가서 안달이더니."

"글쎄요. 오늘따라 이상하게 집에 들어가기가 싫네요."

"왜요? 귀신이라도 있어요?"

"집에서 귀신 안 키웁니다."

싱거운 농담에 지나가 작게 웃었다. 선우는 바람 빠진 웃음소리를 내며 그녀의 옆에 털썩 주저앉았다. 그렇게 두 사람은 나란히 걷는 대신, 나란히 벤치에 앉아 두런두런 담소를 나누기 시작했다.

"그럼 무슨 얘기를 할까. 뭐 하고 싶은 말이라도 있어요?"

"그보다 묻고 싶은 게 있습니다."

"나한테요?"

선우는 고개를 끄덕거렸다.

"대체 몇 살이에요?"

만날 때마다 지나가 말을 많이 하는 것처럼 보여도, 정작 자기 얘기를 털어놓는 건 늘 차선우 쪽이었다. 정확히 말하자면, 유지나는 스스로에 대해 일절 말해 준 것이 없다. 그녀가 그를 속속들이 알고 있는 것과 달리, 그는 유지나란 이름 석 자밖에 아는 것이 없었다.

"으음……. 꼭 취조받는 것 같네요."

"맘대로 생각해요. 유지나 씨는 나에 대해서 제법 많이 아는 것 같은데, 나는 유지나 씨에 대해 아는 게 하나도 없어서 꽤 억울하니까."

"어, 혹시 나한테 관심 생겼어요? 막 내가 궁금하고 그래요?"

들뜬 목소리가 무색하도록, 선우는 냉정하게 지나의 환심을 잘라 냈다.

"몇 살인데요."

"치……."

"나이."

"스물일곱이요."

스물일곱이면 여동생과 나이가 같다. 서른과 스물일곱. 나이가 크게 중요한 건 아니다만, 참으로 어중간한 차이다.

"학교는 졸업했을 테고."

"그렇죠, 뭐."

"무슨 일해요? 백수?"

"……질문이 뭔가 이상한데요. 백수가 직업은 아니잖아요."

"혹시 말하기 껄끄러울까 봐."

그의 배려 아닌 배려에 지나가 이를 악물고 웃어 보였다.

"이보세요, 차선우 씨. 나도 엄연히 직장인이거든요?"

"직장인이 주중 새벽에 잠도 안 자고, 남의 동네에서 이러고 있다고요?"

"왜, 프리랜서일 수도 있잖아요."

"프리랜서예요?"

"아니요."

참자. 선우는 속으로 참을 인 자를 새기며 재차 물었다.

"그럼 직업이 뭔데요?"

"그건 노코멘트."

지나가 한쪽 눈을 찡긋거렸다. 선우는 황당하다는 듯 대놓고 미간을 찌푸렸다.

"도대체 얼마나 대단한 일을 하길래 노코멘트예요?"

"별로 대단하진 않아요. 그냥 평범하죠."

"그런데도 비밀이다?"

"네."

허탈한 대답이지만, 그렇다고 말하기 싫다는 사람을 억지로 털어놓게 할 수도 없는 노릇이다. 선우는 하릴없이 한 손으로 턱을 괴며 멍하니 허공을 응시했다. 시작부터 이렇게 난항이니, 나머지를 캐내기도 영 쉽지만은 않을 듯하다.

"그런데 의외네요. 나는 차선우 씨가 다른 걸 궁금해할 줄 알았거든요."

"다른 거 뭐요."

"많잖아요. 왜 차선우 씨를 만나러 오는지, 차선우 씨에 대해서 어떻게 그렇게 잘 아는지, 어떻게 눈 깜짝할 새 사라지는지."

선우는 맞은편 가로등 불빛을 지켜보며 맥없이 웃었다.

"물어 봤자 또 이상한 소리나 할 거잖아요."

"이상한 소리라니요?"

"천사니, 초능력자니. 내가 일곱 살짜리 어린애도 아니고, 어떻게 그런 말로 넘어갈 생각을 합니까?"

다시 생각해도 어이가 없는지 헛웃음부터 터져 나왔다. 하지만 그가 미처 감안하지 못한 것이 있다면, 유지나는 스물일곱의 나이에도 산타 클로스를 믿는 이 시대의 진정한 동심이란 사실이다.

"진짜로 있을지도 모르잖아요."

"천사나 초능력자가요?"

"네."

더없이 진지한 목소리에 선우는 잠시 말문을 잃었다.

"……저기, 유지나 씨. 천사는 성경에나 나오는 거고, 초능력자는 만화나 영화에 나오는 거잖아요. 혹시 엑스맨 보고 이러는 건 아니죠?"

"그 영화가 사실을 바탕으로 만들어졌을지도 몰라요."

아무리 영화가 재밌기로서니. 이래서 모든 영화는 시작하기 전에 '본 영화는 사실과 다릅니다.'라고 고지해야 한다.

"그러니까 유지나 씨의 말의 따르자면, 초능력자도 진짜고 천사도 진짜다?"

"네."

"기왕 그러는 거 슈퍼맨도 진짜라고 하지 그래요?"

"물론 슈퍼맨도 진짜 있을지 모르죠. 슈퍼맨은 외계인이잖아요. 머나먼 우주 어딘가에 크립톤 행성이 있어서, 지금쯤 갓 태어난 슈퍼맨이 지구로 날아오고 있을지 누가 알아요."

선우는 차마 할 말이 없어서 웃어 버리고 말았다. 이제 보니 유지나가 비현실적으로 느껴지는 이유는 따로 있었다. 그녀의 사고방식이 영 비현실적이기 때문이다.

"그냥 예전에 만난 적 있다고 해요. 그래서 날 아는 거라고. 차라리 그 편이 믿기가 더 쉽겠네."

"그렇게 말하면 믿어 줄 거예요?"

"믿어 주고 자시고, 난 옛날에 유지나 씨를 만났던 기억이 없는데요."

기억뿐이던가, 초중고 졸업 앨범에도 없고 오랜 친구들도 모르기는 마찬가지다. 더욱이 학창 시절 동기나 위아래 기수와만 친분이 있었던 그가 세 살 어린 여자를 우연이라도 만날 기회는 기껏해야 여동생인 차세연을 통해서만 가능했으나, 세연 역시도 유지나란 여자를 알지 못했다. 그러니 단언컨대, 차선우가 유지나를 만난 것은 지난해 12월 23일경이 최초였다.

"결국 안 믿어 준다는 얘기잖아요."

"아니, 기억이 있어야 믿어 주든 말든 하죠."

"차선우 씨가 기억하는 것만이 기억은 아녜요."

"기억이 기억해야 기억이지, 무슨……."

못마땅하게 꿍얼거리던 선우가 갑자기 휙 고개를 돌렸다.

"혹시 정보기관 요원이에요?"

"네?"

"홀연히 사라지고 그러는 거, 전투 교육 받아서 가능한 거 아니냐고요. 아니면 무술의 달인, 이런 건가? 술에 취하면 취권 같은 것도 해요?"

"……차선우 씨, 어릴 때 무협지 많이 봤구나."

뜨끔한 나머지 선우는 조용히 입을 다물었다. 하지만 아무리 생각해도 그 이상의 답을 내놓을 수가 없었다. 이조차 아니라면 그녀의 말대로 천사나 초능력자 같은 비현실적인 존재를 상정하거나, 그가 미쳤다는 결론밖에 나오지 않았다.

"내가 미친 건 아니니, 유지나 씨한테 뭔가 있는 건 분명한데……."

심각하게 중얼거리던 선우가 갑자기 어깨를 멈칫했다. 살갗에 닿는 공기가 싸늘하다. 한겨울 새벽녘이 추운 건 당연하지만, 어쩐지 조금 전보다 바람이 더 차게 느껴지고 그랬다. 꼭 이제까지 전신을 감싸 주던 온기가 사라진 것처럼.

느닷없이 엄습하는 생경한 분위기 속에서 느릿하게 눈을 감았다 뜬 선우가 맥없는 웃음소리를 흘렸다.

"유지나 씨."

"……"

"아, 고개 돌리기가 무섭네. 또 말없이 사라졌을까 봐."

그는 어깨를 움츠리며 고단하게 눈을 내리감았다. 밤새 우짖는 소리도 잠들어 버린 한밤. 노란 가로등 불빛이 벤치에 외로이 남은 그를 고요히 내리비추었다.

대체 정체가 뭘까.

선우는 쨍한 노트북 화면을 멍하니 바라보며 생각에 잠겼다. 어젯밤……이 아니라 오늘 새벽 만났던 유지나가 도무지 머릿속에서 나갈 생각을 안 했다. 출장 나갔던 회사에서야 일이 끝없이 밀려드는 바람에 딴생각은커녕 식사할 시간조차 부족했다지만, 산더미 같은 서류를 껴안고 본사로 돌아오자 정작 숫자는 눈에 안 들어오고 유지나의 얼굴만 눈앞에서 어른거렸다.

"……요새 너무 피곤했나."

"당연히 피곤하지. 여기서 피곤하지 않은 사람도 있나?"

혼잣말에 예상치 못한 대답이 돌아왔다. 그럼에도 선우는 안색 하나 바뀌지 않은 얼굴로 심드렁하게 대꾸한다.

"목소리 들으니 넌 아직 멀쩡한 것 같은데."

"네가 봐도 그래? 안 그래도 만나는 사람들마다 기운이 쌩쌩하다고 난리야."

"그 비법 좀 알자."

"결혼."

그 말에 선우가 떨떠름한 얼굴로 파티션을 올려다보았다. 김이 모락모락 피어오르는 종이컵을 든 채로 파티션에 느긋이 기대어 선 김정혁이 나머지 한 손을 인사하듯 가볍게 흔들었다.

"우리 혜정이가 요즘 나 야근하느라 힘들다고 보약에 영양제에, 아주 바리바리 챙겨 주거든. 그러니 기운이 안 날 수가 있나."

"제수씨도 회사 다니지 않나. 너 아니어도 할 일 많을 텐데, 챙겨 받을 생각 말고 네가 스스로를 좀 챙겨 봐."

"야. 내가 힘들 땐 와이프가 날 챙겨 주고, 와이프가 힘들 땐 내가 챙겨 주고 그러는 거지. 어떻게 사는 게 무 자르듯 뚝뚝 썰리냐."

"아, 그러세요."

열없는 대꾸에 김정혁이 못마땅하다는 듯 파티션 안쪽으로 상체를 기울였다.

"그러지 말고, 너 소개팅 한번 안 해 볼래? 우리 처제한테 진짜 괜찮은 친구가 한 명 있거든."

"나한테 소개팅 얘기 꺼내는 거 지겹지도 않냐?"

"하나도 안 지겨운데. 요즘 내 삶의 낙이야."

"넌 어떻게 된 게……."

질색하며 정혁을 쫓아내려던 찰나, 무언가 그의 뇌리를 빠르게 스쳐 지나갔다.

"야, 그보다 내가 요새 특이한 여자를 만났거든."

"여자? 너 연애하냐?"

"제발 헛소리는 좀."

"아니면 썸?"

"……그냥 가만히 듣지?"

김정혁은 그제야 얌전히 입을 다물었다. 못마땅한 눈초리로 그를 쏘아보던 선우가 목소리를 한층 낮추어 빠르게 속삭이기 시작했다.

"전에 내가 야근 끝나고 집으로 돌아가다가 트럭에 치일 뻔했단 말이야. 그때 날 구해 준 여잔데."

"이야, 그거 운명이네. 당장 만나라, 어?"

"하여간 맥 끊는 데는……. 어쨌든 그때 안면을 텄는데, 이상하게 자꾸 마주쳐. 특히 피곤해 죽겠을 때."

"어디서 그렇게 마주치는데?"

"집 근처."

"뭐야, 너 집도 알려 줬냐?"

"아니……. 그건 대충 넘어가고, 하여튼 자꾸 눈앞에 나타나. 연락도 없이 불쑥불쑥 찾아오고. 게다가 더 이상한 건—"

"너 좋아하는 거네."

……응?

"야, 너 설마 그걸로 고민한 거야? 그냥 좀만 들어도 딱 알겠구먼."

"아니, 내가 묻고 싶었던 건 그게 아니라……."

"됐어, 인마. 심각한 척은 다하길래 무슨 큰일인가 싶었더니 별것도 아니네."

전혀 예상치 못했던 대답에 선우는 그저 황망한 기색을 감추기 급급했다. 김빠진 얼굴로 상체를 곧추세운 김정혁이 그를 안타까운 듯이 쳐다보며 혀를 끌끌 찼다.

"상식적으로 어떤 여자가 좋아하지도 않는 남자 만나러 계속 찾아오겠냐? 아무리 네가 지금까진 가만히 있어도 괜찮은 여자들이 알아서 꾀여 줬다지만, 그래도 어느 정도의 눈치는 있어야지 않겠어? 이건 정말이지……."

"……."

"근데 누구냐?"

정혁이 몸을 깊숙이 기울이며 은근하게 물었다. 마침 근처를 지나가던 안태준도 호기심 어린 얼굴로 끼어들었다.

"뭐가? 뭐가 누군데?"

이것들을 어떻게 떼어 놓는다.

찰거머리처럼 붙어 답을 종용하는 둘을 피해 필사적으로 주변을 두리번거리던 선우는 때마침 사무실로 들어오는 익숙한 인영을 포착했다.

"박 이사님이다."

그 한마디에 김정혁과 안태준은 마치 아무 일도 없었다는 양 태연하게 제자리로 돌아갔다. 틈만 나면 탕비실로 직행하는 그들도 회사에서 제일가는 또라이는 무서운 모양이다.

박 이사의 등장과 함께 싸하게 가라앉은 사무실. 여전히 눈에 들어오지 않는 노트북 화면을 습관적으로 마주하며 선우는 깊은 상념에 잠겼다.

정말로 나를 좋아하는 걸까?

"……그래서 원래는 장인한테 몸값만 받고 아내를 풀어 줄 계획이었던 거죠. 물론 아내는 납치의 전말을 모르게! 문제는 그러다가 정말로 살인 사건이 일어난 건데……."

우연히 영화 얘기가 나와 서로 재미있게 봤던 작품을 나누던 중이었다. 그는 평범하게 타이타닉이나 사운드 오브 뮤직처럼 오래도록 대중에게 추앙받는 영화를 언급하고 말았는데, 지나는 어디서 듣도 보도 못한 낯선 영화를 줄줄이 끄집어내기 시작했다. 돈에 쪼들리는 남자가 장인에게 돈을 뜯어내기 위해 아내의 납치를 사주한다는 영화 어디가 그렇게 재미있다는 건진 몰라도, 저렇게 신이 난 모습은 처음 보았다.

"……결국에는 범인이 목재용 분쇄기에 갈려서……."

도대체 어느 부분에서 즐거워해야 하는지 도통 모르겠다. 아무리 봐도 유지나의 영화 취향은 좋게 말해 독특하고, 보다 사실에 가깝게 말하자면 상당히 매니악했다.

"진짜 재밌어요! 나중에 차선우 씨도 한번 꼭 봐요."

결말까지 다 듣고서 무슨 재미로 보겠느냐만, 선우는 대강 고개를 끄덕여 주고 말았다. 그리고 아까부터 열변을 토하느라 발갛게 상기된 그녀의 얼굴을 뚫어지게 응시하며, 며칠간 머리 싸매고 고민하던 것을 드디어 풀어놓는다.

"유지나 씨. 혹시 나 좋아해요?"

"네."

역시. 무의식적으로 수긍하려던 선우가 뒤늦게 화들짝 놀랐다.

"뭐, 뭐라고요?"

"좋아한다고요."

"진심으로 하는 말이에요?"

"네."

그는 한동안 멍하니 지나를 쳐다보았다.

"그…… 단순한 호감을 말하는 게 아니거든요, 지금."

"차선우 씨를 이성적으로 좋아하느냐 물어본 거 아니에요?"

"맞아요."

"네, 좋아해요. 충분히 이성적으로."

지극히 명료한 대답에 선우는 그만 얼이 빠졌다. 그 어느 때보다도 어리어리해 보이는 모습을 즐겁게 지켜보던 지나가 웃음 섞인 목소리로 물었다.

"설마 지금까지 그거 물어보려고 고민한 거였어요?"

"그게……."

"난 당연히 아는 줄 알았는데. 세상에 좋아하지도 않는 사람, 이렇게 따라다니는 경우가 어디 있어요."

알아채는 게 지당하다는 투에 선우의 눈썹이 꿈틀했다.

"말을 안 해 주는데 내가 어떻게 압니까?"

"꼭 말해야 아는 건 아니잖아요."

"그래도 그런 건 확실하게 말을 해 줘야죠."

"어째서요?"

지나가 의아한 표정으로 고개를 기우듬했다.

"차선우 씨가 반드시 알아야 하는 것도 아닌데."

"그게 지금 좋아하는 사람한테 할 소리예요?"

"그럼 못 할 소리라도 돼요?"

선우는 당황한 나머지 더듬더듬 대답했다.

"보, 보통은 그러지 않잖아요."

"그러지 않다니요? 보통은 좋아하는 사람한테 어떻게 하는데요?"

"최대한 상냥하게 대해 주고, 잘해 주려고 하고……. 하여간에 유지나 씨처럼 이렇게 막 대하진 않죠."

"뭘 또 막 대한대. 내가 언제, 어디서, 어떻게 차선우 씨를 막 대했는데요? 네?"

"그게, 그러니까……. 하여간에 보통은 이러지 않습니다. 유지나 씨처럼 이렇게……."

생각처럼 말이 풀리지 않는지 선우가 짜증스럽게 머리를 헤집었다. 회사에선 누구에게도 말로 밀린 적이 없는데, 이상하게 유지나 앞에서는 자꾸 말이 꼬이고 더듬게 되었다. 이유를 몰라 제일 답답한 건 본인이다.

"음, 그러니까 보통은 좋아하는 상대에게 무조건 져 준다는 거죠?"

"맞아! 그거예요."

"그런데 나는 아니라는 거고."

"그렇죠."

열심히 고개를 주억거리던 선우는 불현듯 이상한 느낌을 받았다. 언제부터였는지 지나가 몹시 딱하다는 눈빛으로 그를 쳐다보고 있었다. 어쩐지 기분이 아주 별로다.

"……왜 그렇게 봅니까?"

"그냥요. 지금까지 차선우 씨의 연애가 어땠는지 알 것 같아서."

"……."

"나쁜 남자네요, 차선우 씨."

그 한마디가 어찌나 충격적이던지, 선우는 저도 모르게 언성을 높이고 말았다.

"내가 왜요!"

"여자 친구 마음고생 많이 시켰을 것 같아서요."

"내 옛날 여자 친구가 그래요? 아님 내가 연애하는 거 직접 봤습니까? 그런 것도 아니면서."

"꼭 직접 봐야만 아나요."

심드렁한 목소리에 점점 더 열이 몰렸다.

"아니, 내가 무슨 바람을 피웠습니까? 아님 때리기를 했어요? 난 여자 친구한테 욕 한번 해 본 적이 없어요!"

"그건 나쁜 남자가 아니라 쓰레기죠."

"그렇죠. 그렇긴 한데……."

차마 반박할 수 없는 현답에 그의 기세가 금세 쪼그라들었다. 어깨를 축 늘어뜨린 가련한 모습을 가만히 지켜보던 지나가 조금 머뭇거리며 말을 꺼냈다.

"……있잖아요. 누군가를 진심으로 사랑해 본 적은 있어요?"

"누굴 어린애로 압니까."

"사랑해 본 경험과 나이가 무슨 관계예요. 죽음도 불사할 수 있는 그런 사랑, 경험해 본 사람이 요즘 세상에 몇이나 된다고."

사랑도 인스턴트가 되는 세상이다. 쉽게 사랑하고, 쉽게 미워하고, 쉽게 헤어지고. 가벼운 만남과 가벼운 이별이 무조건 나쁜 것만은 아니지만, 가끔은 촌스럽다 여겨지는 영원한 사랑이란 게 그리워질 때도 있는 법이다.

"난 차선우 씨가 꼭 그런 사랑을 만났으면 좋겠어요."

지나가 조금 서글프게 웃으며 말했다. 멈칫하며 그녀를 돌아본 선우는 저도 모르게 표정을 허물어뜨렸다.

당신에게도 그런 사랑이 있었을까.

어쩐지 두려워져 감히 물을 수 없는 이야기는 가슴 속에 묻어 둔 채, 그는 애써 고개를 돌렸다.

"만나겠죠. 언젠가."

돌이켜 보면, 차선우의 연애란 언제나 비슷비슷한 모양새였다.

멋모르던 중·고등학생 시절에도, 풋풋했던 대학생 시절에도 그는 지금과 마찬가지로 주변에 상당히 무심한 사람이었다. 남이 자길 어떻게 생각하든 별다른 신경조차 쓰지 않으니, 연애에 있어서도 상대방의 적극적인 표현이 있어야만 얼마간 진전이 가능했던 것이 달리 이상한 일은 아니다.

예컨대 항상 이런 식이었다. 낯은 익은데 이름은 모르겠는 여자가 다가와 고백하거나, 주변에서 쟤가 너 좋아한다며 대놓고 부추기거나. 그는 대체로 외부에서 자극을 줘야만 그런 걸 인식할 수 있었기에, 그에겐 언제나 '자신을 좋아하는 사람'의 존재가 상정되어 있었다. 그러다가 상대방이 마음에 들면 그녀의 고백을 받아들이고, 혹은 상대가 바라는 대로 사귀자 고백함으로써 연애가 시작되는 식이다.

재미있는 사실은, 연애의 시작이 비슷했던 것처럼 연애의 끝도 비슷하다는 것이다. 상대방이 어떤 성격이고 어떤 성향이냐에 따라 각양각색으로 중간이 채워질지언정, 놀랍게도 마지막은 언제나 같았다.

'너 정말로 나 좋아하는 거 맞니?'

단언컨대 그는 나쁜 연인은 아니었다. 일단 사귀기로 약속하면 상대방에게 충실했고, 사람 대 사람으로서 기본적인 예의는 늘 잊지 않았다. 바람, 데이트 폭력, 병적인 집착. 그런 건 차선우에게 있을 수 없는 일이었다. 마냥 다정한 연인은 못 되어도, 지킬 건 반드시 지켜 왔기 때문에.

다만, 부족한 건 온도였다.

'네가 날 좋아하는 것 같지가 않아. 말이 연애지, 나 혼자서만 좋아
하는 것 같다고.'

그는 선천적으로 감정의 온도가 높지 않았다. 부족함 없이 자란 탓
인지, 인생의 굴곡이 적었던 탓인지 만사 잔잔하고 평온했다. 그런 평
온함이 상대에겐 지극한 무심함으로 비치는 모양이었다.

'그럼 좋아하니까 사귀지. 안 좋아하는데 사귀겠어?'
'좋아한다는 사람 태도가 어떻게 그래?'

이런 문답이 연이어 반복되자, 그는 점차 지쳐 갔다. 상대방은 늘 그
의 부족함을 탓했지만, 억울한 건 그도 마찬가지였다. 내어 줄 수 있는
사랑이 고작 그뿐인데, 더 줄 수 있는 방법 따위 아무도 가르쳐 주지
않는데, 여기서 무엇을 더 어쩌란 말인가. 마음이 마음대로 움직인다
면 그게 어찌 마음일까.

도리어 외치고 싶었다.

날 너무 좋아하지 말라고. 우리 같이 조금씩만 좋아하자고.

불가능한 걸 알면서도 서로의 온도를 맞추고 싶었다. 상대가 그의
온도를 끓어오르게 만들고 싶어 했던 것처럼, 상대의 온도를 미지근하
게 낮추고 싶었다. 반드시 격렬한 사랑만이 연애를 아름답게 만들진
않는다는 걸 그는 일찍이 부모에게서 깨달았다.

서로에 대한 예의와 존경과 이해. 그로써 평화로웠던 가정에서 나고
자란 차선우는 본능적으로 자신이 주체할 수 없는 감정을 늘 경계해

왔다. 가슴은 미지근하게, 머리는 차갑게. 열렬한 연인보단, 보다 나은 인간이 되고팠던 그는 항상 그러한 신조를 머릿속에 새겨 왔다. 이성으로 통제할 수 없는 감정은 혼란만 자아낼 뿐이며, 감정에 마구잡이로 휘둘리는 사람은 그만큼 고달플 뿐이라 여겨 왔다.

그나마 서로의 성향이 비슷해서 오래갔던 연애는 결혼이란 현실적인 이유로 갑작스러운 파국을 맞이했다. 선우는 그렇게 백예진과 이별한 뒤, 내심 다시는 연애하지 말자는 생각을 했다. 앞으로 백예진처럼 자신과 비슷한 사람을 만난다는 보장도 없거니와, 연애로 쓸데없는 감정 소비를 하느니 차라리 조금 외롭더라도 평화로운 일상을 즐기는 편이 나으리라 여겼다.

'너 나중에 분명 후회할 거야. 네가 날 외롭게 놔둔 것처럼, 너도 외로워 미칠 것 같은 날이 올 거라고!'

까마득한 언젠가, 이젠 얼굴도 기억나지 않는 옛 여자 친구가 그리 마구잡이로 퍼부은 적이 있었다.

선우는 그 말을 떠올릴 때마다 늘 우스워졌다.

사람은 누구나 외롭다. 사랑을 해도, 연애를 해도.

그렇기에 고독의 처방은 사랑이 아니라 죽음이었다.

"아, 왜. 무슨 일인데?"

늦은 저녁, 본사로 돌아오자마자 선우에게 붙잡혀 화장실로 질질 끌려온 김정혁이 그답지 않게 당혹스러운 기색을 내비쳤다. 무섭게 왜 이러냐는 소리가 줄줄이 이어졌으나, 선우는 조금도 개의치 않은 채 화장실 문부터 단단히 걸어 잠갔다.

"너 있잖아."

선우가 진지하다 못해 엄숙하기까지 한 얼굴로 서서히 다가왔다. 김
정혁은 침을 꿀꺽 삼키며 저도 모르게 뒷걸음질했다.

"뭐, 뭐야. 왜 그래."

"너 옛날에 학교 커뮤니티 했었지."

"학교 커뮤니티? 야, 그게 언제 적 얘긴데."

"그리고 그때 닉네임이 연애박사였고."

얼씨구나. 그제야 대충 감 잡은 정혁이 굳은 표정을 풀며 슬며시 입
가에 미소를 올렸다.

"왜, 잘 안 풀려?"

"……무슨 헛소리야. 내 얘기가 아니라 동생 얘기거든? 착각하지
마."

"아휴, 그럼 그러시겠지. 당연히 세연이 얘기겠지."

기분 나쁘게 실실 웃어 대는 친구를 영 못미덥게 훑어본 선우가 어
렵사리 말문을 열었다.

"그러니까, 걜 좋아한다는 사람이 있는데."

"음."

"태도가 좀 이상해. 좋아하는 것 같지가 않아."

"정확히 태도가 어떤데?"

"진정한 사랑을 만났으면 좋겠다나 어쨌다나."

"그 여자가 너한테 그랬다고?"

"어……가 아니라, 세연이 얘기라고 했잖아!"

아, 맞다. 중얼거린 정혁이 짐짓 심각한 표정을 지었다.

"그러니까 누가 세연이한테 진정한 사랑을 만나길 바란다고 했다
고. 그런데 그 사람은 세연이를 좋아하고."

"어. 좀 이상하지 않아?"

"이상하지. 많이 이상하지."

김정혁은 고개를 기우뚱하며 고심에 잠겼다. 아닌 척해도 좌불안석으로 그의 대답을 기다리던 선우는 정혁이 자세를 바로 하기 무섭게 어깨를 굳혔다.

"혹시 좋아한다고 착각한 건 아냐?"

"아냐. 직접 그렇게 말했어."

"그럼 그게 거짓말이겠지."

그렇게 말하는 정혁은 아주 확신하는 투였다.

"상식적으로 생각해 봐. 누굴 좋아하는데, 그 사람한테 진정한 사랑이 나타나길 바라는 게 말이 돼? 무슨 아가페적 사랑이야? 그 진정한 사랑이 자기이길 바라는 거면 또 몰라도."

"……"

"……뭐, 어디까지나 내 개인적인 생각이야. 너무 마음 쓰진 마라."

싸하게 얼어붙은 선우의 표정을 뒤늦게 알아차린 김정혁이 황급히 사족을 덧붙였다. 물론 크게 소용은 없었다. 선우는 어떻게 표정을 관리할 생각도 못 하고 대강 얼버무리며 자리를 피해 버렸다.

이후 김정혁은 문자에 메신저까지 동원하여 너무 괘념치 말라 신신당부했으나, 이미 커다란 바윗덩이가 던져진 마음은 좀체 잠잠해질 기미가 보이질 않았다. 고도로 집중해서 일해야 하는 때조차 머릿속이 번잡하니, 선우는 도무지 중심을 잡을 수가 없었다. 심지어는 커피에 설탕 대신 후추를 넣는, 말도 안 되게 어처구니없는 실수를 저지르고서야 비로소 깨달았다. 이렇게는 안 된다고.

그래서 직접 물어보기로 했다.

"유지나 씨, 진짜로 나 좋아하는 거 맞아요?"

달콤한 캐러멜마키아토를 한 차례 맛보고 아이처럼 좋아하던 지나가 제 귀를 의심하며 반문했다.

"……네?"

"나 좋아하는 거 맞냐고요."

"그렇다고 했잖아요, 전에."

"진심이에요?"

"그럼 당연히 진심이지, 누가 거짓으로 그런 말을 해요."

더없이 명료한 대답에도 그의 낯빛은 좀체 밝아질 줄을 몰랐다. 지나가 대관절 무슨 일인가 싶어 어리둥절한 사이, 선우는 재차 심각하게 물었다.

"저번에 나한테 진정한 사랑을 만나길 바란다고 했잖아요. 혹시 그게 유지나 씨 본인이었으면 좋겠어요?"

"아뇨. 딱히 그렇지는 않은데."

이번에는 안색이 아예 납빛으로 물들었다. 뭔진 몰라도 아주 심각한 상황임을 직감한 지나는 마시려던 캐러멜마키아토를 무릎 위에 올리곤 조심스레 말문을 열었다.

"저기, 차선우 씨?"

"그러니까 지금 이거잖아요. 날 좋아는 하는데, 내가 유지나 씨를 좋아하진 않아도 된다."

"굳이 정리하자면 그렇겠죠."

지극히 여상한 대답에 선우가 갑자기 왈칵 성을 냈다.

"사람이 어떻게 그럽니까?"

"네?"

"아니, 날 진심으로 좋아한다면 내가 유지나 씨를 좋아하길 바라야 하는 거 아니에요? 도대체 왜 내가 다른 사람을 좋아하길 바라는 건데요? 그러다 내가 진짜 다른 사람을 사랑하기라도 하면 어쩌려고요?"

"그럼 축하해 줘야죠. 좋은 일인데."

지나는 얼떨떨한 상태에서도 착실히 대답을 내놓았다. 멀거니 그녀를 응시하던 선우가 불현듯 헛숨을 내뱉었다. 자신의 마음도 갈피를 못 잡겠는데, 도무지 이해할 수 없기로는 유지나가 제일이다.

"이봐요, 유지나 씨. 혹시 마음을 착각한 건 아니에요?"

"……."

"보통은 안 그러잖아요. 세상에 어떤 사람이 좋아하는 사람한테 그렇게 말해요. 소유욕, 집착, 정도가 다를 뿐이지 다들 이런 감정은 조금씩 가지고 있잖아요. 그런데 내가 다른 사람과 사랑에 빠져도 진심으로 축하해 준다고요? 어째서 그렇게 아무렇지도 않아요? 정말로 날 좋아하는 게 맞긴 합니까? 나에 대한 호의를 이성적인 사랑으로 착각한 건 아니고요?"

좋아한다, 좋아하지 않는다. 언어로는 이렇게 달라도 정작 사람 마음은 그렇게 단순하지가 않았다. 단순한 호의와 이성적인 사랑이 혼재된 경우도 많고, 호의와 사랑의 경계에 아슬아슬하게 걸친 경우도 있다. 감정에 미숙한 경우, 자신의 마음을 착각하는 것이 그리 드문 일도 아니었다.

그래서 선우는 너무나도 복잡했다. 유지나는 자신의 마음에 확신을 갖고 말하지만, 받아들이는 그의 입장에선 그렇지가 못했다. 날 좋아한다는 사람이 어떻게 저럴까. 지금까지 무수한 고백을 받아 왔어도 이런 적은 처음이다. 왜 날 좋아해 주지 않느냐, 왜 나만큼 좋아해 주지 않느냐. 그에게 사랑이란 그토록 구질구질하고 안쓰러운 것이었다. 감정의 온도가 낮은 그조차 저렇게 담백하지는 못했다.

그런데도 과연 사랑일까.

그는 확신하지 못했다.

"……미안해요. 내가 말을 잘못해서 괜히 헷갈리게 만들었나 봐요."

지나가 머쓱하게 웃으며 시선을 조금 내렸다.

"차선우 씨가 다른 사람과 사랑에 빠진다면……. 글쎄요, 좋은 일이니 진심으로 축하하겠지만 아무렇지도 않진 않을 거예요. 어쩌면 많이 슬플지도 모르죠."

"……."

"그렇지만 음, 어떻게 말해야 할까……. 신문에서 그러는데, 지구에는 대략 70억 명 정도가 살고 있대요. 정확한 숫자는 아니지만 어쨌든. 근데 나는 그렇게 생각해요. 지구에 70억 사람이 살고 있다면, 사랑도 70억 개라고. 사람마다 각자 다른 사랑을 한다고요."

차갑게 식어 가는 종이컵을 만지작거리던 지나가 슬며시 고개를 들어 올렸다. 그와 시선이 얽히자, 엷은 갈색 눈이 반달처럼 둥글게 휘어진다.

"나는 그저 차선우 씨가 행복했으면 좋겠어요."

어둑어둑한 길가. 풋눈처럼 하늘하늘 내려오던 가로등 불빛이 일제히 그녀의 눈자위로 쏟아져 내렸다. 한껏 불빛에 적셔진 흰자는 투명하게 반들거리고, 다색 홍채에선 별빛이 무성하게 튄다. 공해에 쫓겨 자취를 감춘 하늘의 별들이 전부 이리로 내려온 듯했다.

그래선지 도저히 눈길을 뗄 수 없었다.

그다지 짧지 않은 그의 인생에서 이런 사람은 처음이었다. 이렇게나 예상할 수 없는 성격도 처음이고, 당신이 행복했으면 좋겠다 아무런 사심 없이 말해 주는 사람도 처음이다. 오로지 좋아한다는 이유만으로 행복하길 기원하는 것은 지나치게 이상적인 사랑이 아니던가. 곡절 많은 삶에서나 겪을 법한 숭고한 사랑을 받게 될 줄은 미처 상상하지 못했다.

"……왜 그렇게 나를 좋아해요?"

두어 달 전, 그를 구해 준 여자. 이후로의 만남도 열 손가락으로 꼽을 수 있을 만큼 적었는데, 도대체 언제 저만한 사랑을 키워 낸 걸까. 부모조차 함부로 내어 주지 못하는 마음이 부담스럽기 이전에 그저 신기하고 고마울 따름이었다.

"왜 차선우 씨를 좋아하냐고요? 글쎄요. 콕 집어 말하기 너무 힘든데."

지나가 배시시 웃었다.

"그냥 좋아하는 거예요. 사람 마음이라는 게 원래 그렇잖아요. 참, 그렇다고 너무 부담스럽게 생각하진 말고요."

"……그 말 들으니 좀 부담스러워지는 것 같기도 하고."

선우는 피곤한 듯 어깨를 주물거리며 흘끗 지나를 보았다. 그러고는 한참 고민하는 것처럼 입술만 달싹거리다가 겨우 말을 꺼냈다.

"난 유지나 씨 안 좋아해요."

"알아요."

"……내 취향도 아니고."

"그것도 알아요."

"뭘 다 안대……."

심란하게 중얼거리는 선우를 흐뭇하게 보며 지나가 천천히 걸음을 멈추었다.

"난 정말 아무것도 바라는 게 없어요. 차선우 씨가 행복하다면 그걸로 충분한걸요."

"……."

"진심이에요. 믿어 줘요."

지나는 그리 속삭이며 잔잔히 웃었다. 늘 웃는 상인데도 불현듯 새롭게 느껴지는 미소다. 그것이 마냥 신기하여, 선우는 말끄러미 그녀의 얼굴을 들여다보았다.

날 믿어 달라, 그만큼 상대에게 책임을 전가하는 말도 없노라 여겨온 나날이 길었다. 의심스러워 믿지 않으면 전적으로 불신하는 그의 탓이고, 믿었다가 배신당해도 믿을 상대를 잘못 고른 그의 아둔함 탓이었기에. 하물며 사랑하는 가족조차 맘껏 믿지 못하는 그의 불신의 역사는 얼마나 길었던가.

하지만 어린 시절부터 인간 불신을 신조로 삼아 왔던 그조차 신뢰할 수밖에 없는 말이고, 신뢰할 수밖에 없는 사람이었다. 평소처럼 어깃장을 놓지 못한 이유도 바로 그것이다. 선우는 못내 수런거리는 속을 애써 잠재우며, 고개를 꺾어 새카맣게 어두운 하늘을 올려다보았다.

어느덧 3월이다. 아직은 바람이 매섭지만, 마지막 추위를 뿜어내는 겨울도 머잖아 가실 터. 그러면 이제 시즌도 끝이다. 그리고 곧 봄이 도래하겠지.

봄. 선우는 어쩐지 낯설게 느껴지는 단어를 혀로 굴리며, 조금 쑥스럽게 웃어 보였다.

"……빨리 날이 풀렸으면 좋겠네요."

어쩐지 올봄은 특별할 것 같다는 예감이 들었다.

"자, 그동안 다들 고생 많으셨습니다!"

값비싼 회와 온갖 종류의 술이 좌르르 깔린 식당. 누군가의 선창을 기점으로 술잔 수십 개가 쨍하게 맞부딪쳤다. 시즌을 끝마친 회계사들이 오래간만의 유흥을 즐기는 가운데, 구석자리에서 노곤히 술잔을 기울이던 선우가 눈살을 찡그리며 고개를 들었다.

"뭐라고?"

"올해 비시즌은 각오하라고. 듣자하니 용역 스케줄이 벌써부터 아주 꽉 찼다더라."

정혁이 회를 질경이며 맞은편 선우의 빈 술잔에 소주를 채워 주었다. 훈훈하게 달아오른 분위기를 단번에 깨트리는 소리에 되레 성낸 것은 누구보다 바쁘게 회를 집어먹던 안태준이다.

"뭐? 정말이야? 누가 그래?"

"누구긴 누구야, 저기 떠들기 좋아하는 정 선생이지. 근데 차 선생은 그렇다 쳐도, 설마 너도 몰랐냐? 아주 사내에 소문이 파다하던데."

"와, 진짜 뼛골까지 다 빨아 드시겠다 이거지. 술맛 확 떨어지네."

그러면서 안태준은 술잔 가득한 술을 한입에 털어 넣었다.

"이렇게 부려 먹을 거면 신입이라도 많이 뽑든지, 어? 솔직히 요즘에 넘쳐 나는 게 회계사 아니냐. 그런데 우리는 왜 이렇게 힘든 거냐? 어떻게 된 게 매년 바빠지는 것 같아."

"그러게나 말이다."

김정혁이 한탄하며 이번에는 양주 뚜껑을 땄다. 그리고 빈 술잔에 술을 채우면서, 이상하게 잠잠한 선우를 흘끗 쳐다본다.

"근데 우리 차 선생은 왜 이리 조용해?"

"……뭐가."

"넌 짜증도 안 나? 이번 비시즌엔 제대로 쉬지도 못할 거라는데."

"쉬려고 회사 다니나."

"그래도 시즌에 비인간적으로 굴렀으면 좀 쉬엄쉬엄 다니는 때도 있어야지."

옆에서 태준이 열심히 고개를 끄덕거렸다. 그럼에도 선우는 피로한 눈으로 가만히 술잔만 내려다볼 뿐 별다른 반응이 없었다. 잠시나마 그의 대답을 기다리던 김정혁이 부질없다는 듯 손짓하며 단박에 술을 들이켰다.

"됐다, 됐어. 무슨 말을 해도 듣는 둥, 마는 둥. 쟤 요즘 진짜 이상하다니까."

"그러게나 말이야."

둘이서 수군대든지 말든지, 한참이나 술잔을 쳐다보던 선우가 문득 입을 열었다.

"난 바쁜 게 좋아."

"……쟤 지금 뭐라는 거냐."

"바쁜 게 좋다는데."

"뜬금없이 왜?"

"이번 비시즌에 용역 돌린다는 거, 자긴 바쁜 게 좋으니까 괜찮다는 말 아냐?"

태준의 그럴듯한 해석에 멍하니 선우를 쳐다보던 김정혁이 이내 퍼렇게 질린 얼굴로 젓가락을 내동댕이쳤다.

"누가 워커홀릭 아니랄까 봐! 야, 네가 그러니까 연애를 못 하는 거야!"

"쟤는 못 하는 게 아니라 안 하는 거지."

벌써 술에 반쯤 취한 태준이 선망의 눈길로 선우의 이곳저곳을 훔쳐보았다.

"내가 쟤 반만큼만 됐어도 지금쯤 여우 같은 마누라랑 토끼 같은 자식들 낳고 오순도순 잘 살고 있을 텐데……."

"벌써부터 그렇게 노땅처럼 말하면 어떡하냐. 인마, 괜찮아. 연애를 얼굴로 하냐? 결혼을 얼굴로 해?"

"하긴, 결혼을 얼굴로 했으면 네가 나보다 먼저 장가갔을 리 없지."

"너 방금 뭐라고 했냐?"

둘이서 으르렁대든지 말든지, 선우는 젓가락으로 느릿느릿 회를 집어 들었다. 과연 비싼 값 한다고, 입에 들어가자마자 사르르 녹는 맛이 참으로 일품이다. 그는 김정혁과 안태준이 신경전을 벌이는 사이, 혼자서 홀라당 접시를 비워 버렸다. 뒤늦게 빈 접시를 알아챈 두 사람이 협공하여 그를 타박했으나, 늘 그렇듯 한 귀로 듣고 한 귀로 흘릴 뿐이다.

회식은 야심한 시각까지 이어졌다. 원래 회식이 잦은 회사는 아니다만, 시즌이 끝난 기념으로 열린 회식이니 만큼 다들 오래간만에 취한 기분을 한껏 즐기고 있었다. 그나마 제정신이 붙어 있는 선우가 대리기사를 줄줄이 불러 만취한 동기들을 차에 실어 날랐다.

"혜정아, 나 지금 간다! 사랑해!"

연애할 때부터 팔불출로 유명했던 사람답게, 김정혁은 결혼하고도 아내에 대한 사랑을 조금도 죽이지 못했다. 그는 제대로 통화가 걸리지도 못한 핸드폰을 붙들고 고래고래 아내에게 사랑을 읊어 댔으나, 안타깝게도 그리 구구절절한 고백을 들은 사람은 사랑하는 아내가 아니라 못난 친구 녀석이었다.

"너, 내가 동영상 찍어 두지 않는 걸 감사하게 여겨."

바득바득 이를 갈며 김정혁을 차에 실어 보낸 뒤, 선우는 길바닥에 너부러져 있는 안태준에게로 다가갔다. 만약 잠들었다면 그대로 버려 두고 갈 심산이었는데, 다행인지 불행인지 그는 약하게나마 정신이 붙어 있었다.

"야, 선우야. 우리 봉봉이 귀엽지 않냐? 응?"

안태준은 선우의 눈앞으로 핸드폰을 들이밀며 실실 웃어 댔다. 액정에는 조그만 시츄 한 마리가 깜찍한 자세로 누워 재롱을 피우는 사진이 띄워져 있다. 선우는 건성으로 고개를 끄덕이며 힘겹게 친구를 부축해 일어났다.

"우리 봉봉이, 지금쯤 자고 있을 텐데. 내가 술 취해서 깨우면 어떡하지?"

"깨면 깨는 거지, 뭘 어떡해."

"에이, 그래도. 우리 봉봉이 자는 모습이 얼마나 귀여운데. 그거 구경해야 한단 말이야."

선우는 이제 맞장구칠 생각도 접고 그를 차 안으로 쑤셔 넣었다. 안태준은 자신이 내팽개쳐진 줄도 모르고, 차 뒷좌석에 드러누워 핸드폰 액정의 봉봉이에게 뽀뽀를 퍼붓기 바빴다. 보는 사람에 따라 다소 소름 끼칠 수 있는 광경이지만, 이런 취객 정도야 껌이라는 것처럼 대리기사는 기다렸다는 듯 차에 시동을 걸었다. 매연을 뿜어내며 멀어지는 차 뒤꽁무니를 잠시 지켜보던 선우도 이내 터덜거리며 발걸음을 돌렸다.

2차인지, 3차인지도 기억이 가물가물한 술집은 아직도 손님들로 성황이었다. 다만 몇몇 자리가 빈 것을 보면 남몰래 귀가한 사람들이 몇 있는 모양이다. 때마침 도망치려다 붙잡힌 신입 하나가 울상으로 술잔을 받는 모습도 얼핏 보였다. 선우는 이름 모를 신입을 마음 깊이 애도하며 조용히 자리를 떴다. 알딸딸하게 취한 탓인지, 마치 구름 위를 걷는 듯한 몽환적인 느낌이 들었다.

그러나 좋은 기분은 오래지 않아 싹 가시고 말았다. 슬슬 봄기운이 밀려들기 때문일까, 한동안 썰렁하던 밤의 번화가가 오래간만에 사람들로 북적거리고 있었다. 그저 길을 오가는 사람이 많은 것이라면 그나마 낫겠지만, 이곳은 주말로 이어지는 금요일 밤을 활활 불태우려는 사람들의 집합소. 자연스레 갖은 호객 행위와 시끄러운 음악 소리로 눈귀가 몹시 번잡스러웠다.

게다가 무리 지어 다니는 사람들은 또 어찌나 많던지. 과장하자면 절반은 회식하러 나온 직장인 무리고, 나머지 절반은 서로를 향해 넘쳐 나는 애정을 감출 길 없는 연인인 듯했다. 남들이 어떻게 다니든 그의 알 바는 아니지만, 마치 이 거리에서 혼자는 너뿐이라 비웃는 것만 같아 기분이 썩 좋지만은 않았다. 더군다나 거리 한복판에서 취객 무리를 피하려다 실수로 짙은 애정 행각을 펼치던 연인을 살짝 밀친 뒤, 눈은 어디다 두고 다니냐는 고함을 듣고 나자 기분은 더욱 나락으로 떨어졌다.

어째서 사람들은 술만 마시면 짐승으로 돌변하는 걸까. 단순히 일반화의 오류라 치부하기엔, 평상시 상식적이던 사람들도 술에 취하면 싸움꾼이나 진상으로 돌변하는 경우가 허다했다. 저들이라고 공공장소에선 되도록 주사나 스킨십을 자제하라는 공중도덕을 모를 리 없으니, 이러한 무질서는 전부 술의 탓이다. 그는 애써 그렇게 믿으려 했다. 그렇게라도 믿어야 세상이 덜 추하게 보일 것만 같았다.

봐도 못 본 척, 들어도 못 들은 척. 그리 환락의 번화가를 가로지르자, 이윽고 고요하게 잠긴 주거지에 이르렀다. 대로 하나를 사이에 뒀을 뿐인데, 양측의 분위기가 이렇게나 천차만별이다. 어느덧 아득하게만 들려오는 음악 소리를 뒤로 한 채, 선우는 어깨를 움츠리며 발을 빠르게 놀렸다. 이제 내일이면 꽃 피는 4월이건만, 어째 날씨는 아직도 뼈가 시리도록 서늘했다.

"무슨 봄이 이렇게 추워……."

처량하게 중얼거리던 선우가 불현듯 머뭇대며 뒤를 돌아보았다. 휘황찬란하게 빛나는 거리. 주중의 마지막 밤을 술과 노래로 불태우려는 사람들이 가득 모인 곳. 지나다니는 사람 하나 없이 어두컴컴한 여기에 비한다면야, 저곳은 아주 밝고 따뜻해 보였다. 그래선지 번화가를 응시하는 두 눈에 점점 갈증이 차올랐다. 본능적으로 사람 온기를 찾아 헤매는 눈빛이다.

하지만 그곳을 물끄러미 지켜보던 선우는 곧 힘없이 발길을 돌릴 뿐이었다. 못내 내키지 않는 기색으로 번화가를 등지고 느릿느릿 걸어간다. 가로등만이 간간이 밤길을 밝히는 어둠 속으로. 아무도 기다리지 않는 싸늘한 집으로.

참으로 이상한 기분이었다. 아내든, 남편이든, 가족이든, 하다못해 강아지든. 세상 사람들 모두 집에서 애타게 자신을 기다리고 있을 존재가 있는데, 오직 그만이 예외였다. 돌아갈 집은 있는데, 돌아갈 사람이 없다. 낯선 인파로 가득하던 번화가에서 벗어나 홀로 남으니 비로소 세상이 춥고 황폐해졌다.

스스로 택한 삶이니, 누군가를 탓할 계제도 되지 못한다는 사실은 잘 알았다. 지금까지 그에겐 누군가와 일상을 나누며 살아갈 기회가 여럿 있었고, 그 기회를 모조리 거부한 것은 다른 누구의 강요도 아닌 오롯한 그의 선택이었으므로. 아무에게도 방해받지 않고, 아무에게도 유린당하지 않는 일상. 그러한 자유를 좇아 줄곧 고독을 택해 왔다. 종종 느끼는 외로움이야, 평화롭고 자유로운 일상에 비하면 아무것도 아니라 여겨 왔다.

하지만 가끔, 아주 가끔씩.

견디지 못할 때가 도래하거든, 그러면 혼자 삭이는 수밖에 없었다.

저 외롭다고 친구들을 찾기엔 그만치 면피가 두껍진 못했고, 사랑하는 가족은 애당초 그가 의지할 수 있는 상대가 아니었다. 이럴 때 버팀

목이 되어 줄 연인은 이제 기억조차 흐릿하다. 너무 외로워서 강아지라도 한 마리 키우려다가도, 그가 출근한 동안 집에서 혼자 고독에 몸서리칠 강아지를 생각하면 도무지 마음이 내키지가 않았다. 제 외로움 달래자고 다른 생명까지 고독의 바다에 빠트리는 건 차마 못 할 짓이었다.

그래서 까마득한 오래전도 혼자. 외로움 속에서 유영하던 엊그제도 혼자. 그렇게 혼자서 내리 삭이다가 어느 날 문득 누군가와 마주치는 날이 있거든, 그때는 이루 말할 수 없는 반가움이 치솟는 것이었다.

바로 지금처럼.

"......"

어느덧 걸음이 멎은 선우는 뚫어져라 저편을 바라보았다. 굽이굽이 이어지던 산책로가 끝나는 지점. 유지나는 그곳에서 마지막 가로등 불빛에 흠뻑 젖어 있었다. 발목까지 내려오는 새카만 코트가 불빛을 전부 잡아먹는 중에, 여느 때처럼 단정하게 하나로 묶은 갈색 머리채가 노란 불빛 받아 햇살처럼 빛난다. 그래서일까, 미동조차 없는 뒷모습에 이유 없이 자꾸만 눈길이 쏠렸다.

그녀는 한참을 단조롭게 서 있었다. 마치 누군가를 기다리는 것처럼.

그러다 우연한 순간, 무심코 그녀가 뒤돌아보았을 때 순식간에 서로의 눈빛이 얽혀 들었다. 일순 그녀의 얼굴을 스치는 수만 가지 감정. 선우는 그러한 감정의 편린을 찬찬히 헤아려 보려다 금세 포기했다. 흰 눈밭에 처음으로 발자국이 새겨지듯, 도화지처럼 깨끗하던 얼굴에 반가움이 서서히 어리는 모습을 목도하자 아무래도 좋다는 생각이 들었다.

마치, 술에 취하는 기분이었다.

"차선우 씨!"

그는 느릿하게 눈을 감았다 떴다. 한동안 잠잠했던 취기가 다시 올라오는 걸까, 저만치 서 있던 유지나가 어느새 눈앞에 있었다. 밤중에도 유난히 반짝거리는 눈과 화사한 미소가 손대면 닿을 듯 가깝다.

"왜 여기 가민히 서 있어요. 피곤할 텐데 얼른 집에 들어갈 생각은 안 하고……. 어, 그런데 얼굴이 왜 그래요? 어디 아파요? 이상하게 빨간데……."

"……."

"뭐야, 설마 추워서 그런 거예요? 옷이 너무 얇잖아요! 지금이 무슨 여름도 아니고, 추위가 완전히 가실 때까진 옷 두껍게 입고 다니라고 내가 몇 번이나 말했는데. 귓등으로도 안 들은 거죠?"

지나가 속상한 듯이 입술을 깨물며 그를 흘겨보았다. 선우는 어쩐지 바보가 된 기분으로 말문을 닫아걸었다. 그러나 처음부터 이길 생각일랑 없었다는 것처럼, 갑자기 지나가 양손을 쑥 뻗어 왔다.

찬 바람 맞아 벌겋게 달아오른 뺨에 따스한 온기가 닿았다.

이유 모르게 숨이 멎었다.

"얼굴 차가운 거 봐. 이러다 감기라도 걸리면 어쩌려고 그래요? 안 그래도 이맘때 독감이 엄청 유행했는데……."

종알대는 목소리가 마치 새 지저귀는 소리처럼 어렴풋하게 닿았다. 무어라 계속 말하는 것 같긴 한데 도무지 알아들을 수가 없다. 아무리 고개를 저어도 귀가 먹먹한 것이, 마치 머리 꼭대기까지 바닷물이 차오른 것만 같았다.

"저기, 차선우 씨?"

말없이 쳐다만 보는 시선에 지나가 조금 어색한 표정을 지었다. 둘의 간격을 새삼 인식했는지, 뺨을 감싸던 손길도 차츰 거두어진다. 그리 온기가 떠나간 자리에 황량한 모래바람이 덧없이 들어찼다. 발밑이 꺼지는 느낌이었다.

"……왜 그래요."

그는 자신이 뭐라고 말하는지도 모르고 말했다. 다시 춥고 황폐한 곳으로 돌아가기는 싫어서. 너무도 진저리 나게 끔찍해서.

"뭐가요?"

"왜 손을 거두냐고요."

"……."

"나 많이 추운데."

전부 술기운 때문이다. 지축이 흔들리고 하늘이 무너지는 것도, 지극히 평온하던 그의 세상이 요동치는 것도 전부 고약한 술 때문이다. 그렇지 않고서야 이렇듯 어린애로 회귀할 수는 없다. 이렇듯 뭣도 아닌 사람에게 매달릴 수는 없었다. 부모도, 형제도, 연인도, 하다못해 친구도 아닌 사람.

이 사람은 그저 길가에서 우연히 마주쳤을 뿐인데.

그때, 뺨에 다시금 따사로운 온기가 닿았다. 조금 전보다 한결 더디고 조심스러운 손길로. 하지만 변함없는 호의를 담아.

그러자 이제는 아무래도 상관없어졌다. 분별없이 헷갈리는 마음도, 진창 혼란스러운 머릿속도. 그는 무수한 고민을 모두 접고, 아주 오래간만에 느끼는 타인의 온기에 한껏 취했다. 불현듯 치미는 졸음기에 서서히 눈꺼풀이 무거워지며, 이윽고 한밤보다 아늑한 어둠이 몰려들었다.

그날 밤, 춥고 황폐한 들에 꽃이 피었다.

기적을 축복하듯 온 세상에 종이 울렸다.

문이 열리며, 현관에 반짝 불이 들어왔다. 내리 적막하던 공간에 신발 벗는 소리, 문가에 부딪치는 소리, 두런두런 얘기를 주고받는 소리가 연이어 들어찬다.

"차선우 씨, 좀 걸어 봐요. 저기, 소파까지만."

지나는 선우의 왼팔을 어깨에 두른 채로 힘겹게 발을 내디뎠다. 거실 벽을 두드리며 더듬더듬 스위치를 찾았지만, 도저히 찾지 못하겠어서 어둑한 거실을 조심스레 나아갈 수밖에 없었다. 그러다 바닥에 널린 옷가지나 수건에 두어 번 발이 걸리기도 했다.

그리 넘어질 듯 말 듯, 휘청거리며 거실을 가로질러 간신히 소파에 다다랐다. 지나는 가죽 소파에 무릎이 닿기 무섭게 허물어지듯 선우를 소파에 눕혔다. 거의 내동댕이친 것이나 다름없지만, 직후 소파에 쓰러지듯 앉기로는 그녀도 마찬가지다.

"아우, 진짜 무겁네."

지나는 연신 손부채질하며 때아닌 땀을 식혀 내기 바빴다. 키가 좀 클 뿐이지 전체적으로 호리호리해 보이는 선우지만, 만취해서 제 몸 가누지 못하는 탓인지 여기까지 부축하는 데만도 몹시 버거웠다. 나름대로 건강과 운동에는 자신 있는 그녀조차 그러했다.

그나마 엘리베이터까지는 본인도 정신을 차리려고 꽤나 노력하더니, 엘리베이터에서 내릴 때쯤에는 완전히 맛이 가 버렸다. 그 탓에 문앞에서 이러지도 저러지도 못한 채 땀만 삐질삐질 흘려 낸 시간이 제법 길었다.

겨우 어르고 달래 비밀번호를 누르게 했더니, 이제는 아예 잠들어 버렸다. 과연 내일 아침, 무사히 집으로 들여보내 준 그녀의 노고를 기억이나 할는지 의심스럽다.

그래도 취한 모습은 처음 봤으니까.

지나는 조심히 고개를 수그려 새삼스러운 눈으로 잠든 선우의 얼굴을 살펴보았다. 은은하게 풍기는 술내나 묘하게 평소와 다른 말투를 제하면, 요리조리 곳곳을 살펴봐도 도통 취한 사람 같지가 않았다. 하긴, 집 앞까진 제 발로 잘 걸어오기도 했으니. 그런 걸 보면 아무래도 취기가 나중에 올라오는 체질인 듯싶다.

그런데 갑자기 선우가 반짝 눈을 떴다. 엉겁결에 시선이 마주친 지나가 저도 모르게 숨을 들이켰다. 완전히 잠든 줄 알고 코앞에서 얼굴을 뜯어보던 차라, 둘 사이의 거리가 지나치게 가까웠다. 금방이라도 서로의 숨결이 엉길 것만 같다.

그 순간, 입술이 닿았다.

지나는 가만히 정지했다. 선명하게 느껴지는 차가운 입술. 낯선 감촉이 살짝 접했다 떨어지는 감각이 몹시도 선명하다. 그러나 아주 찰나였다. 저도 모르게 코트 자락을 꽉 움켜쥐고 있다는 걸 깨달았을 때는 이미 그의 얼굴이 멀어지고 난 뒤였다.

그가 뒤로 물러난 건지, 아님 그녀가 물러선 건지.

하지만 선우는 아무래도 좋다는 듯 소리 없이 웃고 말았다. 늘 입가를 잠깐 스치던 조소가 아니라, 만면에서 활짝 피어나는 미소다. 그 모습에 홀린 것처럼 정신이 팔린 사이, 그는 도로 까무룩 잠들었고 혼란스러운 정적 속에 그녀만이 홀로 남겨졌다.

지나는 느릿하게 고개를 들어 올렸다. 어둠에 잠긴 삭막한 거실 풍경이 점차 시야로 들어온다. 하지만 그녀는 아무것도 보지 못했다. 혹은 아무것도 보고 싶지 않은 듯이.

멍하니 허공을 응시하던 지나가 불현듯 웃었다. 금방이라도 울어 버릴 것처럼 서글픈 얼굴로.

한가로운 4월의 S 회계 법인.

시즌을 막 끝마친 감사 부서에는 오래간만에 산뜻한 기운이 차오르고 있었다. 한동안 다크서클을 발끝까지 드리운 채 좀비처럼 복도를 거니는 직원들로 가득하던 곳이라고는 믿을 수 없을 정도로, 다들 생기와 활력을 빠르게 되찾아 가고 있다.

단 한 사람을 제하고는.

"어, 김 선생. 여기서 뭐 해?"

기다란 초콜릿 과자를 입에 문 안태준이 의아한 기색으로 김정혁에게 알은체했다. 조금이라도 남는 시간이면 동기들과 하하 호호 이야기 꽃을 피우던 김정혁이 웬일로 몹시 심각한 표정을 짓고 있었다.

"저기 좀 봐."

"저기? 누구? 한 선생?"

"말고, 그 뒤에."

"한 선생 뒤면……. 뭐야, 차선우 말하는 거야?"

김정혁이 무겁게 고개를 끄덕거렸다. 태준은 오도독 과자를 깨물어 먹으며 대수롭지 않게 말했다.

"쟤 며칠 전부터 저러잖아. 일도 없으면서 하루 종일 노트북만 보고."

"근데 안 움직여."

"뭐가?"

"노트북 화면이. 30분째 똑같은 화면만 보고 있어."

그렇다면 김정혁은 30분째 차선우만 지켜보고 있었다는 건가. 어쩐지 상상만으로도 소름 끼치는 광경이다.

　"그렇게 궁금하면 가서 물어보지 그래? 왜 그렇게 죽상이냐고."

　안태준의 현답에도 정혁은 움직일 생각을 안 했다. 대신 근심이 가득한 목소리로 나지막하게 중얼거릴 뿐이다.

　"……그 여자랑 잘 안 됐나."

　"어? 뭐라고?"

　"우리 차 선생한테도 시련의 계절이 찾아온 모양이라고."

　"뭐? 실연의 계절? 쟤 누구한테 차였냐?"

　기껏 돌려 말했는데도 눈치라곤 개뿔도 없는 안태준이 헛소리를 일삼자, 김정혁은 고개를 절레절레 내저으며 곧 자리를 떴다. 혼자 남겨진 태준은 어리둥절한 표정으로, 멀어지는 김정혁의 뒷모습과 엊그제부터 쭉 어두운 차선우의 얼굴을 번갈아 보았다. 그러나 아리송하기는 마찬가지다.

　안태준이 머리를 긁적이며 중얼거렸다.

　"도통 뭐가 뭔지 모르겠네."

　시련의 계절이라면, 맞다. 평생에 걸쳐……는 아니어도 최근 이렇게 수치스러웠던 적은 달리 없으므로.

　실연의 계절이라면, 그건 아니올시다. 자고로 실연이라 함은 연애에 실패했다는 것. 하지만 애초에 그는 연애를 시작한 적도, 시작하려는 마음을 품은 적도 없다. 애당초 실연의 대전제부터 글러 먹었다는 뜻이다.

　그러니까 지금 마음이 이렇듯 번잡스러운 이유는 전부 수치심 때문이다. 집 앞까지 용케 잘 걸어갔으면서 갑자기 그 여자 앞에서 무너져 버린 것, 유지나의 손에 질질 끌려 집으로 들어간 것, 친한 친구들도 쉽사리 초대하지 않는 사적인 공간으로 고작 '지인'일 뿐인 사람을 본의 아니게 들인 것, 그리고······.

아악! 선우는 속으로 새된 비명을 내지르며 양손으로 마구 머리를 쥐어뜯었다. 잊으려 해도 자꾸만 그날의 광경이 눈앞에서 재생되었다. 유지나에게 거의 기대다시피 해서 집으로 들어가던 과정은 중간중간 기억이 끊겼는데, 어째서 그것만큼은 이토록 기억이 생생한지 모르겠다. 취기에 기억이 어그러졌다 여길 수도 없을 만치, 뇌리에 또렷하고 선명하게 남아 있었다.

코앞에서 보이던 유지나의 얼굴. 어둑어둑한 밤중에도 환히 비치던 두 눈과, 그의 얼굴 위로 사르르 흘러내리던 머리칼. 그리고······.

선우는 다시금 소리 없는 비명을 내지르기 시작했다. 어째서, 왜 하필 그때 입술이 눈에 들어온 걸까. 불도 켜지 않은 거실이 뭐 그렇게 밝다고. 평소에는 귀찮아서 불을 켜지 않았다가 거실에 널린 책이며 옷가지에 걸려 휘청거린 적이 한두 번이 아닌데, 왜 하필 어젯밤만 유독 밝았던 것인지. 심지어는 평소처럼 어둡지 않던 달을 탓할 기세였다. 그만큼 충동적으로 벌였던 어젯밤 사건의 내적 후폭풍이 어마어마하다.

혹시 술김에 개꿈이라도 꾼 건 아닐까.

불현듯 드는 생각에 한 줄기 희망도 같이 솟아올랐다. 지금까지 만취하고 꿈꾼 적은 딱히 없는 것 같지만, 그래, 아주 불가능한 일도 아니다. 아무렴, 꿈이 뭐 그리 대수라고. 어제 술 마시고 너무 우울해서, 혹은 너무 행복해서 이상한 꿈을 꿨더라도 크게 괴이쩍은 일은 아니다.

하지만 과연 꿈이 그렇게 선명할까. 집 앞에서 유지나와 마주친 뒤로 죄 기억이 흐릿한 가운데 오직 그것만이 또렷했다. 단순한 개꿈이라 치부한다면 마음은 한결 가볍겠으나, 상식적으로 가장 또렷한 기억은 꿈보다는 현실이라 보는 편이 옳았다. 술김에도 너무 충격적이라서 뇌리에 강하게 새겨진 기억. 그는 꿈이라는 마지막 남은 동아줄에 매달리면서도, 그 동아줄이 사실상 망했다는 걸 너무나도 잘 알고 있었다.

그러니 생각은 다시 원점으로 돌아오는 것이다.

나는 어째서 유지나에게 입을 맞추었을까.

……정정한다, 왜 유지나에게 뽀뽀했을까.

입맞춤의 사전적 정의는 두 가지다. 첫째는 키스, 둘째는 뽀뽀. 둘은 엄연히 다르고, 엄연히 다른 만큼 반드시 구별되어야 한다. 절대로 일방적인 키스보다 일방적인 뽀뽀가 그나마 양심의 가책이 덜하다는 점 때문은 아니었다. 애당초 차선우란 인간이 긴가민가한 걸 못 견디는 지랄 맞은 성질로 태어났기 때문이다.

그러니까 다시 원점으로 돌아가서, 나는 어째서 유지나에게 뽀뽀했을까.

일단 첫 번째로 짐작할 수 이유는 술이다. 술김에 사람도 죽이고, 술김에 사고도 치는 세상이었다. 딱히 요즘 세태가 그렇다기 보단, 무궁한 인류 역사를 통틀어 술은 그만치 예측할 수 없는 사건을 일으키는 촉매제가 되곤 했으므로.

그러니 술김에 뽀뽀 좀 했더라도 아주 이상한 일은 아니었다. 만취했었으니 나는 아무런 잘못도 없다, 술을 이유로 심신 미약이란 변명을 달아 형량을 줄이려는 쓰레기 범죄자처럼 자신을 변호하려는 게 아니라, '술김에 저질렀다' 는 것이 현실적으로 충분한 개연성을 갖추었다는 이야기다.

만약 첫 번째 이유가 맞다면, 그는 술김에 뽀뽀나 저지르는, 자제력 꽝인 파렴치한이 되는 셈이다. 뽀뽀가 무슨 별거냐며 손사래 치는 사람이 있을지도 모르겠으나, 적어도 살벌한 이성으로 정신을 중무장하고 살아온 그에겐 충분한 별거였다. 그것도 아주 큰 별거.

하지만 두 번째 가정을 생각한다면, 차라리 자제력 미달의 파렴치한이 되는 편이 훨씬 나았다.

두 번째로 짐작할 수 있는 이유.

그건 바로 차선우가 유지나를 좋아한다는 얼토당토않은 가정이었기 때문이다.

"……말도 안 돼."

선우는 한 손으로 머리를 감싸 쥔 채 미친 사람처럼 흐느끼기 시작했다. 상상만으로도 이렇게나 헛웃음이 나오는 경우는 흔치 않았다. 그만큼 우습고, 말도 안 되며, 비현실적인 가정이다.

그도 그럴 것이, 얼마나 알았다고?

유지나야 몇 번 만나지도 않은 상대에게 마음을 모조리 빼앗기는 사람일지 몰라도, 결단코 그는 그런 사람이 아니었다. 30년 인생 통틀어 첫눈에 반한 적도, 잘 알지도 못하는 사람에게 강한 호감을 느낀 적도 없었다. 지금까지 그가 사귀었던 여자 친구들은 전부가 반년 이상 쭉 알았던 상대다. 옛말에 열 길 물속은 알아도, 한 길 사람 속은 모른다고 했다. 적어도 반년은 지켜보아야 어떤 사람인지 대강 가늠할 수 있다는 것이 그의 지론이었다.

그런데 유지나는 어떠한가. 고작해야 지난해 끄트머리에 우연히 마주쳤으며, 그 후로도 열 번이나 겨우 만났나 싶다. 평소답지 않게 후한 호의를 베풀긴 했어도, 그건 그가 그녀에게 목숨을 빚진 까닭이지 다른 게 아니었다. 무려 자기 목숨을 걸어 덤프트럭 앞으로 몸을 내던진 사람이다. 마냥 정체가 수상하고, 연락도 없이 불쑥불쑥 찾아온다고 내치기엔 그의 목숨값이 너무도 지대했다.

그러니 아니다.

유지나는 좋은 사람이니까, 낯선 사람을 구하기 위해 목숨도 내던지는 사람이니까. 인간으로서 호의를 품을 수는 있어도, 그것이 한층 더 깊고 심오한 마음으로 이어질 리는 없다. 그런 전례가 없었고, 그런 징조도 없었다. 두 번째로 짐작할 수 있는 이유란, 사실상 인과 관계가 끊긴 허황된 가정이었다.

그러니까 결국에는 술김에 저지른 것이다. 오래간만에 술에 취했다 보니 평소엔 안 하던 짓도 하게 되고, 그냥 그런 것이다. 딱히 그럴 듯한 변명을 덧붙일 필요도 없었다. 때로는 술 그 자체로 완벽한 이유가 성립되는 경우도 존재하며, 그럴 때는 마음 깊이 뉘우치고 용서를 구하면 될 일이다. 물론 용서는 어디까지나 상대방의 선택에 달린 일이었으나, 이미 저질러진 일, 그의 입장에선 유지나의 판결을 기다리는 수밖에 없었다.

다음에 유지나 씨를 만나면 술김에 그랬다고 하자. 정말 미안하다고, 용서하지 않아도 이해한다고, 비난하는 소리도 달게 받겠노라 진심으로 사과하자.

그리 힘들게 결론을 내리자, 며칠이 지나도록 번잡하기 이루 말할 데 없던 마음이 비로소 가벼워졌다. 선우는 오랜만에 되찾은 평온에 내심 감격하여 한 가지 결심마저 덧붙였다.

차선우, 당분간 금주하자.

그는 한껏 기지개를 펴며, 노트북 화면에서 달력을 열어 보았다. 유지나와 만났던 그날이 벌써 나흘 전이다. 그녀는 대개 일주일 간격으로 나타나니, 머잖아 퇴근길에서 또 마주칠 터.

선우는 그날을 기약하며 노트북을 닫았다. 어쩐지 벌써부터 긴장되었다. 사과할 결심에선지, 아니면 유지나를 만날 생각에선지 가슴이 불안정하게 뛰기 시작했다.

그렇게 하루가 지나고, 이틀이 지났다.

퇴근할 시간이면, 회사를 나서기 전부터 저도 모르게 긴장감으로 가슴을 옥죄는 하루하루. 유지나가 나타나지 않는 24시간이 이토록 길게 느껴지는 것은 처음이었다.

또다시 하루가 지나고, 이틀이 지났다.

요즘 바쁜가 싶다가도 연락도 없이 나타나지 않는 유지나가 공연히 미워졌다. 그러다가 그녀의 연락처 하나 알지 못하는 스스로의 무능함을 탓하게 되었다. 일주일마다 적어도 한 번씩은 나타나던 사람이 보이지 않자, 무슨 안 좋은 일이라도 일어난 건 아닌지 자연스레 염려하는 마음이 샘솟기도 했다.

그렇게 일주일이 훌쩍 지났다.

어느새 봄이 완연한 4월 중순. 벚꽃이 흐드러지게 피어나는 무렵에 유지나가 홀연히 나타났다.

하루가 다르게 날이 따뜻해지며, 집 앞 산책로를 거니는 사람도 차츰 불어나고 있었다. 선우는 새삼스럽게 봄이 좋긴 좋구나 싶다가도, 겨울에 비해 자신의 퇴근 시간이 몹시 앞당겨졌다는 사실을 깨닫곤 괜스레 머쓱해졌다. 하긴 그렇잖아도 매서운 한겨울, 그것도 가장 추울 새벽 시간에 나다닐 사람은 그처럼 가련한 직장인을 제하고는 드물 것이었다.

그런데 이상하게 오늘따라 산책로가 한산하다. 한산하다 못해 사람 그림자 하나 찾기가 힘들었다. 선우는 의아한 얼굴로 산책로 초입을 살피다가, 불현듯 근처 빌라에서 전해지는 환호성을 듣고 납득했다. 그러고 보니 오늘이 국가 대표 축구 친선전이던가. 이번에도 지면 감독을 잘라야 한다느니, 선수단부터 갈아엎어야 한다느니. 회사에서 김정혁과 안태준이 농땡이 피우며 두런거리던 말소리가 어렴풋하게 떠올랐다.

마침 냉장고 구석에 처박혀 있는 캔 맥주 유통기한도 아슬아슬하겠다, 그는 시원한 맥주를 마시며 축구 경기를 시청할 생각에 조금 들떴다. 이런 여유도 부릴 수 있을 때 충분히 만끽해야 한다. 안 그러면 나중에 필히 후회하는 수가 있으니.

그렇게 서둘러 산책로를 가로지르던 중이었다. 어느덧 가벼워진 옷차림이 순한 봄바람에 날리며 기분 좋게 온몸을 감싸던 때, 느닷없이 그의 발걸음이 정지했다. 저도 모르게 멈춰 선 선우가 어리어리한 표정으로 소리 없이 마냥 입술만 달싹였다.

머지않은 곳. 하얗게 만발한 벚나무 아래, 유지나가 고요히 서 있었다.

대체 저번 주에는 왜 찾아오지 않은 걸까. 왜 연락처는 진즉 가르쳐 주지 않은 거고. 지난 일주일을 속으로만 끙끙 앓으며 답도 모르는 질문을 거듭하던 차에, 갑자기 장본인이 눈앞에 떡하니 나타나자 내심 숫자까지 매겨 가며 줄 세웠던 질문들이 삽시에 수면 위로 떠올랐다. 이유 모를 억울함과 원망, 그밖에도 차마 대놓고 드러낼 수 없는 이기적이고 유치한 감정이 자꾸만 고개를 쳐들었다.

하지만 곧 일제히 물거품처럼 사그라들고 만다. 혹시나 아픈 것은 아닌지, 무슨 사고라도 당한 것은 아닌지, 걱정했던 것이 무색하도록 멀쩡한 모습에 안도감부터 치밀었다. 지난주 남모르게 속앓이했던 기억은 이미 인식의 저편으로 내던진 양 어수룩하기 짝이 없는 속내였다.

그래, 이제라도 만났으니 되었다.

선우는 다음에 유지나를 만나거든 캐물으려던 질문들을 죄 모래밭 깊숙이 묻어 버리며 둔한 발걸음을 뗐다. 때마침 인기척을 느꼈는지 유지나가 갸우듬히 그를 돌아본다. 시선이 마주치기 무섭게 그녀의 입가에 슬머시 미소가 어렸다. 선우는 어쩐지 딱딱하게 굳어 버린 입매를 올려 간신히 웃어 보였다. 웃는 것조차 이렇게 힘겨우니, 말이라고 쉽게 나갈 리 없다.

"……유지나 씨."

한참을 머뭇대다 겨우 내뱉은 말이 고작 그거였다. 다음번에 그녀를 만나거든 어찌어찌 행동하고, 이러저러하게 말해야지, 수없이 머릿속으로 그리고 상상했던 것이 무색하도록. 상상 속의 차선우는 그토록 치밀하고 빈틈없었건만, 어째 실존하는 차선우는 그보다 훨씬 못난 듯싶었다.

"네. 우리 오랜만이죠?"

그리고 변함없이 평온한 유지나.

놀랍도록 담담한 그녀의 얼굴을 마주하며, 선우는 우습게도 열패감 비슷한 것을 느꼈다. 어쩌면, 정말로 어쩌면 그날 밤을 신경 쓰는 건 그 혼자만인지도 몰랐다.

"……많이 오랜만이죠. 그동안 대체 어디서 뭘 했기에 이제야 나타난 거예요?"

"혹시 나 기다렸어요?"

놀리는 느낌이 다분한 투였다. 평소라면 곧바로 받아쳤을 텐데, 오늘따라 그럴 기분이 들지 않았다. 말문을 걸어 잠그고 슬쩍 시선을 피하는 모습에 도리어 당황한 쪽은 지나였다.

"저, 차선우 씨?"

"왜요."

"뭐 안 좋은 일이라도 있나 싶어서요. 혹시 감기 걸린 건 아니죠?"

"감기는 무슨……. 그쪽은, 뭐 별일 없었던 거 맞죠?"

"그냥 똑같죠. 무슨 별일이 있었겠어요."

지나가 가만히 미소 지었다. 분명 평소와 다름없는 미소인데도 이상하게 위화감이 느껴진다. 그럼에도 정작 무엇이 이상한지 집어내지 못한 선우가 갈팡질팡하는 사이, 지나는 곱게 접힌 코트와 빨간 목도리를 내밀었다.

"오늘은 이거 돌려주려고 왔어요."

얼결에 코트와 목도리를 받아든 선우가 물끄러미 그것을 내려다보았다.

"……내가 유지나 씨한테 준 걸로 아는데요."

"에이, 그래도 어떻게 아예 가지겠어요. 이제 날씨도 풀렸겠다, 더는 추울 일도 없으니 괜찮아요."

"겨울이 올해만 있는 것도 아니고."

"다음 겨울에는 잘 차려입을 거예요, 아마."

잘 차려입는 거면 잘 차려입는 거지, 아마는 또 뭐란 말인가. 선우는 못내 툴툴거리며 지나에게 억지로 코트와 목도리를 돌려주었다.

"애초에 돌려줄 거였으면, 드라이라도 해서 줘야 하는 거 아닙니까? 이건 무슨 헌옷 수거함도 아니고……."

"참, 미안해요. 그럴 겨를이 없어서."

"됐으니까 그냥 가져요. 그렇게 돌려주고 싶거든, 다음에 제대로 새 옷처럼 만들어서 돌려주든가."

아닌 척해도 호의를 거절당했다는 생각에 조금 마음이 상한 선우가 쌀쌀맞게 그녀를 지나쳤다. 그런데 평소와 달리 지나가 단걸음에 따라

붙지 않았다. 몇 걸음 걷지도 못하고 의아하게 뒤를 돌아보자, 코트를 꼭 껴안은 채로 애써 입술을 당겨 웃는 지나가 보인다.

"정말 미안해요. 다음에 못 돌려줄 것 같아요."

"……."

"나, 당분간은 차선우 씨 만나러 못 올 거예요."

미처 예상치 못한 말이었다. 선우는 당황한 나머지 말까지 더듬고 말았다.

"갑자기 그게 무슨 말입니까? 못 온다니."

"말 그대로예요. 앞으로 이렇게 차선우 씨 만나러 오기가 힘들어졌거든요."

"왜요?"

"그냥, 바빠져서요."

선우는 순간 말문을 잃었다. 지나가 자연스레 그에게서 시선을 돌리며 짐짓 웃음소리를 꾸며 냈다.

"전에 말했잖아요. 이래 봬도 나도 직장인이라고. 차선우 씨가 겨울에 바쁜 것처럼, 나는 이맘때가 제일 바빠요."

"……대체 무슨 일을 하길래."

"그냥 평범해요."

평범하고 말고는 내가 판단할 테니, 일단 털어놓으라고 말하고 싶었다. 하지만 그는 입술을 깨물며 간신히 참아 냈다. 이런저런 이야기는 많이 해도 정작 자기 자신에 대한 건 손톱만큼도 드러내지 않는 여자다. 어설프게 캐물어서 답을 얻어 낼 수 있을 만큼 만만하지 않다는 건익히 잘 알고 있었다.

선우는 공연히 갑갑한 마음에 한 손으로 넥타이를 푸르며 흘끗 지나를 보았다.

"됐고, 연락처나 알려 줘요."

"갑자기 웬 연락처요?"

"뭐 물어보려고 해도 연락할 방법이 없잖아요."

"그렇긴 하지만……."

지나는 드물게 망설이는 태도였다. 저번에 연락처를 물어봤을 때처럼, 구렁이 담 넘어가듯 스리슬쩍 지나가는 말에 속지 않겠노라 단단히도 다짐한 선우가 슬쩍 눈살을 찌푸렸다.

"유지나 씨는 내가 어디서 사는지, 어디서 일하는지 다 알면서 나는 유지나 씨 전화번호 하나 알면 안 돼요?"

"그게 아니라……. 지금 마땅히 알려 줄 번호가 없어서요."

"네?"

"핸드폰이 없다고 해야 하나."

지나가 혼잣말하는 소리에 그는 적잖이 당황했다. 요즘 세상에 다 큰 성인이 핸드폰도 없다니, 최근에 잃어버린 게 아니고서야 도무지 믿기 어려운 사실이었다.

하지만 유지나라면 능히 그럴 수 있다. 도대체 어디서 굴러먹다 왔는지 그 내력을 짐작하기도 어려운 사람. 지난 3년, 직업상 어쩔 수 없이 전국팔도 방방곡곡 온갖 종류의 사람을 만나 보았던 선우에게도 그녀는 결단코 쉬운 상대가 아니었다.

언제나 눈 깜짝할 사이에 휘둘리고 휘말리는 상대. 인간관계에서 항상 주도권을 쥐진 못해도 최소한 약자인 적은 없었던 그에게 유지나란 참으로 불쾌하고 신기한 사람이었다. 그럼에도 당분간 만나지 못할 거란 말에 이리도 마음이 심란한 걸 보면, 지난겨울에 쌓인 정이 제법 두터운 모양이다.

시무룩하게 발끝만 내려다보던 선우가 이내 결심한 듯 지갑에서 명함을 꺼내 들었다. 곧바로 지나에게 명함을 건네려던 찰나, 몹시 갈팡질팡하는 얼굴로 다시 손을 물리더니 가방에서 펜까지 꺼내 명함 뒤편에 무언가를 열심히 적기 시작했다.

"내 번호예요."

선우는 지나의 손에 명함을 꼭 쥐여 주며 말했다.

"뒤에는 내 사적인 이메일이고."

"……."

"앞쪽에 있는 회사 이메일로 보내도 상관없긴 한데, 혹시나 내가 스팸메일로 착각할 수도 있으니까 되도록 뒤에 적어 둔 곳으로 연락해요."

지나는 말없이 명함을 응시했다. 그녀의 둥근 뒤통수를 응시하며 선우는 어쩐지 씁쓸한 어조로 읊조렸다.

"이메일은 있을 거 아닙니까."

"……네."

"곤란한 것 같으니 더는 물어보지 않을게요. 대신 언제든 좋으니까, 꼭 거기로 연락해요. 알았죠?"

한동안 대답은 돌아오지 않았다. 오래지 않아 긍정적인 대답을 포기한 선우가 심란한 표정으로 하릴없이 옷소매나 매만질 무렵, 불현듯 지나가 고개를 들었다.

"차선우 씨. 잠깐 시간 있어요?"

선우는 슬쩍 한눈으로 옆에 앉은 지나의 표정을 살폈다. 하지만 아무리 살펴보아도 도통 아무것도 읽어 낼 수가 없다. 도대체 왜 시간을 내 달라고 한 건지. 아까와 한 점 달라지지 않은 평온한 얼굴로 무슨 폭탄 같은 말을 하려는지 숫제 두려워질 지경이다.

"차선우 씨."

"네."

갑작스러운 호명에 선우가 화들짝 놀라 즉답했다. 고집스레 정면만 보던 유지나가 그의 시선을 알아챌 리 없건만, 마치 은근히 훔쳐보던 것을 들킨 것만 같았다.

"……계속 말해요."

선우는 도로 침묵하는 지나를 슬며시 재촉했다. 나는 절대로 당신을 훔쳐보지 않았노라 선언이라도 하듯, 정면을 향한 반듯한 자세가 어째 어색하기만 하다.

그때, 갑자기 지나가 중대한 결심이라도 한 것처럼 그에게로 획 돌아앉았다. 그를 곧장 직시하는 눈빛이 영 예사롭지 않다.

"전에 말한 것처럼 난 차선우 씨 좋아해요."

느닷없는 고백에 선우는 그만 말문이 막혔다. 정처 없이 흔들리는 그의 눈을 마주하며 지나가 마지막 쐐기를 박았다.

"그런데 차선우 씨는 나 안 좋아하잖아요."

"……"

"그렇잖아요. 나 안 좋아한다면서요. 아니에요?"

"맞아요."

계속되는 채근으로 얼결에 내뱉은 대답이긴 해도, 지나는 그 자체로 속이 후련한 듯했다. 그녀는 한결 가벼워진 표정으로 마디마디 새기듯 말했다.

"그럼 우리, 아무 일도 없었던 거예요."

아무 일. 정확하게 명명하지 않았지만, 그는 그게 무얼 가리키는지 단번에 알아챘다. 당분간 만나지 못한다는 말에 잠시 까맣게 잊었을 뿐, 지난 2주간 그의 마음을 어지럽히던 것은 바로 그날 밤의 사고였다.

사고. 술김에 저지른 사고.

"그……렇죠. 그날 내가 술을 너무 많이 마셔서."

"맞아요. 차선우 씨는 그냥 만취해서 그런 것뿐이에요. 그러니까 나 진짜 신경 안 써요. 술이 저지른 일에 의미를 부여하는 것도 우습잖아요."

"그렇죠. 그렇긴 한데……."

"약속할게요, 그날 일로 헛된 기대 품거나 하지 않겠다고. 어차피 차선우 씨가 나 안 좋아하는 거 잘 알고 있으니까. 그렇잖아도 바쁘고 힘들 텐데, 괜히 나 때문에 노심초사하지 말아요."

그리 결연하게 다짐하는 지나를, 정말이지 선우는 그저 멍청하게 바라볼 수밖에 없었다.

그만큼이나 예상 밖이었다. 유지나가 이렇듯 몸소 깔끔하게 상황을 정리할 줄은 미처 상상하지도 못했기에. 술김에 저질렀다는 말에 조금의 이견도 없이, 행여나 그가 자길 좋아하나 싶은 일말의 기대감도 없이 단호하게 끊어 낼 줄 누가 알았겠나. 너무 깔끔해서 오히려 어안이 벙벙할 정도였다. 무슨 전쟁터라도 나가는 것처럼 결연한 태도는 심지어 위화감마저 느껴졌다.

마치 그날 밤이 특별해지면 안 되는 것처럼.

이유야 어쨌든 그에겐 다행스러운 일이나, 한편으로는 자연스레 의문이 샘솟는다.

저 여자, 진심으로 날 좋아하는 게 맞는 걸까. 좋아한다는 사람이 어떻게 저럴 수 있을까. 그렇게나 날 좋아한다던 사람이 그날 밤을 저토록 필사적으로 부정하는 이유는 무엇이며, 내가 자길 좋아하지 않는다고 재차 못 박는 이유는 또 무엇인지.

뭣보다도, 왜 생각만큼 마음이 후련하지 않은지.

"……좋아하게 될 수도 있잖아요."

고심을 거듭하던 선우가 무심코 말을 꺼냈다. 삽시에 돌처럼 굳어 버리는 지나의 얼굴을 보고서야 자신이 무슨 말을 했는지 깨달았지만, 어쩐지 정정하고 싶진 않았다. 사실이 그러하니까. 지금은 좋아하지 않아도, 나중에는 좋아하게 될 수도 있으니까.

"그렇잖아요. 내가 내일모레쯤 유지나 씨를 좋아하게 될지 누가 압니까? 유지나 씨는 미래를 장담할 수 있어요?"

"장담은 못 하지만……. 안 좋아한다면서요. 차선우 씨가 직접 그렇게 말했잖아요."

"그러니까 내 말은, 지금은 안 좋아하는데 혹시나 나중에라도……. 됐어요, 내가 괜한 말을 했나 봅니다."

열띠게 말을 이어 가던 그가 갑자기 멈칫하며 입을 다물었다. 마주한 지나의 얼굴이 너무도 혼란스러워 보였기 때문이다.

"저기, 유지나 씨?"

처음 보는 그녀의 불안정한 모습에 선우는 슬슬 불안해졌다. 하지만 말 한마디 붙이기 무섭게 지나가 벌떡 자리에서 일어섰다.

"그만 가 볼게요."

"네?"

지나는 정말 이대로 사라질 기세였다. 선우는 경황없이 그녀의 옷소매부터 잡아챘다.

"이봐요, 갑자기 어딜 간다는 거예요?"

"급한 일이 생각나서……."

"무슨 급한 일이요."

"차선우 씨가 상관할 바 아니잖아요."

지나는 눈도 마주치지 않고 대꾸했다. 생각보다 냉랭한 목소리에 당황한 것도 잠시, 그는 물끄러미 그녀를 올려다보며 입을 열었다.

"정말 이대로 갈 거예요? 나한테 사과할 기회도 안 주고?"

싸늘한 침묵이 이어졌다. 하지만 선우는 개의치 않은 채, 마치 조르듯이 지나의 손목을 흔들었다.

"왜 그런 말 있잖아요. 사람은 미워해도, 술은 미워하지 말라고. 술 취해서 실수한 건 난데 왜 술을 탓합니까. 나를 탓해야지."

"……."

"정말 급한 일이 있다면 어쩔 수 없겠지만, 만약 괜찮다면 조금만 시간을 내 줘요. 진심으로 유지나 씨한테 사과하고 싶어요."

한동안 갈등하는 것처럼 미동조차 하지 않던 지나가 머뭇거리며 도로 벤치에 앉았다. 선우는 고개를 앞으로 내밀어 그녀와 눈을 마주치려고 애썼지만, 지나가 아주 마음먹고 피하는 통에 실패하고 말았다. 그는 속으로 이런저런 불평을 늘어놓으며 어렵사리 말을 꺼냈다.

"그날, 내가 그러고 혼자 잠들어서 많이 당황했을 텐데……. 미안해요. 내가 원래 그렇게 주사가 심한 편은 아닌데, 그날따라 정신이 좀 이상했나 봅니다."

"술 취하면 다들 그렇죠, 뭐."

"그래도 내가 잘못한 건 잘못한 거잖아요. 진심으로 사과할게요. 미안했어요, 유지나 씨."

지나는 말없이 고개만 끄덕거렸다. 그에 용기를 얻은 선우가 조심스레 한마디 덧붙였다.

"대신이라고 하긴 뭐하지만, 사과할 겸 유지나 씨가 원하는 거 하나 들어줄게요."

"네?"

"유지나 씨 소원 들어준다고요."

그는 뻐근한 어깨를 주무르며 대수롭지 않게 말했다.

"거창하게 여길 건 없고, 그냥 가볍게 생각해요. 날이 오늘만 있는 것도 아닌데."

"오늘……."

멍하니 중얼대던 지나가 불현듯 고개를 들어 그를 직시했다.

"그럼 오늘 할래요."

"아까 급한 일 있다지 않았어요?"

"다시 생각해 보니, 그렇게 급한 것 같지가 않아서요."

"뭐, 그렇다면 다행이긴 한데."

미심쩍다는 듯 고개를 갸웃거리는 선우의 반응은 아랑곳하지 않은 채, 지나가 몹시 결연한 표정으로 입을 열었다.

"일단 눈부터 감아 봐요."

"……이상한 짓 하려는 건 아니죠?"

"내가 무슨 술 취한 차선우 씨도 아니고, 날 그렇게 못 믿어요?"

순식간에 할 말이 없어진 선우가 못내 찜찜한 얼굴로 눈을 감았다.

"이게 끝입니까?"

"설마요."

"아, 그럼 또 뭘 하라는 건데요."

"일단 그 입부터 다물고요."

"……."

"와, 진짜 조용해졌네."

마치 이렇게까지 할 줄은 몰랐다는 투였다. 고작 눈 감고 입 다무는 게 뭐가 그리 큰일인지는 모르겠으나, 선우는 차마 스스로 약속한 말이 있어서 잠자코 있었다. 도대체 무슨 꿍꿍이인지는 몰라도, 이렇게나마 진심으로 사과하는 제 마음을 대변할 수 있다면 그걸로 충분했다.

"마지막으로 지금부터 내가 하는 얘기, 그냥 흘려들어요."

"듣는 게 듣는 거지, 흘려들으라는 건 대체……."

"입, 다물기로 했잖아요."

망할. 선우는 속으로 그리 뇌까리며 순순히 입을 다물었다. 도대체 무슨 말을 꺼내려는지 감도 잡히질 않았다. 다만 이렇게 분위기까지 잡는 걸 보면 제법 중요한 얘기인지 싶다.

"우선 고마워요. 사과해 줘서."

곧이어 나지막하게 가라앉은 목소리가 들려왔다.

"차선우 씨는 당연할 걸 왜 고마워하냐고 그러겠지만, 요즘에는 당연한 걸 당연하지 않게 받아들이는 사람들이 많잖아요. 이미 저지른 걸 어쩌냐며 배 째라는 식으로 나오는 사람도 많고, 그게 뭐 대수냐며 공연히 소란 일으키지 말라는 사람도 많고. 초등학교 도덕 교과서도 제대로 못 뗐나, 도대체 왜들 그러는지 모르겠어요."

볼멘소리로 투덜거리던 지나가 이내 목소리를 가다듬었다.

"어쨌든 차선우 씨는 그러지 않아서 다행이라고요. 하긴, 낯선 여자가 좀 추워 보인다고 코트까지 벗어 주는 사람인데. 나 그때 고마운 건 둘째 치고 정말 당황했던 거 알아요? 차선우 씨, 어디서 사기당하지 않게 조심해요. 착한 사람이 손해 보는 세상이라잖아요. 남 등쳐 먹고 사는 사기꾼들 속아 내진 못할망정, 그 사람들 배는 채워 주지 말아야죠."

"……."

"방금 네가 뭔데 나한테 잔소리냐, 이렇게 생각하고 있었죠?"

뜨끔한 선우가 슬쩍 고개를 돌렸다. 유심히 그를 살펴보던 지나가 낮은 웃음소리를 흘리며 운을 뗐다.

"음, 우리가 처음 만난 게 작년 말이었던가요? 캐럴이 사방팔방에서 들렸던 걸 보면 크리스마스가 꽤나 가까웠던 것 같은데……. 지금이 4월 중순이니, 넉넉잡아 우리가 알고 지낸 지도 벌써 넉 달째네요. 혹시 그 사이에 우리가 몇 번이나 만났는지 알아요? 차선우 씨는 지금 말하면 안 되니까, 내가 대신 대답해 줄게요. 무려 열두 번이나 만났어요, 우리. 너무 경황없이 지나갔던 첫 만남을 빼더라도 열한 번이나 된다니까요? 놀랍지 않아요?"

선우는 눈을 감은 채로 고개를 끄덕였다. 물론 그는 지나와 만났던 날들의 날짜까지 정확히 기억하고 있어, 조금도 놀라지 않았다.

"돌이켜 보면, 우리 그동안 되게 시답잖은 얘기만 잔뜩 한 것 같아요. 그런데 또 그런 얘기 아니면 할 게 없기도 했고요. 차선우 씨는 맨날 새벽에야 겨우 퇴근하지, 퇴근하는 몰골은 늘 초췌하고 파리하지. 사실 나 많이 귀찮았던 거 잘 알아요. 피곤해 죽겠는데 웬 이상한 여자가 퇴근길마다 따라붙으면 나라도 귀찮았겠다. 그런데도 짜증도 많이 안 부리고, 쫓아내지도 않고, 하여간에 무섭게 대하지 않아 줘서 고마워요. 다른 사람들 같았으면 진작 화냈을 일인데."

"……"

"그래도 혹시나 해서 덧붙이지만, 만약 나중에 나처럼 따라다니는 여자 생기면 꼭 경찰에 신고해요. 차선우 씨, 안 그래 보이면서 은근히 마음 약하다니까요. 이상한 스토커라도 붙으면 큰일 나니까 꼭 내 말대로 해요. 알았죠?"

스스로 말하고도 머쓱한지, 지나가 조금 겸연쩍은 투로 말을 덧붙였다.

"그렇다고 내가 스토커란 건 아니고요. 그냥, 혹시 오해할까 봐……."

자기는 스토커가 아니지만, 자기랑 똑같이 행동하는 다른 사람은 스토커란 건가. 선우는 내심 코웃음 치면서도 관대한 마음으로 대강 고갯짓했다.

"아무튼 내가 진짜 하고 싶은 말은, 그동안 정말로 고마웠다는 거예요. 내가 충분히 의심스러워 보인다는 거, 나도 잘 알아요. 약속도 없이 갑자기 불쑥불쑥 나타나지, 묻는 말에 제대로 대답한 적도 없지……. 생각해 보니 아무리 나라지만, 의심스럽지 않은 구석을 찾아내기가 힘드네요. 그런데도 차선우 씨는 억지로 캐묻지도 않고, 나란 사람을 무던히 받아들여 줬잖아요. 날 믿어 줬잖아요. 그게 가장 고마워요."

말끝이 조금씩 떨린다. 지나는 솟구치는 감정을 애써 억누르며 말을 이어 갔다.

"있죠, 나는 차선우 씨를 만나 진심으로 행복했어요. 내일 죽어도 좋을 만큼, 아주 많이. 이 행복이 차선우 씨에게도 전해졌으면 좋겠는데……. 도저히 방법을 모르겠어요. 나로 인해 행복하길 바라지는 않아요. 그건 너무 원대한 꿈이잖아요. 그래서 그냥, 나로 인해 지루하진 않았길 바라요. 왜, 놀이기구도 가끔 타야 재미있잖아요. 그런 것처럼 '나'라는 예상치 못한 변수로 인해 차선우 씨의 일상이 보다 다채롭게 변했길 바라요. 그 정도는 바라도 되지 않을까요?"

잠깐의 정적이 둘 사이의 간격을 메웠다. 아, 시간 진짜 빠르다. 그리 중얼대는 목소리에 어쩐지 물기가 서린 듯했다.

"마지막으로 무슨 말을 해야 할지 모르겠네……. 미안해요, 막상 닥치니 머릿속이 너무 혼란스러워서."

불현듯 뺨에 익숙한 손길이 닿았다. 그는 마법에라도 걸린 것처럼 도무지 움직일 수가 없었다. 마치 몸은 곤히 잠든 채로, 정신만 혼몽하게 깨어 있는 것 같았다.

"누가 그러는데, 삶은 고통이래요. 원래 사는 게 힘든가 봐요. 그런데도 다들 버티면서 하루하루 살아가는 거지만, 아주 드물게 도저히 견디지 못하겠는 시련이 찾아올 때도 있을 거예요. 행여나 그런 날이 찾아오더라도, 나는 차선우 씨가 제발 무너지지 않았으면 좋겠어요. 너무 힘들고, 외롭고, 고통스러워도. 세상이 당신을 나락으로 떨어트리더라도 아득바득 살아 줬으면 좋겠어요. 계속 그렇게 살다 보면 좋은 날이 올지도 모르잖아요. 살아 있길 잘했구나, 어쩌면 그렇게 생각할 날이 올지도 모르잖아요."

"⋯⋯."

"나는 잊혀도 괜찮아요. 그리고 보니 유지나란 여자가 있었지, 참 이상한 여자였는데. 그냥 그렇게만 남아도 상관없어요. 그런데 방금 한 말만은 기억해 줘요. 나를 위해서가 아니라, 차선우 씨를 위해서."

종내 지나가 토해 내듯 속삭였다.

"언제나⋯⋯ 선우 씨의 행복을 바랄게요. 내일은 좋은 일만 가득할 거예요."

숨결이 차츰 가까워진다. 한참을 머뭇대며 코앞을 배회하던 입술이 끝내 그의 이마에 내려앉았다. 하늘하늘 떨어지는 벚꽃 잎처럼, 그토록 조심스럽고 정중하게.

그렇게 시간이 멈춘 듯했다.

산책로를 배회하던 봄바람도, 낙하하던 꽃잎도 일제히 사라졌다. 다른 건 죄 잊히고, 사시나무처럼 떨리는 입술의 감촉만이 남았다. 모든 감각이 이마로 몰린 것처럼, 입술의 떨림이 온몸의 신경을 일깨운다.

그리 영원 같던 찰나가 지나가며 선우는 스르르 눈을 떴다. 하얀 벚꽃 잎이 비처럼 쏟아지는 벤치 아래 어느덧 그는 혼자였다. 마치 유지나란 사람은 원래부터 존재하지 않았던 것처럼. 남겨진 것은 고작해야 겨우내 그녀가 두르고 다녔던 코트와 빨간 목도리뿐, 다른 흔적은 어디에도 없었다.

그토록 쓸쓸한 여운을 남기며, 한겨울 밤의 꿈은 외로이 끝났다.

3

interlude

"어, 오빠 지금 거의 다 왔어. 뭐, 늦는다고? 얼마나? ……아냐, 그 정도면 됐어. 응. 기다리면 되지. 어. 빨리 오겠다고 서두르다가 넘어지지 말고. 너 옛날에 툭하면 넘어졌잖아."

웃자고 하는 소리에, 갑자기 코흘리개 적 이야기를 꺼낸다며 바락바락 성내는 목소리가 이어폰을 타고 넘치게 흘러든다. 오빠는 맨날 계단 두세 개씩 내려가다가 넘어지지 않았냐는 둥, 킥보드인지 롤러브레이드인지를 타다가 무릎이 다 나가지 않았냐는 둥. 도대체가 사실인지도 의심스러운 얘기들이 총알처럼 뒤따랐다.

유치하게 어릴 적 일화로 대응하기 싫었던 선우는 적당히 맞장구치며 여동생과의 통화를 끝냈다. 한집에서 나고 자란 남매지간에, 서로의 감추고픈 역사를 꺼내다간 끝이 없을 테다.

"하여간 성질하고는. 도대체 누굴 닮았는지 모르겠네."

한 지붕 아래 살며 흔한 말다툼도 해 본 적 없는 부모와, 조금 까칠하긴 해도 대체로 목소리를 높이는 일이 드문 차선우. 그럼 격세 유전인가 싶어도, 친가와 외가를 통틀어 차세연만큼 드센 성질머리는 찾으려야 찾을 수가 없다. 이들 집안이란 명절마다 모여 술 한 잔씩 마실 때 오가는 이야기조차 참으로 평화로워서, 잘 모르는 사람이 보거든 수도원에서 행하는 경건한 미사의 한 장면이라 착각할 법도 했다.

선우는 한숨을 집어삼키며 핸드폰을 도로 주머니에 넣었다. 거실에 앉혀 두고 훈계할 나이는 옛적에 지났겠다, 이제 본인이 알아서 잘하겠지만 그래도 나아지긴커녕 갈수록 사나워지는 성질머리가 가끔은 오빠로서 염려스럽기도 했다.

요새 공부가 많이 힘든가. 하기야 늦게 시작한 공부가 수월할 리 없다. 모르긴 몰라도 무척이나 고될 터. 몸이 힘들면 정신도 피곤해지는 법이니, 날이 갈수록 더러워지는 여동생의 성질도 아주 이해 못 할 것은 아니었다.

다만, 이쯤에서 드는 의심 한 자락.

……설마 나한테만 이러는 건 아니겠지.

말이 오빠지, 일평생 차세연 한정 호구로 살아왔던 차선우의 직감이 본능적으로 빨간불을 켰다. 그래도 에이, 설마. 그는 갑작스레 엄습하는 불안감을 애써 털어 내며, 이어폰의 볼륨을 두어 단계 높였다. 주변 소음에 묻혀 한동안 어렴풋하게만 들렸던 노랫소리가 이제야 귓전으로 흘러든다.

잔잔한 기타 선율과, 사랑을 노래하는 보컬의 감미로운 목소리. 선우는 귀에 익숙하면서도 당최 제목이 기억나지 않는 노래를 즐기며 느긋하게 걸었다. 이러니저러니 해도, 늦봄의 주말은 일상적인 걱정거리를 날려 보내는 신비한 힘이 있었다. 그래선지 평소보다 발걸음도 가볍고, 기분도 모처럼 상쾌했다. 늘 머릿속을 쑤시던 두통에서도 오늘만큼은 해방이다.

서울 시내는 딱 예상했던 만큼 북적이고 있었다. 초여름으로 달음박질하는 햇볕이 점점 따가워지며, 거리를 활보하는 사람들 대부분이 불과 지난주보다 한 겹은 가벼워진 옷차림이다. 모두들 불볕더위가 완전히 내려앉기 전에 햇살을 즐기려는 심산인지, 지하철역에서 꾸역꾸역 올라오는 사람들은 갈수록 늘어만 갔다.

그 와중에 선우는 노래에 심취한 채로 바글거리는 인파 사이를 비집어 걸었다. 한 걸음 내디딜 때마다 어쩔 수 없이 다른 사람들과 어깨며 팔이 부딪쳤지만, 그다지 신경에 거슬리진 않았다. 서정적인 선율이 외부 세계와 그를 단절시킨 듯했다. 그가 미처 깨닫지 못한 순간순간에도 노랫소리는 서서히 절정으로 치닫고 있었다.

그런데 문득, 바삐 움직이던 다리가 느려진다. 둥둥거리는 기타 소리가 귓전을 마구 어지럽히는 가운데, 걸음이 완전히 멈추었다. 석상처럼 한참을 굳어 있던 선우는 불현듯이 뒤를 돌아보았다. 도무지 분간할 수 없는 익명의 사람들로 가득한 거리. 그는 무심결에 벅적거리는 인파 속으로 발을 내디뎠다. 지금까지 그들 사이를 조심스레 비집고 나아가던 것과 달리, 갑자기 사람들을 밀쳐 가며 거의 뛰듯이 걸었다.

closer, closer.

바야흐로 절정에 이른 노랫소리가 귓속을 몹시 울렸다. 그는 미친 듯이 사람들을 헤집다가, 겨우 시야에 걸린 뒷모습에 안도하며 길게 손을 내뻗었다.

그 순간, 스쳐 지나가던 사람에게 선이 걸렸는지 이어폰이 귀에서 빠져나갔다. 세상이 한순간에 귓속을 파고든다. 거의 동시에, 가까스로 그녀에게 닿았다.

"……."

난데없이 돌려세워진 여자가 깜짝 놀라 눈만 깜박였다. 선우는 가쁜 숨을 몰아쉬며 그녀의 얼굴을 샅샅이 살펴보았다. 가지런히 풀어 내린 갈색 머리와, 유난히 색이 옅고 둥그런 눈. 하늘색 원피스를 입고 엷게 화장한 모습이 영 낯설기는 했으나, 확실히 그 여자가 맞았다.

유지나.

그 여자다.

"대체……."

선우는 마구 휘몰아치는 감정에 씨근덕거리며 간신히 입을 열었다.

"대체 왜 지금까지 연락을 안 한 겁니까! 지금까지 어디서 뭘 한 거예요? 내가 꼭 연락하라고 그랬잖아요! 전화번호에 이메일까지 다 알려 줬는데 왜 연락을 안 해요? 내가 걱정할지도 모른다는 생각 안 해 봤어요?"

"네?"

"도대체가 무슨 생각인지 예나 지금이나 하나도 모르겠네. 그렇게 남 걱정시키면 좋아요? 네?"

폭포처럼 쏟아지는 소리를 멍하니 듣고 있던 여자가 조심스레 말문을 열었다.

"저기……."

"뭐요. 말해 봐요. 할 말이 있을진 모르겠지만."

"죄송한데, 누구신지……."

무슨 말을 하려는지 한번 들어 보기나 하겠다는 듯 감사납던 기세가 삽시에 허물어진다. 선우는 그저 황망한 시선을 던졌다.

"……네?"

"혹시 절 아세요?"

"유지나 씨, 아닙니까?"

"어, 맞아요. 제 이름이 유지나인데."

여자가 의아한 기색으로 고개를 기우듬했다.

"그런데 절 어떻게 아셨어요? 아무리 봐도 처음 뵙는 분인데."

"……."

"저기요?"

연이은 질문에도 선우는 가만히 숨만 몰아쉬었다. 어쩐지 입 안이 바짝바짝 마르는 기분이다. 아까까지만 하더라도 따사롭다 여겼던 햇볕이 돌연 살벌하게 내리꽂히는 불화살처럼 느껴졌다.

"야, 가자."

일행으로 보이는 동년배 여자가 사뭇 경계하는 눈빛으로 여자의 팔을 잡아끌었다. 난처하게 그를 힐끗대던 여자가 꾸벅 인사하곤 못내 내키지 않는 발걸음을 돌렸다. 저들끼리 속닥거리며 멀어지는 뒷모습이 금세 인파에 가려 까마득하게 사라졌다.

그때까지도 선우는 우두커니 서 있기만 했다.

이미 몇 번이고 끝난 음악이 무한히 되풀이되고, 어디냐며 재촉하는 여동생의 전화가 수없이 걸려 올 때까지.

4

the man in wonderland

"아."

무심코 커피를 넘치게 따른 선우가 뒤늦게 커피포트를 바로 했다. 하지만 커피는 이미 바닥으로 잔뜩 쏟아져 버린 후다. 구석에서 한창 동기들과 이야기꽃을 피우던 김정혁이 탁자의 참상을 알아채곤 몹시 기함했다.

"정신을 어디다 두고 사는 거야, 너."

정혁이 한심하다는 표정으로 혀를 끌끌 찼다. 그사이 휴지 몇 장을 뽑아 온 안태준이 서글서글 웃으며 팔꿈치로 선우의 등을 가볍게 민다.

"몰랐어? 차 선생, 요즘 정신을 아주 빼 놓고 살잖아."

"그게 요즘 일이냐. 봄부터 영 낌새가 좋지 않더니만. 출장 좀 다녀오면 괜찮아지겠거니 했는데, 지금 보니까 더 이상해진 것 같아."

"혹시 어디 아픈 건 아니고? 병원 가서 건강 검진이라도 받아 봐."

동기들의 요란에도 선우는 힘없이 고개만 내저었다.

"건강 검진은 무슨. 됐어."

"아냐. 요새 너 진짜 이상하다니까? 막 나사가 풀린 것 같아."

"그건 옛날에도 그랬고."

김정혁이 새삼스럽다는 듯 콧방귀를 뀌었다.

"쟤 원래 일할 때만 철두철미하지, 평소에 하는 짓 보면 나사가 하나 빠진 것 같았잖아."

"원래도 저랬다고? 아닌데, 원래 저 지경까진 아니었어."

"그렇지, 저 지경까진 아니었지. 옛날에는 그냥 나사 하나 빠진 거였다면, 요새는 나사가 아예 녹슨 것 같으니까."

"오, 비유 좋다. 녹슬어. 맞아, 차 선생 요즘 녹슬었어. 반성해."

"……아주 신났구나, 신났어."

휴지로 넘친 커피를 닦아 내던 선우가 질린 표정으로 고개를 들어 올렸다. 그러자 김정혁이 그의 손에서 젖은 휴지를 빼내 휴지통으로 던지며, 짐짓 엄격한 목소리를 냈다.

"차선우. 이래 봬도 내가 널 꽤 오랫동안 봐 왔지 않냐. 대학 동기로 6년, 회사 동기로는 4년째. 벌써 널 안 지가 도합 9년이 넘었다고."

"하고 싶은 말이 뭔데."

"너 요즘에 진짜 이상해. 원래도 이상했는데 이젠 그 수준을 넘어섰어. 그러니까 병원 좀 제발 가 보라고."

선우는 어느새 깨끗해진 머그컵을 들어 말없이 커피를 한 모금 마셨다. 그새 미지근해진 커피가 못내 거슬리는 건지, 아니면 동기들에게 둘러싸여 맹공당하는 지금 이 상황 자체가 못 견디게 싫은 건지. 명상이라도 하는 것처럼 눈까지 감고 가만히 숨만 몰아쉬던 그가 갑자기 눈을 번쩍 떴다.

"어, 박 이사님이다."

"뭐? 어디!"

김정혁과 안태준이 화들짝 놀라 주변을 두리번거리는 사이, 선우는 바람처럼 그들을 스쳐 지나갔다. 뒤늦게 속았다는 걸 깨달은 김정혁이 멍하니 그의 뒷모습을 바라보았다.

"저게 진짜……."

"쟤 어디 가냐? 근데 박 이사는 어디 있다는 거야? 응?"

"나도 몰라, 이 멍청아."

슬슬 선선해지는 9월 중순이었다.

지상의 모든 생명체를 말려 죽일 것처럼 뜨겁게 내리쬐던 햇볕은 적당히 즐길 만해졌고, 호흡이 버거울 만치 습하던 공기는 날이 갈수록 건조해졌다. 이제 우리나라에는 봄과 가을이 없다는 우스갯소리처럼 안타깝게도 쾌청한 가을 날씨를 즐길 날은 얼마 남지 않았을 테지만, 사람을 한없이 무기력하게 만들던 여름이 가신 것만으로 가을은 족히 환영받는 존재였다.

단 한 사람, 차선우만을 제외하고.

윗사람들이 보기엔 너무 깔끔해서 꺼림칙한 후배요, 아랫사람들이 보기엔 언제 흠이 잡힐지 몰라 두려운 선배. 누구에게 좋은 소리 해 준 적은 드물어도 싫은 소리 한 적도 드물었던 것치곤 제법 야박한 평가지만, 지난 3년 사내에서 그를 바라보는 시각은 대체로 그러했다. 한마디로, 일할 때만큼은 피도 눈물도 없는 냉혈한.

하지만 이제는 그런 평가도 시들시들해진 때가 온 모양이다. 아무리 한가한 비시즌이라지만, 최근 반년 사이 업무 중에 멍하니 모니터만 응시하는 그를 목격한 사람이 적지 않았다. 지난달 용역 나갔던 회사에서선 어찌어찌 사고 안 치고 잘 마무리한 듯싶어도, 어째 본사로 돌아온 차선우는 한 달 전 시도 때도 없이 멍하던 상태와 별반 다르지가 않았다. 오히려 심해지면 심해졌지.

물론 차선우 본인도 자신의 상태가 정상적이지 않다는 건 익히 잘 알고 있었다. 조금만 실수하거나, 조금만 그답지 않은 모습을 보여도 주변에서 낌새가 심상치 않다느니, 쟤 요즘 이상하다느니, 아주 사람을 환자로 만드는 말을 폭격해 대니 도저히 모르려야 모를 수가 없다. 간절히 모르고 싶은데도 저절로 알게 되는, 아주 빌어먹을 주변 환경이다.

하지만 동기들의 반응은 차라리 약과였다. 다들 그의 건강을 걱정하면서도 그건 어디까지나 시즌 중에 너무 고생했기 때문이라 여길 뿐, 별 같잖은 이유를 대며 병원에 가라 성화를 부리진 않으므로.

그를 심하게 들볶는 건 다름 아닌 가족들이었다.

정말이지, 선우는 요사이 가족들을 만나고 올 때마다 정신이 너덜너덜해지는 것만 같았다. 아들내미가 혼자 늙어 죽는 꼴은 도저히 못 보겠다며 오래간만에 합심한 부모가 아무런 진척도 없는 연애 상황을 은근히 캐물으며 선 자리를 주선하던 때가 그리워질 줄은 또 몰랐다.

그러니까 두어 달 전, 전날 밤 한숨도 못 자서 퀭한 얼굴로 가족 모임에 나간 뒤 상황은 급변했다.

'어머, 선우야. 너 얼굴이 왜 그 모양이니?'

'별거 아니에요. 그냥 어제 잠을 못 자서요.'

'그게 어떻게 별게 아니야. 너 또 커피 때문에 그런 거지? 응?'

'굳이 따지자면 커피 때문이 맞기는 한데…….'

그러면서 요새는 커피를 끊고 있노라 말하려고 했다. 실제로도 선우는 저번 시즌부터 조금씩 하루에 마시는 커피 양을 줄이고 있었다. 이러다간 제 수명에 못 죽을 것 같다는 위기감의 발로였지만, 그 과정은 예상보다도 힘겨웠다. 10년이 넘도록 커피에 찌든 몸은 무의식적으로 자꾸만 카페인을 찾아 댔다. 말로 설명하기 힘들 정도로 끔찍한 두통과 수전증, 그리고 커피 없이도 잠 못 이루는 밤이 연이어 그를 괴롭혀 댔다.

'오빠, 그거 정신병이야. 카페인 중독도 엄연히 정신 질환이라고. 그렇죠, 엄마?'
'그렇긴 하다만……'

하지만 오빠의 그런 눈물겨운 사투도 몰라주고, 여동생은 대차게 그를 몰아세우기 시작했다.

'하여간에 더 늦기 전에 빨리 병원에나 가 봐. 오빠, 나중에 분명히 후회한다고.'
'아니, 그러니까 내가 요즘에……'
'맞아, 선우야. 만약 엄마가 불편한 거면, 다른 좋은 선생님 소개시켜 줄게. 상담 한 번만 받아 보자, 응?'

그저 금단 증상이라며 자신을 변호하려던 선우는, 어머니의 조심스러운 말 한마디에 입을 꾹 다물고 말았다.
정신과.
병원이라면 일단 덮어 두고 싫어하는 그가 제일로 기피하는 곳이다.

이후로는 어디까지나 예상 가능한 전개였다. 하루가 멀다 하고 전화해서 병원이나 가 보라며 성을 내는 여동생과, 대놓고 말은 못 해도 에둘러 상담 얘기를 꺼내시는 어머니. 들어도 못 들은 척, 봐도 못 본 척하는 것도 한계가 있었다. 그렇잖아도 힘겨운 나날을 보내는 선우에겐 그리 조그마한 자극도 치명적이었다.

하지만 정확히 따지면 그것도 약과다. 진실로 심각한 문제는 따로 있었으니.

"어이구, 차 선생. 오늘도 얼굴이 말이 아니네. 커피 끊기가 그렇게나 힘들어?"

느닷없이 익숙한 목소리가 상념을 꿰뚫고 들려왔다. 선우는 퍼뜩 정신을 차리며 옆자리를 돌아보았다.

"아, 유 선생님."

"물이라도 한 잔 갖다 줄까?"

"아닙니다. 그런데 어떻게 아셨어요? 저 커피 끊고 있는 거."

"에이, 이 사람도 참. 매일같이 커피를 달고 살던 사람이 몇 달째 죽상으로 물만 마셔 대는데, 그걸 눈치 못 채는 사람이 어디 있나."

"웬만해선 다들 모르던데요……."

특히나 안태준, 눈치라곤 도무지 쓸데가 없는 그 녀석이 제일 심하다.

"왜, 안 선생이 자꾸 커피 마시러 가자고 꼬셔?"

정곡을 찌르는 선배의 질문에 선우는 그저 맥없이 웃고 말았다. 까칠하게 마른 그의 얼굴을 빤히 살펴보던 선배가 지나가듯 말을 건넸다.

"그럼 상담이라도 받아 보는 건 어때?"

"아니요, 병원은 좀……."

"정신과 말고, 시내에 나가면 상담 센터 많잖아. 나 아는 사람이 스트레스가 너무 심해서 밥도 잘 못 먹었는데, 거기 다니고 나니까 좀 낫더라. 차 선생도 그러지 말고 한번 전문가의 도움을 받아 봐."

선배는 오래지 않아 용무가 있다며 자리를 비웠다. 빈자리를 잠시 쳐다보던 선우가 픽 바람 빠지는 소리를 냈다.

심리 상담은 무슨. 그런 곳에 시간을 투자하느니, 차라리 집에서 명상이나 할…….

'요새 심리 상담 센터 많던데, 그런 데라도 한번 가 보든가요.'

갑자기 환영처럼 들리는 목소리에 부산스럽던 그의 움직임이 일제히 멎었다. 정신이 나가기라도 한 것처럼 멍하니 앉아 있던 선우가 이내 고개를 얕게 끄덕인다.

그러고 보니 요즘 기분이 오락가락하는 게 영 심상치가 않다. 이러다 우울증까지 걸리면 정말로 큰일이다. 방금 떠오른 말 때문이 아니라, 서른 줄에 다다른 이상 더는 건강에 소홀하면 안 된다는 일념 때문이다. 진짜로. 게다가 정신을 갉아먹는 '진짜 문제'는 나아지긴커녕 하루가 다르게 심화되고 있으니, 정신 건강을 위해서라도 이쯤에선 전문적인 기관의 도움을 받는 것이 옳다.

선우는 홀린 듯이 인터넷에 가까운 심리 상담 센터를 검색했다. 상담이라고 별거 있겠느냐 내심 비웃으면서도, 자기도 모르게 달력을 들추며 반차 내기 적당한 날을 물색하기 시작했다.

며칠 뒤, 선우는 시내의 모 상담 센터를 방문했다.

실은 무사히 예약해서 방문한 것이 기적일 정도로, 적당한 센터를 고르는 것부터가 난관이었다. 대학 병원의 신경 정신과 전문의로 근무하는 어머니에게 소개를 받는다면 단번에 좋은 센터를 찾을 수 있었겠지만, 그건 여러모로 내키는 일이 아니었다.

그렇다고 어중이떠중이에게 속마음을 털어놓고 싶진 않아, 그는 자연스레 인터넷 후기를 꼼꼼히 찾아보기 시작했다. 문제는 후기마다 어쩨 광고 냄새가 풀풀 난다는 것이었다. 다른 사람 같았으면 적당히 바이럴 광고에 속아 넘어가 주며 대강 가장 많이 언급되는 센터를 예약했을 테지만, 동료 회계사들조차 혀를 내두를 만치 깐깐하고 빈틈없는 차선우에게 대강이란 단어는 없었다. 졸음이 달아난 밤이면 노트북을 붙들고 심리 상담 센터 후기를 찾아 헤맸는데, 중간중간 이게 뭐라고 밤까지 새는지 허탈하다가도 핏줄 오른 눈으로 옥석을 가려내기 바빴다.

그렇게 힘들여 겨우 찾아낸 센터다. 여기저기 광고를 때려 대는 다른 센터들과 달리 포탈에서 자주 이름이 언급되진 않지만, 지역민들 사이에선 제법 이름이 알려진 곳이었다. 일전에 지역 맘 카페에서 맛집 정보를 찾던 김정혁의 말이 불현듯 생각나, 인근 지역들의 맘 카페를 뒤져 본 것이 주효했다. 비록 동생인 세연이 알거든, 오빠 같은 싱글남이 무슨 맘 카페냐며 소란을 피우겠지만 말이다.

여하간 힘들게 센터에 도착하고 나니, 그간의 고난이 새록새록 떠오르며 그답지 않게 공연한 감상에 젖어 들기 시작했다. 나이가 들수록 마음이 약해지는 걸까. 선우는 요 몇 년 사이 주말 드라마의 애청자가 되어 눈물을 주룩주룩 흘리시는 아버지를 떠올렸다. TV 드라마는 물론이요, 신파 장르는 거들떠도 보지 않으시던 과거 아버지의 모습을 상기하면, 남자는 늙을수록 감상적으로 변한다는 말이 사실인 것도 같았다.

평일 오전인데도 센터에는 사람이 꽤 많았다. 교복을 입은 학생, 그와 비슷한 나이대의 청년, 어린아이를 데려온 주부나 머리가 하얗게 센 노인도 있었다. 그중 정장을 깔끔하게 차려입은 채로 연신 업무상 전화를 하는 이들을 보면, 그처럼 반차나 월차를 내고 온 사람들도 적잖은 것 같았다.

"안녕하세요. 전화로 예약한 분 맞으시죠?"

문가에서 쭈뼛대는 그를 접수원이 반갑게 맞이했다.

"우선 여기 인적 사항부터 적어 주시고요."

"네."

선우는 안내에 따라 종이를 채워 나갔다. 이름이나 핸드폰 번호 같은 기본적인 사항이야 막힘없이 써 내려갔지만, 문제는 그다음이다.

센터를 찾은 이유.

어떤 이유를 써야 할지 고민이 될 정도로, 사실 따지자면 문제는 한둘이 아니었다. 벌써 몇 달째 끊이지 않는 커피의 유혹, 시시때때로 찾아오는 금단 증상. 하지만 그런 건 어디까지나 부차적인 문제다. 머리가 깨질 듯한 두통이나, 뜬눈으로 밤을 지새우는 것, 혹은 손떨림은 커피를 물처럼 마셔 댈 때도 마찬가지였으므로. 고통스럽긴 해도, 진즉 익숙해진 증상이란 소리다.

그러나 운 좋게 졸음이 찾아오는 밤이면 그를 엄습하는 불청객.

그것만큼은 도저히 익숙해지지가 않았다.

"다 작성하셨어요?"

"아, 잠시만요."

선우는 짧게 갈등하다가 끝내 공란에 불면증이라고 적고 말았다. 여러 가지 사정이 많이 생략되긴 했으나, 아주 틀린 말도 아니다. 어쨌건 카페인 금단 증상에서 가장 심각한 것도 불면증이고, 어쩌다 잘 자는 날에도 금세 소스라치게 깨어나 뜬눈으로 퍼런 새벽을 보는 날이 허다 했으니.

접수원은 잠시 기다리라 말하고는 타자기를 두드리기 시작했다. 선우는 찬물로 타는 목을 축이며 남몰래 한숨을 집어삼켰다. 막상 상담을 앞두니, 진득한 후회가 밀려들었다. 어쨌든 그 자신부터가 마음을 열고 속사정을 잘 설명해야 상담도 효과가 있을 텐데, 도저히 그럴 자신이 없었다. 새삼스러울 정도로 오래된 기억이 문득 떠올라서일까. 한동안 잊고 있었던 과거가 아직도 발목을 사로잡고 있는 것만 같았다.

"차선우 님. 이쪽으로 오세요."

결국에 그는 심란한 마음을 다잡지 못하고 직원의 안내를 따라갔다. 내담자의 마음을 안정시키려는 요량인지 벽면마다 평화로운 분위기의 그림이 걸려 있지만, 아무래도 효과는 미약한 듯싶다. 문 앞에서 죽상으로 머뭇거리는 모습에, 오죽했으면 접수처로 돌아가려던 직원이 괜찮다며 격려의 말까지 보탤 정도였다.

그냥 돈 날렸다고 치고 한 번만 받아 보자.

선우는 거의 자포자기한 상태로 힘없이 문고리를 잡아당겼다. 이런 것도 다 경험이라고, 나중에 친구들과의 술자리에서 풀어놓을 우스갯소리가 하나 늘어난 셈이라며 어떻게든 좋게 생각하려 애썼다.

"안녕하세요. 차선우 씨 맞으시죠?"

하지만 그 목소리를 듣자마자, 머릿속이 하얗게 휘발되고 말았다.

반쯤 열어 놓은 창 앞에서 막 커튼을 걷고 있던 여자. 눈부시게 환한 햇살을 내리받으며 때마침 이편을 돌아보는 얼굴이 가시처럼 눈에 박혔다. 날갯죽지까지 내려오는 숱 많은 갈색머리하며, 웃을 때마다 반달처럼 매끄럽게 휘어지는 눈. 기억과 한 점 달라지지 않는 모습에 숫제 머리가 어지러울 지경이다.

"처음 뵐게요. 제 이름은⋯⋯."

"유지나 씨."

그가 홀린 듯이 입을 열었다. 제가 말해 놓고도 깨닫지 못한 양, 흡사 귀신이라도 본 것처럼 그녀에게 못 박힌 시선은 이전과 그대로다. 놀란 듯 휘둥그렇게 눈을 뜬 여자가 벽에 걸린 상담 심리사 자격증을 돌아보곤 애매하게 웃어 보였다.

"아, 저거 보셨구나. 사진이 좀 이상하게 나왔죠? 사진 찍기 전날에 라면 먹고 자서 얼굴이 땡땡 부었거든요. 그런데 사진은 빨리 제출해야 하고⋯⋯. 그래서 급하게 찍은 거예요, 저게."

"⋯⋯."

"저, 차선우 씨?"

'저, 차선우 씨?'

선우는 입술을 지그시 깨물며 환청처럼 겹치는 목소리를 애써 흩뜨렸다. 저 여자는 지난 겨울날 만났던 유지나가 아니다. 비록 얼굴도 목소리도 이름도 같지만, 그를 전혀 기억하지 못하는⋯⋯.

정말로 그녀가 아닐까?

순간, 그의 눈가에 의심이 스쳤다. 저렇게나 닮았는데, 아니, 저건 닮은 것도 아니다. 세상에 도플갱어가 존재하지 않는 이상 저 여자는 유지나가 맞았다. 지난해 교통사고를 당할 뻔한 그를 구해 주고, 이후로는 퇴근길마다 종종 나타나서 그의 복장을 뒤집어 놓기도 하고, 때로는 위안이 되어 주기도 했던 그 사람.

그런데 왜 나를 잊은 거지?

잊은 건가, 아니면 잊은 척하는 건가.

도무지 대답을 알 수 없는 질문이 마구 소용돌이쳤다. 눈앞에서 순진무구한 표정을 짓고 있는 저 여자에게 어째서 나를 모르는 척하느냐 폭언을 퍼붓고 싶으면서도, 동시에 어째서 나를 기억하지 못하느냐 애걸하고 싶었다. 지난 겨울밤이 환상이 아니었다고 말해 주길 바랐다. 진정 그가 미친 것이 아니라면, 진정 그녀가 겨울밤의 그 사람이 맞다면 응당 그리해야 마땅했다.

하지만 그는 쉽사리 묻지 못했다.

저 여자가 기억 속의 유지나가 아닐까 봐. 어떤 이유에서든 그를 속이고 있는 걸까 봐. 행여나 그가 정말로 미친 걸까 봐.

겁이 많아서, 용기가 없어서. 그래서 묻지 못했다.

"……죄송합니다. 잠깐 현기증이 돌아서."

선우는 잔뜩 잠긴 목을 간신히 긁어냈다. 어떻게든 어색한 분위기를 무마하려는 그의 노력이 가상해서일까. 눈앞의 유지나는 완전히 납득한 표정은 아니지만, 그런대로 넘어가 주었다.

"어……. 일단 앉으시겠어요?"

선우는 온몸을 삐걱거리며 소파로 향했다. 얼마나 정신이 없었느냐면, 팔다리가 같은 방향으로 움직이는 줄 까맣게 모르고 있었다. 또한 지나가 그런 자신을 걱정스럽게 지켜보고 있다는 것도 까맣게 모른 채.

슬그머니 맞은편 소파에 앉은 유지나가 나긋하게 말했다.

"일단 정식으로 제 소개부터 해 드릴게요. 제 이름은, 아까 상담사 자격증을 보신 것처럼 유지나라고 해요. 보통은 선생님이라고들 부르시는데, 만약 그게 너무 딱딱하게 느껴진다 싶으시거든 그냥 이름으로 부르셔도 돼요. 대신 혹시 모르니까, 다른 분들께는 비밀로 해 주시고요."

"……."

"……차선우 씨?"

지나가 사근사근하게 웃는 모습을 멍하니 쳐다보던 선우가 뒤늦게 정신을 차렸다.

"아, 네."

"방금 제 말 들으셨어요?"

"아니요. 뭐라고 하셨죠, 방금?"

"그냥 편하게 불러 주시면 된다고요. 다른 분들처럼 선생님이라고 하셔도 되고……."

"네, 유지나 씨."

뭐라고 하는지도 모르고 정신없이 내뱉은 말인데, 의외로 그녀에겐 꽤나 흡족한 대답이었던 모양이다. 이제야 안심했다는 듯 지나가 가볍게 박수를 치며 웃었다.

"아, 다행이다. 실은 제가 다른 선생님들보다 좀 어리잖아요. 혹시나 상담사를 바꿔 달라고 하실까 봐 걱정이 조금 되었거든요. 그런데 차선우 씨는 다행히……."

"……."

"죄송해요. 제가 긴장하면 가끔씩 안 해도 될 소리가 나와서."

지나가 슬그머니 그의 눈치를 보았다. 다행히도 선우가 별말 하지 않자, 그녀는 대강 웃음으로 실수를 눙치며 탁자 구석에 놓인 서류를 끌어왔다.

"우선은 본격적으로 상담을 시작하기 전에 몇 가지 검사부터 해 볼게요. 정답이 정해진 시험은 아니니까, 그냥 마음 편안하게 가지시고 차선우 씨 본인에게 가장 가깝다고 여겨지는 번호를 고르시면 돼요."

"네."

"참, 그리고 앞으로는 선우 씨라고 불러도 될까요?"

어쩐지 묘한 기시감이 드는 질문이다. 명령이 입력된 로봇처럼 종이부터 넘기려던 찰나에, 선우는 입매를 딱딱하게 굳히며 고개를 더디게 들어 올렸다. 얌전히 그의 대답을 기다리는 옅은 갈색 눈이 유리알처럼 반짝인다.

멍하니 그녀를 마주 보던 선우가 저도 모르게 고개를 끄덕였다. 지나는 금세 눈을 둥그렇게 접으며 환하게 웃었다.

상담은 정신없이 진행되었다.

상담사로서 유지나의 능력이 부족했던 것은 아니다. 애초에 선우에겐 그녀의 능력을 가늠할 만한 정신머리가 남아 있질 않았다. 그는 지나가 시키는 대로 검사지를 충실히 작성했고, 완성된 검사지를 훑어보며 차차 표정이 흐려지는 그녀의 얼굴만 초조하게 지켜보다가, 검사에 대해 찬찬히 설명해 주는 목소리를 음악처럼 즐겼다.

한마디로, 머저리처럼 굴었다는 뜻이다.

심지어는 검사 이후에 이어진 상담에서도 분위기를 싸하게 가라앉히는 데 크게 일조했다. 정신없던 중에도 종종 침묵이 자아내는 어색한 분위기를 느꼈으니, 그와 다르게 정신이 말짱한 유지나는 그 시간을 어떻게 견뎌 냈을지 차마 상상하기도 어려웠다. 직장이고 직업이라 끝까지 웃는 얼굴을 유지했지, 만약 사적인 만남이었거든 진즉 자리를 박차고 나갔을지도 모른다.

선우는 몰려드는 자괴감 속에서 땅이 꺼질 듯 한숨을 내쉬었다. 상담의 전체적인 내용이 또렷하게 기억나는 것은 아니지만, 그는 이미 최악의 내담자라 자평하고 있었다. 당장이라도 과거의 자신을 후려치고 싶다. 동시에 돈 날렸다 치고 한 번만 받아 보자던 상담을 이렇게나 심각하게 여기는 스스로를 이해할 수 없었다.

"아시다시피 상담 한 번으로는 큰 효과를 기대하기 힘들어요. 비록 오늘은 많은 이야기를 나누지 못했지만, 다음번에는 좀 더 심도 깊은 대화를 나눌 수 있을 거예요."

지나도 차마 이번 상담을 그 이상으로 포장하진 못하는 듯했다. 못난 내담자를 앞에 두고 그렇게 고생했으면서, 마지막으로 미래를 향한 희망적인 메시지를 담는 모습이 못내 애처로울 지경이다. 선우는 감히 그녀와 눈을 마주치지 못하고 고개만 끄덕이고 말았다.

둘은 막판까지 어색하게 인사를 주고받았다. 소파에서 일어난 지나가 종종걸음으로 방을 가로질러 손수 상담실의 문을 열어 주었다. 시무룩하게 고갯짓하며 막 문턱을 넘으려던 선우가 불현듯 멈칫했다.

정녕 이대로 끝일까.

갑자기 그런 생각이 들었다. 상담을 계속한다면 이렇게 어색한 관계나마 억지로 이어 갈 수 있겠지만, 그것이 정녕 바라던 바인가. 지난 겨울밤, 유지나와의 만남은 늘 전조 없이 갑작스러웠으나, 결단코 이만치 껄끄러운 분위기는 아니었다. 도리어 즐겁고 유쾌했다. 그리고 그는 다른 사람이면 몰라도, 유지나와는 이렇게 헤어질 수 없었다. 적어도 상대가 유지나라면, 이런 관계여서는 안 되었다.

"유지나 씨."

끝내 마음을 다잡은 선우가 뒤를 돌아보았다. 그러고는 의아한 표정을 짓는 지나를 마주하며 조심스레 입을 연다.

"혹시 오늘 저녁에 시간 있어요?"

지나는 잠시 멍하니 눈만 깜박였다. 예상치 못한 질문에 당황한 기색이 역력했다.

"오늘 저녁이요?"

"네."

"……아, 죄송해요. 오늘 저녁에는 선약이 있어서."

무거운 바위가 쿵, 뱃속으로 내려앉았다. 선우는 당혹스러움을 감추려 시선을 사선으로 내렸다. 괜히 말했다, 그냥 갈걸. 이런 생각이 무럭무럭 자라났다. 조금만 더 여기서 유지나를 마주하다간, 너무도 부끄러운 마음에 속에서부터 터져 버릴 것만 같았다.

"저기, 선우 씨."

한데 돌아서려는 그를 붙잡는 목소리가 있었다.

"오늘은 안 되지만, 주말에는 괜찮아요."

"……."

"시간이요. 주말에는 시간 된다고요."

멀거니 저를 향하는 시선에 지나가 멋쩍은 듯이 말을 덧붙였다. 그럼에도 선우는 섣불리 대답할 수 없었다. 아마도 몹시 우스꽝스러운 표정일 테지만, 지금은 이상한 방언을 터트리지 않는 것만으로도 족히 최선이다.

조금 전의 부끄러움은 진즉 잊혔다. 선우는 순식간에 차오르는 기쁨과 설렘, 그리고 도무지 정체를 알 수 없는 기대감을 억누르며 가까스로 고개를 끄덕였다.

⠀

이튿날, 출근하자마자 붙잡힌 김정혁이 미간을 좁히며 되물었다.

"시내에 괜찮은 레스토랑 있냐고?"

선우는 더할 나위 없이 진지한 얼굴로 고개를 끄덕였다. 가만히 그를 응시하던 정혁이 당최 믿을 수 없다는 듯 손가락을 부들거리며 들었다.

"설마 너…… 여자 생겼냐?"

"아침부터 무슨 헛소리야."

"혹시 전에 그 여자야? 너 좋아한다던 그 여자."

"뭐?"

정혁의 말을 바로 알아듣지 못한 선우가 눈썹을 찡그리며 반문했다. 그사이 멀리서 헐레벌떡 달려온 안태준이 불쑥 대화에 끼어들었다.

"그 여자라니? 누가 차 선생 좋아한대?"

"……이건 또 뭐야. 지각이나 하는 불량 사원은 저리 빠져."

"쟤 지각 아니야."

"맞아, 지금 8시 58분인 거 안 보이냐? 하여간에 그래서, 누가 차 선생을 좋아하는데?"

"아, 그런 거 아니라니까."

"아니긴 뭐가 아니야. 너 전에 나한테 상담도 했잖아. 뭐라고 했더라, 널 좋아한다던 어떤 여자가 너한테 진정한 사랑이 나타나길 바란다고 했던가."

정혁의 입에서 술술 나오는 말소리에 선우는 그만 말문이 턱 막혔다. 그러고 보니 유지나의 갑작스러운 고백으로 심중이 어지러웠던 지난겨울의 어느 날, 김정혁을 붙들고 이런저런 이야기를 털어놓았던 기억이 났다. 다른 사람도 아니고 왜 하필 김정혁이었을까. 이제 와 돌이켜 보니 참으로 미치고 팔짝 뛸 노릇이다.

"와, 진정한 사랑? 자길 좋아해 달라는 게 아니라? 그 여자도 참 대단하다."

"대단하긴 대단하지. 그걸 연애 감정으로 볼 수 있느냐가 문제지만."

"연애 감정이 아니면, 무슨 박애주의자라도 돼? 그냥 그만큼 진심이 란 소리겠지."

비록 본인의 연애는 석 달을 넘긴 적이 없지만, 남의 연애에는 무척 이나 관심 많은 안태준이 부럽다는 눈길로 선우를 훑었다.

"한동안 잠잠하다 싶더니만, 역시 차 선생은 끊이질 않네, 끊이질 않아. 항상 보면 쟤는 아무것도 안 하는 것 같은데, 이상하게 쟤 주변 을 맴도는 여자들이 많다니까."

"아무것도 안 하긴, 쟤는 얼굴이 열심히 일하잖아."

"그렇긴 하지만……. 그래도 네가 전에 그랬잖아, 얼굴로 연애하냐 고."

"야, 말이 그렇단 소리지. 차선우 쟤는 저 얼굴에 저 키에 직업도 번 듯하니, 눈독 들이는 사람이 얼마나 많겠냐. 성격도 뭐……. 요즘엔 좀 그래도, 예전에는 그럭저럭 봐줄 만은 했고."

김정혁이 혀를 끌끌 차며 선우의 팔뚝을 건드렸다.

"그래서, 그 여자 만나러 가신다고?"

"당연히 만나야지. 선우야, 그렇게 너 좋아해 주는 여자 만나는 것 도 복이야. 너도 슬슬 정착할 때 됐잖아."

누가 들으면 내가 철새인 줄 알겠네. 늘 그렇듯 친구들의 대화를 한 귀로 듣고 한 귀로 흘리던 선우가 헛웃음을 내뱉었다.

"그 여자 아니야."

"뭐? 진짜로?"

"나쁜 남자네, 나쁜 남자야."

선우는 동기들의 질책일랑 가볍게 무시하며 느긋하게 파티션에 몸 을 기대었다.

확실히, 그를 좋아하는 여자는 아니다.

일단은.

"그럼 그 여자는 불쌍해서 어떡해?"

"얼굴도 모르는 사람 불쌍하게 여길 만큼, 인생에 고민이 없구나."

선우가 지나가듯 한 소리 하며, 정혁의 책상에서 냉큼 사탕을 집어
갔다. 붙잡을 새도 없이 멀어지는 뒷모습에, 뒤에 남겨진 김정혁과 졸
지에 인생에 고민 없는 한량으로 전락한 안태준은 그저 멍청한 표정만
지을 뿐이었다.

"와, 진짜 차선우. 저 성격 받아 주는 여자가 있을까 몰라."

"있었는데 쟤가 찼잖아."

"복에 겨운 줄도 모르고……. 예진 씨는 잘 지내려나 모르겠네."

아련하게 중얼대는 태준을 물끄러미 쳐다보던 김정혁이 피식거리며
웃었다.

"근데 선우 말이 맞긴 맞네. 네가 쟬 걱정할 군번은 아니지."

"뭐가?"

"너 다음 주에 소개팅 있다며. 이번엔 성공해야 하지 않겠냐."

"아, 맞다……."

서울 시내의 야경이 한눈에 내려다보이는 고급 레스토랑.

약속 시간보다 무려 40분이나 일찍 도착한 선우는 턱을 괴고 멍하
니 창밖의 야경을 응시하고 있었다. 노란 헤드라이트 불빛이 만연한
야밤의 대로가 실로 장관이지만, 번잡한 마음은 그리 휘황찬란한 야경
조차 시야에서 몰아내고 말았다.

사실 그는 멋있는 야경을 앞에 두고 핸드폰만 만지작거리고 있었다.
1분에 한 번씩 시간을 확인하고 인터넷 검색창에 '도플갱어가 실제로
존재하나요' 따위를 치는 것으로 모자라, 어디쯤 왔냐는 메시지를 썼

다 지우길 벌써 열댓 번은 반복한 것 같았다.

그렇다고 손꼽아 간절히 지나를 기다리는 것도 아니다. 시계를 확인하고, 또 시간이 많이 남았다는 것을 확인하자, 마음속 깊은 곳에선 당장 이곳에서 도망치고 싶다는 외침이 간곡하게 울려 퍼졌다. 유지나가 보고 싶으면서도, 보고 싶지 않았다. 갑자기 신경성 위경련이 도져서 도저히 집 밖으로 나가지 못하겠다, 이런 메시지를 반쯤 썼다가 지우니 정말로 윗배가 살살 아픈 것도 같았다.

한마디로, 그는 지금 죽을 맛이었다. 이리 휘청, 저리 휘청 하며 갈피를 못 잡는 마음이 너무도 갑갑했다. 지금까지 살면서 이렇게나 주저했던 적이 있던가. 진학도, 진로도, 심지어는 인간관계에서조차 칼같이 단호하던 그에게 이토록 마음이 오락가락 배회하는 것은 몹시 신선한 경험이었다. 너무 신선해서 도저히 적응할 수 없는 것이 문제라면 문제지만.

결국에 선우는 답답한 마음을 이기지 못하고 머리를 싸맸다.

유지나.

사실상 모든 문제는 그 여자에게서 비롯했다.

시작은 지난해 말, 횡단보도에서. 이후로는 퇴근길마다 나타나서 야근에 찌든 그를 졸졸 따라다니며 별 시답잖은 말을 해 대더니, 갑자기 좋아한다질 않나, 진정한 사랑을 만나길 바란다며 헛소리를 하질 않나. 그러다 종국에는 당최 이해할 수 없는 말을 늘어놓더니 아주 사라져 버렸다. 꼭 연락하라며 명함까지 쥐여 보낸 것이 무색할 정도로.

그리고 늦봄 거리에서의 우연한 만남. 만일 헤어졌던 기간이 길다면 백 보 양보해서 저를 잊은 것이 서운할지언정 일방적으로 그녀를 탓하진 않겠으나, 당시는 5월 말, 마지막 만남에서 고작 한 달이 지난 시기였다. 그사이에 천지가 개벽할 만한 사건이 있던 것도 아닌데, 고작 한 달 만에 지난 인연을 까맣게 잊어버렸다. 이성적으로 도저히 납득할 수 없는 일이다.

그러니 오늘 만날 유지나는 지난 겨울밤의 유지나가 아니어야 했다. 상식적으로도 그를 전혀 기억하지 못하는 사람이라면 아예 타인이라 가정하는 편이 옳았다. 요즘 세상에 동명이인이야 길 가다가 발에 차이는 수준이며, 더욱이 유지나란 이름도 그다지 희귀하진 않다. 종종 연예인 도플갱어로 TV에 출연하는 사람들이 많은 걸 보면, 핏줄이 전혀 다른데도 비슷하게 생긴 경우가 종종 있는 듯했다.

세상엔 수많은 경우의 수가 존재한다. 똑같은 이름에, 비슷한 얼굴을 가진 사람도 충분히 있을 법했다.

선우는 테이블을 뚫어져라 내려다보며 어지러운 머릿속을 가다듬었다. 저번에는 너무 놀라서 착각했던 것이다. 하기야 이름이 똑같고, 얼굴도 비슷한 사람을 이렇게나 우연히 마주칠 확률이 얼마나 되겠는가. 있을 법한 일과, 실제로 일어난 일을 체감하는 것은 완전히 다르다. 너무도 당혹스러운 나머지, 눈이 착시 현상을 일으킨 것이 틀림없다.

그래서 선우는 오늘이야말로 이 지긋지긋한 환상에서 벗어나고자 했다. 툭하면 떠오르는 유지나의 얼굴과 목소리로부터 이제는 해방되고 싶었다.

"선우 씨."

문득 지척에서 들려오는 목소리. 선우는 어깨를 흠칫하며 황급히 고개를 들었다. 어느새 유지나가 눈앞에 서 있었다.

"어…… 죄송해요. 많이 놀라셨나 봐요."

그의 별스러운 반응에 놀란 지나가 눈을 둥그렇게 떴다. 멍하니 그녀를 올려다보던 선우가 서둘러 자리에서 일어난다.

"아닙니다. 잠깐 생각할 게 있어서."

"뭔지는 몰라도, 되게 집중하셨나 봐요."

지나가 생긋 웃으며 테이블 맞은편에 앉았다.

"그런데 언제 오신 거예요? 저도 나름대로 일찍 나왔다고 생각했는데, 벌써 기다리고 계실 줄은 몰랐어요."

"차가 막힐 것 같아서 일찍 나왔습니다."

"그러셨구나. 혹시 많이 기다리신 건 아니죠?"

"네."

조금 전, 유지나와 만나거든 그녀가 지난 겨울밤의 유지나가 아니라는 증거부터 잡아내겠노라 굳게 다짐했던 것이 무색하도록, 선우는 무척이나 단단히도 얼어 있었다. 마음먹은 대로 몸을 움직일 수만 있다면 얼마나 좋겠느냐만, 이래서는 지난번 상담과 다를 바가 없다. 이렇게 긴장한 상태로는 단서를 잡아내긴커녕, 실수하지 않는 것만으로도 다행이었다.

잠시간의 어색한 정적이 이어졌다. 그러나 죽도록 어색한 건 선우만인지, 서름한 눈으로 레스토랑의 이곳저곳을 돌아본 지나가 얼굴을 조금 가까이 붙이며 멋쩍은 투로 속삭였다.

"음, 그런데 저는 이렇게 좋은 곳에서 뵐 줄 몰랐어요. 제 차림이 좀 그래도 눈감아 주세요."

한동안 멍한 표정을 짓던 선우는 그제야 시선을 내려 지나의 차림을 살폈다. 연분홍색 바탕에 꽃무늬가 잔뜩 들어간 원피스. 그는 여성 의류에 문외한이지만, 가끔씩 거리에서 저 비슷한 옷은 많이 보았다. 여동생인 차세연도 언젠가 어울리지 않게 저런 발랄한 원피스를 샀다가, 한번 제대로 입어 보지도 못하고 자선 단체에 기부한 적이 있었다.

"잘 어울리시는데요."

하지만 유지나는 달랐다. 늘 시커먼 남자 코트를 걸친 것만 보다가,

저렇게 꾸민 모습을 보니 사뭇 색다르다. 워낙에 인상이 밝아서 그런지 저런 원피스도 제 옷처럼 잘 어울렸다.

"아우, 감사해요."

"진심이에요. 오늘 예뻐요."

무심코 본심을 토로한 직후, 그는 묘하게 굳어 버리는 지나의 얼굴을 목도했다.

……내가 뭐라고 한 거지?

"제가 방금 이상한 소리를 한 것 같은데, 그냥 무시하세요."

"네?"

"유지나 씨처럼 저도 긴장하면 헛소리를 하나 봅니다. 원래 이런 적이 없는데 오늘따라 이상하네요. 점심때 먹은 샌드위치가 상했나. 역시 야채는 신선할 때 빨리 먹어야 하나 봐요. 그러고 보니 지금도 헛소리를 하는 것 같은데 정말 죄송합니다."

아, 죽고 싶다.

평소 남을 부끄럽게 하는 재주는 탁월해도, 스스로 부끄러운 상황에 처하는 경우는 몹시 드물었던 차선우는 지금 당장이라도 얼굴이 터져 죽을 것만 같았다.

"헛소리……."

잠시 침묵하던 지나가 조용히 중얼거렸다. 선우는 너무 창피한 나머지, 차마 그녀와 시선을 마주치지도 못했다.

"그럼 저 안 예뻐요?"

"……네?"

"방금 저 오늘 예쁘다고 했잖아요. 그런데 그게 헛소리면, 안 예쁘다는 거 아녜요?"

"아뇨, 그게 아니라……."

등 뒤로 식은땀이 흘렀다. 여기서 어떻게 대답하느냐가 오늘의 관건이다. 연애할 때도 비교적 상대에게 무심했던 선우는 오늘 이 자리에서 귀에 듣기 좋은 변명을 늘어놓아야 할 줄은 꿈에도 몰랐다.

만약 김정혁이라면 뭐라고 했을까?

자연스레 그는 자칭 연애박사일 정도로 연애에 통달했다는 김정혁을 떠올렸다. 처음 그에게 일말의 관심도 없던 여자와 끝내 결혼까지 이른 걸 보면, 그 말이 아주 허황되지는 않을 터. 김정혁이라면 했을 법한 말을 찾아 뇌를 핑글핑글 돌려 보지만, 아무래도 딱히 뾰족한 생각이 나질 않는다. 그는 남을 의심하고 캐내는 전문이지, 스스로를 포장하는 데는 그다지 능숙하지 못했다.

갑자기 지나가 웃음을 터트렸다.

"농담이에요, 농담. 당황해서 그러신 줄 당연히 알죠. 저도 종종 그러는걸요."

"……."

"아니에요?"

"아, 아뇨. 맞아요."

선우가 저도 모르게 얼른 수긍했다. 의뭉스러운 눈빛으로 그를 빤히 쳐다보던 지나가 불현듯 새뜻한 미소를 지어 올렸다.

"선우 씨도 오늘 멋있어요. 저도 진심이에요."

그저 답례로 겉치레한 소리임은 잘 안다.

하지만 어쩐지 그 말 한마디가 가슴 깊숙한 곳을 찌르는 듯했다. 저 여자는 지난 겨울밤의 유지나가 아니라며 경계심을 세우려다가도 도무지 세울 수 없는, 그런 말.

그래서 아무 말도 못 하고 시선을 피하기만 했다, 바보처럼.

의외로 식사하는 내내 분위기는 괜찮았다. 물론 그가 기적처럼 화술의 대가가 된 것은 아니고, 전체적으로 지나가 대화를 주도한 덕분이다. 대체로 지나가 말하면 선우는 그녀의 말을 경청하는 그림이었는데, 아직도 긴장이 덜 풀려서 행여나 또 실수할까 지레 겁먹은 그와 달리 지나는 평범한 이야기도 재미있게 풀어 말하는 재주가 있었다.

게다가 유지나가 자기 자신에 대해 스스럼없이 말하는 건 처음 보기도 하고.

선우는 무의식중에 지난 겨울밤의 유지나와 눈앞의 유지나를 동일시하는 줄도 모르고, 그녀의 이야기 속으로 빨려 들어갔다.

"그럼 고등학생 때까지 쭉 인천에서 산 거예요?"

"네. 그때까진 인천을 벗어나 본 적이 없어요. 아, 가끔 학교에서 수학여행 갈 때는 빼고요. 제가 다닌 학교는 다 이상하게 1년에 한 번씩 가는 소풍도 맨날 강화도 아니면 인천 대공원이었거든요. 고등학교 3학년 때 대학 면접 보려고 서울 올라갔던 게 사실상 서울 첫 경험이었어요."

선우는 멍하니 고갯짓했다. 요즘이 무슨 조선 시대도 아니고, 인천이면 지하철 타고도 손쉽게 오가는 거리인데 고등학교 3학년 때 서울 올라온 게 처음이라니. 어지간히도 엄한 집이었나 보다고 여길 따름이다.

"실은 그래서 아직도 주소 쓸 때마다 조금씩 머뭇거리게 되더라고요. 인천에 너무 오래 살아서 그런가, 옛 주소가 잊히질 않아요."

"본가에 정이 많이 들었나 보네요."

"네. 그런가 봐요."

지나가 행복한 과거를 추억하는 것처럼 흔흔히 웃었다.

"선우 씨는 어때요?"

"저요?"

"네. 선우 씨는 어디서 자랐냐고요. 아니다, 내가 한번 맞춰 볼까요?"

선우는 얼결에 고개를 끄덕거렸다. 짐짓 미간을 찌푸리며 그의 얼굴을 유심히 살펴보던 지나가 돌연 소리를 높였다.

"서울이죠? 서울에서 태어나서 쭉 서울에서 산 거 맞죠?"

"어떻게 알았어요?"

"서울 사투리라고 해야 하나, 서울 토박이들만 쓰는 단어가 몇 개 있거든요. 그런 걸 쓰길래 서울 토박이구나 했죠."

"아……."

그도 미처 의식하지 못한 습관이었다. 하기야 부모도 모두 서울 출신이니, 만약 서울 사투리란 게 진짜라면 자기도 모르는 새 언어 습관으로 뿌리내릴 만했다.

"심리 상담사를 지망하면서 실습도 많이 해 봤거든요. 그렇게 수많은 사람들을 만나다 보니, 자연스럽게 특정 지역의 말투에 대해서도 익숙해지더라고요. 왜, 같은 경상도여도 진주 사투리랑 대구 사투리는 다르잖아요."

"꼭 셜록 홈즈 같네요."

"에이, 그래도 홈즈처럼 척 보고 왓슨 박사가 아프가니스탄에서 군의관으로 복무한 줄은 모르죠."

지나의 말에 선우는 그저 조용히 웃고 말았다. 지난겨울의 유지나는 척 보고 그의 신상 내역을 줄줄 읊어 댔다.

"일이 힘들진 않아요?"

선우가 스테이크를 가르며 대수롭지 않게 물었다.

"당연히 힘들죠. 안 힘든 일이 어디 있겠어요."

"그렇다면 다행이긴 한데."

"……."

"전에 상담 때 유지나 씨가 그랬잖아요. 내가 상담사를 바꿀까 봐 걱정했다고."

말을 끝마친 신우가 작은 스테이크 조각을 입에 넣고 우물거렸다. 잠시 멍한 표정을 짓던 지나가 어색하게 입꼬리를 올렸다.

"아, 그거. 기억하고 계셨구나."

"사람들이 나이 어리다고 못 미더워해요? 선생님이라고도 안 부르고?"

"그런 분들이 아예 없지는 않지만……. 그거 때문에 한 소리는 아니에요."

지나는 그녀답지 않게 선우의 눈치를 살폈다.

"실은 선우 씨가 제 첫 고객이거든요."

전혀 예상치 못한 말이었다. 그가 잠시 말문을 잃은 사이, 지나가 조심스럽게 말을 이었다.

"물론 첫 내담자는 아니에요. 아까 말했던 것처럼 실습이랑 학생 상담도 많이 해 봤고, 대학원 다닐 때는 교수님 밑에서 인턴 생활도 했었거든요. 그러다가 올해 대학원 졸업하고 지금 센터에 입사하면서, 선우 씨를 첫 고객으로 만난 거죠."

"아……."

"상담 자체가 처음은 아니니까, 너무 걱정하실 필요는 없어요."

솔직하게 털어놓는 중에도, 행여나 저를 못 미더워할까 안절부절못하는 기색이 만연했다. 선우는 슬쩍 시선을 내리며, 그녀의 염려를 단칼에 잘라 냈다.

"걱정 안 합니다."

"······."

"지난번에 유지나 씨가 어떻게 상담하는지 다 봤는데, 굳이 걱정할게 뭐 있겠어요. 나는 그저 다른 사람들이 유지나 씨가 어리다는 이유만으로 못마땅해하는 경우가 많은지 궁금했을 뿐이에요."

유지나를 향한 신뢰는 진심이다. 그녀에게 품은 혼란스러운 감정은 일단 차치하고서라도, 지난번 상담에서 그녀는 충분히 믿음직한 모습을 보여 줬으니까. 다만 고작해야 두 번 마주친 사람에게서 이런 소리를 듣는 게 부담스러울까 싶어 최대한 담백하게, 아무렇지도 않은 척 부러 시선도 마주치지 않았건만, 이어지는 침묵을 보건대 그녀는 예상치 못한 대답에 꽤나 당황한 듯싶었다.

그리 길게만 느껴지는 정적 속에서, 지나가 불현듯이 입을 뗐다.

"와, 저 처음으로 만난 고객이 선우 씨라 정말 다행인 것 같아요."

"······네?"

"그렇잖아요. 직접 상담해 봤으니 굳이 걱정할 필요가 없다는 말, 대체 어떤 내담자에게 들어 보겠어요. 안 그래도 지난번 상담할 때 내심으론 엄청 긴장했었는데, 앞으로는 선우 씨 덕분에 마음이 조금 편해질 것 같아요."

갑작스레 경탄하는 눈빛이 쇄도하자, 선우는 속으로 몹시 당황하여 어쩔 줄을 몰랐다. 그럼에도 반짝이는 눈빛을 한참이나 거두지 않던 지나가 문득 서둘러 와인 잔을 들어 올렸다.

"우리 짠 할까요?"

그녀의 목소리에는 차마 거절하지 못할 무언가가 숨겨져 있는 게 분명하다. 그렇지 않고서야 이렇게 권하는 대로, 시키는 대로 몸이 움직일 리 없는데.

선우는 저도 모르게 와인 잔을 들어 올려 그녀와 살짝 잔을 부딪쳤다. 와인 한 모금으로 목을 축이던 지나는 그와 눈이 마주치자 자연스레 입술을 벌려 웃어 보였다. 어쩐지 저절로 따라서 웃게 되는 모습이었다.

이후로도 지나의 이야기는 면면하게 이어졌다. 평소의 그라면 충분히 시답잖게 여길 만한 얘기임에도, 자꾸만 그녀의 말 속으로 빠져들게 되었다. 심지어는 그다지 관심 없는 야구 이야기마저 흥미진진하게 들릴 지경이다.

"어릴 때부터 야구를 굉장히 좋아했어요. 늘 TV에 야구 경기가 틀어져 있었거든요. 오죽하면 고등학생 때는 빨리 대학 가서 야구장 한번 가 보는 게 꿈이었다니까요?"

"인천이면 SK 팬이겠네요?"

"네. 선우 씨는 LG? 두산?"

"LG요. 아버지가 MBC 시절부터 팬이시라."

말이 LG 팬이지, 실은 기억도 잘 나지 않는 어린 시절을 제하면 야구장에 가 본 적도 없다. 그나마 예전에는 가족끼리 모일 때마다 저녁 먹으면서 함께 야구 경기를 시청했으나, 최근 아버지가 주말 드라마에 빠지기 시작하시면서부터는 그조차 몹시 드물어졌다.

"그럼 나중에 잠실 야구장 같이 갈래요?"

하지만 그 제안에는 30년 차 골수 야구팬이 될 수밖에 없었다.

"그럴까요?"

"네!"

"그럼 그래요, 우리."

선우의 대답에 지나는 손뼉을 치며 좋아했다.

"와, 저 서울 올라온 뒤로는 항상 혼자서 야구 봤거든요. 대학 친구들은 다들 야구에 관심이 없어서."

"다행이네요."

"네?"

"안 됐다고요, 유지나 씨 친구들이. 야구가 얼마나 재밌는데."

언젠가 LG가 포스트 시즌 진출에 실패했던 해. 죽기 전에 우승하는 모습 다시 볼 수나 있겠느냐며 소주병을 따시던 아버지 앞에서 내내 시큰둥했던 차선우가 할 말은 아니었다.

하지만 그런 줄은 까맣게 모르는 지나는 그저 야구를 함께 볼 사람이 생겨 마냥 기쁜 듯했다. 선우는 그녀가 기뻐하는 모습에 왠지 기분이 좋아졌다.

신나게 대화를 나누다 보니, 어느새 시간은 9시를 훌쩍 넘겼다.

"슬슬 일어나야겠어요."

그 말에 선우는 진한 아쉬움을 느꼈다. 우울증이 의심될 정도로 내내 염세적이고 무기력한 기분에 사로잡혔던 지난 몇 달, 이토록 즐겁고 유쾌했던 시간이 전무했기에 유독 아쉬운지도 몰랐다.

"선우 씨, 절반은 제가 낼게요."

그런데 자리에서 일어나기 무섭게 지나가 그런 말을 꺼냈다. 잠시 침묵하던 선우가 머뭇거리며 입을 열었다.

"이미 계산했어요."

"네? 언제요?"

"아까 화장실 다녀올 때……."

지나가 기함한 얼굴로 멍하니 입을 벌렸다. 메뉴판을 훑어볼 때도 영 표정이 심상찮더니, 높은 가격대가 자꾸만 마음에 걸렸던 모양이다.

"세상에, 이게 다 얼만데……."

"괜찮아요."

"제가 안 괜찮아서 그래요."

허탈하게 어깨를 늘어뜨린 지나가 믿지 않게 그를 흘겨보았다.

"대신 다음에는 제가 낼게요. 알았죠?"

다음. 좀처럼 미안한 기색을 지워 내지 못하는 지나가 안쓰러워 괜히 계산했나 싶었던 선우는 그 소리를 듣자마자 후회를 뭉개 버렸다. 고작 계산 한 번으로 다음을 담보할 수 있다면 족히 남는 장사였다.

둘은 그렇게 평범한 대화를 주고받으며 밖으로 나왔다. 인근 주차장에 그의 차량이 주차되어 있었지만, 선우는 이대로 헤어지기 아쉬운 마음에 괜히 말 한마디 더 걸어 보았다.

"데려다줄까요?"

"에이, 역이 저 앞인걸요."

"그래도……."

"저 여기서 더 이상 미안하게 만들지 마시고요. 정말 괜찮아요."

지나가 웃으며 그의 등을 가볍게 떠밀었다.

"그럼 저 이만 갈게요. 다음에 봬요."

갈림길에서 손을 높이 흔드는 지나의 모습을 물끄러미 보던 선우가 충동적으로 입을 열었다.

"다음 주 화요일."

"네?"

"다음 주 화요일엔 시간 어때요?"

지나가 얼결에 고개를 끄덕였다.

"아, 그럼 그날은 제가 밥 살게요."

"그래요."

선우가 씩 웃으며 돌아섰다. 멀어지는 그의 뒷모습을 잠시 지켜보던 지나가 마지막으로 조금 소리를 높였다.

"오늘은 잘 주무실 수 있을 거예요!"

불면증으로 고생하는 내담자에게 충분히 할 법한 인사말이지만, 그래도 못내 부끄러운 모양이다. 지나는 양손으로 뺨을 감싼 채 반대편으로 후닥닥 달려갔다. 반면, 주차장으로 향하던 선우의 발걸음은 서서히 멎어 가고 있었다.

"……."

아무도 없는 거리. 가로등 불빛조차 멀어진 캄캄한 어둠 속에서, 그는 맥없이 주저앉고 말았다.

저 여자는 지난 겨울밤의 유지나가 아니다. 그렇지 않고서야 내내 처음 보는 사람처럼 대할 리 없다.

그런데도 마음은 어째서 이다지도 기우는지.

정이 들었다면 저 여자가 아니라 겨울밤의 유지나일 텐데, 어째서 그녀의 몫까지 저이에게로 향하는 건지. 이렇게 혼자가 되어서는 둘을 철저하게 구분하면서, 왜 그녀와 함께할 때는 어렴풋이 겹쳐 보는 것인지.

왜 그녀만 곁에 있으면, 아무래도 상관없어지는지.

선우는 갑갑한 마음을 어쩔 줄 몰라 한참을 그리 우두커니 앉아 있었다. 고요한 밤, 하늘에 뜬 조각달만이 그의 뒷모습을 쓸쓸하게 내리비추었다.

"오, 차 선생. 일 끝나고 데이트해? 왠지 오늘따라 더 멋있는 것 같아."

출근해서 정장 재킷을 벗고 있자니, 지나가던 동기 하나가 장난스럽게 말을 걸어왔다. 선우는 그저 바람 빠진 웃음소리를 내고 말았으나, 동기의 말을 받은 건 다름 아니라 안태준이었다.

"진짜 데이트해?"

"데이트는 무슨."

"근데 왜 이렇게 멋있게 하고 왔어?"

"그냥 타고나길 멋있는 게 아닐까."

물 흐르듯 이어지는 자화자찬에 태준이 놀란 표정을 지었다.

"웬일이야. 네가 잘난 척도 다 하고."

"잘난 척이 아니라, 애초에 잘난 거야."

"……혹시 너 아침에 뭐 잘못 먹었어?"

"나 완전 멀쩡한데."

"근데 그런 말을 한다고?"

"이러면 네가 빨리 질려서 제자리로 돌아가지 않을까 싶었거든."

그러자 안태준은 잔뜩 심통 난 얼굴로 혼자 구시렁거리며 돌아갔다. 질려서 돌아간 건 아니지만, 어쨌든 그의 목적이 이루어지긴 했다.

선우는 뻐근한 어깨를 주물거리며 의자에 앉았다. 실은 오늘따라 더 멋있다는 동기들의 말이 아주 틀린 것도 아니었다. 불면의 밤을 보낸 날이면 지끈지끈한 두통에 시달리느라, 조금이라도 눈을 붙인 날이면 혼몽한 기운에 시달리느라, 그는 대체로 아침이면 정신이 하나도 없는 상태로 출근하곤 했다. 타고난 세심함으로 차림이 단정할지언정, 공들여 멋을 부린 날은 거의 없다고 봐도 좋았다.

그러나 오늘만큼은 달랐다. 며칠 전부터 옷장을 뒤져 가며 겨우 찾아낸 새 와이셔츠와 새 넥타이, 심지어는 시계도 특별한 날에만 차는 고가의 제품이다. 조금만 다듬어도 태가 나는 축복받은 간판을 타고났으니, 이 정도로도 족히 근사한 모습이다.

그래서 오늘이 무슨 날이냐 하면, 확실히 무슨 날이긴 했다.

유지나와의 저녁 약속이 잡힌 화요일이니까.

하지만 선우는 아침부터 내내 그 생각을 지워 내려 애썼다. 오늘이 유지나와 만나기로 한 날이긴 해도, 오늘따라 유난히 공들여 차려입은 건 그녀와 아무런 상관도 없다고. 스스로 여기기에도 참으로 볼품없는 변명이지만, 그렇게 해서라도 둘을 연관 짓고 싶지 않은 것이 그의 본심이다.

왜냐하면 데이트가 아니니까. 좋은 감정으로 치닫기 전에 의심부터 앞설 테니까.

그는 오늘이야말로 기필코 유지나의 정체를 가늠해 낼 작정이었다. 지난겨울 나타났다가 홀연히 사라진 유지나와는 어디가 닮았고, 어디가 다른지. 저번처럼 그녀의 말솜씨에 홀려 무작정 끌려 다니는 멍청한 짓은 절대로 하지 않을 것이었다.

선우는 그런 다짐을 새삼스레 다시 불태웠다.

그리고 시간이 흘러, 지나와 만나기로 약속한 저녁 7시.

약속 장소에 일찍 도착하려고 오래간만에 차를 끌고 나온 것이 무색할 만큼, 그는 간신히 늦지 않게 도착했다. 늘 도보로 출근한 탓에, 주중 저녁 시간의 차도가 얼마나 막히는지를 까맣게 잊고 있었다.

"선우 씨, 여기요!"

막 식당의 문을 열고 들어가 주변을 두리번거리는데, 구석에서 익숙한 목소리가 들려왔다. 머리를 하나로 질끈 올려 묶은 지나가 저만치서 반갑게 손을 흔들고 있다. 저도 모르게 그쪽으로 향하던 선우의 표정이 살짝 굳었다.

지난 세 번의 만남.

첫째는 길가에서, 둘째는 심리 상담 센터에서, 셋째는 레스토랑에서.

그때마다 늘 머리를 풀고 있었기에 조금이나마 덜 의식했을 뿐, 지금처럼 머리 묶은 모습을 목도하자 자연스레 겨울날 유지나의 모습이 겹쳐졌다. 이만하면 단순히 닮은 정도가 아니다. 센터에서 우연히 마주쳤을 때 직감했던 것처럼, 둘은 소름 끼치게 똑같았다.

"선우 씨?"

지나는 갑자기 멈춰 선 선우를 의아하게 쳐다보았다. 선우는 그제야 가까스로 입술을 당겨 웃었다.

"많이 기다렸어요?"

"아니요. 저도 금방 왔어요."

지나는 그러면서 메뉴판을 내밀었다.

"여기 제가 가끔씩 오는 곳이거든요. 숨은 맛집이라고 해야 하나? 인터넷에 많이 알려지진 않았는데, 웬만한 맛집이라는 곳보다 훨씬 맛있어요."

"뭐가 맛있는데요?"

"음, 이거요. 선우 씨, 매운 거 잘 먹어요?"

안타깝게도 그에게 매운 음식은 쥐약이었다. 지나가 진심으로 아쉽다는 듯 '조금 매운 것 빼고는 모든 게 완벽한 천상의 맛'을 찬양했지만, 선우는 그저 웃으면서 다른 음식을 주문했다. '조금 맵다'는 음식치고 정말로 조금 매운 음식은 못 봤기 때문이다.

아니나 다를까, 그녀가 주문한 요리는 멀찍이 냄새를 맡는 것만으로도 재채기가 나올 지경이었다. 지나는 그 냄새를 맡는 것만으로도 족히 행복해 보였지만.

"회계사는 보통 연말 결산 때 바쁜가요?"

"아뇨, 그다음에요. 보통 1월에서 3월까지 바쁩니다."

"얼마나 바쁜데요?"

"삼시 세끼 그 요리를 먹는 게 나을 만큼?"

지나가 장난스럽게 그를 흘겨보았다.

"그 마음, 어디 변치 않나 보자고요."

둘은 그렇게 시시하고 일상적인 이야기를 주고받았다. 저번 만남과 마찬가지로 지나가 대화를 주도하는 양상이었지만, 선우는 그때처럼 열렬하게 그녀의 이야기 속으로 빠져들지 않았다. 그보다는 지나의 생김새와 목소리, 혹은 말투를 살피느라 여념 없었다.

숱 많은 갈색 머리, 부드러운 얼굴선, 가늘게 쌍꺼풀 진 눈매와 항상 말려 올라간 것처럼 웃는 모양인 입매. 전체적인 생김새도, 첫눈에 호감을 주는 전체적인 분위기도 역시나 지난 겨울밤의 유지나와 몹시 유사했다. 톤이 높으면서 듣기 편한 목소리 또한 귀에 익기는 마찬가지다.

게다가 얼핏 보이는 세세한 모습까지. 작게는 웃을 때마다 활짝 벌어지는 입매부터, 오른쪽 귀 밑에 난 작은 점, 심지어는 대답하기 곤란할 때마다 눈알을 이리저리 굴리는 습관마저 그러했다. 특히 단어가 떠오르질 않아 양손을 마주 보고 빙글빙글 돌릴 때는, 정말이지 혼이 나갈 지경이었다. 전부가 지난 겨울밤의 유지나를 떠올리게 하는 모습이고 몸짓이다. 어느 한구석, 닮지 않은 곳이 없었다.

그러니 이쯤 되어선 둘을 단순히 닮았다고 말해도 좋을지 의심스럽다. 이만하면 완전히 똑같은 사람이 아닌가.

"무슨 생각을 그렇게 골똘히 해요?"

불현듯 지나가 말을 걸어왔다. 퍼뜩 상념에서 깨어난 선우는 가만히 눈을 깜빡거렸다. 아직 음식의 절반이 남은 그와 달리, 지나의 접시는 깨끗하게 비어 있었다.

"혹시 입맛이 없어요? 그만 일어날까요?"

"아뇨, 아닙니다. 미안해요. 요즘 골치 아픈 업무가 하나 있어서."

그는 반사적으로 술술 거짓말을 풀어내며 얼른 숟갈을 들었다. 지금까지 전혀 의식하지 못했던 음식 냄새가 갑자기 몹시 역하게 느껴졌다. 당장이라도 체할 것만 같았다.

두 사람은 곧 식당을 나와 근처 카페로 향했다. 저번처럼 시간이 가는 줄 모르고 마냥 신나게 이야기꽃을 피워 내진 못한 탓에, 아직 채 8시를 넘기지 못한 시간이다.

"저는 카모마일로."

"저는 캐러멜마키아토요. 시럽 많이 얹어서."

각자 메뉴를 정하자, 직원이 기계적으로 친절하게 대꾸했다.

"네. 계산 도와드리겠습니다."

둘은 말없이 서로를 힐끔거렸다. 거의 동시에 지갑을 꺼내 들었지만, 간발의 차로 지나의 카드가 조금 더 빨랐다.

"아까는 유지나 씨가 샀으니, 이번에는 제가 사야죠."

"오늘은 제가 산다고 했잖아요."

지나는 짐짓 도도하게 말하며 기계에 사인했다.

"그나저나 언제까지 그렇게 부를 거예요?"

"네?"

"유지나 씨, 유지나 씨. 너무 정 없어 보이잖아요. 일주일에 한 번 마주칠까 싶은 옆집 사람도 그렇게는 안 부르겠다."

전혀 생각지도 못한 불만에 선우는 내심 당황했다.

"그럼 어떻게 불러야 합니까?"

"뭘 그런 걸 묻고 그래요. 그냥 성 떼고 부르면 되지."

지나가 어째서 그런 당연할 걸 묻느냐는 듯, 눈을 둥그렇게 뜨며 그를 지나쳐 갔다. 오직 선우만이 망부석처럼 서서 멍하니 금방의 기억을 반추할 따름이다.

성을 떼고 부르면 된다고.

지극히 당연한 사실인데도, 유지나에 한해선 도무지 당연하지가 못했다. 지금까지 단 한 번도 그렇게 불러 본 적이 없기에. 그에게 유지나는 언제나 유지나 씨였다.

"……지나 씨."

그는 목울대를 겨우 울리는 조그만 목소리로 중얼거려 보았다. 굳이 연애가 아니더라도 학창 시절엔 동기나 후배들을 전부 성 떼고 이름으로만 불러 왔어서, 이성을 이름으로만 부르는 것이 그다지 특별한 경험은 아니었다. 그럼에도 어쩐지 새로운 기분이다. 잘은 모르겠지만, 일단 나쁜 느낌은 아니었다.

"주문하신 카모마일과 캐러멜마키아토 나왔습니다."

선우는 때마침 나온 음료를 들고 자리로 향했다. 창가의 구석 자리를 차지한 지나는 뭐가 그리도 즐거운지, 핸드폰 액정을 보며 샐샐 웃고 있었다.

"아, 선우 씨. 이것 좀 봐요."

지나가 대뜸 핸드폰을 내밀었다. 화면에는 고작해야 초등학생쯤 되어 보이는 여자아이가 체육복을 입고 찍은 사진이 큼지막하게 띄워져 있었다.

"동생이에요?"

"네. 오늘 학교에서 운동회 했는데, 계주로 1등 했대요."

동생이 자랑스럽다 못해, 동네방네 소문내지 못해 안달 난 표정이다. 선우가 피식 웃으며 지나 쪽을 턱짓했다.

"동생이 언니를 닮지 않아서 다행이네요."

"뭐라고요?"

"동생, 예쁘다고요."

지나가 금세 눈을 세모꼴로 세웠다.

"선우 씨. 처음에는 안 그래 뵈더니, 이제 보니 남 놀리기 되게 좋아하는 것 같아요."

"처음에는 안 그래 보였어요?"

"네. 죽상으로 센터에 찾아와서 말 몇 마디 제대로 못 하길래, 많이 힘든 사람이구나 했죠."

"많이 힘들어요, 이래 봬도."

선우는 여상하게 차를 한 모금 마시며, 흘끗 지나의 핸드폰을 보았다.

많이 쳐 봐야 초등학교 저학년. 조금도 닮지 않은 어린 여동생.

"동생이랑 나이 차이가 많이 나네요."

"음, 아무래도 그렇죠? 데리고 나가면, 엄마랑 딸이냐고 묻는 분들도 계세요."

"그 정도는 아닌데."

"빈말이라도 고마워요."

"혹시 동생 더 있어요?"

대수롭지 않은 질문이었다. 아니, 대수롭지 않게 들려야만 했다. 그는 점점 가쁘게 달음박질하는 심장을 애써 외면하며 유심히 지나를 살펴보았다. 다행히도 지나는 전과 다를 바 없이 평온한 모습이었다.

"네. 더 있어요."

"다른 동생들도 이렇게 안 닮았어요?"

"왜요, 또 나 안 닮아서 예쁘다고 하려고요?"

"딱히 그런 건 아니고요. 그냥 궁금해서."

"음, 나랑 안 닮았어요. 다들 나보다 예쁘고 잘생겼거든요."

지나가 배시시 웃었다. 하지만 선우는 그게 단순히 동생들을 아끼는 마음에서 비롯한 말인지, 아니면 정말로 진실인지 가늠할 수 없었다. 그가 아는 유지나란 실제 형제자매들 중에서 가장 인물이 나아도 저렇게 말할 사람이었다.

"지나 씨, 혹시 쌍둥이예요?"

"쌍둥이요? 에이, 아녜요."

"그럼 사촌은요? 유독 닮은 친척이라든가."

본인조차 의식하지 못하고 집요하게 캐묻는 소리가 이어졌다. 그러자 지나는 입을 꾹 다물고 느긋하게 빨대로 음료를 휘젓기 시작했다. 어쩐지 다급해진 선우가 재차 말문을 열려던 순간, 변함없이 상냥한 지나의 목소리가 사이를 비집고 들어왔다.

"그거 물어보려고, 나한테 만나자고 한 거예요?"

일순 선우는 할 말을 잃고 말았다. 힐끗 그의 표정을 살펴본 지나가 눈썹을 조금 찡그리며 웃는다.

"정곡인가 보네. 대답하지 않는 거 보니까."

"……."

"왜요, 누가 나랑 많이 닮았어요?"

그를 탓하긴커녕 외려 흥미롭다는 듯 반짝이는 눈빛이다. 하지만 선우는 도무지 입을 뗄 수가 없었다. 어떻게 설명해야 할지, 어떻게 이야기를 시작해야 할지 도저히 감조차 잡히질 않았다.

"다른 사람이 보면 오해하겠네. 내가 선우 씨 잡아먹는 줄 알고."

잠자코 그의 대답을 기다리던 지나가 짐짓 어깨를 움츠리며 말했다.

"그렇게 무서운 얼굴 하지 말고요. 어쩐지 필사적으로 보여서 물어본 거였어요."

"……미안합니다, 나는 그저."

"사과할 필요도 없어요. 나도 마찬가지니까."

가만히 테이블만 내려다보던 선우가 무심결에 고개를 들었다. 지나는 왼손으로 턱을 괸 채 그와 시선을 맞추며 새뜻하게 웃어 보였다.

"실은 선우 씨랑 이렇게 밖에서 만나는 이유, 나도 비슷하거든요."

"……비슷하다고요?"

"네. 뭐라고 말해야 할까……. 낯이 익는다고 해야 하나? 이래 봬도 내가 사람 얼굴을 잘 기억하거든요. 오가다 길가에서 몇 번 지나친 게 아니라면 딱 기억이 날 텐데, 이상하게 기억이 안 나요. 내가 선우 씨 같은 얼굴을 잊을 리가 없거든요."

"……."

"그래서 그런데, 우리 혹시 어디서 만난 적 있어요?"

만난 적, 있기야 했다.

하지만 그녀가 지난겨울을 말하는지, 아니면 늦봄 거리에서 우연히 마주쳤던 걸 말하는지, 그걸 몰랐다. 만일 후자라면 맥이 풀리는 이야기고, 전자라면 유지나가 몹시 의심스러워지는 대목이었다.

스스로 사람 얼굴을 잘 기억한다는 사람. 그런데도 고작 반년 전에 헤어진 이를 기억하지 못한다는 건 말이 되질 않는다. 더군다나 진심으로 좋아한다던 사람을 그다지도 쉽게 잊어버리다니. 여러모로 그녀의 진심을 의심할 수밖에 없다.

그렇다면 역시나 눈앞의 유지나는 지난 겨울밤의 유지나가 아닌 걸까. 하지만 저렇게나 닮았는데, 닮았다는 말이 아쉬울 정도로 똑같은데. 얼굴도, 성격도, 말투도, 심지어는 소소한 습관마저 전부 같은데. 쌍둥이도 저렇게 똑같을 수는 없다. 그의 눈이 올바르고, 그의 기억이 올바르다면 눈앞의 유지나는 필시 반년 전에 사라진 유지나가 맞았다.

그럼 일부러 모르는 척이라도 하는 건가, 나를.

선우는 남몰래 입 안 여린 살을 짓씹었다. 이도저도 좀체 납득이 되질 않았다. 당장이라도 유지나를 붙잡고 진실을 털어 내고 싶을 정도로. 갈수록 선명해지는 지난 겨울밤의 기억처럼, 혼란은 날이 갈수록 가중되어만 갔다. 유지나와 만나는 날이면 늘 머릿속을 가득 메우는 상념에 잠 못 이루었다.

"……나도 잘 모르겠습니다."

그래서, 결국에는 혼란스러움이 가득한 대답만 건져 낼 뿐이었다. 답을 고대하던 얼굴이 실망으로 물드는 모습을 목도하면서도, 도저히 그 이상은 할 말이 없었다.

정말로 잘 모르겠어서.

"아우, 진짜 이상하네. 계속 고민해 보다가 혹시 생각나면 선우 씨한테도 알려 줄게요."

"그래요."

지나는 차가 식는다며 얼른 그의 손길을 재촉했다. 선우는 선선하게 찻잔을 들어 올리면서도, 어둡게 가라앉은 눈으로 남몰래 그녀를 훔쳐보았다.

모든 것이 오리무중이었다.

춥고 어두운 날이었다.

피로가 머리 꼭대기까지 차오른 나머지, 눈앞이 흐릿하고 귓전이 몽롱한 날. 그는 이어폰으로 귀를 막은 채 멍하니 다리를 움직였다. 익숙하지만 도무지 제목을 모르겠는 노랫소리가 끊임없이 황량한 세상을 울렸다.

수많은 익명의 사람들이 검은 그림자처럼 곁을 스쳐 지나갔다. 인파가 사방을 뒤덮었건만, 그중에서 누구 하나 그를 돌아보지 않는다. 그는 금방이라도 허물어질 것 같은 사지를 다독여 간신히 나아갔다. 어디로 향하는지도, 어디로 나아가는지도 모른 채.

황량한 벌판은 끝없이 이어졌다. 한없이 많은 길들이 얽히고설킨 길목에서, 그는 힘겹게 발걸음을 옮겼다. 조금만 더 가면 저편에 도달할 수 있을 것만 같았다. 여기보다 따뜻하고, 여기보다 풍요로운 저편이 눈앞에 자꾸 아른거렸다.

그런데 갑자기 요란한 경적 소리가 들려왔다. 눈을 돌리니, 이쪽으로 돌진하는 거대한 괴물이 보인다.

그는 움직일 생각도 못 하고 그대로 정지했다. 눈 깜짝할 새 괴물이 지근거렸다. 이대로 먹히는 건가, 저편에는 닿지도 못하고. 불현듯 그런 생각이 들었다.

그때, 어디선가 그를 부르는 목소리가 점점이 전해진다. 몹시 애끊는 소리에 저도 모르게 고개가 돌아갔다. 절로 감기는 두 눈을 애써 부릅뜨며 목소리의 주인을 찾아 헤맸으나, 삽시에 괴물이 그를 덮쳤다.

와그작, 와그작.

뼈 씹히는 소리가 소름 끼치게 선명하다.

"……."

동시에 선우는 눈을 떴다. 시야를 가득 메운 어둠. 머릿속이 희게 질린 채로 여기가 어딘지를 가늠하던 찰나, 손끝으로 무언가 집힌다. 그는 고민할 겨를 없이 그것을 꽉 쥐었다. 곧이어 손바닥 안에서 밝은 빛이 뿜어져 나왔다.

03 : 14

선우는 눈부신 빛이 쏟아지는 핸드폰 액정을 멍하니 응시했다. 오래간만에 푹 잠드나 싶더니만, 오늘도 역시나다. 똑같은 괴물과, 똑같은 목소리와, 똑같진 않아도 거의 비슷한 결말.

조금 전을 떠올리기 무섭게 온몸의 근육이 다시금 팽팽하게 긴장되었다. 뼈가 어그러지는 느낌이 아직도 생생하다. 와그작거리는 소음이 다시금 귓가를 쟁쟁하게 울리는 듯했다.

끝내 선우는 양손에 머리를 묻으며 깊디깊은 숨을 내뱉었다. 졸음에 겨운 머리가 계속해서 침대에 누울 것을 종용했으나, 그는 오늘 밤 다시 잠들지 못할 것을 안다.

뜬눈으로 밤을 지새우는 것만큼이나. 아니, 그보다 더 무서운 것이 있다.

그는 이제 눈을 감는 것이 두려웠다.

"아, 오셨구나. 안녕하세……."

막 창문을 닫으며 돌아서는 지나의 표정이 심상찮다. 선우는 말없이 그녀에게 인사하며 익숙하게 소파를 찾았다.

"……선우 씨."

지나가 조심스럽게 다가와 맞은편에 앉았다. 멀거니 발끝만 내려다보던 선우가 문득 맥없이 웃었다.

"미안합니다. 꼴이 말이 아니죠?"

"왜 선우 씨가 미안하다고 그래요."

"쓸데없이 걱정하게 만들었잖아요, 내가."

속상한 마음에 입술만 꼭 깨물던 지나가 재차 물었다.

"혹시 무슨 안 좋은 일이라도 있어요?"

"아니요."

"그런데 얼굴이 왜 그 모양이에요. 꼭⋯⋯."

꼭 누구라도 죽은 것처럼.

어렵지 않게 뒷말을 짐작한 선우가 힘없이 고개를 수그렸다.

"그냥⋯⋯ 악몽을 좀 꿨어요."

뒷목에서 축축하게 식은땀이 배어났다. 그는 왼손으로 가만히 뒷목을 쓸며 입술을 사리물었다.

악몽.

눈이 감기는 날이면 반드시 찾아드는 밤중의 불청객.

"⋯⋯악몽이요?"

"네."

"오늘만 그런 거 아니죠."

매일을 악몽에 시달리리라 이미 확신하는 투였다. 평소와 달리 엉망으로 부스스한 그의 뒷머리를 물끄러미 쳐다보던 지나가 나지막한 소리를 냈다.

"불면증도 악몽 때문이구나."

"⋯⋯."

"어떤 악몽인지 물어도 될까요?"

조용히 바닥만 굽어보던 선우가 이내 양손에 눈두덩을 묻었다. 변함없이 상냥한 목소리인데도 못내 그녀가 거북했다. 대화가 이어질수록 자꾸만 어둠 속에 묻어 두었던 악몽이 스멀스멀 기어오르는 것만 같았다.

"춥고 어두운 날이었어요. 마치 겨울밤처럼."

옷 속으로 스며드는 바람은 얼음장처럼 차고, 가로등 불빛은 갈수록 어둠에 먹히는 그런 날.

"그냥 걷고 있었습니다. 주변에 다른 사람들이 많았던 것 같은데 잘은 기억이 안 나요. 다들 나처럼 걷고 있었던 것 같아요. 그러다가 길을 건너려고 했는데……."

불현듯 손이 덜덜 떨려왔다. 그는 양손을 꼭 맞잡으며 애써 떨리는 목소리를 가다듬었다.

"갑자기 괴물이 나타났어요. 거대하고 흉측한 괴물이요. 시끄러운 경적 소리를 울리면서 내 쪽으로 돌진하는데…… 도무지 피할 수가 없는 겁니다. 몸이 돌처럼 굳어서 움직이지도 못하겠고, 그래서 이대로 죽는구나 싶었는데."

그때마다 아득히 들려오는 목소리.

"누군가 날 불러요. 처음에는 잘못 들었나 싶었는데, 계속 들어 보니 내 이름이었어요. 가끔씩은 누군가 내 옷깃을 잡기도 해요. 아마 그 사람이겠죠. 그래서 뒤를 돌아보려고 하면……."

선우는 가쁜 숨과 함께 뒷말을 삼켜 냈다. 그새 숨어 버린 말을 다시 끄집어내기까진 제법 오랜 시간이 걸렸다.

그래서, 뒤를 돌아보려고 하면.

"늘 괴물에게 잡아먹혀요."

뼈가 부서지고, 살점이 튀었다. 제 몸이 바스러지는 것이 그다지도 적나라하게 느껴졌다.

"도무지 꿈같지가 않습니다. 나라고 악몽이 처음인 건 아니잖아요. 그런데 이건 달라요, 너무 달라서……. 잠에서 깨고도 한참이나 헷갈

립니다. 이게 꿈인지, 생시인지. 정말로 내가 괴물에 먹히지 않은 건지, 정말로 멀쩡한 건지. 그렇게나 혼란스러울 정도로 생생해요."

선우는 그리 힘겹게 말을 끝맺었다. 아직도 악몽의 그림자에 시달리는 것처럼, 불안하게 흔들거리던 눈을 결국에는 도로 손바닥에 묻으며 한참을 신음했다. 못내 고통에 겨운 몸짓이다.

묵직한 침묵 속으로, 불현듯 차분한 목소리가 흘러들었다.

"그 사람은 누군지 알겠어요? 꿈속에서 선우 씨를 부른다던 그 사람."

선우는 그제야 손안에 파묻었던 얼굴을 서서히 들어 올렸다. 오래도록 발끝만 배회하며 잘게 떨리던 눈빛이 차츰 그녀를 향했다.

괴물에게 잡아먹히는 끝은 늘 똑같지만, 중간은 날마다 조금씩 다르다.

때로는 아무런 목소리도 들리지 않고, 때로는 멀리서 아득하게 그를 부르는 목소리만 들려오고.

또 언젠가는 손끝이 그의 옷깃에만 겨우 닿기도 하고.

그에게 닿고픈 손짓이 너무나도 애달파서, 항상 저도 모르게 고개를 돌리게 되었다.

'선우 씨!'

그는 한없이 서러운 눈으로 지나를 바라보았다. 이제는 그 목소리가 누군지 잘 알았다.

나를 악몽에서 건져 주려는 사람, 바로 당신이다.

불현듯 선우는 잠에서 깼다. 아직도 절반은 잠들어 있는 것처럼 정신이 몽롱하고, 시야가 이지러진다. 그는 비틀거리며 간신히 몸을 일으켰다. 어찌어찌 등을 기대고 앉으니, 저절로 고개가 아래로 뚝 떨어졌다.

그렇게 한참을 눈을 감고 있었다. 어디선가 흘러드는 바람이 식은땀에 젖은 이마를 스쳐 지나가고, 차갑게 굳은 온몸을 어루만지는 듯했다. 아주 오래간만에 푹 잠들었던 것 같다. 불면이 가시고, 악몽이 사라진 어느 날. 까마득하게 옛날처럼 여겨지던 날이 오늘일 줄은 조금도 몰랐다.

그때, 얼음처럼 차가운 무언가 뺨에 와 닿았다. 선우는 흠칫하며 게슴츠레 눈을 떴다. 흐릿한 시야로 물방울 맺힌 머그컵이 가득 찬다. 그러자 갑자기 여름철 땡볕 아래에서 오래 서 있던 것처럼 목이 말라 왔다. 그는 갑자기 치미는 갈증에 시달리며 급히 컵을 받아 들었다. 찬물이니 조심하라는 소리가 들린 듯했으나, 신경 쓸 겨를조차 없이 단숨에 컵을 비워 냈다. 이제야 조금 살 것 같았다.

선우는 컵을 탁자에 내려놓으며 한 손으로 곤하게 얼굴을 쓸었다. 찬물이 점점 몸속으로 퍼져나가며 정신이 조금씩 맑아지고 있었다. 느릿하게 두어 번 깜박인 눈앞도 점차 선명해진다. 먼지 한 톨 없이 깨끗한 바닥과 검은 구두. 멀거니 그걸 바라보던 선우는 지금까지 제 발끝만 내려다보고 있었다는 걸 느지막하게 깨달았다.

그때껏 고개를 푹 수그린 채였다. 자세를 인지하기 무섭게, 오래도록 팽팽하게 당겨졌던 뒷목이 뻐근해졌다. 그는 후우, 깊은 한숨을 내쉬며 아주 천천히 고개를 들어 올렸다. 붉게 타오르는 저녁 하늘. 창문을 가득 메운 노을이 맨 먼저 눈에 들어온다.

"이제 좀 괜찮아요?"

문득 지척에서 귀에 익은 목소리가 들려왔다. 선우는 무심결에 고개를 돌렸다. 테이블 옆, 그와 사선으로 이어지는 바닥에 쪼그려 앉은 지나가 가만히 그를 올려다보고 있었다.

"아직도 목말라요? 물 더 갖다 줄까요?"

선우는 멍하니 그녀를 바라보았다. 아직도 잠에서 덜 깬 것처럼 가물가물한 눈빛이다. 지나가 조금 겸연쩍다는 듯 슬그머니 시선을 피하며 웃었다.

"너무 곤하게 자서 차마 못 깨우겠더라고요. 어젯밤도 악몽 때문에 제대로 못 잔 것 같고……."

그러고도 몇 마디 이어진 것 같았다. 하지만 그는 미처 주워듣질 못했다.

지나가 조금씩 고개를 흔들 때마다 각도가 달라지는 노을빛. 불그스름하게 물들었다가, 거멓게 멀어졌다가, 또 어떨 때는 잿빛 땅거미에 먹히는 얼굴이 참으로 다채로웠다. 불을 켜지 않은 실내는 시시각각 어두워지는데, 둥그런 눈만은 변함없이 또렷하고 밝았다.

그러다 무심코 마주친 시선에 입매가 슬며시 말려 올라간다.

오롯이 그를 향하는 인간적인 호의.

선우는 석상처럼 얼어붙은 채로 멀거니 그녀를 바라보았다. 억지로 기억에서 지워 낸 그날 밤이, 이미 잊은 줄 알았던 그날의 기억이 물밀듯 밀려들었다.

금방이라도 숨결이 엉겨들 듯 지나치게 가깝던 거리. 그리고 서로의 입술이 맞닿던 순간.

기억에 거기에 이르는 순간, 그는 반사적으로 몸을 확 일으켰다. 지나가 당혹스럽게 지켜보는 줄도 모르고, 정신없이 겉옷부터 챙겨 입었다.

"선우 씨?"

"오늘 실례가 많았습니다."

선우는 당장에 자리를 박차고 나왔다. 무슨 정신으로 상담실을 빠져 나왔는지도 모르겠다. 그렇게 경황없이 복도를 가로지르던 중, 별안간 뒤쪽에서 누군가 황급히 그의 팔을 잡아챘다.

그는 얼결에 숨을 몰아쉬었다.

유지나였다.

"그렇게 나가면 어떡해요! 혹시 어디 안 좋은 건 아니⋯⋯."

다급하게 말을 이어 가던 지나가 갑자기 말문을 잃었다. 늘 상냥하던 눈빛이 크게 일렁였다. 그는 이를 꽉 깨물며 가까스로 고개를 틀었다. 지금 자신이 어떤 표정일지 좀체 가늠도 되질 않았다. 다만 웬만해선 평정심을 잃지 않던 사람이 저토록 당황할 정도로 엉망진창인가 싶었다.

"⋯⋯나중에 연락할게요."

선우는 서서히 뒷걸음질했다. 팔을 붙들던 지나의 손길은 우스울 정도로 쉽게 떨어졌다. 그 손길이 멀어지기 무섭게 서둘러 뒤돌았다. 마치 끈지게 이어지는 그녀의 시선에서 멀리 달아나는 것처럼. 자꾸 솟아오르는 기억에서 멀리 도망치는 것처럼.

사람을 잊으려면 얼마의 시간이 걸리는 걸까.

방금 길가에서 우연히 스쳐 지나간 사람이라면 1초도 채 걸리지 않을 테고, 부모 자식처럼 깊은 인연이라면 평생에 걸쳐도 쉬이 잊히지 않을 것이다. 사람은 살면서 무수히 많은 사람들과 만나고 헤어지지만, 그중에서도 유독 눈에 밟히는 사람이 있기 마련이었다.

그렇다면 좋아하던 사람을 잊기까지는 어떠할까. 사랑도 인스턴트가 되는 세상이니, 옛 사랑을 접고 새로운 사랑을 시작하기까지 그리 오랜 시간이 걸리지 않을지도 모른다. 어차피 일생에 단 한 명만을 마음에 담고 사는 사람이 갈수록 드물어지는 시대였다. 요즘 사랑의 진정성을 의심하는 것이 아니라, 그만큼 사랑을 맺기 수월해졌다는 뜻이다. 이제는 신분의 장벽이나, 가문의 반대로 채 피지 못하고 좌절되는 경우가 몹시 드물기에.

어쩌면 시작이 수월한 만큼, 끝도 수월한지 몰랐다. 무릇 사람이란 아픈 손가락에 더욱 정이 가는 법. 이루어지지 못한 사랑에 더욱 미련이 남는 것은 당연한 이치다. 하지만 마음 따라 시작하고, 마음 따라 끝내는 요즘에 그리 억지로 끝내야 하는 사랑이 얼마나 있던가. 그러므로 달리 생각하자면, 쉽게 시작하는 사랑은 축복이다. 어렵게 시작해서 억지로 끝내는 사랑은 일평생 지울 수 없는 멍울만 남기기 마련이었다.

서로 사랑하는 마음만 굳건하다면, 일평생 함께할 수 있는 축복받은 시대.

그럼에도 여전히 가정은 해 볼 수 있다. 만약, 잊어야만 한다면.

"혜정이를 잊으려면 얼마나 걸릴 것 같냐고?"

발갛게 노을 지는 초저녁. 점점 어두워지는 하늘을 올려다보던 김정혁이 갑자기 헛웃음을 터트렸다.

"너 그거 되게 실례되는 질문인 건 알지?"

"미안하다."

"근데도 궁금한 거고."

"어."

김정혁은 과일 주스를 빨대로 쪽쪽 빨아들이며 골똘히 생각에 잠겼다.

"아, 이런 얘기는 원래 소주 한 잔씩 마시면서 해야 하는데."

"지금이라도 갈래?"

"됐다, 술 마시고 들어가면 혜정이가 엄청 싫어해."

작년 여름, 김정혁은 당시에 고작 3개월 사귀었던 여자 친구와 결혼했다. 주변 모두가 결혼을 반대했음에도 본인의 뜻이 워낙 강건했는데, 이만큼 사랑하는 사람을 다시는 만날 수 없을 것 같다는 것이 그의 요지였다.

한마디로, 사랑만 보고 강행한 결혼이다.

"혜정이를 잊으려면⋯⋯. 이야, 상상만으로도 가슴이 찢어지는 가정이네."

"나 시간 많아. 천천히 생각해."

"시간 많아서 좋겠다, 야. 어쨌거나 넌 가정부터가 틀렸어. 내가 혜정이를 어떻게 잊냐? 아흔 살 할아버지가 되어서 오늘내일할 지경에 이르러서라도 혜정이는 꼭 기억할 거야. 절대로 못 잊어."

"그게 사람 마음대로 되는 게 아니잖아."

"사람 마음대로 되는 게 아니라서 더 그렇지. 내가 잊고 싶다고 잊히는 게 아니잖아."

빨대 끝을 잘근거리던 김정혁이 흘끗 선우를 보았다.

"그런데 이런 건 왜 묻는 거냐?"

"글쎄⋯⋯. 나도 잘 모르겠다."

선우는 느릿느릿 넥타이를 푸르며 멍하니 허공을 바라보았다. 그런 모습이 영 못마땅한지 정혁이 신경질적으로 뒤통수를 벅벅 긁었다.

"요새 되게 이상하네. 어떻게 된 게 한창 시즌일 때보다 매가리가 없어."

"그러냐."

"나 말고. 너 말이야, 너."

정혁이 한숨을 푹 내쉬었다.

"무슨 일인지 감도 안 잡히고, 물어 봤자 대답하지도 않을 거고. 뭐가 뭔지 하나도 모르겠는데, 그나마 네가 아주 간곡하게 물어보니까 내가 넓은 아량으로 설명을 보태 주마."

"아주 잘나셨어요."

"하여간에 저 입은 죽지도 않아……. 어쨌든 난 평생 혜정이 못 잊을 거야. 근데 그거랑 별개로 어떻게든 살기야 하겠지."

마침 과일 주스를 전부 비워 낸 정혁이 건너편 쓰레기통으로 가볍게 플라스틱 컵을 던졌다.

"뭐, 한동안은 죽네 사네 하면서 폐인이 되겠지만, 그래도 사람 아니냐. 아무리 마음이 병들어도, 먹고 자고 싸기만 하면 어떻게든 살게 되어 있는데. 점점 아픈 것도 덜해지고, 맨날 눈앞에서 어른거리던 혜정이도 드문드문 생각나고 그러겠지. 그렇게 혜정이 없는 하루에 익숙해지겠지."

"……."

"왜, 누굴 못 잊겠냐?"

선우는 말없이 종이컵에 입술을 붙였다. 김정혁이 피식 웃으며 한 손으로 그의 머리를 흩트렸다.

"새끼, 언젠가부터 커피는 입에도 안 대고, 어울리지도 않게 풀잎이나 마셔 대더니. 너도 드디어 실연이란 걸 당했구나."

"웃기시네. 내 첫 실연은 고1 때야."

"그거야 빤하지. 겉으로야 네가 차인 거지만, 실상은 네가 찬 거나 다름없지 않았겠냐. 오히려 찬 여자애가 펑펑 울었을 테고. 너, 차이고 슬프기는 했어?"

"내가 무슨 감정도 없는 로봇인가. 차이고도 안 슬프게."

"내 말은, 지금처럼 슬펐냐는 거야."

정곡을 찌르는 질문에 선우는 묵묵히 차만 홀짝였다. 정혁이 씁쓸한 얼굴로 그의 어깨를 두어 번 두드렸다.

"기운 내라. 사랑이 뭐 별거냐. 만나면 헤어지고, 다 그러는 거지."

세상에 혜정이만은 못해도 좋은 여자 많다는 둥, 그러면서 자기 고등학교 후배가 그렇게나 예쁘고 착하다는 둥 은근히 소개팅을 권하는 소리가 줄줄이 이어졌지만, 선우는 크게 귀담아 듣지 않았다. 친구의 말 한마디로 훌훌 털어 내고, 새로운 관계를 맺기에는 아직 마음이 그렇지가 못했다. 애초에 그는 자신이 정확히 무얼 하고 싶은지도 명확하게 알지 못했다.

차라리 실연이면 낫지, 이건 차인 것도 뭣도 아니다.

선우는 한 손에 얼굴을 묻으며 깊은 숨을 토해 냈다. 가슴 언저리에 바위라도 얹힌 것처럼 속이 무척이나 갑갑했다.

설사 소행성이 지구에 떨어져도 오늘 저녁은 반드시 집에 들어가서 먹어야 한다는 김정혁을 보내고 홀로 돌아가는 귀갓길이었다. 길가를 오가는 사람이 적잖은데 오늘따라 유독 외롭게 느껴지는 이유는 무엇인지, 선우는 어느새 어두워진 밤하늘을 올려다보며 한숨지었다.

언젠가 귀갓길이 외롭지 않은 날이 있었는데. 헤아려 보면 그다지 오래되지 않은 나날인데도, 이상하게 멀게만 느껴졌다.

나이를 먹더니 궁상만 늘어난 것 같다며 속으로 혀를 차던 찰나, 갑자기 핸드폰이 부르르 진동했다. 다름 아닌 여동생, 차세연의 전화다.

"어."

— 어가 뭐야 어가. 좀 반갑게 인사하면 어디가 덧나?

시도 때도 없이 타박하는 걸 보면, 모로 보나 세연이 맞았다. 선우는 흘러내린 앞머리를 대강 쓸어 넘기며 곤하게 말했다.

"왜, 또 무슨 일인데?"

— 무슨 일은 아니고, 그냥 갑자기 오빠가 생각나서.

"뭔데. 용돈?"

— 내가 언제 용돈 달라고 전화한 적 있어?

"저번 달에 그래서 30만 원 입금해 줬잖아."

— 그건 오빠가 먼저 준다고 한 거고!

"돈 없어서 핸드폰 요금도 못 낸다는데, 그럼 그게 용돈 달라는 거지. 아니면 뭔데."

금세 할 말이 바닥난 세연이 공연히 투덜거렸다.

— 그냥 요새 어떻게 지내나 궁금해서 연락한 건데……. 괜히 전화했어, 진짜.

"뭘 요새 어떻게 지내는지야. 지난주에도 통화했잖아."

— 지난주랑 오늘이 같아? 뉴스 좀 봐, 요즘은 뭔 일이 벌어질지도 모르는데. 오빠가 맨날 연락이 없으니까, 내가 하는 거잖아.

네가 하도 자주 전화해서 내가 전화할 필요가 없었다는 말은 현명하게도 내뱉지 않았다. 대신에 그는 너그러운 마음으로 동생의 신경질을 익숙하게 받아 주었다.

"그래, 고맙다. 넌 별일 없지?"

— 응. 오빠는?

"나한테 무슨 별일이 있겠어. 넌 올해 졸업이잖아. 공부 열심히 해야지."

— 안 그래도 열심히 하고 있거든요? 그리고 다 끝나 가는 마당에

공부가 문제야? 취직이 문제지.

"그럼 학생한텐 공부가 문제지."

— 와, 오빠. 다 알면서 그렇게 말하는 것 좀 봐. 자꾸 꼰대처럼 그럴래?

불평하는 소리에 선우가 피식거리며 웃었다.

"뭐든 쉬엄쉬엄해. 너무 스트레스 받지 말고."

— 그런다고 스트레스 안 받나……. 어쨌든 고마워. 그렇게 말해 주는 사람, 오빠밖에 없네.

"네가 웬일이야. 그런 말도 다 하고."

— 그냥. 효민이 누나는 툭하면 전화해서 빨리 취직하라는 소리밖에 안 한대서. 그게 안 하고 싶어서 안 하는 건가, 못 하는 거지. 하고 싶어도 안 되는데 어쩌라는 거야.

"그 누나가 뭘 모르나 보지. 근데 효민이가 누구야?"

— 어? 어, 그게, 동기야. 같은 과 동기.

척 듣기에도 당황한 기색이 역력한 목소리다. 아마도 높은 확률로 남자 친구, 아니면 썸 타는 상대겠지. 선우는 느긋하게 고개를 모로 기울이며, 여동생의 어수룩한 실수를 못 들은 척 넘어가 주었다.

"힘내라고 전해 줘, 그 동기한테."

— 으응…….

그렇게 전화를 마무리하려던 순간, 세연의 전 남자 친구가 문득 떠올랐다.

그도 알고 지냈을 정도로 오래 사귀었던…… 이름은 잘 기억이 나질 않지만, 한동안 세연을 힘들게 했던 놈. 선우는 얼굴도 가물가물한 그 녀석의 얼굴이 떠오르기 무섭게 다급히 말을 꺼냈다.

"세연아, 너 걔는 잊은 거야?"

— 걔라니? 누구?

"그, 한승원인가 뭔가 했던 놈."

— ……한승원이 아니라, 한승진. 그리고 갑자기 걔 얘기가 왜 나와?

세연의 목소리가 전에 없이 뾰족했다. 실수했다는 사실을 뒤늦게 알아챈 선우가 깊은 침음을 흘렸다.

"어……. 그냥, 너 걔 때문에 많이 힘들어했잖아."

— 그러니까 그게 대체 언제 적 얘기냐고. 나한테 마음이 식었다는데 뭘 어쩔 거야, 내가.

"그건 그렇지."

선우는 저도 모르게 한숨을 내쉬었다. 불편한 침묵이 내리 이어지던 휴대폰 저편에서 불현듯 나지막한 목소리가 들려왔다.

— 오빠, 무슨 일 있어?

"아니."

— 근데 그런 걸 왜 물어봐? 내가 아는 오빠라면 웬만해선 다시는 내 앞에서 걔 이름 안 꺼냈을 텐데.

"그렇지, 그래야 했는데……. 미안하다. 그냥 잊어버려."

어쩐지 갈수록 미안하다고 사과하는 날이 늘어나는 것만 같다. 실수가 잦아지는 건지, 아니면 염치가 없어지는 건지. 그는 동생을 볼 면목조차 없었다.

— 대체 뭐가 궁금한 건데?

"아니야, 신경 쓰지 마."

— 어떻게 신경을 안 써? 제대로 말 안 해 주면, 엄마한테 오빠 또 요새 이상하다고 이를 거야.

"넌 진짜 어떻게 된 애가……."

잇새로 빠르게 속삭이던 선우가 애써 뒷말을 참아 냈다. 여기서 사나운 말이 나와 그에게 좋을 것이 하나도 없었다. 그것이 바로 일평생 동생 한정 호구로 살아왔던 사람의 비애다.

— 또 나만 나쁜 애로 몰아가려나 본데, 이렇게라도 안 하면 오빠는 아무것도 얘기해 주질 않잖아.

"됐어."

— 되긴 뭐가 돼. 아무것도 안 됐거든.

하여간에 도무지 넘어가는 법이 없다. 선우는 슬슬 아파 오는 관자놀이를 짓누르며, 근처 벤치에 털썩 주저앉았다.

"……내가 앞으로 굉장히 이상한 질문을 하나 할 거야. 딱히 널 겨냥한 건 아니니까, 너무 기분 나쁘게 여기지 말고. 그냥 내가 정말로 몰라서 그래."

— 도대체 뭐길래 이렇게 서문이 길어.

"그러게나 말이다."

한숨처럼 입을 다물었던 선우가 뒤이어 머뭇거리며 물었다.

"……여자들은 원래 그렇게 빨리 잊어?"

그가 고민했던 시간만큼이나 긴 침묵이 이어졌다. 역시 괜히 물었다는 생각이 들 무렵, 핸드폰 스피커를 타고 몹시 진지한 목소리가 전해졌다.

— 오빠, 어디 가서 그런 소리 하지 마. 되게 없어 보여.

"나쁜 의도가 있어서 그런 게 아니라. 내가 남자니까, 당연히 여자들은 어떤지 모르잖……."

— 거기서 남자니 여자니, 그런 소리가 왜 나와? 무조건 사랑하는 마음이 깊을수록 잊기 어려운 거지. 나만 해도 한승진, 그 자식을 얼마나 어렵게 잊었는데!

"그래. 나도 어처구니없는 거 알아. 아는데……."

하도 이해가 안 되어서.

고작 반년 만에 날 잊었다는 게, 도무지 납득이 안 되어서.

— 누가 오빠 잊었대? 아주 까마득하게 잊어버려서 이러는 거야, 지금?

"……어."

— 그럼 가서 말해! 우리 언제 어디서 만난 적 있지 않느냐, 그렇게 말하면 되잖아!

"말했는데 기억을 못 하면 어떡해."

— 그럼 기억 못 하는 거지! 오빠가 무슨 마법사야? 신이야? 기억이 안 난다는 걸 억지로 기억나게 해 줄 수는 없잖아!

세연이 분통 터진다는 듯 소리를 높였다. 선우는 자연스레 쭈그러들었다.

"혹시 일부러 날 기억 못 하는 척하는 거면……."

— ……우리 오빠가 어쩌다 이렇게 바보가 된 거지. 오빠, 도대체 어떤 여자야? 얼마나 대단한 사람이길래 오빠가 이 지경이 된 거야? 어? 사랑하면 바보가 된다지만, 이건 너무 심하잖아!

"야, 아무리 그래도 오빠한테 바보라니."

— 바보도 약한데? 멍청이라고도 해 줄까? 아니면 머저리? 뭐가 좋아? 골라 봐, 한번.

그의 소심한 반항은 그렇게 맥없이 사그라졌다.

— 어쨌든 그 여자한테 말이라도 꺼내 봐. 대놓고 말하기가 영 껄끄러우면, 다른 사람 얘기인 척 돌려 말하든가. 왜, 오빠 멋들어지게 말 잘하잖아. 그럼 그 여자가 자기도 비슷한 경험이 있는 것 같다고 그러다가 갑자기 잊었던 기억이 생각날지도 모르지.

어째 들으면 들을수록 그럴듯한 말이었다. 이렇게 쉬운 걸 왜 지금까지 못하고 혼자 골머리만 썩였던 걸까. 선우는 머저리 같은 스스로를 탓하며 연신 고개를 주억거렸다.

"알았어. 그렇게 해 볼게."

— 제발 부탁이니 그렇게 해 봐. 그리고 다음번엔 예전처럼 재수 없게 똑똑한 오빠로 돌아와 주면 더 좋고.

세연은 끝까지 투덜거림을 잊지 않았다. 동생이 비꼬는 소리야 평소처럼 익숙하게 받아 넘긴 선우가 곧바로 핸드폰 전화번호부에서 유지나의 번호를 찾아냈다. 망설이며 화면 위를 배회하던 손가락이 이내 통화 버튼을 길게 눌렀다.

통화 연결음은 길지 않았다. 그녀가 전화를 받기 무섭게, 선우는 결연히 말문을 열었다.

"안녕하세요, 지나 씨. 저 차선우입니다."

주말의 영화관은 사람들로 몹시 붐볐다. 부모의 제지 없이 사방을 뛰어다니는 아이들과, 전광판 앞에서 영화를 고르기 여념 없는 연인들이 곳곳을 메우고 있다. 그 정신없는 틈바구니에서 초조하게 지나를 기다리고 있는 선우는 30초마다 손목시계를 흘깃거릴 정도로 유별난 모습이었다.

— 주말에 만나자고요?

'네.'

— 닷새 전에 그렇게 상담실을 박차고 나갔으면서, 갑자기 전화해서

할 말이 그거밖에 없어요?

물론 지난 통화를 상기하면, 유독 긴장할 수밖에 없긴 했다.

— 알았어요. 그럼 일요일에 봬요.

늘 상냥하기 그지없던 목소리에 드물게 날이 서 있었다. 결연하게 통화를 시작했던 것이 무색할 정도로, 통화 막바지에 이르러 그는 꼭 길을 잃어버린 아이처럼 어쩔 줄을 몰라 했다. 그렇게 며칠을 안절부절못하다가 겨우 이른 약속 당일이니, 50분이나 일찍 나와서 조바심칠 만도 했다.

일단 만나면 사과부터 하고, 아니다, 인사부터 해야지. 인사하고, 그다음에 사과하고…….

선우는 지나와 통화했던 며칠 전부터 계속했던 고민을 수없이 반복하며, 머릿속으로 여러 가지 상황을 그려 보았다. 아무 일도 없었던 것처럼 평소와 다름없는 유지나. 만나자마자 다짜고짜 그날의 일을 따지는 유지나. 심지어는 그녀가 아예 나타나지 않는 상황까지 가정해 보았다. 생각만으로도 어깨가 축 처지는 일이었지만 말이다.

하지만 그리 치열하게 고민했던 것이 보잘것없을 정도로, 막상 지나와 마주쳤을 때는 몇 마디 제대로 내뱉지도 못했다.

"아……."

선우는 기척 없이 다가온 지나를 멀거니 올려다보았다. 말없이 그를 내려다보는 지나는 전에 없이 뚱한 표정이다.

"꽤 오랜만이죠, 우리?"

"……."

"차선우 씨가 갑자기 뛰쳐나간 날이 저번 주 토요일이었으니까. 딱 8일 만이네요."

무심코 고개를 끄덕이려던 선우가 황급히 자리에서 일어섰다. 하지만 자연스레 인사하고 사과하려 순서까지 짜 놓았던 계획은 한순간에 휘발되어 버렸다. 정작 유지나와 마주하니, 그간 치밀하게 준비해 두었던 말이 하나도 기억나질 않았다.

"……오랜만입니다."

꽤 오랜 시간 뜸 들여 꺼내 놓은 말이란 고작 그거였다. 뒤이어 몰려드는 창피함에 선우가 고개도 제대로 들지 못하자, 말끄러미 그를 쳐다보던 지나가 싸늘하게 매표소를 턱짓했다.

"일단 영화부터 골라요. 주말이라 자리도 꽉 찼을 텐데."

그 말에 선우는 그나마 영화관에서 만나서 다행이라는, 제법 바보 같은 생각을 했다. 어색하나마 어쨌건 대화할 거리가 있다는 이유만으로.

하지만 정작 괜찮은 영화를 고르는 것부터가 난관이었다. 이맘때가 영화 비수기라도 되는지, 별다른 부담 없이 선택할 수 있는 할리우드 블록버스터 영화가 한 편도 걸려 있질 않았다. 게다가 영화관 갈 때마다 있는 것 같은 가족 코미디 영화도 없고. 죄다 매니악한 영화들 투성이라, 아무리 눈 씻고 찾아봐도 적당히 모두가 즐길 수 있는 대중적인 영화가 한 편도 없었다.

"지나 씨는 어떤 영화가 끌려요?"

결국 선우는 고민 끝에 은근히 지나를 떠보기로 했다. 다행히도 그는 웬만한 영화는 다 그럭저럭 재미있게 볼 수 있는 대중적인 취향이었다.

"제가 끌리는 영화를 선우 씨도 좋아할지 모르겠어요."

"괜찮으니까 한번 말해 봐요."

"음, 그럼 저는 저기 저 영화……."

멀찍이 걸린 영화 포스터를 보기 무섭게 선우의 낯이 하얗게 질렸다. 지나가 가리킨 것은 아일랜드에서 건너왔다는 18금 공포 스릴러 영화로, 마구 피가 튀긴 포스터에서부터 음산한 기운이 자욱하게 전해지고 있었다.

'……그래서 원래는 장인한테 몸값만 받고 아내를 풀어 줄 계획이었던 거죠. 물론 아내는 납치의 전말을 모르게! 문제는 그러다가 정말로 살인 사건이 일어난 건데…….'

왜 갑자기 지난 겨울밤의 대화가 떠오르는지는 모르겠지만.

'……결국에는 범인이 목재용 분쇄기에 갈려서…….'

생각해 보면, 유지나의 영화 취향은 원래부터 남달랐던 것 같다.

선우는 일그러지려는 표정을 가까스로 관리하며, 새까맣고 새빨간 포스터에서 되도록 무섭지 않은 부분을 찾아내려 애썼다. 물론 헛수고였다. 그는 웬만한 영화는 다 그럭저럭 재미있게 보는 사람이지만, 그건 바꿔 말해서 매니악한 영화는 도무지 볼 수 없다는 뜻이기도 했다.

"……재미……있어 보이네요, 네."

스스로 듣기에도 무척이나 경직된 목소리다. 슬쩍 그의 창백한 안색을 살펴본 지나가 그럴 줄 알았다는 듯 시큰둥한 소리를 냈다.

"선우 씨는 뭐가 제일 재밌어 보여요?"

"저도 저게 제일……."

"퍽이나 재밌어 보이는 얼굴이네. 거짓말하지 말고요."

냉정하게 딱 잘라 말하는 소리에, 선우는 결국 눈물을 머금고 본래의 취향을 가리키는 수밖에 없었다.

바로, 미국의 유명 애니메이션 스튜디오에서 제작한 작품을.

"······선우 씨, 제일 좋아하는 영화가 뭐예요?"

"토이스토리 시리즈요."

영화 포스터에는 '토이스토리의 뒤를 잇는'이라는 광고 카피가 대문짝하게 적혀 있었다. 다소 멍한 표정으로 포스터를 바라보던 지나가 의심쩍은 기색으로 물었다.

"진짜로 토이스토리의 뒤를 잇는 애니메이션일까요?"

"설마요. 반지의 제왕을 뛰어넘는다는 판타지 영화치고 제대로 된 영화 봤어요?"

"하긴. 그런데도 이게 보고 싶어요?"

"혹시 모르니까······ 아니, 난 저거 봐도 상관없습니다."

선우가 꿋꿋이 18금 공포 스릴러 영화를 가리켰다. 그 고집스러운 작태에 지나가 오늘 처음으로 풋, 작게 웃음을 터트렸다.

"그러지 말고 저거 봐요, 우리. 재개봉까지 하는 영화면 뭔가 특별한 이유가 있겠죠."

"아니요, 난 저 영화 봐도 괜찮은데······."

"고집부리지 말고요. 영화 시작한 지 10분 만에 영화관 뛰쳐나올 얼굴이구만."

너무나도 정확한 지적에 선우는 그만 할 말이 없어졌다. 실제로도 그는 과거 아무것도 모르고 친구들과 공포 영화를 보러 갔다가, 정확히 6분 42초 만에 영화관을 박차고 뛰쳐나온 전적이 있었다. 그리고 자길 속인 친구들과 절교할 작정으로 무진장 화를 냈다가, 한동안 쫌

생이 소리를 듣기도 했고.

하여간에 그들이 선택한 영화는 팀 버튼 감독의 〈빅 피쉬(Big Fish)〉란 영화였다. 벌써 개봉한 지 10년이 훌쩍 넘은 영화로, 인터넷의 추천 영화 목록에도 여러 차례 오르내리는 걸 보면 알 만한 사람들은 다 아는 명작인 듯했다.

영화의 내용을 짧게 요약하면 이러하다. 오직 진실만을 추구하던 기자 아들. 그는 허풍쟁이 아버지를 별종으로 여겨 기피하지만, 그동안 아버지가 걸어온 삶의 발자취를 돌아보면서 차츰 아버지를 이해하게 된다. 처음에는 평범한 판타지 영화인가 싶다가도, 마지막에는 저도 모르게 눈물을 글썽이게 되는 감동적인 영화였다.

크레디트가 전부 올라간 뒤, 선우는 아주 오래간만에 따뜻한 감동으로 충만하여 영화관을 빠져나왔다. 동시에 진실과 이야기의 함의에 대해 고민하기 시작했다. 오직 사실만을 말하기에 건조할 수밖에 없는 진실과, 진실에 기반했되 주관이 뒤섞여 다소 터무니없게 들리는 이야기.

영화 초반부에서 기자 아들에게 이입했던 선우는 계속 허풍만 떨어대는 아버지, 에드워드를 탐탁잖게 여겼으나, 영화가 클라이맥스로 치달을수록 에드워드의 따스한 마음에 감동받을 수밖에 없었다. 거짓이라 등한시했던 그의 이야기는 가족에 대한 사랑으로 흠뻑 젖어 있었으므로. 다소 거짓이 섞였더라도, 세상을 보다 윤택하게 만들어 주는 이야기를 어찌 탓할 수 있을까.

그래서 선우는 스스로 의문을 제기했다.

과연 어디까지가 진실일까. 진실과 거짓의 경계를 감히 누가 가를 수 있을까.

자신의 이야기를 진실이라 굳건히 믿었던 에드워드 블룸처럼, 우리 모두는 각자 조금의 거짓이 섞인 이야기를 진실이라 믿으며 살아가는

지도 몰랐다. 그러면서 기자 아들처럼 남의 이야기를 함부로 허황되었다 손가락질하는 것이다.

"영화 재미있었죠?"

지나가 상기된 얼굴로 그를 돌아보았다. 마지막 장면에서 몰래 눈물을 훔쳤는지, 눈가가 붉게 달아올라 있다. 말없이 여트막하게 웃던 선우는 비딱하게 고개를 숙여 가만히 그녀와 시선을 맞추었다.

나로서는 도무지 진실과 거짓을 가늠할 수 없는 당신. 그렇다면 당신은 어디까지가 진실이고, 어디부터가 거짓일까.

나 스스로도 도무지 믿지 못하겠는, 어쩌면 당신일지도 모르는 지난 겨울밤 유지나와의 이야기를.

과연 당신은 어디까지 믿어 줄까.

두 사람은 영화관을 나와 인근 카페로 향했다.

"뭐 마실래요?"

"전 그냥 커피요. 아이스 아메리카노로."

곧 아이스 아메리카노와 카모마일이 나왔다. 선우는 아메리카노에 정확히 시럽을 네 번 펌핑해서 자리로 가져갔다.

"아, 저 잠깐 시럽 좀 넣고 올게요."

"내가 넣었으니까, 일단 한번 마셔 봐요."

그 말에 지나가 의아한 기색으로 커피 잔에 입술을 붙였다. 직후, 놀라서 둥그렇게 뜬 눈으로 절 바라보는 표정이 썩 나쁘지만은 않다.

"시럽 네 번! 어떻게 알았어요?"

지난겨울에 말해 줬잖아요. 선우는 속으로는 그렇게 말하면서, 정작 입으로는 술술 거짓말을 늘어놓았다.

"저번에 커피 마시는 거 보고요."

"내가 언제 커피 마셨어요?"

"네. 기억 안 나요?"

지나가 영 아리송한 얼굴로 고개를 기우뚱했다. 물론 영원히 기억해 내지 못할 것이다. 최근에 재회한 이후로—물론 그녀에겐 재회가 아닐 수도 있지만—, 그녀가 커피를 마시는 모습은 한 번도 못 봤으니까.

"어쨌든 고마워요. 잘 마실게요."

지나가 웃으면서 컵을 가볍게 들어 올렸다. 미소로 화답한 선우는 잠시간의 망설임 끝에 재차 말문을 열었다.

"……그날은 미안했습니다. 많이 놀랐을 텐데, 진심으로 사과할게요."

빨대로 커피를 한 모금 빨아들인 지나가 어물거리며 뒤늦게 대꾸했다.

"이렇게 갑자기요?"

"언제 말하면 갑자기가 아닙니까?"

"그런 뜻이 아니라……. 음, 나는 선우 씨가 그날은 없었던 일로 치자는 줄 알았거든요."

그러자 머그컵에서 막 티백을 건져 내던 선우가 슬며시 미간을 찌푸렸다.

"내가 언제요?"

"직접 말하지는 않았지만, 왜 무언의 메시지라는 게 있잖아요."

"난 그런 메시지 보낸 적 없는데요."

"그럼…… 미안해요. 내가 착각했나 봐요."

지나가 어깨를 살짝 움츠렸다.

"살다 보면 그런 사람들 많잖아요. 자기가 불리해지면, 얼굴에 철판 깔고 모르는 척하는 사람들."

"나도 그런 부류인 줄 알았다는 거네요, 그럼."

"아니요, 딱히 그렇다기 보다는……. 일단 나랑 선우 씨가 오래 알고 지낸 건 아니잖아요. 당연히 내가 모르는 면모가 많을 테니, 함부로 넘겨짚지 말자고 생각했던 것뿐이에요. 멋대로 기대했다가, 멋대로 실망하는 것처럼 우스운 일도 없으니."

지나는 빨대로 얼음을 휘저으며 배시시 웃어 보였다. 저도 모르게 빤히 그녀를 보던 선우가 괜스레 딴청 부리듯 슬그머니 고개를 돌렸다.

"그날, 나 때문에 많이 놀랐을 텐데 당연히 사과해야죠."

"많이 걱정했죠. 놀란 것보단."

"……."

"그렇잖아요. 안 그래도 잠 한숨도 못 잔 얼굴로 찾아와서는, 갑자기 악몽이라도 꾼 것처럼 뛰쳐나가는데. 그러면서 나중에 연락하겠다는 사람은 며칠이 지나도록 문자 한 통 없이 감감무소식이고. 내가 그동안 얼마나 걱정한 줄 알아요?"

다시 생각해도 분통 터진다는 듯 지나가 밉지 않게 그를 흘겼다.

"내가 먼저 연락할까, 많이 고민했는데 그건 좀 아닌 것 같고. 그래도 연락해 줘서 고마워요. 비록 닷새나 지나서였지만, 덕분에 마음은 놓였어요."

"……그건 어떻게 변명할 수도 없네요. 미안합니다. 연락이 너무 늦었어요."

"바빠서 늦었다는 변명도 없네요?"

"나 비시즌에는 한가하다고, 전에 다 알려 줬잖아요."

솔직한 토로에 지나가 조그맣게 웃음을 터트렸다.

"하긴. 그래도 선우 씨가 어줍게라도 변명하면 눈 딱 감고 믿어 주려고 했는데."

"지나 씨한테는 거짓말하고 싶지 않아서요."

이미 숨기는 것이 너무 많아서.

선우는 쓰게 웃으며 뒷말을 삼켜 냈다. 아마 유지나는 상상도 하지 못할 이야기를 품고 사는 그로선 당연히 아무것도 모르는 여자를 내내 속이고 있다는 죄책감에 시달릴 수밖에 없었다. 다른 뜻 없이 딱 그 정도 생각으로 건넨 말이건만, 내내 불퉁하던 지나의 표정이 불현듯 묘해진다.

"방금 그 말, 내가 어떻게 받아들여야 하는 거예요?"

"그냥 말 그대로 받아들이면 되죠."

"그걸 어떻게 그냥 그대로 받아들여요. 선우 씨, 그런 말도 다 하고. 이제 보니 이거 완전……."

지나가 뜨악한 눈으로 그를 아래위로 훑어보았다. 잠시 어리둥절하던 선우도 이제는 대강 그녀가 무슨 터무니없는 생각을 하는지 알 것 같았다.

"완전 뭐요."

"완전…… 그렇다고요."

"선수라고 말하고 싶은 거예요?"

"진짜예요?"

적잖이 혼란스러운 목소리에 선우가 피식거리며 웃었다.

"설마요."

"진짜 아닌 거 맞아요?"

"네. 그런데 내가 이렇게 말해도 안 믿어 줄 거잖아요."

"믿을게요. 자, 약속."

갑자기 지나가 불쑥 새끼손가락을 내밀었다. 선우는 멀뚱히 그녀의 얼굴과 손가락을 번갈아 쳐다보았다.

"뭐 하는 겁니까, 지금?"

"약속한다고요. 약속, 몰라요?"

지나가 재촉하는 모양새로 연신 새끼손가락을 흔들었다. 새끼손가락끼리 깍지를 껴서 약속하는 것, 그리고 모를 리 없다. 어린애들이나 하는 손장난이고, 별다르게 큰 의미는 없다는 것도 잘 알지만…….

적잖이 망설이던 선우가 재촉에 못 이겨 어색하게 새끼손가락을 맞추었다.

"이제 됐죠?"

뭐가 됐다는지는 모르겠다만, 선우는 일단 고개를 끄덕거렸다. 이제 보니, 선수는 그가 아니라 유지나였다.

"하긴, 선우 씨. 그 얼굴에 선수면 너무 사기다."

선우가 심란한 마음을 달래려 차를 마시는 사이, 느닷없이 건너편에서 작게 혼잣말하는 소리가 들려왔다. 순간 그는 제 귀를 의심할 수밖에 없었다.

"방금 뭐라고 했어요?"

"선우 씨, 잘생겼다고요."

대수롭지 않게 말하는 소리임은 익히 알았다. 그럼에도 얼굴이 금세 홧홧하게 달아오르는 것은 어떤 연유에선지. 선우가 그리 돌처럼 굳은 새, 커피를 마시며 창밖 거리나 유유히 훑어보던 지나가 돌연 멍하니 입술을 벌리며 그의 얼굴을 가리켰다.

"……얼굴이 빨개요."

"그냥 모르는 척해 주면 안 될까요."

"아니, 왜 그러는 거예요? 설마 방금 내가 한 말 때문에?"

선우는 대답 없이 성마른 손길로 찻잔을 들어 올렸다. 거기까지만으로도 충분히 부끄러운데, 심지어는 찻물을 너무 급하게 들이켜다가 거하게 사레가 들릴 뻔했다.

"그렇게 당황하면 내가 더 민망하잖아요."

지나가 당혹스러운 얼굴로 손수 휴지를 챙겨 주었다. 아까보다 곱절은 새빨개진 얼굴로 휴지를 받아 든 선우가 경황없는 나머지 저도 모르게 목소리를 높였다.

"갑자기 그렇게 말하면 누가 안 놀랍니까!"

"살면서 그런 말 수도 없이 들어 봤을 텐데. 선우 씨야말로 별나게 왜 그래요?"

"내가 별나다고요? 지금 누가 별난 건지 따져 볼까요?"

"아, 진짜 별나네. 그럼 살면서 선우 씨처럼 잘생긴 사람 처음 봤는데, 이렇게 순수하게 감탄하는 것도 안 되는 거예요? 칭찬이잖아요, 칭찬!"

선우는 재차 사레가 들렸다. 지나가 못내 한심스러운 눈길로 그를 째려보았다.

"우리 그만 솔직해져요. 이제까지 잘생겼다는 말 굉장히 많이 들어 봤죠? 몇 번인지 헤아릴 수도 없을 만큼."

"그렇게 물으면 대체 내가 어떻게 대답해야 하는 겁니까?"

"사실대로 말하면 되죠, 사실대로. 살면서 차인 적, 한 번도 없을 것 같은 얼굴인데."

"차인 적이 왜 없겠어요."

선우가 영혼이 빠져나가는 얼굴로 중얼댔다.

"정말요? 차인 적이 있다고요?"

"……왜 그렇게 놀라는진 모르겠지만 꽤 많아요. 연애를 얼굴로만 하는 것도 아니고."

그건 김정혁이 늘 습관처럼 설파하는 지론이었다. 하도 귀에 못이 박히도록 들어서 그런지, 선우도 그 말에는 어느 정도 동감하는 바였다. 아무리 각자의 취향이 다르다지만, 연애를 얼굴로 하는 것이 아닌 이상에야 김정혁이 그런 미인과 결혼했을 리 없으니.

"뭐, 그렇기야 하지만……."

그런데도 지나는 영 믿기지가 않는 모양이었다.

"선우 씨는 성격도 괜찮잖아요. 잘생긴 사람은 얼굴값 한다더니, 꼭 그런 것만도 아니네."

"제발 내 친구들이 그걸 좀 알아줬으면 좋겠네요."

"왜요? 누가 성격 나쁘다고 뭐라고 해요?"

"네. 다들 그 성격 도대체 누가 데려가겠냐고 맨날 구박합니다."

"에이, 장난이겠죠."

"그럴까요?"

지나가 더없이 확신하는 표정으로 고개를 주억거렸다. 선우는 공연히 뒷머리나 매만지며 겸연쩍게 웃었다.

"빈말이라도 고마워요."

"빈말 아닌데."

"그럼 빈말 아니라서 더 고맙고요."

그의 너스레에 지나가 경쾌하게 웃음을 터트렸다. 선우도 찻잔을 들어 올리며 말없이 웃어 주는데, 별안간 그의 핸드폰 액정이 반짝거리며 빛났다.

"아, 잠시만요."

선우는 웃음기 그득한 얼굴로 핸드폰 잠금을 해제했다. 다름 아니라, 여동생 세연이 보낸 메시지가 한 통 도착해 있었다.

[물어봤어?]

그 한마디에 불현듯 웃음이 멎었다. 뒤늦게 알아챈 지나가 사뭇 의아한 표정을 지었다.

"무슨 일 있어요?"

"……아뇨. 별일 아닙니다."

아마도 별일 아닌 표정은 아닐 것이다. 선우는 어떻게든 평정을 유지하려 했지만, 얼굴 근육이 멋대로 딱딱하게 굳어 가는 것이 느껴졌다. 다만 공연히 지나를 걱정하게 만드는 것이 싫어, 애써 고개를 돌리며 조금이나마 그녀의 시선에서 벗어날 뿐이다.

하지만 그도 더 이상 이대로 지낼 수 없다는 것은 잘 알았다.

지나와 어울릴 때는 마냥 홀린 것처럼 푹 빠져서 지내다가, 그녀와 헤어지고 나거든 끝없는 의심과 의문에 밤잠 못 이루는 나날이 끊임없이 이어졌다. 혹시 지난 겨울밤과는 생판 다른 사람이 아닐까. 하지만 너무 닮았는데. 외모도, 성격도, 목소리도, 취향도, 심지어는 소소한 습관조차 전부 일치하는데. 일란성 쌍둥이도 그렇게 닮지는 않을 테다. 그렇다면 알면서 모르는 척하는 걸까. 대체 왜?

이런 의문들이 얽히고설켜 정신을 마구잡이로 갉아먹는 것만 같았다. 미처 인지하지 못한 새, 그의 정신은 이미 걸레짝처럼 너덜너덜하게 해어졌다. 어느 날은 유지나를 붙잡고 모든 걸 털어놓고 싶다가도, 또 어느 날은 아무래도 상관없으니 그저 이대로 평화롭게 지내고 싶었다. 그녀는 비할 데 없이 상냥한 사람이지만, 만사에 상냥한 사람은 아니었다. 어디까지가 그녀의 선인지 감히 가늠할 수조차 없었다.

하지만 언제까지 이럴 수는 없다. 그는 점차 한계로 치닫고 있었고, 이건 지나에게도 더는 못 할 짓이었다. 그는 이미 눈앞의 유지나를 보며 지난 겨울밤의 유지나를 떠올리고 있었다. 그에게 두 사람은 이미 동일 인물이나 다름없으나, 만약 아니라면, 두 사람이 같지 않다면 그건 눈앞의 유지나에게 크나큰 실례였다. 그리고 차선우는 그런 걸 모르는 사람이 아니기에, 저 좋자고 모르는 척할 수 있는 사람이 아니기에, 유지나를 만날 때마다 양심의 가책에 시달리는 것이었다.

행여나 지금의 평온한 관계가 깨질까 두려워, 당신이 지난겨울의 그 사람이냐 대놓고 묻지도 못했다. 감정의 온도가 낮다는 이유로 늘 감정적 우위를 점해 왔던 선우는 이처럼 의심하고 안달하고 초조해하는 자신의 위치가 극히 낯설었다. 만사 명료함을 추구했던 그가 이토록 불분명한 관계를 길게 유지하는 것도 난생처음이다. 지금 유지나와의 관계가 너무도 소중한 나머지, 평소라면 함부로 지나치지 않을 의문거리를 여태껏 찜찜하게 남겨 두었던 것 자체가 그에겐 참으로 낯선 광경이었다.

그렇게 차선우는 세상에서 제일가는 겁쟁이가 되었다. 그리고 겁쟁이는 용기를 내어도 고작 겁쟁이인 것처럼, 나름대로 용기 낸 행보란 참으로 미적지근하고 어중간한 것이었다.

"……지나 씨가 꼭 들어 줬으면 하는 얘기가 있습니다."

선우는 그리 힘겹게 운을 떼었다. 아직 말은 제대로 꺼내지도 않았는데, 벌써부터 입 안이 바싹바싹 말라 갔다.

"어떤 여자에 대한 이야기예요. 작년 겨울 날 구해 주었고, 이듬해까지 종종 나타나다가 어느 날 갑자기 사라져 버린."

그리고 무척이나 당신을 닮은 여자.

선우는 숫제 서글픈 눈으로 지나를 바라보았다.

"작년 말미에 야근을 끝내고 집으로 돌아가다가 덤프트럭에 치일 뻔한 적이 있습니다. 트럭이 내게로 돌진하는 건 알겠는데, 갑자기 온몸이 얼어붙어서 도무지 움직이질 못했어요. 그때 날 구해 준 여자입니다. 도로 위로 제 몸을 던져서 날 살렸어요. 바로 감사 인사를 해야 했는데, 그 여자가 갑자기 울음을 터트리는 바람에……. 그리고 얼떨결에 놓치고 말았습니다. 희한하다 싶었지만, 그때는 그걸로 끝인 줄만 알았어요. 다시는 못 볼 줄 알았죠.

그러다가 며칠 뒤에 아무도 없는 회사에서 다시 만났어요. 그 여자는 우리 회사 직원도 아니었는데, 어떻게 들어온 건지 아직도 모르겠습니다. 뭐 자기가 천사라서 그렇다는 둥, 초능력자라서 그렇다는 둥, 웃기지도 않은 얘기만 잔뜩 늘어놓더니 첫날처럼 홀연히 사라져 버렸어요. 난 내가 귀신에게 홀린 줄만 알았습니다. 그렇지 않고서야 평범한 사람이 그 잠깐 사이에 사라질 리 없으니까요."

선우는 텅 빈 찻잔만 내려다보며 억지로 말을 이어 갔다. 지금 지나가 어떤 표정을 짓고 있을지 두려워 감히 쳐다보지도 못했다.

"우습게도, 그다음부터는 귓갓길에서 종종 만났습니다. 내가 사는 동네를 어떻게 알고 찾아왔는지, 야근 끝나고 돌아가는 새벽 시간에 가끔 보이더라고요. 처음에는 수상쩍은 마음에 마냥 의심하고 멀리했는데, 정이라는 게 뭔지 계속 보다 보니까 그럭저럭 괜찮은 사람 같았어요. 그래서 우연히 만나거든, 얘기 좀 나누다가 헤어지고 그랬습니다. 대부분 시답잖은 얘기였지만, 가끔은 그런 대화가 필요한 날도 있으니까요."

그리고 술김에 저지른 실수.

선우는 그날의 기억을 간신히 잇새로 씹어 삼켰다. 불 켜지 않은 어두운 거실에서 달빛에 언뜻언뜻 비치던 유지나의 얼굴이 산산조각으로 흩어졌다.

"……그다음은 어떻게 됐어요?"

침묵이 길어지자, 지나가 조용히 말문을 열었다. 그다음에 어떻게 되었는지 아무래도 모르겠다는 듯, 마치 남 일처럼.

선우는 내심 허탈하게 웃었다. 이럴 줄 예상했지만, 한편으로는 부디 이러지 말길 간절히 바라 왔던 미래다. 하기야 유지나는 뻔히 알면서도 모르는 척할 만큼 교활한 위인이 못 되었다. 거짓말로 남을 속일 바에야, 차라리 수상하게 보일지언정 침묵을 택할 사람이 바로 유지나다.

그렇게 다 짐작했으면서도, 머리 꼭대기까지 차오르는 허탈감은 이루 말할 수 없었다.

"……사라졌어요."

"사라져요?"

"네."

"그냥, 그렇게 사라졌다고요?"

당혹스러움이 가득 묻어나는 질문에 선우는 그저 말없이 고개만 끄덕거렸다. 추운 겨울에 만났던 유지나는 봄이 만개하기 무섭게 사라졌다. 아무런 흔적도, 자취도 남기지 않고.

그리고 가을이 되어, 다시 그에게로 다가왔다.

"연락은 해 봤어요?"

"연락처가 없어요."

"그렇게 오래 만났는데 연락처도 몰랐어요?"

"연락처를 알려 주길 꺼려 해서 내 번호를 알려 줬는데, 연락이 없더라고요."

짐짓 무심하게 대꾸하던 선우가 불현듯 씁쓸하게 웃었다.

"이상하죠. 그 여자, 날 좋아한다고 했는데. 좋아한다는 사람이 어떻게 그럴까요?"

좋아한다면서, 자길 좋아해 주길 바라지도 않고. 그저 좋아하는 상대의 행복을 빌어 주던 사람. 김정혁이 무슨 아가페적 사랑이냐 비웃을 만치 비현실적인 사랑이었지만, 그는 가끔씩 자신이 그런 사랑을 받았다는 사실조차 까맣게 잊곤 했다.

그리 대단한 사랑이라기엔, 그리 대단치 못한 이별이었기에. 손에 쥐여 보낸 명함이 무색하도록 연락 한 통 없는 이메일과 핸드폰이 못내 낯부끄러워서. 그래서 더더욱 잊고 팠고, 실제로도 여름 동안 잊고 살았으며, 앞으로도 쭉 잊고 살아갈 줄 알았다. 그러다가 내후년쯤이면 채 피지 못한 마음이 화석처럼 단단히 굳어 버릴 줄 알았다.

그렇게 지나간 사람으로, 지나간 기억으로 남을 줄만 알았다.

하지만 이제 보니, 정작 지나간 사람으로 남은 것은 그였다.

"날 잊은 게 아닌가 싶어요, 그 사람."

쓰디쓴 자조가 입가에서 내내 떠나질 않았다. 선우는 밀려드는 자괴감에 한 손으로 이마를 짚으며 시선을 내리깔았다. 지금 지나를 마주하다간, 왜 나를 잊었느냐며 함부로 억박지를 것만 같았다. 하지만 그러고 싶지 않아서, 그러면 찾아올 파국이 무서워서 내리 속으로만 삭힐 뿐이다.

"설마요. 좋아하는 사람을 어떻게 그리 쉽게 잊겠어요."

어린아이를 달래듯 조심스러운 목소리가 귓가에 감겨든다. 하지만 선우는 그조차 마냥 곧이곧대로 들을 수가 없었다.

왜냐하면, 그리 쉽게 잊혔으니까. 그리 쉽게 잊은 당신은 정말로 날 좋아했던 것이 맞을까.

"선우 씨, 그런데 있잖아요……."

지나가 그녀답지 않게 말끝을 흐렸다. 말없이 찻잔만 내려다보던 선우가 느지막이 고개를 들어 그녀와 시선을 맞추었다. 말해도 괜찮다는 듯이. 덕분에 용기를 얻은 지나가 아주 신중하게 말을 이어 갔다.

"혹시 선우 씨도 그분을 좋아했어요?"

수많은 언어가 치달은 혀끝에 고단한 기운만이 감돌았다. 그는 결국 아무것도 토해 내지 못했다.

슬슬 밤공기가 서늘해지는 10월 말.

올해 처음으로 내려앉은 서리를 기념하여 토요일 밤을 불태우자는 웃기지도 않은 김정혁의 제안에 별 고민 없이 술집을 찾은 선우는 말 그대로 웃기지도 않은 광경을 목도했다.

"어, 저기 선우다."

"야, 차선우! 너 진짜 오랜만이다!"

"그동안 연락이 없어서 죽은 줄 알았는데, 아주 멀쩡히 살아 있었네?"

테이블 네 개를 떡하니 차지하고 앉은 이들의 면면을 차례로 훑어본 선우가 마지막으로 김정혁에게 싸늘한 시선을 던졌다. 구석 자리에서 애써 그의 눈길을 피하던 김정혁이 못내 억울한 투로 외쳤다.

"애들이 너 보고 싶어 해서 그랬다, 왜! 그러니까 모임에 얼굴 좀 자주 비치면 어디가 덧나냐? 어?"

방귀 뀐 놈이 성낸다더니, 아주 그 짝이다. 선우는 기가 찬 표정으로 느릿느릿 머플러를 풀어 친구의 얼굴로 휙 던져 버렸다.

"야! 이게 뭐 하는 짓이야!"

"너 꼴 보기 싫어서."

너 때문에 아까운 소주를 두 방울이나 흘렸다고 연신 구시렁대는 김정혁은 익숙하게 무시하며, 선우는 일부러 정혁에게서 가장 멀리 떨어진 자리에 앉았다. 호기심과 반가움이 뒤섞인 눈빛들이 일제히 그에게로 모여들었다.

"차선우, 너 단톡방은 언제 나간 거야? 왠지 언젠가부터 조용하다 싶더니만, 그새 나가 버린 줄 누가 알았겠냐?"

"얘는 나가기 전에도 조용했잖아."

"그건 그렇지만⋯⋯. 하여간에 무지 반갑다. 잘생긴 건 여전하네, 재수 없게시리."

대학 시절, 곧잘 어울렸던 동기가 호탕하게 웃으며 그의 어깨를 두드렸다. 선우는 피식거리며 동기의 손을 가볍게 밀어 냈다.

"너네 재수 없을까 봐, 일부러 연락 안 한 건데."

"새끼, 말하는 꼴 좀 봐라. 됐고, 술이나 먼저 받아."

그러자 기다렸다는 듯 사방에서 술병이 몰려들었다. 선우가 조그만 소주잔을 들고 난감해하는 사이, 누구의 작품인지는 몰라도 눈 깜짝할 새 잔이 가득 차올랐다. 가득 차오르다 못해 테이블을 축축하게 적실 지경이다.

"얘들아, 이제 선우도 왔으니까 같이 짠이나 하자."

학창 시절에 과대를 도맡았던 동기가 이번에도 앞장섰다.

"누가 선창하지?"

"차선우 오랜만에 왔는데, 쟤 시키든가."

"오랜만에 온 놈 시켜서 뭐 해. 그냥 수진이 시켜. 저번 달에 승진했다며."

곳곳에서 찬성하는 소리가 드높았다. 얼결에 선창을 맡은 동기가 요란하게도 얌전을 떨며 쭈뼛쭈뼛 자리에서 일어섰다.

"어⋯⋯. 다들 오래간만에 보니까 좋네요. 그동안 잘 지냈죠? 이제 올해도 두 달밖에 남지 않았는데, 남은 시간 보람차게 지내면서 다들 원하는 바 이루길 바랄……."

"야, 네가 무슨 부장님이냐! 듣다가 졸겠다!"

"내숭도 적당히 해라, 이수진! 여기 네 애인 없어!"

곳곳에서 비난하는 소리가 빗발쳤다. 심지어 누군가는 양손을 입가에 모아 우우, 야유하기도 했다. 슬쩍 안경을 추켜올리며 돌아가는 상황을 멋쩍게 지켜보던 수진이 에라 모르겠다는 식으로 술잔을 높이 쳐들었다.

"아, 모르겠고! 반갑다, 얘들아! 오래간만에 코가 삐뚤어지도록 달려 보자!"

"그래야지!"

"야, 이수진 남친 불러와라! 쟤가 저러는 거 알고 사귀어야지!"

"오늘 수진이 본색 나오는 거냐?"

와자지껄한 웃음소리가 터져 나왔다. 내내 심드렁한 표정으로 마른 안주나 집어먹던 선우도 내심 이런 분위기가 싫지만은 않아, 몇 마디 웃음을 보태고 말았다.

"……그래서 얘가 그때 그랬잖아. 선배는 내가 써 준 거 더듬거리면서 읽은 것 말고 대체 한 게 뭐가 있냐고. 고대로 읽는 것도 제대로 못 했으면서 왜 선배가 큰소리치냐고."

"결혼식에서 선서할 때 더듬거릴 거냐고도 그랬지."

"맞아, 그때 진짜 속 시원했다. 그 선배, 자기가 발표 다 망쳐 놓고 우리한테 뭐라 하는 거 꼴 보기 싫었는데. 그나마도 현정이가 바른 소리 좀 하니까 얼굴이 붉으락푸르락하더만."

"하여간에 잘 살고 있으려나 몰라, 성진 선배."

서로의 안부를 묻는 말이 한 바퀴 돌고 나면 으레 그러하듯, 술자리는 점차 학창 시절의 추억을 되짚는 시간으로 돌아갔다. 말이 추억이지, 실상은 진상 동기와 진상 선후배를 마른 오징어 씹듯 씹어 대는 시간에 불과했으나, 원래 인간이란 남들 칭찬할 때보다 비난할 때 더욱 마음이 잘 모이는 법이었다. 누가 시키지도 않았는데 차례로 꺼내 놓는 이야기란, 어째 하나같이 열불 터지면서 못내 흥미로운 종류였다.

　"그러고 보니 진환이도 올해 초에 결혼했잖아. 신부가 뭐더라, 어디 은행장 딸이라던데."

　"걔도 진짜 너무하지. 연주가 진환이 걔 행시 공부할 때 얼마나 뒷바라지를 잘해 줬는데. 공부하면서 배곯지 말라고 용돈 쥐여 줘, 주말마다 반찬 만들어서 날라 줘, 맨날 자취방 청소해 줘. 연주도 그때는 신입이라 스트레스 엄청 받았는데도 그렇게 지극정성이었다는 거 아냐."

　"그 정도였냐? 대충 말로만 들었지, 그렇게나 지극정성으로 돌봐 줬는지는 몰랐네."

　"내가 옆에서 맨날 뜯어말렸다니까? 제발 네 몸부터 좀 챙기라고. 그때는 그냥 웃어넘기더니, 나중에 김진환이 행시 패스하니까 울면서 찾아오더라. 걔가 자기 모르게 바람피웠다고."

　"아주 나쁜 자식이네."

　멋모르던 신입생 때부터 졸업 직전까지 사귀었던, 한때 학내에서 제일가는 잉꼬 커플이던 캠퍼스 커플의 파국은 당연히 매 모임마다 빠지지 않고 입에 오르내리는 화두였다. 그나마 최근 몇 년간은 다른 사건 사고들이 연달아 터지며 점차 잊히는 듯하더만, 올 초에 남자가 부잣집 딸내미와 결혼하면서 다시금 화제가 되고 있었다. 절반은 여자 측 지인들이 분통 터트리는 소리고, 나머지 절반은 그저 자극적인 이야기에 한두 마디씩 추임새나 얹는 정도였지만 말이다.

한데 옛 은사님의 부고, 알음알음 아는 선배의 출산, 이제는 이름 석 자도 흐릿한 고시 장수생 동기의 합격 소식에는 몇 마디 반응을 보이던 선우가 이번에는 이상하게 조용했다. 양옆의 친구들은 죄다 제 일처럼 성내기 바쁜데, 오직 그만은 무료한 눈빛으로 술잔에 맺힌 물방울이나 문지를 따름이다.

다만 그건 지루하기 때문이 아니라, 최대한 존재감을 숨기기 위함이었는데.

"그러고 보니 차선우, 얘도 씨씨였잖아."

혹시라도 이런 얘기가 나올까 봐.

"야, 쟤는 논외지. 솔로였던 적이 있기나 하냐."

"맞아. 난 쟤가 누구누구랑 사귀었는지 기억도 안 나. 하도 여러 명이어서."

"그래도 우리 과에는 없지 않았어?"

"없긴 왜 없어. 예진이 있었잖아. 졸업하고 꽤 오래 사귀지 않았냐, 너네?"

어느 동기의 눈치 없는 물음에 사방에서 수군거리는 소리가 잇따랐다. 아, 예진이. 예진이가 누구였지? 왜, 예진이 있잖아, 백예진. 모델처럼 키 크고 예쁜 애. 맞다, 걔랑 사귄다고 했었지. 근데 헤어졌대? 왜?

자연스레 원치 않는 시선들이 그에게로 모였다. 선우는 속으로 한숨과 욕지거리를 함께 씹어 삼켰다. 말없이 술잔만 기울이다가 끝내 내키지 않는 말을 꺼내려던 찰나, 느닷없이 입구 쪽에서 소란이 벌어졌다. 조금 전 화장실을 간다며 어기적어기적 굼뜨게 자리에서 일어났던 동기 하나가 문가를 삿대질하며 소리를 질러 대고 있었다.

"너 예진이, 백예진이지!"

그러자 술집으로 막 들어서던 여자가 조금 겸연쩍게 웃었다.

"미안, 내가 좀 늦었지?"

잠시 침묵에 휩싸였던 술집이 다시금 끓어오르기 시작했다. 다들 오래간만에 보는 동기가 반기운지 야유와 타박이 뒤섞인 소리를 익룡처럼 세차게 뽑아냈다. 아까 선우를 반길 때는 그래도 사회적 위신을 생각해서 점잔이나 빼더니, 술 몇 잔이 그새 그들의 야트막한 수치심을 앗아 간 모양이다.

그런 혼돈의 도가니에서, 선우는 그저 멀거니 예진을 바라보기만 했다. 등허리를 덮는 긴 생머리와 시원시원한 이목구비. 술기운 가득한 외침이 빗발치는데도 눈살 찌푸리는 법 없이 동기들의 거친 인사를 일일이 받아 주는 쾌활한 표정. 조금도 변치 않았기 때문일까, 거의 2년 만에 보는데도 별반 낯선 느낌은 들지 않았다.

그러다가 문득 저편에서 똑같이 멍청한 표정을 짓고 있던 김정혁과 눈이 마주쳤다.

'야, 난 쟤 오는 줄 몰랐어!'

시선이 맞닿기 무섭게, 정혁이 손짓발짓으로 자신의 무고함을 알려오기 시작했다. 하지만 필사적으로 변명하는 친구의 모습이 우습다 여겼을 뿐, 선우는 딱히 그를 탓할 생각이 없었다. 예상치 못하게 전 여자 친구를 맞닥뜨려 순간 당황한 것은 사실이나, 그 이상의 불편함은 없다. 어차피 2년도 더 전에 헤어진 사이. 딱히 나쁘게 헤어진 것도 아니니, 이제 와 서로 얼굴 붉힐 일도 없었다.

다만 목에 가시가 걸린 듯한 약간의 거북함과, 눈치 없는 동기들이 여기서 또 예진과 자길 엮어 댈까 싶은 약간의 염려가 전부일 뿐.

"너 이번에도 못 올 것 같다더니, 웬일이야?"

"클라이언트 쪽에서 갑자기 약속을 미뤘거든. 마침 약속 장소도 근처겠다, 빨리 달려왔지."

"잘했어. 하도 본 지 오래돼서 네 얼굴 완전히 잊을 뻔했잖아."

예진이 오래간만에 만나는 동기들에게 둘러싸여 근황을 소개하고 있을 즈음, 멀찍이 앉아 있던 김정혁이 살금살금 선우의 옆으로 다가왔다. 늘 미꾸라지처럼 유들유들하던 입가가 웬일로 머쓱하게 굳어 있다.

"야, 선우야. 내가 진짜 미안하다. 근데 나도 몰랐어, 진심이야."

"그래."

"진짜야. 아무리 그래도, 예진이 오는 줄 알았으면 내가 널 불렀겠냐?"

"알았다니까."

"……정말 괜찮은 거지?"

"어."

이제는 당혹스러움도 가신 모양인지, 선우는 아까와 다름없이 심드렁한 표정으로 과자나 우물거릴 뿐이었다. 그제야 안심이 되는지 정혁이 찌뿌둣한 얼굴로 기지개를 쭉 폈다.

"근데 예진이 쟤는 여전히 예쁘긴 오지게 예쁘네. 그렇지 않냐?"

"그러네."

"오랜만에 보는 거 아냐? 별 느낌 없어? 막 심장이 두근거린다든가."

"심장은 원래 두근거리는 게 정상인데."

"내 말은 그게 아니라……. 하여간에 재미없는 자식."

김정혁이 표정을 구기며 맥주를 쭉 들이켰다. 옆에서 뭐라고 구시렁거리거나 말거나, 선우는 멍하니 안주를 주워 먹고 술을 한 모금씩 홀짝이며 시간을 죽일 따름이었다. 때마침 같은 테이블에 착석했던 동기들도 제각기 화장실을 가느라, 전화를 받느라, 혹은 다른 테이블에서 술잔을 부딪치느라 전부 자리를 비운 차다. 덕분에 시끄러운 술집 한가운데, 마치 외딴섬처럼 평화로운 적막 속에 오롯이 남겨졌다.

선우는 아무도 자길 건드리지 않는 지금이 참으로 좋았지만, 단 한 가지, 듣고 싶지 않아도 들려오는 말소리는 못내 불편했다.

"예진아, 어떻게 된 게 넌 옛날보다 더 예뻐진 것 같아."

"예쁜 건 원래부터 그랬다지만 얼굴에 그늘이 없다, 얘. 요새 좋은 일이라도 있어?"

"눈치 빠른 것 좀 봐. 좋은 일 있지. 실은 그거 말해 주려고 온 거야."

유쾌한 웃음소리가 잔잔히 번져 왔다. 수많은 목소리가 얽히고설켜 불협화음을 자아내는 가운데, 불현듯 예진의 목소리가 유난히 또렷하게 꽂혀 들었다.

"나 곧 결혼해."

무료하게 젓가락질하던 선우가 문득 손을 멈추고 고개를 들어 올렸다. 찰나의 침묵 뒤로 폭죽처럼 터지는 환호성과, 불티처럼 내리는 선망 어린 시선을 자랑스럽게 받아 내는 백예진. 마치 영화 스크린처럼 멀게만 느껴지는 광경을 멀거니 지켜보던 중, 어느 순간 그녀와 우연히 눈이 마주쳤다.

처음에 예진은 낯선 사람이라도 본 것처럼 자연스럽게 시선을 틀었다. 그러나 직후 번개처럼 그에게로 시선이 돌아온다. 이어지는 것은 마치 널 여기서 볼 줄 몰랐다는 듯 생경하고도 먼 눈빛. 그녀는 놀란 기색을 재빨리 갈무리하곤, 남모르게 고개를 까딱하며 인사했다. 마찬가지로 눈짓으로 인사한 선우는 무심히 고개를 내렸다.

결혼.

하기야 예진은 옛날부터 서른쯤에는 꼭 결혼하고 싶어 했다. 비록 결혼에 뜻이 없는 그와는 깔끔히 결별하고 말았으나, 이제라도 괜찮은 상대를 만났다면 축하할 일이다.

그런데도 왜 이렇게 입맛이 쓴 건지. 선우는 자연스레 떠오르는 사람을 애써 지워 내며 술잔에 입술을 붙였다.

술자리는 점차 무르익어 갔다. 평소 같았으면 지금쯤 해산하고도 남았을 시간이건만, 분위기가 시들시들해졌을 즈음 갑자기 혜성처럼 나타난 백예진의 존재가 꺼져 가는 불꽃에 기름을 부었다. 빈 술병이 벌써 수십 개를 넘어가는데, 누구 하나 스리슬쩍 사라질 생각을 안 했다.

웬일로 술자리에 늦게까지 남아 있는 건 선우도 마찬가지였다. 야근이 아니고서야 도통 자정을 넘겨 집 밖에 머무는 법이 없던 그가 지금까지 자리를 지킨 이유는 물론 곧 결혼하는 백예진 때문은 아니고, 만취하여 그의 바짓가랑이를 붙잡고 늘어지는 김정혁 때문이다. 술 한 잔씩 주고받다가 어느새 고주망태가 되어 버린 친구를 차마 버리고 가진 못하고, 그렇다고 천근만근 같은 무게를 짊어지고 차에 태워 보낼 자신도 없어서 묵묵히 술만 마셔 댄 지가 벌써 한 시간이 넘었다.

예전 같았으면 매정하게 버리고 갔을 텐데. 선우는 술에 젖어 무뎌진 머리로 그런 생각을 했다. 정신의 삼분지 이쯤 잠든 김정혁은 종종 잠꼬대로 결혼한 아내 이름을 불러 대는 것 빼고는 조용했다. 만약 시끄럽게 굴기까지 했으면 일찌감치 버리고 갔을 테니, 김정혁으로서는 몹시 다행스러운 일이다.

자정이 조금 지난 시각. 몇몇 동기들과 웃기지도 않은 우스갯소리나 주고받던 선우가 비틀거리며 자리에서 일어섰다.

"너 어디 가냐?"

"담배 피우러."

"뭐야, 너도 담배 피워?"

"아니."

이렇듯 별 시답잖은 대화에도 폭소하는 걸 보면, 확실히 다들 맛이 가긴 한 것 같다. 선우는 본인도 맛이 간 것은 미처 인식하지 못하고, 끌끌 혀를 차며 더디게 문을 밀었다. 술집 문턱을 넘다가 발이 걸려 자칫 넘어질 뻔한 모습을 아무도 보지 못한 것이 그나마 천만다행이다.

늦가을 밤바람은 제법 쌀쌀했다. 바깥으로 나오기 무섭게 살갗에 와 닿는 온도가 실내와는 판이하다. 선우는 으슬으슬 떨리는 목덜미를 손으로 쓸며, 미처 챙겨 나오지 못한 외투를 떠올렸다. 다시 들어갔다 나올까, 다행히도 그런 고민은 길지 않았다. 오래간만에 만취한 탓인지, 촉감마저 둔해져 그나마 추위도 덜 느껴졌다.

새카만 밤공기 사이로 허연 입김이 굼뜨게 피어오른다. 선우는 입김이 퍼지는 모양새를 물끄러미 응시하다가 이내 힘없이 고개를 수그렸다. 홀짝거리며 별생각 없이 마셔 댔던 술이 제법 과했던 모양이다. 조금씩 올라오는 술기운에 벌써 시야가 흐리고, 정신도 몽롱했다. 어떻게든 정신을 차릴 요량으로 거북이처럼 목을 오그린 채 느릿느릿 머리를 털어 내지만, 정작 술기운이 날아간 것은 고개를 똑바로 든 직후였다.

저 멀찍이, 백예진이 홀로 담배를 피우고 있었다.

선우는 난감한 표정으로 서서히 걸음을 멈추었다. 나쁘게 헤어진 것도 아니고, 헤어진 지 벌써 2년이나 지났지만, 어쨌든 '전 남자 친구'

와 '전 여자 친구'란 그다지 편한 사이는 못 된다. 더구나 이렇게 단체로 모인 자리에서, 심지어는 모두가 두 사람이 사귀었다는 사실을 아는 자리에서 뜻하지 않게 마주친 것이라면.

아마 길거리에서 우연히 마주쳤다면, 그는 마냥 순수한 마음으로 결혼 축하한다는 말을 건넸을지도 모른다. 하지만 오늘은 아니다. 아무도 없는 어둑한 밤거리에선 더욱 아니었다. 지금은 그저 못 본 척 조용히 물러가는 것이 수였다.

"선우니?"

그런데 이런 깊은 뜻도 몰라주고. 도로 발걸음을 물리려던 선우가 솟구치는 짜증에 순간 눈가를 찌푸렸다. 어색하게 정지한 그의 뒷모습으로 재차 예진의 목소리가 성큼 다가온다.

"인사도 안 하려고? 헤어졌다고 바로 번호 차단했을 때부터 알아봤지만, 너도 참 어지간하다."

그를 탓하는 내용과 달리, 웃음기 가득 묻어나는 목소리엔 불쾌함이라곤 일절 느껴지지 않았다. 갈팡질팡하던 선우가 못내 껄끄러운 기색으로 그녀를 돌아보았다. 머뭇거리느라 대답은 더욱 뒤늦었다.

"오랜만이야."

"그리고?"

"……잘 지냈어?"

"뭐, 그만하면 오래간만에 주고받는 인사로는 합격이네."

예진이 소리 없이 웃으며 담배를 한 모금 깊게 빨아들였다. 그러곤 멀찍이서 다가올 생각을 안 하는 그를 의아하게 보다가, 이내 깨달은 것처럼 선선히 담뱃불을 꺼트렸다.

"맞다, 너 담배 싫어했지?"

선우는 불그스름한 담뱃불이 완전히 꺼지고 나서야 느릿하게 발걸음을 옮겼다. 그다지 부드러운 표정은 아니지만, 조금 전처럼 아주 죽상이지도 않았다.

"그런데 이참에 물어나 보자. 대체 내 번호는 왜 차단한 거야?"

양손을 휘휘 저으며 부산스럽게 담배 냄새를 몰아내던 예진이 불현듯 생각난 것처럼 물었다. 선우는 비스듬히 고개를 틀며 웅얼거리듯 대꾸했다.

"헤어졌으니까."

"헤어지면 번호부터 차단한다고?"

"어."

"왜?"

"옛날에…… 그런 애들이 있었어. 헤어지고도 계속 전화하고 문자하고. 몇 번 당하다 보니까 진절머리 나서 못 살겠더라."

그것도 이미 고등학생, 혹은 대학교 신입생 때의 이야기다. 하지만 아직도 그때만 떠올리면 소름이 끼치는 듯 표정이 영 심상치 않았다. 눈앞에 예진만 없다면 당장이라도 온몸을 벅벅 긁을 기세였다.

"뭐야, 그럼 설마 나도 그렇게 매달릴 줄 알았단 거니?"

"아니야?"

"……."

"그게 아니면, 내가 네 번호 차단한 줄은 어떻게 알았는데?"

무심한 질문에 이제껏 마냥 해맑던 예진의 얼굴이 조금 굳었다. 잠깐의 정적 뒤로 허탈한 음성이 들려왔다.

"못 속이겠네, 정말."

예진이 못내 신경질적으로 머리를 쓸어 넘기며 그를 흘깃거렸다.

"맞아. 나 너한테 매달리려고 했었어. 근데 전화도 안 받고, 문자도 안 받고, 메신저도 안 보고. 그제야 네가 날 차단했다는 걸 알았지."

"……그냥 버릇이었어. 헤어지면 으레 습관처럼 그랬으니까. 그런데 너도 그랬을 줄은 몰랐네."

"왜?"

"너는 좀 달랐으니까."

물 흐르듯 이어지는 대답이었다. 하지만 전혀 예상치 못한 소리인지, 예진은 그녀답지 않게 얼빠진 표정으로 멀거니 그를 쳐다보기만 했다. 느지막하게 그녀의 빤한 시선을 알아챈 선우가 미간을 찡그리며 급히 말을 덧붙였다.

"별다른 뜻은 없어. 그냥 나랑 비슷하다고 생각했던 거니까."

"너랑 비슷하다고?"

"당시에는 그렇게 생각했어."

그런데 이젠 모르겠다, 나도. 나지막하게 말을 읊조린 선우가 유독 힘없이 웃었다. 곰곰이 그의 말을 되짚어 보던 예진이 이제야 알겠다는 듯 감탄사를 길게 내뱉었다.

"그러니까 네 말은, 나도 너처럼 헤어지면 뒤도 안 돌아볼 줄 알았단 거지?"

"응."

"서로 집착하지도 않고, 서로를 구속하지도 않고."

"그리고 결혼에도 뜻이 없을 줄 알았지, 처음에는."

결혼 얘기가 나오자 예진이 조금 날카로운 웃음소리를 냈다.

"그건 네가 하도 싫어하니까 연애 초반에는 되도록 자제했던 거지."

"그랬어?"

"그뿐이니? 학창 시절에 네가 어떻게 연애하고 어떻게 헤어졌는지, 다는 몰라도 대충은 보고 들은 게 있는데 어떻게 마냥 나 좋을 대로 연애해. 네가 싫어하는 행동은 최대한 자제하고, 네가 싫어하는 말도 자제하고. 그렇게 3년을 연애한 거야, 우리."

묘하게 날이 선 어조였다. 선우는 말없이 눈살을 찌푸리며 그녀를 응시했다. 이토록 낯설게 느껴지는 백예진은 처음이다. 물론 결별한 지 2년이 다 되어 가는 시점에 이르러 그녀가 마냥 익숙할 리도 없지만, 익숙하지 않은 것과 낯선 것은 천지 차이다. 두 사람이 함께였던 2년간, 그는 저런 백예진을 한 번도 보지 못했다.

그가 아는 백예진이란 늘 여유롭고 유쾌한 여자. 저렇듯 끓어오르는 속을 잠재우려 불안스럽게 숨을 몰아쉬는 모습은 너무나도 생경했다. 하지만 만약 저런 모습이 그녀의 진면목이고, 그가 아는 백예진이란 그저 꾸며 낸 허상 속의 가면이라면.

그렇다면 그는 지난 2년간 누구와 함께였던 걸까.

"……네가 날 어떻게 생각했는지 이제 좀 알겠다."

예진이 지친 얼굴로 조용히 운을 뗐다.

"그런데 선우야, 나 많이 힘들었어. 너랑 사귀면서도 그랬고, 너랑 헤어지고서는 더 그랬어. 외로워도 그냥 네 곁에 있을걸, 힘들어도 그냥 너한테 좀 더 맞춰 줄걸. 그런 생각 골백번도 더 들었다고. 내가 이런 사람인 줄, 넌 짐작도 못했지? 나도 몰랐어. 내가 그렇게나 나를 죽이고, 남에게 맞춰 줄 수 있는 사람인지."

"……."

"그런데도 그때는 행복했던 걸 보면, 내가 널 많이 좋아했었나 봐."

나를 죽이고 오로지 상대에게 맞추는 사랑. 그리하여 알게 모르게 자존감을 깎아 내는 고통과, 사랑하는 사람과 함께하는 행복 중에서 무엇이 더 중할까. 처음에는 행복에 눈이 멀어 후자를 택했을지언정, 그 선택에는 응당 시간이 흐르면 상대방도 자신과 같은 마음으로 변하길 바라는 마음이 깃들었을 것이다.

243

하지만 아무리 시간이 흘러도 상대방이 변하지 않는다면 어떻게 될까. 날이 갈수록 나를 잃어 가는 고통에 시달리며 자연스레 그토록 사랑했던 상대를 원망하기도 하고, 좀처럼 관계를 끊어 내지 못하는 자신을 자책하기도 하고. 그러다가 결국에는 저울의 추가 한쪽으로 완전히 기울어지며, 아슬아슬하던 관계는 파국을 맺는 것이다. 그리고 결별의 끝자락에 홀로 남겨져 만신창이로 흐느낄 뿐.

흔히들 더 많이 좋아하는 것이 죄라고 한다. 그러나 사랑이 어찌 죄가 될 수 있을까. 더 많이 좋아한다고, 더 많이 아파야 한다는 당위성은 말도 안 되었다. 비록 그것이 자연스러운 수순이라 할지언정, 그리 말해서는 안 되었다. 그건 상대의 마음을 모욕하는 말이며, 상대의 고통을 더욱 심화시키는 짓이기에.

그렇기에 선우는 예진을 연민했다. 더 많이 좋아하는 마음이 그녀의 죄가 아니고 그의 죄가 아닌 것처럼, 순수하게 좋아하는 마음만으로 겪어야 했던 지난날의 아픔도 온전히 그녀의 잘못은 아니었다. 좋아하고 싶지 않다고 좋아하는 마음이 사라지는 것이 아니고, 관계가 끝났다고 묵은 감정이 사라지는 것이 아닌 이상에야. 사람 마음이 마음대로 되지 않는 것이 그녀의 죄가 될 수는 없었다.

다만 한때 그녀와 가장 가까웠던 사이임에도, 그녀가 겪었던 고통을 조금도 눈치채지 못했다는 사실을 책망할 뿐이다. 그저 웃는 가면에 속아 모든 것이 완벽하다며 안심했던 과거의 자신. 어쩌면 당시의 그는 백예진에게서 가장 먼 사람이었는지도 모른다. 오직 그만이 편안하다 여겼던 지난 2년이 새삼스럽게 달리 추억되고 있었다.

"미안해하지 마. 세상에서 제일 쓸데없는 짓이니까."

예진이 짐짓 평소처럼 유쾌한 목소리로 말을 건넸다. 그늘진 얼굴로 한창 심각하게 골몰하던 선우가 당혹스러운 기색을 내비쳤다.

"나 아무런 말도 안 했는데."

"얼굴이 미안하다고 말하고 있잖아."

얌전히 입을 다무는 그의 모습에 예진이 코를 찡긋거리며 웃었다.

"넌 옛날부터 그러더라. 일할 때는 항상 포커페이스면서, 다른 때는 얼굴에 무슨 생각하는지 다 보이고."

"어떻게 하루 24시간 내내 긴장하고 살아. 풀어질 때도 있는 거지."

"그렇긴 하지만……. 하여간에 괜히 미안해하지 마. 딱히 너한테 사과받고 싶지도 않고, 나 이제 정말로 괜찮으니까. 그때 많이 아팠던 만큼, 지금 많이 행복해."

그리 말하는 예진은 진심으로 행복한 얼굴이었다. 좀처럼 달콤한 미소가 가시지 않는 얼굴을 마주하며 선우는 내심으로 안도했다. 그녀는 좋은 사람이다. 충분히 행복할 자격이 있는.

"어떤 사람이야?"

"음, 나이나 직업을 묻는 건 아닐 테고."

"좋은 사람이야?"

"당연하지. 내 눈에는 웬만한 연예인들보다 잘생겼어. 게다가 목소리도 좋고, 요리……는 네가 더 잘하지만. 너랑 다르게 피아노도 잘 쳐. 대단하지 않아?"

"현실에 존재하는 사람은 맞지?"

웃음기 섞인 그의 장난은 익숙하게 받아넘기며, 예진이 사뭇 진지한 표정으로 말을 이었다.

"그리고 날 많이 사랑해 줘."

"……."

"있지, 선우야. 그 사람한텐 내가 태양이고 달이야. 세상에서 내가 제일 귀한 줄 알고, 내가 제일 예쁜 줄 알아. 그 사람을 보고 있거든,

꼭 나를 중심으로 세상이 돌아가는 것만 같아. 표현이 너무 과하면 부담스러워 피했을 텐데, 이상하게 그 사람은 괜찮다? 함께 있으면 사랑으로 내 마음이 가득 차오르는 것 같아. 영혼이 충만해진다고 해야 하나. 그래서 행복해, 아주 많이. 앞으로도 쭉 행복할 거야."

아름다운 꿈에 취한 것처럼 무척이나 즐거운 얼굴이다. 그런 예진을 조금 의외라는 듯이 쳐다보던 선우도 곧 피식거리며 웃고 말았다. 그가 아는 누구보다도 합리적인 사고방식을 지닌 백예진이 저토록 낭만적인 말을 할 줄은 몰랐으나, 그다지 나빠 보이진 않는다. 오히려 예전보다 훨씬 건강하고 명랑해 보였다.

"그래. 행복하다면 다행이고."

"너는 어때?"

"나?"

"넌 누구 없어? 나랑 헤어지고 누구랑 사귄다는 말을 못 들어서. 원래 너 띄엄띄엄 연애하던 스타일은 아니잖아. 뭐, 주변에서 그렇게 놔두지도 않을 테고."

예진이 짓궂은 호기심으로 눈을 빛냈다. 혀로 한쪽 볼을 동그랗게 만들며 잠시 고민하던 선우가 말없이 고개를 내저었다. 그러자 습관처럼 담배를 매만지던 예진이 몹시 놀란 얼굴을 했다.

"진짜?"

"어."

"아무도 없다고? 네가? 어째서?"

선우는 대답을 망설이며 좀처럼 입을 열지 않았다. 그런데 그 침묵을 어떻게 해석했는지, 예진의 표정이 차차 이상하게 변했다.

"설마 날 못 잊어서……?"

"미쳤어?"

"그럼 왜 아무도 없는데? 혹시 마음에 드는 사람이 없니? 내가 소개라도 시켜 줄까?"

"소개는 무슨. 너한테 소개받으면 무슨 말이 나돌 줄 알고."

언제부터 그렇게 남의 말 신경 썼냐며 불평하는 소리가 뒤따랐으나, 신우는 익숙하게 한 귀로 듣고 한 귀로 흘렸다. 그러곤 괜스레 뒷머리를 매만지며 한참을 머뭇거리다가 겨우 대답을 건넸다.

"그냥, 딱히 연애하고 싶은 마음도 없어."

그 한마디로 근간의 복잡한 심사를 어떻게 표현하겠느냐만, 좌우지간 그는 다른 사람에게 자신의 심중을 털어놓을 생각은 추호도 없었다. 상대가 전 여자 친구라면 더더욱.

한데 저를 들볶으며 대답을 재촉할 것 같던 예진은 이상하리만치 오랫동안 침묵했다. 그녀의 얼굴을 비껴가는 근심과 연민의 기색에 선우는 갈수록 영문을 몰랐다.

"……나도 그때는 그랬어. 너랑 헤어지고 나서 다시는 누군가를 사랑하고 싶지가 않더라."

오래지 않아 예진이 무겁게 입을 열었다.

"결혼 때문에 너랑 헤어져 놓고 조금 웃기지만, 그때는 누구랑 결혼하고 싶은 마음도 없었어. 그러기엔 내가 너무 지쳤으니까. 누군가를 다시 사랑할 여력이 내게는 더 이상 남아 있지 않다고 생각했어."

"……."

"그런데 아니더라. 그 사람을 만나니까, 바뀌더라."

손끝만 내려다보며 낮게 읊조리던 예진이 끝내 결심한 듯 고개를 들어 그를 직시했다. 확신에 찬 명료한 목소리가 뒤따랐다.

"우습지만 난 네가 불행하길 바랐어. 당시에 내가 고통스러웠던 것이 온전히 너의 탓은 아니지만, 명색이 연인으로서 그런 고통을 알아채지도 못했다는 잘못이 있다는 건 너도 잘 알 거야. 그런데 나도 어쩔 수 없이 이기적인 사람이라, 내가 외롭고 힘들었던 만큼 너도 딱 그만큼만 힘들길 바랐어. 널 돌아봐 주지 않는 사람에게 빠져서 정신없이 허우적대다가, 그 사람에게 매몰차게 대해지길 원했어. 그렇게 생각했는데…….”

나지막한 목소리에 점차 허탈한 심정이 젖어 든다.

“네가 그런 얼굴이면…… 내 마음이 약해질 수밖에 없잖아. 넌 계속 냉정해야지. 사랑 따윈 모른다는 것처럼 고고하고 재수 없는 얼굴이어야지, 왜 그렇게 풀이 죽었어. 네가 무슨 버림받은 강아지야? 거울 좀 보고 살아, 너도 이제 서른이야. 슬슬 관리해야지. 도대체가 너한테서 잘난 얼굴 빼면 뭐가 남니? 응?”

난데없이 이어지는 타박에 선우는 저도 모르게 고개를 주억거리고 말았다. 관리하란 말이 하고 싶어 이렇게 서론이 길었던 건가, 그런 생각이 들 무렵.

“주는 마음은 하나도 아깝지 않은데, 받는 마음은 고작 한 톨도 아까운 사람.”

까칠하게 마른 그의 얼굴을 염려하며 예진이 다정하게 말을 덧붙였다.

“선우야, 너도 그런 사람과 오랫동안 행복했으면 좋겠어. 진심이야.”

분명 헤어진 연인에게 듣는 말로는 그보다 좋을 수가 없는데도, 선우는 이상하게 아무런 말도 할 수가 없었다. 마치 목구멍이 꽉 틀어막힌 것처럼. 그녀의 다정함이 오히려 그의 숨통을 옥죄고 있었다.

그런 사람.

자연스레 수면 위로 떠오르는 형상을 흩트리며 그는 가까스로 고개만 끄덕였다.

"야, 선우야! 잘 들어가라, 내일 보자!"

"내일 토요일이야."

"아, 그러냐? 그럼 모레 보자!"

"모레는 일요일……. 아니, 됐다. 모레든 언제든 볼 테니까 그만 좀 들어가라. 어?"

선우는 이를 악물고 김정혁의 머리를 힘껏 뒷좌석으로 밀어넣었다. 한데 만취한 탓인지, 평소보다 배로 수다스러워진 김정혁은 당최 차에 탈 생각을 안 했다.

"우리, 오랜만에 소주 한 병만 더 마실까? 어때?"

그러면서 벌겋게 달아오른 얼굴로 소주 마시는 흉내를 내는데, 그보다 더 황당할 수가 없었다. 선우는 끓어오르는 울화를 가까스로 진정시키며, 자꾸만 제 쪽으로 들이대는 친구의 뺨을 꾹 밀었다.

"자정 훨씬 넘었다. 들어가서 제수씨한테 어떻게 빌 건지, 그거나 고민해."

"어? 혜정이?"

제수씨 운운하기 무섭게 김정혁의 얼굴이 흙빛으로 물들었다. 역시나 공처가란 명성이 어디 가진 않던지, 조금 전까진 어떻게 해서든 샛길로 빠지려 틈만 엿보던 정혁이 곧장 얌전하게 뒷좌석으로 들어가 앉았다. 이럴 거면 진작 제수씨 얘기를 할 걸 그랬다. 선우는 한숨을 삼키며 못내 신경질적으로 차문을 닫았다.

차는 김정혁을 태우자마자 쌩하니 도로를 달려 나갔다. 멀어지는 차 뒤꽁무니를 잠시 지켜보던 선우는 친구를 짊어지느라 고생했던 어깨를 주무르며 발길을 돌렸다.

저만치에선 아직 돌아가지 않은 동기들이 벌써 20분째 기나긴 작별 인사를 나누고 있었다. 하기야 제 몸 가눌 수 있다는 이유만으로 인사불성이 되어 버린 다른 동기들을 수습하여 어찌어찌 차에 태워 보내긴 했으나, 그들 역시도 결국에는 대리기사를 부르거나 택시를 잡아야 하는 운명이다. 집까지 걸어갈 정신이 남은 차선우는 그나마 양반이었다.

"야, 차선우! 다음에 보자!"

멀찍이서 비틀거리며 정장 재킷을 추스르던 동기 하나가 그를 발견하곤, 양손을 마구 흔들었다. 흘끗 뒤돌아본 선우도 대강 손짓으로 화답하며 느릿느릿 반대편으로 걸음을 옮겼다. 아무래도 저들은 3차인지 4차인지를 갈 요량인 듯했다. 오래간만에 만나 반갑긴 해도, 여럿이서 술내 풀풀 풍기는 곳에 합류하긴 싫었던지라 이쯤에서 빠지는 것이 수였다.

이제 막 토요일로 접어든 새벽 2시. 착한 아이들은 진작 잠에 들고도 남았을 야심한 시간이건만, 거리는 하루를 갓 시작한 것처럼 기운차게 타오르고 있었다. 어쩌면 이곳의 하루는 지금에서야 정점을 찍고 있는지도 몰랐다. 그리고 그 말을 방증이라도 하듯 사방에서 수십의 취객들이 쏟아져 나오고, 정신없이 집으로 돌아가려는 그들을 꼬드겨 도로 가게로 이끄는 삐끼들이 곳곳에서 눈을 부라리고 있었다.

하지만 너무 정신 산란한 탓인지, 지척에서 보이는 광경조차 도리어 그와는 단절된 기분이었다. 눈을 어지럽히는 불빛도, 귀에 거슬리는 음악도 마치 딴 세상처럼 멀게만 느껴진다. 선우는 익숙지 않은 길을 잡아 걸으며 수많은 인파를 지나쳤지만, 그중 누구도 그에게 직접적으로 와 닿지 못했다. 각자 고유한 이름과 삶이 있을 텐데, 그에겐 단지 익명의 검은 그림자에 불과했다.

거미줄처럼 얽힌 골목길이 끝없이 이어진다. 그는 반쯤은 술에 취한 채로, 반쯤은 졸음에 취한 채로 하염없이 걸었다. 같은 골목을 두어 번씩 돌기도 하고, 막다른 길목에 다다르기도 하고. 그렇게 발길 닿는 대로 걷다 보니 어느덧 동네로 접어드는 횡단보도였다.

요란한 음악 소리와 불빛은 진즉 감각의 저편으로 멀어진 외진 길목. 선우는 텅 빈 사거리에 허수아비처럼 외로이 서서 신호등 불빛만 멍하니 응시했다. 정신없이 걷던 것을 멈추자, 여태 억지로 눌러놓았던 잡생각이 스멀거리며 등골을 타고 기어오르기 시작했다.

고독. 혹은 외로움.

작년 12월 초, 그는 고등학교 동창들과 송년회를 가진 적이 있었다. 오래간만에 열리는 모임이 으레 그러하듯 결혼한 친구들은 어린 자식을 자랑하느라, 곧 결혼할 친구들은 예비 신부의 사진을 보여 주느라, 아직 미혼인 친구들은 취미 생활이나 쓸데없는 가십에 열을 올리느라 몹시 바빴다.

그렇게 이런저런 근황을 주고받다가 자정쯤에 이르러 대화는 자연스레 각자의 깊숙한 일상으로 들어갔다. 다른 사람들은 어떻게 지내나 궁금했던 것도 잠시, 가만히 얘기를 듣자 하니 다들 직업은 달라도 고충은 비슷했다. 불안정한 미래, 하루가 다르게 삐거덕거리는 몸, 쌍욕을 퍼부어도 모자랄 상사와 클라이언트, 늘 품고만 다니는 사표, 그리고 말로 다 못 할 외로움.

'결혼해도 마찬가지야. 그냥 많이 외로워.'

작년인가 재작년에 결혼했던 친구는 술잔을 기울이며 그렇게 말했다. 결혼하면 다른 건 몰라도 외로움은 덜하지 않을까 싶었던 선우는

251

그 말에 동의하는 숱한 기혼 친구들을 보며 문득 그런 생각을 했다. 어쩌면 인생의 본질이란 고독인지도 모르겠다고.

굳이 어려운 철학을 논하자는 것이 아니다. 지금까지 30년. 짧다면 짧다고도, 길다면 길다고도 할 수 있는 세월을 살아오며 느낀 것이란 고작 그게 전부였다. 혼자여도 외롭고, 여럿이 함께여도 외로운 인생. 주위를 서성이는 사람들의 숫자와 고독의 강도는 무관했다.

그러니 그가 나날이 힘겨워지는 회계사로서의 삶에 순응하는 것도 어쩌면 근원적인 고독에서 멀어지고 싶기 때문인지도 몰랐다. 숨 돌릴 틈 없이 바쁘면 외로운 줄도 모르니까. 텅 비어 버린 시간에 뭘 해야 할지 몰라 허둥지둥하는 일은 없을 테니까.

하지만 그것도 한계가 있다는 걸 당시에는 몰랐다. 언제까지나 바쁠 수만은 없으며, 고독이란 괴물이 언제까지나 바쁜 일상에 치이기만 하진 않는다는 것을. 너무 바빠서 외로운 줄도 모르고 사는 사이, 고독은 남몰래 정신을 갉아먹으며 배를 채우고 부피를 키워 나가고. 그러다가 꽉 옥죄었던 정신이 아주 잠깐이라도 느슨해지는 순간, 그 틈으로 고개를 내민 고독이 순식간에 자기 자신을 잡아먹어 버린다는 것을, 당시에는 미처 몰랐다.

한번 맛 들인 담배를 끊기 어렵듯, 고독도 마찬가지다. 일상적인 외로움에 가끔씩 몸서리치면서도 그럭저럭 잘 살아 나가던 차선우는 이제 어디에도 없었다. 그는 이제 외롭지 않은 일상을 알았다. 불현듯 고독이 울컥하는 날이면, 늘 귀신같이 알고 나타나 그를 달래고 어루만져 주던 사람을 똑똑히 기억했다. 그녀의 눈빛이 어땠는지, 목소리는 어떻고 걸음걸이는 어떠했는지 낱낱이 기억하고 있었다.

그래서 외로웠다. 외롭지 않은 날을 알아서 더욱 외로웠다. 이제는 외로운 날이 외롭지 않은 날보다 곱절은 많기에. 잠 못 드는 밤이면 엄습하는 고독에 몸서리치면서도, 그런 밤에 익숙해졌다는 사실이 못 견디게 괴로웠다.

그녀가 없는 하루하루가 이토록 고통스러울지, 차마 짐작하지도 못했다.

문득, 달칵하는 소리가 고즈넉한 정적을 깨트린다. 푸르게 일변하는 신호등 불빛을 뚫어져라 응시하던 선우가 조용히 발걸음을 뗐다. 지나다니는 사람 하나 없는 고요한 사거리. 한낮에 만선일 적에는 그토록 비좁아 보였건만, 새벽녘 텅 비어 버린 도로는 머나먼 밤바다처럼 검고 쓸쓸하기만 했다.

그래서일까, 이상할 정도로 멀게만 느껴지는 건너편은 좀처럼 가까워질 생각을 안 했다. 선우는 꾸벅꾸벅 찾아드는 졸음과, 술김에 치솟는 여러 감정들을 애써 외면하며 꾸준히 걸어 나갔다. 한 걸음, 한 걸음. 지금으로선 한시라도 빨리 집으로 돌아가 침대에 눕고픈 생각뿐이다. 부디 오늘만은 악몽이 엄습하지 않길. 눕자마자 찾아들 새카만 어둠과 안식만이 고독에 시달리는 그의 유일한 동아줄이었다.

그런데 걸음이 돌연 멎었다.

뼛골 시린 갈바람조차 잦아든 순간, 푸른 신호등 불빛 어드메를 헤매던 시선이 불현듯 건너편 골목에 깊숙이 못 박혔다. 헐벗은 가로수가 일렬로 도열한 길가. 한낮에도 인적 드문, 새벽어둠에 휩싸인 그의 귀갓길.

어둠을 몰아내는 노란 가로등 불빛 아래, 외로이 누군가를 기다리는 인영(人影)이 있었다.

선우는 저도 모르게 숨을 삼켰다. 마법에라도 걸린 것처럼 전신이 옴짝달싹하지 못하는 중에도, 저 멀리 익숙하디익숙한 뒷모습만은 시야에 박힌 것처럼 변치 않았다.

하나로 동여맨 갈색 머리칼과, 지나치게 커다래서 우스꽝스러운 옷매. 지루하게 발밑을 배회하다가도, 가끔씩은 흐린 밤하늘을 올려다보는 시선. 언제 올지 모르는 누군가를 하염없이 그리는 기다림, 그리고 뒤편에서 누군가 다가오는 발소리를 듣는다면 당장이라도 뒤돌아 환한 미소로 만개할 사람.

너무 행복하면 눈물이 난다고 했던가. 살면서 단 한 번도 믿지 않았던 말이 난생처음으로 실감 나는 순간이었다. 여름내 가물었던 밭에 생각지도 못한 소낙비가 쏟아지는 것처럼, 반가움과 갈증이 마구 뒤섞인 감정이 삽시간에 차올랐다. 수많은 밤을 뜬눈으로 지새우며 겪었던 지난한 고통도, 예상치 못한 순간순간 치솟던 외로움도 이제는 아무렇지 않았다. 한순간에 전부 나아 버렸다. 극도의 행복감으로 온몸이 두둥실 허공에 떠오르는 것만 같았다.

그저 그녀에게로 다가가고픈 일념뿐이다. 발소리를 죽여 다가갈까, 아니면 부러 들으라는 듯이 성큼성큼 다가갈까. 하지만 아무래도 좋았다. 깜짝 놀라는 모습을 보는 것도, 뒤돌아 먼저 저를 반겨 주는 것도. 그녀와 시선을 마주하고, 말을 나눌 수 있다는 것 자체로 행복한 일이었다. 지난겨울, 다정한 위로가 되어 주었던 따스한 말 한마디 다시 듣는 것만으로도 충분했다.

그리 영원 같은 찰나를 흘려보내며, 좀처럼 움직이지 않는 몸을 억지로 움직였다. 그런데 삐걱대는 다리를 놀려 한 걸음 앞으로 내디딘 순간, 그녀가 홀연히 사라져 버렸다. 마치 신기루처럼, 아무런 흔적도 없이.

선우는 멀거니 저편을 응시했다. 빠르게 줄어드는 파란불은 안중에도 없었다. 저 멀리 시커먼 어둠에 휩싸인 귀갓길, 거기서 유일하게 빛나는 가로등 아래. 조금 전까지만 하더라도 저곳에서 외로이 그를 기다리던 뒷모습이 있었는데, 지금은 온데간데없다. 잘못 본 것이 아니다. 분명 저기에 유지나가—

일순, 그의 얼굴이 형편없게 일그러졌다.

"병신같이……."

나직이 뇌까린 목소리에 시퍼런 가시가 그득했다. 선우는 핏발 선 눈으로 건너편 골목을 노려보다가 이내 바람처럼 등을 돌렸다. 금방이라도 빨간불로 바뀔 것처럼 위태로운 신호등 불빛을 따라 성큼성큼 횡단보도를 가로지르니, 어느새 제자리.

그는 차마 건너편 길목은 돌아보지도 못하고 아무렇게나 걸음을 옮겼다. 집에서 멀어지는 방향인데도 좀체 멈출 수가 없다. 이대로는 돌아갈 수가 없어서. 아무도 없는 저 길로는, 유지나의 환영이 눈앞에 어른거리는 저 길로는 도무지 갈 수가 없었다.

그리 어두운 새벽녘을 정처 없이 헤매었다. 무슨 생각을 하고 의도적으로 움직인 것은 아니다. 다만 머릿속을 가득 메운 지독한 자기혐오와, 방향을 잃어버린 분노에 몸서리칠 뿐. 그러다가 더는 상처 입지 않기 위해 빼 든 칼날이 수없이 많은 사람들을 차례로 겨누기 시작했다.

처음은 물론 유지나였다. 좋아한다느니, 행복하길 바란다느니 온갖 다디단 말로 마음을 어지럽히고선 어느 날 사라져 버린 그녀를 겨누길 한참. 그럼에도 치솟는 울분을 이기지 못해, 그를 속여 술자리로 불러낸 김정혁을 비난하기도 하고, 공연한 말을 꺼내 유지나를 수면 위로 끌어 올린 백예진을 욕하기도 했다.

그래, 그들이 문제다. 오늘 저녁까지만 해도 어두컴컴한 기억 속에 꽁꽁 묶여 있던 유지나를 끄집어내서 이토록 그를 괴롭게 만든 그들이 문제였다. 아무것도 모르면서, 누구 때문에 이토록 힘겨운지 아무것도 모르면서.

'너 나중에 분명 후회할 거야. 네가 날 외롭게 놔둔 것처럼, 너도 외로워 미칠 것 같은 날이 올 거라고!'

선우는 양손으로 머리를 부여잡으며 두 눈을 질끈 감았다. 아니, 실은 알고 있었다. 김정혁이나 백예진은 아무런 상관도 없다는 걸. 그들이 무심결에 내뱉은 말 한 마디, 한 마디에 지나치게 예민하게 반응하는 건 어디까지나 그의 탓이다. 그토록 유지나에게 얽매인 그의 잘못이었다.

그러니 어쩌면 그 말이 현실로 이루어졌는지도 몰랐다. 이제는 얼굴도 기억나지 않는 옛 여자 친구의 한 맺힌 절규. 목에 피가 맺히도록 그를 저주하던 소리들. 시간이 흘러 겨우 담담해진 마음으로, 네가 불행하길 바랐다며 나직하게 읊조리던 백예진의 진심.

어쩌면 이 모두, 그들을 외롭게 방치한 죄인지도 몰랐다.

어느덧 길가에 멈춰 선 선우가 북받친 한숨을 겨우 토해 냈다. 졸린 탓인지, 술기운 탓인지 좀처럼 머리가 빠릿빠릿하게 돌아가지 않았다. 어쩌다 이토록 엉망진창이 되었나 싶어 헛웃음만 간헐적으로 터져 나왔다.

꼭 연락하라는 당부조차 무시한 사람이다. 아직껏 마음을 쓰는 것이 미련스러운 짓이라는 걸 잘 알면서도.

'있죠, 나는 차선우 씨를 만나 진심으로 행복했어요. 내일 죽어도 좋을 만큼, 아주 많이.'

행복하던 시절이 있었다. 당시에는 몰랐으나, 돌이켜 보니 그때가 행복이고 기쁨이었다.

그러나 이제는 더 이상 행복하지 않다. 그는 어느새 세상에서 가장 불행한 사람이 되었고, 불행의 구렁텅이는 도무지 끝이 보이질 않았다.

'누가 그러는데, 삶은 고통이래요. 원래 사는 게 힘든가 봐요.'

원래 삶이란 이토록 힘겨운 걸까. 당신의 말대로, 원래 이렇게 힘든 걸까.

'나는 차선우 씨가 제발 무너지지 않았으면 좋겠어요.'

무너지지 않길 바랐으면, 그렇게나 간절했으면 아무 말 없이 사라지지 말았어야지. 마음은 있는 대로 흔들어 놓고 혼자만 매정하게 가 버리지 말았어야지.

하지만 당신은 이제 내 곁에 없는데.

선우는 입술을 강하게 짓씹었다. 차마 목청 터트리지 못한 말소리가 속에서만 뱅뱅 맴돌았다.

나는 이제 곧 무너질 것이다.

당신이, 날 무너뜨렸다.

"어서 오세요."

딸랑, 종소리와 함께 편의점 알바생의 무기력한 인사말이 들려왔다. 다른 매대는 거들떠도 보지 않고 곧장 음료 냉장고로 향한 선우는 수십 종류의 상표를 살필 겨를 없이 아무렇게나 집히는 대로 캔 맥주를 꺼내 들었다. 그리고 계산대로 가려는데, 평소에는 맛없다며 거들떠도 보지 않았던 커피 음료가 눈에 들어온다. 취기로 흐려진 눈동자가 한 차례 크게 일렁였다.

"안녕히 가세요."

무기력한 인사말을 뒤로한 채 문턱을 넘는 그의 양손엔 캔 맥주와 커피 음료가 사이좋게 하나씩 들려 있었다. 물끄러미 제 손을 내려다본 선우가 여트막한 한숨을 내쉬었다. 흡연자들은 독하게 마음먹어 10년 금연하고도 언제 다시 담배의 유혹에 빠질지 모른다는데, 고작 반년 노력한 마음이 굳건할 리 없다. 아마 내일 정오쯤 술이 완전히 깨면 무조건 후회할 일이겠으나, 술기운에 약해진 마음으로 커피의 유혹을 견뎌 내기란 어림도 없었다.

사람 바뀌기가 어째 쉽던가.

비틀대며 몇 발짝 걸어가던 선우는 결국 편의점 앞에 마련된 푸른 파라솔 의자에 털썩 주저앉았다. 그러곤 고개를 푹 수그린 채 숨만 몰아쉬길 한참, 갑자기 치미는 갈증에 우선 캔 맥주부터 따고 보았다.

"……시원하네."

기온이 한 자릿수로 떨어지는 늦가을 새벽녘에 그다지 어울리는 말은 아니지만, 술기운이 올라 뜨듯해진 몸으론 여간해서 추위를 느끼기가 쉽지 않았다. 물론 이러다가 감기라도 걸린다면, 역시나 내일 정오쯤엔 무진장 후회할 일이긴 했다.

그래도 이대로 집에 들어가긴 싫었다. 홀로 지나가야 하는 새벽 귀갓길도 싫지만, 온기라곤 전혀 느껴지지 않는 컴컴하고 휑한 집도 꼴

보기 싫긴 매한가지다. 그래서인지, 시곗바늘은 벌써 새벽 3시에 근접하고 있는데도 여전히 그는 귀갓길 근처만 빙빙 돌고 있었다. 오죽 갈 곳이 없었으면, 방금 전까진 존재하는 줄도 몰랐던 편의점에 들러 맥주나 사 마실 정도였다.

그나마 내일이 주말인 것이 천만다행이다. 술은 덜 깼지, 잠은 한숨도 못 잤지. 그 지경으로 출근했다간 사내에서 무슨 말이 나돌지 몰랐다. 소문도 소문이지만, 결벽적으로 스스로를 관리하는 차선우 본인이 그 꼴을 용납할 수 없었다. 수면 부족이야 일상이니, 내일 하루쯤 집에서 푹 쉬면서 끈덕진 술내를 다 털어 내면 될…….

근데 내일이 무슨 요일이었더라.

흐리멍덩한 머릿속을 헤쳐 기억을 더듬어 나가던 선우는 결국 핸드폰 액정을 켜고 말았다. 토요일, 2시 54분. 분명 마지막으로 요일을 생각했을 때는 아직 금요일이었는데, 그새 하루가 지나간 모양이다. 그는 바람 빠진 웃음소리를 내며 속으로 김정혁에게 사과했다. 내일모레 보자던 그의 말이 아주 허튼소리도 아니었다.

"기분 나쁘게 왜 혼자서 실실 쪼개나."

그때, 불현듯 가까이서 퉁명스러운 목소리가 들려왔다. 두어 번 눈을 깜박이던 선우가 느릿하게 고개를 돌렸다. 언제 다가왔는지, 체크무늬 정장을 멋들어지게 차려입은 어느 노신사가 맞은편 의자에 앉아 혀를 차고 있었다.

"술에 취했으면 알아서 곱게 집으로 들어가야지. 야심한 시간에 이런 데서 뭐 하는 게야?"

"……지금 저한테 하는 말씀이세요?"

"그럼 여기 자네 말고 또 누가 있나?"

갑작스러운 호통에 선우는 적잖이 당혹스러웠다. 말짱한 정신이었다면 신경 쓰지 마시고 갈 길 가시라 했을 테지만, 술기운에 몽롱한 정신으로는 말 한마디 제대로 내뱉긴커녕 입술만 달싹거리기 바빴다.

그런데 그 모습을 또 어찌 해석했는지, 갑자기 노인이 벌컥 화를 냈다.

"할 말이 있으면 똑바로 해. 자네가 무슨 벙어리야?"

"아…… 죄송합니다……."

"그래, 그렇게 고분고분하기라도 하든가. 이거야 원, 술에 취하더니 아주 바보가 되어 버렸어."

대놓고 끌끌 혀 차는 소리가 뒤이었다. 선우는 멀거니 노인을 응시하다가, 흐리멍덩한 얼굴로 천천히 좌우를 둘러보았다. 도무지 인적이라곤 찾아볼 수 없는 고요한 길가. 음산한 어둠 속을 배회하던 눈길이 오래지 않아 노인에게로 돌아왔다.

"저, 그런데 어르신. 혹시 절 아십니까?"

선우가 짤막한 고민 끝에 조심스럽게 말문을 열었다. 아무리 취했기로서니 지인을 못 알아볼 정도는 아니다. 더군다나 저리 백발이 성성한 노인이라면 더더욱.

"당연히 알지. 그럼 알지도 못하는 사람한테 말을 걸까 봐?"

"죄송하지만 사람을 착각하신 건 아닙니까? 아무리 봐도 저는 모르는 분인데……."

"당연히 자네는 모르겠지. 지금껏 그런 거나 고민하고 있던 건가?"

고작 그런 걸 고민하느라 낭비한 시간이 아깝다는 듯, 노인이 사뭇 한심스럽다는 시선을 던졌다. 선우는 갈수록 영문을 몰랐다.

"저는 당연히 어르신을 모른다고요?"

"그래."

"아니, 그럼 어르신은 도대체 절 어디서 보신 건지……. 혹시 클라이언트십니까? 아니면 교수님?"

"거참, 생각하는 거하고는."

"그것도 아니면, 저희 부모님을 아세요?"

그가 알 법한 저만한 연배의 노인이란 친척이나 회사에서 공적으로 만난 클라이언트, 이제는 이름이며 얼굴을 죄 잊어버린 대학 교수님들, 것도 아니면 부모를 통해 몇 번 합석했던 누구누구가 전부였다. 친척 어른도 못 알아볼 정도로 취한 것은 아니니 경우의 수는 나머지 세 개인데, 그중 둘을 제하면 마지막 가능성 하나만 남았다.

"네 부모?"

"두 분 모두 대학 병원에서 일하십니다. 만약 동종 업계 분이시라면……."

"알아."

"네?"

"안다고, 네 부모."

노인이 무표정한 얼굴 그대로 말했다.

"그 부모에 그 자식이라고, 어째 건방진 건 똑같구나."

욕이라고 하기에도 뭐하고, 그렇다고 욕이 아니라고 하기에도 뭐한 말이다. 여기서 정색해야 하나 진지하게 고민하는 사이, 노인의 불호령이 재차 떨어졌다.

"또 무슨 생각을 그리해? 사람을 앞에 앉혀 두고."

"네?"

"그놈의 네 소리는 집어치워. 네놈 입은 도대체가 다른 생산적인 말은 못 하는 게냐?"

이쯤 되니 선우는 조금 억울해졌다. 이런 야심한 시각, 편의점 앞에 덩그러니 앉아 있었다는 이유만으로 이렇게 막말을 들어야 하는 건가.

나이라도 비슷했다면 진즉 큰소리가 나가고도 남았을 텐데, 상대는 백발이 성성한 노인네라 함부로 대할 수도 없다. 술만 마시면 자극에 무뎌지는 뇌도 한몫했다.

"음, 저한테 무슨 하실 말씀이라도……."

"할 말은 자네에게나 있겠지."

들을수록 아리송한 말이다. 할 말이 내게 있다면, 저 노인네는 지금 내 말을 듣고 싶다는 건가? 그것도 새벽 3시에?

고민을 거듭하던 선우는 오래지 않아 제법 확신에 찬 결론을 내렸다. 저 노인네는 독거노인이 틀림없다. 이런 야심한 시각에 바깥을 쏘다닐 정도로 사람이 고픈 나머지, 홀로 편의점 파라솔을 지키던 그에게 호통이나 내리는 것이다.

교양 있는 시민이라면, 마땅히 약자를 배려해야 하는 법. 선우는 노인을 측은하게 여기며, 잠시만이라도 노인의 장단에 맞춰 주기로 했다. 평소라면 미친 사람 보듯 하며 슬슬 피했을 차선우건만, 술이 들어가니 좀처럼 흔적을 찾아볼 수 없던 동정과 연민의 마음이 싹트는 모양이었다.

"어르신, 야구 좋아하십니까?"

"뭐?"

"아니다, 그 전에 뭐라도 드시겠어요? 날이 추운데 따뜻한 음료라도……. 지갑이 어디 있더라."

선우가 허둥지둥 코트 주머니며, 바지 주머니를 뒤지기 시작했다. 기가 찬 얼굴로 그 모습을 가만히 지켜보던 노인이 별안간 선득한 웃음소리를 냈다.

"자네, 지금 뭐 하는 겐가?"

"잠시만 기다려 주세요. 지금 지갑을 찾고 있는데, 도대체 어디 있는 건지……."

"뭐 하러 쓸데없이 새로 사. 거기 좋은 게 하나 있구먼."

그러면서 노인은 팔을 쭉 내밀어 선우가 부러 남겨 두었던 커피를 채어 갔다.

"아껴 쓰게. 돈이란 건 원래 필요할 때 부족한 법이니까."

부드러운 용기 윗부분에 빨대가 꽂혔다. 물 흐르듯 자연스러운 움직임으로 커피를 빨아들이는 노인을 멍하니 바라보던 선우가 가까스로 입을 뗐다.

"그거, 내 커피……."

"고맙지? 덕분에 열심히 커피를 멀리했던 노력이 용케 무너지지 않았으니까."

"아니, 아무리 그래도……."

"그보다 이만 자네 이야기로 들어가 보지. 이러다간 날 밝겠어."

시작하라는 듯 노인이 가볍게 손짓했다. 그때껏 흔들리는 눈으로 내내 커피만 응시하던 선우가 뒤늦게 반문했다.

"무슨, 이야기를 말씀하시는 건지."

"왜, 있잖은가. 지금 자네 얼굴이 무슨 세상 고민을 전부 뒤집어쓴 것 같은데. 이렇게 맛있는 커피까지 얻어 마시고 입 싹 씻기는 조금 그러니, 내 이참에 자네 고민이나 한번 들어 주겠단 거야."

마치 무언가 대단한 걸 베푼다는 투였다. 선우는 말없이 노인을 바라보았다. 미친 소리를 들어서 그런가, 이제야 좀 술이 깨는 것 같았다.

"날이 춥네요. 먼저 들어가겠습니다."

그는 부러 딱딱한 목소리를 내며 자리에서 일어섰다. 그런 선우를 붙잡긴커녕 태연하게 커피나 홀짝거리던 노인은, 그가 가방을 챙겨 파라솔 아래를 벗어날 즈음이 되어서야 느지막하게 묘한 말을 흘렸다.

"많이 닮았지, 그 둘?"

미련 없이 돌아서려던 선우가 순간 멈칫했다. 경악으로 가득한 두 눈에 뜻 모를 미소를 짓고 있는 노인의 얼굴이 선명하게 비친다.

"세상에 도플갱어가 있지 않는 이상에야 그렇게나 똑같을 수는 없지. 쌍둥이도 그렇게 닮긴 힘들 텐데 말이야."

"……방금 뭐라고 하셨습니까?"

"일단 앉지."

노인이 느긋하게 의자를 가리켰다. 황급히 의자에 걸터앉은 선우가 재차 말문을 열려는 순간, 노인이 먼저 치고 들어왔다.

"혹시나 내가 그걸 어떻게 알았는지 물을 거라면 그만두게. 지금 그런 건 하등 중요하지 않아. 문제는 자네야."

"제가 문제라고요?"

"그래. 얼마나 답답하게 굴었으면 내가 여기까지 다 찾아왔겠나."

노인이 마치 연설이라도 하는 것처럼 우아하게 양손을 들어 올렸다.

"닮았지?"

"네?"

"그 두 사람 말이야. 아무리 봐도 닮았잖아. 닮았다는 말도 부족할 만큼."

선우는 달싹대던 입술을 다물며 조용히 시선을 떨구었다. 그 고집스러운 작태에 노인이 코웃음을 쳤다.

"닮지 않았어? 닮았잖아. 너무 똑같지 않아?"

"……그럼 뭐 합니까. 다른 사람인데."

"달라? 왜 그렇게 생각하는데?"

"절 만났던 기억이 없으니까요."

"자네에 대한 기억이 뭐 대순가. 기억 못 할 수도 있지."

"1년도 지나지 않은 일입니다. 열두 번이나 만났던 사람을 고작 1년 도 안 되어 까맣게 잊었을 리가요."

노인이 흠, 진중한 소리를 냈다.

"그래서 다른 사람이다? 자네를 기억 못 하니까."

"……."

"그럼 자네, 지금 왜 여기서 이러고 있나? 그리 멋대로 결론 내렸으 면 집에서 발 씻고 자고 있어야지."

"제가 어디서 뭘 하든 어르신과 관계없잖습니까."

"어이구, 여기까지 와 줘서 감사하다고는 못 할망정."

"감사한 일이 있어야 감사하다는 말이 나오죠."

불퉁한 대꾸에 노인이 잠시 아연한 표정을 지었다. 호기롭게 말을 내뱉긴 했어도 행여나 노인이 아까처럼 난리를 피우진 않을까 내심 염 려했던 선우는 짧은 갈등 끝에 재차 입을 열었다.

"……죄송합니다."

"죄송한 걸 알긴 아는구면."

심기 불편한 얼굴로 반쯤 돌아앉아 커피를 마시던 노인이 문득 나지 막하게 말했다.

"아예 다른 사람이라고 확신했으면 이 시간에 여기 죽치고 앉아 있 을 리 없겠고."

"……."

"자네도 헷갈리는 거지?"

선우는 말없이 눈을 내리깔았다. 태평한 듯, 조급한 듯 기묘한 노인 의 목소리가 끊임없이 이어졌다.

"아무리 봐도 똑같은 사람이 맞는데 날 전혀 기억을 못 해. 오래된 일이면 그럴 수도 있겠거니 하겠지만, 것도 아니야. 일반적으로 생각했을 때, 1년도 안 된 만남을 그렇게 모조리 잊어버릴 수는 없으니까. 그래서 마냥 같은 사람이라 치부하기엔 찝찝하지, 많이 찝찝하지.”

“……잘 아시네요.”

“한데 왜 말을 안 했나?”

선우가 멀뚱히 쳐다만 보자, 노인이 답답하다는 듯 손짓했다.

“그 여자한테 말야. 왜 말하지 않았느냐고.”

“말했습니다. 전혀 모르는 눈치던데요.”

“그렇게 남 일처럼 말하면 소용없지. 내 말은, 왜 그 여자한테 보다 직접적으로 묻지 않았냐는 거야. 우리 1년 전에 만났는데 왜 기억을 못 하냐, 대놓고 물어보면 되잖은가.”

“그게 그렇게 말해서 될 일입니까? 자칫하다 미친놈 취급이라도 받으면 어쩌려고요.”

“그리 죽상이면서, 미친놈 취급 받기는 영 무섭나 보지?”

노인이 빙긋 웃었다. 뜻밖에 집요한 눈길이 선우의 얼굴을 샅샅이 살폈다.

“아니야, 아니지. 자네는 미친놈으로 낙인 찍히는 것이 두려운 게 아니라, 그 여자와의 관계가 파탄 나는 게 두려운 거야.”

“…….”

“어때, 내 말이 맞지?”

어둡게 그늘지는 선우의 표정에서 답을 찾은 노인이 아이처럼 기뻐했다. 남의 속도 모르고. 선우는 속으로 이를 갈았다.

“그래서, 도대체 무슨 말씀을 하고 싶으신 겁니까?”

“찾아가. 그리고 얘기해.”

“뭘요.”

“다.”

"싫습니다. 그러다가 차단당해요."

차단뿐일까, 여기 미친놈 잡아가라며 경찰이라도 부르지 않으면 다행이었다. 선우가 씁쓸하게 맥주나 들이켜는 사이, 비딱한 눈으로 그를 관찰하던 노인이 가벼운 웃음소리를 냈다.

"왜 그럴 거라 생각하는데?"

"……왜 그럴 거냐니. 쉽게 믿을 수 있는 얘기는 아니잖습니까. 당장 저부터도 믿기가 힘든데."

"그건 자네라서 그렇고. 과연 그 여자도 그럴까?"

순간 선우는 말문이 막혔다. 노인은 여전히 기묘한 미소를 띤 채로 말을 이어 갔다.

"모든 세상 사람들이 자네처럼 의심 많은 건 아니야. 더구나 생각해 보게. 만약 그 여자가 자네를 찾아와서 도무지 믿을 수 없는 이야기를 늘어놓으면, 자네는 당장에 그 여자애를 내칠 겐가? 내 보기엔 전혀 아닐 것 같은데."

선우는 멍하니 노인을 바라보았다. 도무지 믿을 수 없는 이야기를 늘어놓는다고 유지나를 내친다? 그렇다기에 유지나는 이미 진즉부터 믿을 수 없는 이야기를 술술 풀어내던 여자였다. 천사니, 초능력자니 하는 얘기들이 아직도 귀에 선했다.

"……정말 말해도 될까요?"

"그걸 왜 나한테 묻나. 이미 자네는 답을 알고 있는데."

노인이 웃음기를 띠며 저 멀리 짙은 어둠에 잠긴 거리를 가리켰다.

"그만 가 보게."

말이 끝나기 무섭게 선우는 테이블을 뒤집어엎을 기세로 벌떡 일어섰다. 그 바람에 쓰러져 나뒹구는 의자부터 허둥지둥 일으켜 세우는 사이, 노인은 적막한 도로를 돌아보며 조용히 읊조렸다.

"악몽은 곧 사라질 거야. 그런 건 원래 시간이 약이니까."

영문 모를 시선이 아주 찰나에 노인에게 닿았다. 묻고 싶은 것이 아주 많지만, 지금은 때가 아니다. 선우는 반문할 겨를 없이 황급히 가방만 챙겨 뛰쳐나갔다. 그러나 몇 발짝 내딛기도 전, 다시금 제자리로 돌아와 파라솔 안쪽으로 고개를 들이밀며 조심스레 3단 우산을 건넨다.

"빗방울 떨어집니다. 쓰고 가세요."

예의 바르게 허리까지 꾸벅 굽히며 인사한 선우가 금세 어둠 속으로 사라졌다. 그가 달려 나간 방향을 물끄러미 쳐다보던 노인이 곧 허탈하게 웃었다.

"저 부족한 것 어디를 그리 좋아하나 했는데……. 이거였구먼."

편의점에서 쏟아지던 불빛이 일순 꺼멓게 잦아들었다. 직후 깜박거리며 불빛이 다시 돌아온 거리. 백발노인이 우두커니 자리를 지켰던 파라솔 아래는 어느새 텅 비어 있었다. 마치 처음부터 아무도 없었던 것처럼, 싸늘한 침묵만을 남긴 채로.

첫 배신은 초등학교 3학년 때였다.

'미안해, 선우야. 엄마가 잘못했어. 응?'

문밖에선 하염없이 그런 소리만 들려왔다. 처음에는 화를 내고 무시로 일관하기도 하시더니, 꼼짝없이 잠긴 채로 반나절 동안 옴짝달싹하지 않는 방문을 보자 덜컥 겁이라도 집어먹으신 모양이었다.

그러나 초등학생 차선우는 방구석에 틀어박혀 도통 움직일 생각을

안 했다. 미안하다며 흐느끼는 소리가 한없이 흘러드는데도, 난생처음
으로 배신당한 충격을 살피기 급급했다. 그토록 사랑하던 어머니의 목
소리조차 듣기 싫어, 양손으로 귀를 틀어막은 채 무수한 찰나를 버텨
나갔다.

그다음의 기억은 흐릿했다. 어린 여동생이 뭣도 모르고 어머니를 따
라 울던 소리를 들었던 것도 같고, 느지막하게 귀가하신 아버지께서
방문 열쇠는 어디 있느냐 드물게 고함을 치셨던 것도 같다. 어찌 되었
든 그날의 마지막 기억은 문턱 너머에서 절 바라보는 부모의 육중한
그림자뿐이다. 졸음과 허기에 지쳐 가물가물했던 시야는 거기서 뚝 끊
겨 버렸다.

그날의 설익은 반항으로 부모님께 크게 혼이 났는지는 잘 모르겠다.
좋지 않은 기억이라 빨리 잊어버렸을 수도 있지만, 짐작건대 혼이 나
봤자 따끔한 말 몇 마디 정도였을 것이다. 고작해야 방문을 잠그고 반
나절 동안 혼자서 방에 틀어박힌 정도였어도, 그때껏 고분고분 순종적
이었던 착한 아들이 처음으로 저지른 반항이니 모르긴 몰라도 부모님
의 충격도 적잖았을 터.

이후로 그날의 일은 가족들 사이에서 암묵적으로 '없던 일'이 되었
다. 부모님은 예전처럼 화목한 분위기를 자아내느라 애쓰셨고, 어린
여동생은 어리둥절하여 부모님의 눈치만 보다가 금세 잊어 먹고 말았
다. 선우도 다시는 그날의 일을 입에 올리지 않았다. 얼핏 보기에 그는
예전과 별반 다르지 않은 착한 아들이었고, 그에 부모도 안심하여 내
심 불안했던 마음을 내려놓았다.

하지만 그런다고 '있었던 일'이 정말 '없던 일'이 되던가. 답은 아
니었다. 어디 머리라도 세게 부딪쳐서 기억이라도 날아가지 않는 이상
에야, 그날의 일이 정말로 없던 일이 되지는 못했다. 부모는 겉보기에

예전과 크게 다름없는 아들의 모습에 안심했을지 몰라도, 어린 차선우는 그날의 일을 아주 선명하게 기억하고 있었다. 잊으려야 잊을 수가 없었다. 그날에 입은 상처는 아직도 아물지 않았기에.

좌우지간 다른 가족들은 거의 다 잊었을지 모르는 그날의 기억이 차선우의 인생에 커다란 족적을 남긴 것은 분명했다. 혹자는 '고작 그런 일로?' 라며 의아해할지도 모르지만, 당시에 고작 열 살 꼬맹이였던 차선우에게는 인생이 송두리째 흔들리는 어마어마한 충격이었다.

태어나 처음으로 맛본 배신감이기도 하거니와, 애당초 어머니에 대한 믿음이 너무도 뿌리 깊었기에. 아무리 허황되더라도 어머니가 하는 말이라면 일단 무조건 믿고 보았던 꼬맹이 차선우는 그날 처음으로 인생의 쓴맛을 맛보았다. 그 이후로 겪었던 수없이 자잘한 배신은 그날의 곁가지에 불과했다.

그러니 굳이 따지자면, 그날이 바로 인간 불신의 시작점일 것이다. 중학교, 고등학교, 대학교. 점차 단계를 밟아 올라갈수록, 어떤 이유에선지 그의 주변은 늘 원치 않게 사람들로 바글거렸다. 그럼에도 그 수많은 사람들 중에서 누구와도 진실한 관계를 맺지 못했다. 십년지기 동창에게도, 오래 사귀었던 여자 친구에게도 쉽사리 마음을 내비치지 못했던 불신의 역사란 이토록 깊고 오래된 것이었다.

처음에는 스스로 바꿔려고 제법 노력했던 것도 같다. 친구에게 조금씩 마음을 줘 보고, 여자 친구에게도 조금씩 마음을 줘 보고. 워낙에 배신당한 트라우마가 깊어 순식간에 변하지는 못해도, 나름대로 조금씩이나마 바꿔려고 노력했었다.

하지만 그때마다 일이 잘 풀리지가 않았다. 중학교 땐가 제법 친밀하게 지냈던 친구는 부모님을 따라 캐나다로 훌쩍 떠나 버린 뒤 자연스레 연락이 끊겼고, 고등학생 때 사귀었던 여자 친구는 남몰래 양다리를 걸쳤다가 우연찮게 들켜 버렸다. 그러고 보면 네가 날 외롭게 만들어서 그랬다는 헛소리도 그때 처음으로 들었던 것 같다.

일련의 사건을 겪으며 상심한 마음을 더는 달랠 길이 없었다. 또다시 어긋날지 모르는 관계가 두려웠고, 그러면서 받게 될 상처가 무서웠다. 그냥 이렇게 혼자 살다가 죽자는 생각이 굳어졌을 무렵에는 더 이상 인간관계에 아무런 미련도 없었다. 어차피 살면서 만나는 사람들이란 거의가 엇비슷했다. 내어 줄 것이 없는데도 자꾸만 뭔가를 바라거나, 맹목적인 믿음에 배신으로 답하거나. 자연스레, 이유 모를 호의를 담아 다가오는 사람들을 피하게 되었다.

그리 피상적인 관계에 매달리며 쓸데없이 정신을 소모하길 멀리하자, 이는 곧 평화롭고 조금은 무료한 일상으로 이어졌다. 선뜻 다가오려는 사람도 없고, 애써 다가가고픈 사람도 없는 나날. 어린 나이에 겪은 모종의 충격으로 가족조차 깊디깊은 심중에서 내몰아 버린 차선우는 그리 외톨이가 되었다.

스스로 선택한 삶이기에 후회는 없다. 근 몇 년은 더할 나위 없이 안정되기도 했으니.

하지만 유지나, 그 여자를 만나면서 모든 것이 송두리째 뒤바뀌었다.

"네, 지나 씨. 늦은 시간에 죄송하지만, 지금 잠깐 뵐 수 있을까요? ⋯⋯네, 지금요. 꼭 전해야 하는 말이 있어서요. ⋯⋯미안합니다. 네. 아뇨, 제가 그쪽으로 갈게요. 어차피 택시 탔으니까 금방 도착할 거예요. ⋯⋯네, 거기 놀이터 앞에서 기다리겠습니다."

택시는 텅 빈 도로를 빠르게 질주했다. 점차 시끄러워지는 빗소리가 귓가를 그득 메우는 가운데, 선우는 새카만 창밖을 지그시 노려보며 필사적으로 핸드폰만 부여잡고 있었다. 얼굴은 무섭도록 딱딱했으나,

한편으로는 손등에 핏줄이 불거질 정도로 긴장한 기색이 역력했다.

곧 유지나와 만난다.

정체 모를 노인의 말에 이끌려 눈 딱 감고 저지르긴 했어도, 그는 아직 유지나를 만나 어떻게 얘기를 시작해야 하는지조차 명확하게 정하지 못했다. 실은 조금 전에 말했던 것처럼 번호가 차단되고, 미친놈 취급 받을까 내심으론 전전긍긍하기도 했다. 그래서 술에 만취한 척 다시 전화해서 약속은 없던 일로 할까 싶다가도, 어쩌면, 아주 조금의 가능성이나마 어쩌면 유지나는 자신의 말을 믿어 줄지도 모른다는 근거 없는 희망이 샘솟고 있었다.

천사도 믿고, 초능력자도 믿고, 산타클로스도 믿는 사람이라면 믿어 줄지도 모른다고. 그조차 쉽사리 믿지 못하겠는 진실을, 그녀라면 함부로 거짓이라 손가락질하지 않고 따뜻하게 받아들여 줄지도 모르며, 정말이지 어쩌면 지난겨울의 유지나로 돌아와 줄지도 모른다.

말도 안 되는 이야기란 건 알면서도, 올해 유난히 말도 안 되는 일들을 겪어 왔던 차선우는 그런 실낱같은 가능성도 살려 두기로 했다. 지금까지 '말도 안 된다'며 죄 분별없이 무시해 왔던 것들이 점차 그의 주변에서 실체를 갖춰 나가고 있었다. 이제는 예전처럼 칼로 무 자르듯 지독하게 단호한 사람은 못 될 것 같다는 예감이 문득 들었다.

오래지 않아 택시가 천천히 속도를 늦추었다. 선우는 서둘러 지갑에서 집히는 대로 지폐를 꺼내 건네고는 바로 차문을 열었다. 택시에서 내리자, 홍수라도 날 것처럼 무섭게 쏟아지는 빗줄이 순식간에 그의 머리부터 발끝까지 적셨다. 거스름돈 받아 가라는 기사의 목소리가 들린 것도 같지만, 그는 거들떠도 보지 않았다.

폭포처럼 퍼붓는 빗줄기 아래, 위태로이 놀이터를 내리비추는 노란 가로등 불빛.

선우는 느릿느릿 휘청거리며 그곳으로 걸음을 옮겼다. 환한 불빛 아래 서고 보니, 저 멀찍이 택시는 이미 사라지고 없었다. 주위에는 그저 후드득후드득 요란하게도 떨어지는 빗소리뿐. 고작 몇 분 비 맞았다고 양말까지 젖어 버린 꼴이 우습기도 했으나, 그 이전에 아무도 없는 고즈넉한 길가를 빗방울이라도 채워 줘서 다행이라 여길 따름이다.

늦가을. 드물게도 세차게 쏟아지는 장대비 때문인지, 그렇잖아도 낮던 기온이 한층 더 떨어졌다. 그새 얼어붙은 머리카락과, 점차 하얗게 질리는 손끝. 그나마 아직 취기가 돌아서 감각이 무딘 것이 다행이라면 다행이다. 덕분에 그는 추위에 오들오들 떨면서도, 한편으로는 깊은 상념에 잠길 수 있었다.

새카만 밤공기 사이로 퍼져 나가는 허연 숨결을 물끄러미 응시하다 보니, 조금 묘한 생각이 들었다. 이렇게 누군가를 애타게 기다리기는 참으로 오랜만이라고. 인적 없는 길가, 새벽녘 가로등 불빛 아래서 누군가를 기다리는 것은 어쩌면 생전 처음 겪는 일인지도 몰랐다.

지금까지 그는 누군가를 기다리기보다는, 먼저 앞서 나가거나 천천히 뒤따르는 사람이었기에. 장대비 쏟아지는 이 야심한 시각, 우산도 없이 굳이 나와서 기다려야 할 정도로 마음 가는 사람이 없었던 것도 이유다.

언제쯤 오려나. 아니, 오긴 하려나. 선우는 원치 않게 잠에서 깨어 사뭇 신경질적이던 유지나의 목소리를 떠올리며 조금 웃었다. 그처럼 한번 깨어나면 다시 잠들지 못하는 예민한 체질이 아니고서야, 이 밤중 생각지도 못한 전화를 받고 깨어나면 도로 까무룩 잠들 개연성도 충분했다. 그는 적어도 동틀 때까진 유지나를 기다릴 생각이었지만, 어쩌면 아예 나타나지 않는 것이 나을지도 몰랐다. 그렇거든 차라리 없던 일로 칠 수 있으니까. 오늘 밤, 유지나가 그를 내칠 일은 없을 테니까.

그가 가정한 최악의 상황은 관계의 파탄이다. 단순히 유지나가 그의 이야기를 믿지 못하는 것이 아니었다. 믿음이 부족한 걸 넘어서, 행여나 다시는 그녀를 보지 못하게 될까 봐. 행여나 다시는 그녀가 자길 보려 하지 않을까 봐, 그것이 가장 두려웠다.

이제는 그녀가 없는 일상을 감히 상상하기도 무서워서. 이번에도 그녀를 잃어버리거든, 살면서 다시는 누군가에게 이런 감정을 품을 수 없을 것만 같아서.

돌이켜 보면 참으로 웃기지도 않은 이야기다. 갑자기 사라진 여자, 그리고 갑자기 나타난 여자. 그의 기억이 잘못된 것이 아니고, 그가 미친 것이 아닌 이상에야 둘은 같은 사람이 맞았다. 그런데도 그녀는 놀라울 정도로 조금의 기억도 없었다. 그는 너무도 또렷하게 지난 열두 번의 만남을 기억하고 있는데, 그녀는 차선우란 남자를 전혀 기억하지 못했다.

그것이 너무도 비참했다. 그에게 남겨진 유지나란 지난겨울의 유지나가 맞으면서도 아니었다. 같은 사람이냐 묻는다면 망설이지 않고 고개를 끄덕이겠으나, 그녀에겐 결단코 차선우란 사람이 예전과 같은 무게가 아니었다. 처음부터 그에게 호감을 품고 다가와 사랑을 말하고 행복을 기원해 주던 유지나가 아니기에. 타고나길 상냥한 성정으로 늘 친절하게 대해 줄지언정, 지금의 유지나는 더 이상 예전처럼 눈먼 사랑을 보여 주지 않았다.

이기적이라 욕해도 좋고, 나쁘다 손가락질해도 좋다. 하지만 살면서 그토록 무조건적인 사랑을 받아 보지 못했던 그는 자연스레 그런 사랑에 매료될 수밖에 없었다. 가족조차 밀어 내며 누구도 믿지 못했던 불신의 시간이 지나, 메마른 땅에도 비로소 따스한 믿음이 뿌리내릴 줄만 알았다.

배신감. 그러니 말하자면 그건 일종의 배신이었다. 타인이라면 죽도록 밀어 내던 사람에게 사랑이란 씨앗을 뿌리고 믿음이란 씨앗을 뿌렸다면 끝까지 잘 돌보아 줬어야지, 그렇게 말없이 사라지면 안 되었다. 그토록 행복을 기원하던 사람이, 스스로 했던 말마저 깡그리 잊은 채로 나타나면 안 될 일이다. 그리 쉽게 사라지고, 그리 쉽게 잊어버릴 거였으면 차라리 그런 말을 해서는 안 됐다.

차라리 몰랐으면. 고독이 어떻고 외로움은 어떠하며 떠나간 사람의 빈자리가 얼마나 거대한지, 차라리 몰랐으면 행복하진 못해도 그럭저럭 살아갈 수는 있었을 텐데. 하지만 이젠 알아 버렸으니 그럴 수도 없다. 남겨진 것은 기억을 잃어버린 여자와, 이러지도 저러지도 못한 채 그녀의 주변만 서성이는 못난 마음뿐.

우습게도 그는 유지나를 생각할 때마다 늘 이율배반적인 감정을 느꼈다. 외롭고 힘들 때마다 나타나던 유지나가 그리우면서도, 아무것도 기억하지 못하는 유지나가 밉고, 그리 아무것도 모르는 여자를 두고 혼자서 삿된 생각을 하는 것 같아 마냥 미안하고, 또 혼자만 기억하는 자신이 등신 같고.

선우는 비 맞으며 불현듯 날카로운 웃음을 토해 냈다. 이 정도면 세상에서 제일가는 등신이다. 고민해 봤자 답도 나오지 않는 걸 가을 내내 껴안고 있는 것으로 모자라, 도무지 납득할 수 없는 이야기를 상대방에게까지 전하려고 하는 걸 보면. 스스로도 이해하지 못하는데 어찌 남에게 믿음을 심어 줄 수 있을까. 이건 착하고 나쁘고의 문제가 아니었다. 상식의 문제다. 유지나는 결코 그의 말을 믿어 주지 않을 것이다.

그러면 도대체 나는 무얼 어떻게 해야 하는 걸까. 아니, 그 이전에 대체 나는 무얼 하고 싶은 걸까.

점차 거세어지는 빗방울이 갈수록 아프게 온몸을 때린다. 선우는 가까스로 곧추서서 멍하니 허공을 응시했다. 흘러가는 빗줄기처럼, 머릿속을 한없이 어지럽히던 별의별 상념들도 줄줄 흘러가는 것만 같았다. 이제 그에게 고여 있는 것이란, 오래도록 고심하고 애태웠던 수많은 번뇌의 요체.

유지나가 보고 싶으면서도, 보고 싶지 않았다. 지난 반년 내내 겪었던 수많은 고통과 번민을 전하고 싶으면서도, 전하고 싶지 않았다. 이대로 미적지근한 관계라도 유지하고 싶지만, 한편으론 더 이상 그녀를 속이고 싶지 않았다. 그녀도 알아야 했다. 그가 그녀를 볼 때마다 무슨 생각을 하는지, 어떤 감정을 느끼는지.

판결은 그녀의 몫이었다.

선우는 느릿하게 고개를 들어 올렸다. 저 멀리, 가로등 노란 불빛이 겨우 닿는 지점에 푸른 우산이 있었다. 물끄러미 보고 있자니, 우산이 점점 올라가며 말간 얼굴이 드러난다. 의문과 졸음기, 그리고 경악이 한데 뒤섞인 시선이 그에게로 꽂혀 들었다.

"선우 씨!"

지나가 금방이라도 넘어질 것처럼 헐레벌떡 달려왔다. 빗물에 젖다 못해 아주 잠겨 버린 행색에 몹시 까무러친 듯, 덜덜 떨리는 손길은 차마 그에게 닿지도 못했다.

"대체 이게 무슨 일이에요? 감기라도 걸리면 어쩌려고요!"

전에 없이 경황없는 목소리다. 심지어는 울 것처럼 일그러지는 그녀의 얼굴을 코앞에서 멀거니 응시하던 선우가 천천히 말문을 열었다.

"일단 우산부터—"

"좋아했어요, 그 사람."

팔을 높이 들어 그에게 우산을 씌우려던 지나의 움직임이 순간 멎었다. 선우는 맥없이 웃으며 읊조리듯 말을 이어 갔다.

"좋아했다고요."

"선우 씨?"

"진심으로 좋아했는데⋯⋯."

혼잣말하듯 중얼대는 그를 애처롭게 올려다보던 지나가 금방이라도 울음을 터트릴 것처럼 그의 소매를 붙들었다.

"일단 안으로 들어가요. 네?"

"왜 그때는 말해 주지 못했을까."

"선우 씨, 제발요. 어디로든 들어가요."

"정말로 좋아했는데, 이제는 날 기억하지도 못하네요."

선우가 더디게 고개를 수그렸다. 이윽고 둘의 시선이 허공에서 맞닿았다.

"그런데 그게 당신이에요."

"⋯⋯."

"반년 전에 나타나선 갑자기 사라졌다던 그 사람, 당신이라고."

걱정으로 한없이 흔들리던 지나의 눈이 크게 확장되었다. 선명한 의구심이 그녀의 얼굴을 비껴가는 모습을 바로 눈앞에서 목도한 선우는 그저 허탈하게 웃을 뿐이었다.

"봐요, 기억 못 하잖아."

우는 듯, 웃는 듯 기묘한 소리였다. 그는 한참 입술을 짓씹다가 어렵게, 아주 힘들게 속내를 털어놓았다.

"차라리 내가 미쳤다고 말해 줘요. 나만 기억하는 건 억울하잖아요. 대체 나한테 왜 이러는 건데요, 내가 뭘 잘못했다고⋯⋯."

그저 영문을 몰라 하던 지나의 표정이 차츰 허물어졌다. 선우는 차마 그 모습을 지켜보지 못하고 고개를 푹 수그렸다. 그녀가 꺼낼 말이 너무나도 무섭다. 차라리 아무것도 결정되지 않은 이 찰나가 영원히 계속되길 바라며, 북받치는 감정을 내리 서럽게 토해 낼 뿐이었다.

깊은 새벽녘, 빗줄기는 점점 거세어져 갔다. 함부로 깨트릴 수 없는 침묵이 오래도록 가로등 아래를 메웠다.

거울에 부연 김이 서렸다. 맨손으로 물기를 닦아 내자 해초처럼 내려앉은 머리카락이 얼핏 보이다가도, 금세 수증기가 차올라 다시금 부옇게 흐려졌다. 그 동작을 네댓 번 기계적으로 반복하던 선우는 수건을 머리에 얹은 채로 끝내 내키지 않는 발길을 옮겼다. 달칵. 욕실 문이 열리며 보다 건조하고 차가운 공기가 밀려든다.

"다 씻었어요?"

목소리의 행방을 찾아 연신 두리번대던 선우는 커튼에 반쯤 가려진 유지나를 곧 발견했다. 이제 보니 베란다에서 빗물에 푹 젖은 그의 코트를 말리고 있다. 선우가 황급히 그쪽으로 향했다.

"제가 할게요."

"에이, 괜찮아요. 다 했어요. 추우니까 그만 들어가요."

베란다로 나오려는 그를 손짓으로 말리며, 지나가 얼른 실내로 들어왔다. 베란다 문을 닫으면서도 발을 동동 구르는 모양새를 보아하니, 비바람이 아직 싸늘한 모양이다.

"일단 물기는 대강 짰는데, 날씨가 이래서 다 마르려면 시간 좀 걸릴 거예요. 하루 이틀 바깥에서 말린 다음에 꼭 세탁소에 드라이 맡겨요. 비싼 코트 괜히 버리지 말고."

"네……."

선우는 얼결에 고개를 끄덕이다 문득 지나의 손을 보았다. 차가운 빗물에 젖어 벌겋게 부르튼 손등. 그렇잖아도 추운 날씨에 얼음장 같은 빗물을 만져 댔으니 손이 성할 리 없다. 속상한 마음에 고맙다는 말이라도 건네려던 찰나, 양손을 비비며 부산스럽게 목도리를 풀어내던 지나가 돌연 그를 아래위로 손짓했다.

"어, 생각보다 잘 어울리네요? 고등학교 체육복이라 안 어울릴 줄 알았는데, 어깨선······이랑 기장이 좀 부족하구나. 그러네."

지금 선우가 입고 있는 옷은, 지나가 감기 걸린다며 억지로 손에 쥐여 준 누군가의 파란 체육복이었다. 사이즈를 보면 남자 옷이 분명하지만, 다른 데는 얼추 맞으면서도 유독 어깨선이나 기장이 부족했다.

"기형이도 작은 편은 아닌데. 확실히 선우 씨가 키가 크긴 한가 봐요."

"기형이요?"

"아, 제 동생이에요. 남기형, 거기 이름표도 붙어 있잖아요."

선우가 고개를 숙여 가슴팍에 붙은 이름표를 확인하는 사이, 지나는 부엌으로 건너가 가스레인지에 물 주전자를 올려놓았다.

"작년 이맘때쯤, 동생이 대학 수시 봐야 한다고 잠깐 서울에 올라왔던 적이 있거든요. 시험이 아침 일찍이래서 하룻밤 재워 줬더니, 아침에 부랴부랴 나가느라 체육복을 두고 갔더라고요. 지금은 지방 기숙사에 있어서 택배로 부쳐 준다, 부쳐 준다 해 놓고 깜빡 잊고 있었는데, 오늘 드디어 밥값을 하네요."

여상하게 이어지는 말소리를 주워들으며 선우는 조금 다른 생각을 했다.

유기형이 아니라 남기형.

성이 다른 남동생과, 이제 막 초등학교에 들어갔을 법한 어린 여동생.

그는 떠오르는 의구심을 애써 흩트리며 조심스레 부엌을 돌아보았다. 무얼 그리 찾는지, 지나는 선반을 하나씩 죄 열어 보며 정신없이 식기를 뒤지고 있었다.

"춥진 않아요? 보일러 온도 더 높일까요?"

"아뇨, 괜찮습니다."

"그럼 다행이긴 한데, 그래도 혹시 모르니까 당분간 몸조심해요. 오늘 같은 날씨에 쫄딱 비 다 맞고 말짱한 게 신기하니까."

"그럴게요."

"하여간에 대답은 잘해요."

지나가 불퉁하게 대꾸하며, 찬장에서 머그컵 두 개를 꺼내 뜨거운 물을 가득 부었다.

"거기 상 좀 펴 줄래요?"

그 말에 방을 둘러보니, 두꺼운 책이며 옷가지가 너저분하게 널린 구석자리에 조그만 앉은뱅이 상 하나가 쓰러져 있다. 선우가 상을 펴는 동안, 쟁반에 머그컵을 받쳐 들고 온 지나가 머쓱한 얼굴로 주변의 잡동사니를 슬슬 밀어 냈다. 그 역시 청소기 돌리기도 빠듯한 시즌에는 수건 하나 정리할 겨를이 없기에 별생각이 없다만, 집주인 생각은 조금 다른 듯했다.

"녹차예요. 유통 기한은…… 아마 안 지났을 텐데. 괜찮을 거예요, 아마."

선우는 지나가 건네는 머그컵을 말없이 받아 들었다. 뜨거운 김이 모락모락 피어오르는 연녹색 찻물. 지나가 이번에는 방석을 찾는다며 방을 뒤집어엎는 와중에도 그는 물끄러미 찻잔만 내려다보고 있었다.

그러다 조심스레 한 모금 삼키자, 따뜻한 찻물이 기분 좋게 전신으로 퍼져 나간다. 확실히 속이 새카맣게 타도록 시름시름 앓았던 지난날과 비교하자면, 지금은 더할 나위 없이 평온한 상태였다.

어쩌면 자포자기한지도 모르고.

비 쏟아지는 거리에서 속을 모조리 토해 냈음에도, 지나는 한동안 아무런 말도 없었다. 찰나가 억겁 같던 시간. 후드득후드득 빗방울 떨어지는 소리만이 오래도록 산란하던 귓가에 그녀의 목소리가 감겨든 것은 제법 시간이 흐른 뒤였다.

'일단 우리 집으로 가요.'

도대체 그녀는 무슨 생각으로 그런 말을 했을까. 선우는 도무지 짐작할 수 없는 지나의 속내에 애가 탄 나머지, 염치없는 줄 알면서도 그녀의 집에 발을 들였다. 그런데 밝은 불빛 아래서 본 그의 몰골이 생각보다 더 심각했던지, 지나는 체육복을 들려 주며 그를 욕실로 내몰았다. 차마 거기까지 폐를 끼칠 순 없다며 기겁하여 밖으로 나가려던 선우도 종내 그녀의 손길을 거절하진 못했다.

그리고 지금이다.

그녀는 평소와 다름없이 명랑한 모습이지만, 결코 평소와 같을 수 없는.

"아, 찾았다!"

책상 밑에서 드디어 방석을 찾아낸 지나가 환하게 웃으며 다가왔다. 하나는 그에게 건네고, 나머지 하나를 맞은편에 깔고 앉으니 이제야 겨우 둘이서 마주 보는 모양새가 되었다.

그런데 지나가 머그컵을 들다 말고 문득 의아한 얼굴을 했다.

"선우 씨, 열나는 거 아녜요? 얼굴이 붉어요."

괜찮다고 대답하기도 전에, 갑자기 그녀의 손이 쑥 얼굴로 다가왔다. 선우는 저도 모르게 가만히 숨을 멈추었다. 이마에 늘어진 젖은 머리칼 위로 와 닿는 체온이 이상스레 뜨거웠다.

"이상하다, 열은 없는데……."

고개를 갸웃거리며 미간을 좁히던 지나가 불현듯 그의 이마에서 손을 뗐다. 두 사람 사이의 거리가 꽤나 가깝다. 말갛게 시선을 마주하던 그녀의 얼굴에 금세 어색한 미소가 돌았다.

"아……. 미안해요. 동생들한테 하던 게 습관이 되어서."

선우는 말없이 고개만 끄덕였다. 그 담담한 반응을 어찌 해석했는지, 지나는 쉼 없이 재잘대던 것을 멈추고 얌전히 녹차만 마시기 시작했다. 종처럼 맑은 목소리로 가득하던 방 안에 어느새 괴괴한 적막이 들어찼다.

행여나 소리라도 날까, 찻잔을 내려놓기도 버거운 침묵이다. 지나가 차를 마시는 척 슬그머니 그의 눈치를 살피는 것도 모르고, 선우는 조용히 바닥만 내려다보고 있었다. 그새 혈색이 돌아온 손끝. 빗물 얼어붙었던 머리카락 끝에선 미지근한 물방울만 드문드문 떨어질 따름이다.

추위가 가시며 체온이 조금씩 돌아오자, 자연스레 조금 전 비 오는 거리에서 토해 냈던 마디마디가 선명히 떠올랐다. 제대로 전후 관계를 설명하지도 않고 냅다 질러 댄 말소리와, 무작정 답을 종용하던 물음. 그리 일방적으로 몰아붙이고 이렇게 남의 집으로 기어들어 와 폐나 끼치고 있는 꼴이 무척이나 우스웠다. 마치 전개를 예측할 수 없는 삼류 코미디 영화를 보는 것처럼 내리 헛웃음만 나올 지경이다.

"……미안합니다."

끝내 선우가 무거운 침묵 속에서 입을 열었다. 피로나 술기운, 덧붙이자면 무엇이든 변명으로 제시할 수 있을 텐데도 그저 미안하다는 한마디뿐이다. 고작 그런 구차한 변명으로 덮을 수 있는 일이 아니라는 것은 그도 진즉 알고 있으므로.

물끄러미 그를 바라보던 지나가 조용히 머그컵을 내려놓았다. 그리고 무릎을 세워 앉으며 고개를 비스듬히 기울인다.

"선우 씨. 우리가 만난 지 두 달쯤 되었나요? 지금이 10월 말이니까…… 대충 그렇게 된 것 같네요."

"……."

"그런데 그동안 선우 씨가 나한테 미안하다고 사과한 적이 몇 번인줄 알아요?"

선우가 가만히 고개를 들어 올렸다. 대답을 기대하진 않았다는 듯지나가 차분히 미소를 지었다.

"내가 기억하는 것만도 다섯 번이 넘어요. 거기다 방금 한 말까지 추가해서 총 여섯 번."

지나가 손가락까지 펴서 숫자 여섯을 만들었다.

"나도 선우 씨를 엄청나게 잘 아는 건 아니지만, 그래도 실수가 잦은 사람이라곤 생각하지 않거든요. 불면증에 시달려서 종종 멍할 때는 있어도, 일할 때는 누구보다 철두철미하잖아요. 그런데도 나한테는 왜 그렇게 별난 모습을 보여 줄까 싶었는데, 이제 알겠네요. 그 이유를."

"……."

"정확히 언제예요? 선우 씨가, 음…… 일단 '나'라고 할게요. 그러니까 선우 씨가 날 처음 만난 게."

물 흐르듯 이어지는 질문에 반사적으로 대답이 나왔다.

"작년 크리스마스 직전이었습니다."

"크리스마스……. 그리고 언제까지 만났는데요?"

"4월 중순이요."

"그럼 그때까지 꾸준하게 만났던 거예요?"

선우는 말없이 고개만 끄덕였다. 심각한 얼굴로 그의 대답을 기다리던 지나가 불현듯 눈가를 찡그렸다. 웃는 듯하면서도 어딘지 머뭇거리는, 사뭇 기묘한 표정이다.

"저기, 실은 저 올해 4월에 한국에 없었어요."

싸한 침묵이 내려앉았다. 당황한 지나가 부러 소리를 높였다.

"직장 들어가기 전에 조금 새로운 경험을 하고 싶었거든요. 왜, 일하기 시작하면 어디 여행가기도 빠듯하잖아요. 그래서 논문 다 쓰고, 혼자서 4월 한 달 동안 동남아 여행 다녀왔어요. 정히 못 믿겠으면 그때 찍은 사진이라도 보여 줄까요? 찾아보면 현지에서 가져온 영수증도 어디 있을 텐데……. 참, 여기 얘는 베트남에서 사 온 거예요."

지나가 서둘러 근처에 너부러져 있던 커다란 곰 인형을 그의 눈앞으로 들이밀었다. 그럼에도 딱딱하게 굳은 선우의 표정에 일말의 변화도 없자, 자연스레 그녀의 목소리도 힘없이 잦아들기 시작했다.

"그러니까 내 말은……. 혹시 선우 씨가 착각한 건 아닐까요? 왜, 세상에 닮은 사람들 많잖아요. 난 쌍둥이는 없지만, 쌍둥이처럼 나랑 비슷한 사람도 충분히 있을 법하고……. 원래 또 기억이라는 게 갈수록 희미해지잖아요. 그분이랑 내가 너무 닮아서, 혹시라도 선우 씨가 착각한 거라면—"

"아닙니다."

단호한 목소리가 그녀의 말을 자르고 들어왔다.

"착각, 아니에요."

선우는 입술을 짓씹으며 재차 말문을 열었다.

"어떻게 들릴지 모르겠지만, 그때 내가 만났던 사람은 지나 씨가 맞습니다. 확실해요."

고작 닮은 사람. 그라고 어찌 그런 의심이 들지 않았겠나. 상식적으로도 '단순히 비슷한 사람'이라고 결론짓는 것이 훨씬 신빙성 있는 판국에, 여기까지 사태를 끌고 온 것은 그에게도 나름대로의 이유가 있기 때문이다.

세상에 단순히 생김새가 닮은 사람은 많다. 하지만 겉모습이 비슷할지언정, 사람의 알맹이까지 닮을 수는 없다. 게다가 사람 마음이라는 것이 본디 비슷할수록 다른 점이 더 눈에 잘 들어오는 법이었다. 얼굴은 진짜 비슷한데 목소리가 너무 낮네, 누구랑 똑 닮았는데 성질이 너무 느긋하네. 아무리 닮은 쌍둥이어도 조금만 같이 시간을 보내다 보면 금세 다른 점을 찾아내기 마련이다.

하지만 유지나는 아니었다. 온몸으로 내뿜는 긍정적인 활력이나, 저도 모르게 스며드는 호감. 그런 건 하루아침에 익힌다고 익힐 수 있는 게 아니었다. 살아온 궤적을 따라 켜켜이 쌓이는 사람의 본질이다. 아무리 훌륭한 연기자도 그리 사람의 진심을 완벽하게 흉내 내지는 못했다.

그러니 둘은 같은 사람이 맞다. 어떻게 그럴 수 있는지는 모르겠지만, 적어도 차선우에게 있어 유지나란 단 한 사람뿐이었다.

지나는 오래도록 말없이 그를 응시했다. 평소처럼 미소 띤 얼굴은 아니지만, 그렇다고 차갑게 느껴지거나 유독 경계하는 기색이 보이진 않는다. 다만 진의를 가늠하는 것처럼 말끄러미 그의 얼굴을 들여다볼 뿐. 속에 든 전부를 토해 낸 선우는 그저 묵묵히 힘겨운 시간을 견뎌 낼 수밖에 없었다.

시곗바늘이 새벽 4시를 가리킬 무렵, 이윽고 차분한 목소리가 들려왔다.

"그래요. 선우 씨가 그렇게 확신한다면, 뭔가 이유가 있겠죠."

지나는 조용히 자리에서 일어섰다. 부엌으로 향하는 뒷모습을 멀거니 지켜보던 선우가 저도 모르게 반문했다.

"……네?"

"믿는다고요, 선우 씨가 하는 말."

마치 소풍이라도 가자는 것처럼 여상한 투였다. 전혀 예상치 못했던 반응에 선우가 말을 잃은 사이, 지나는 서랍에서 과자 여럿을 꺼내 몹시 심각한 얼굴로 '뭐가 제일 맛있을까요?' 같은 시답잖은 질문이나 해 댔다.

"저는 가운데 과자요. 아니, 그보다 지나 씨."

"아, 잠시만요! 과자에 녹차는 좀 이상하니까, 오렌지 주스도 좀 꺼낼게요."

지나는 선우가 선택한 과자 외에도 오렌지 주스에 빵에 초콜릿까지, 아주 바리바리 들고 왔다. 갑작스러운 새벽 만찬에 선우가 머뭇대고만 있자, 지나는 몸소 처음으로 봉지를 개봉해서 과자를 우물거리기 시작했다.

"음, 어떻게 말을 꺼내야 할까. 선우 씨도 용기 내서 말해 줬으니, 나도 비밀 하나만 말해 줄게요. 살면서 누구한테도 말해 본 적 없는 얘기긴 한데, 왠지 선우 씨라면 괜찮을 것 같아요."

지나가 새뜻하게 웃으며 대수롭지 않게 운을 뗐다.

"실은 나, 산타클로스를 직접 본 적 있어요."

"……."

"아무런 반응도 없네. 선우 씨, 그렇게 무덤덤한 사람 아니잖아요.

뭔가 리액션이 있어야 내가 말을 더 하든지 접든지 하죠.”

“어떤 반응을 보여야 할지 모르겠어서……. 일단 계속 말해 봐요.”

표정은 여전히 담담하되, 얼떨떨한 기분이 십분 묻어나는 목소리였다. 지나는 짐짓 그를 흘기며 말을 이어 갔다.

“어쨌든 어릴 때 몇 번, 크리스마스마다 산타클로스를 만났어요. 산타로 분장한 선생님 말고 진짜 산타클로스요. 당연히 선물도 받았고요.”

선우는 멍하니 고개를 주억거렸다. 원래도 유지나는 예상이 불가능한 사람이지만, 예측할 수 없기로는 오늘이 제일이었다.

“참, 천사도 만났어요. 기독교 성화에서처럼 머리 위에 빛나는 링은 없던데요.”

그럼 날개는 있던가요. 무의식적으로 질문하려던 선우가 가까스로 입을 다물었다. 어쩐지 갈수록 정신이 혼미해지고 있지만, 이럴 때일수록 정신을 똑바로 가다듬어야 한다. 여기서마저 지나의 말을 놓칠 수는 없었다.

“선우 씨, 내 말 제대로 듣고 있는 거 맞죠? 표정은 영 아닌데.”

“듣고 있어요. 천사한테 링이 없다고 그랬잖아요.”

의심스러운 눈초리로 그를 살펴보던 지나가 이내 순순히 말을 이었다.

“어쨌거나 그랬어요. 초능력자……는 아직 못 만났지만, 산타클로스도 있고 천사도 있는 세상에 설마 초능력자가 없으려고요. 외계인도 마찬가지예요. 난 아직도 우주 어딘가에 크립톤 행성이 있어서, 언젠가 슈퍼맨이 지구로 날아올 거라고 생각해요.”

산타클로스, 천사, 초능력자, 거기에 크립톤 행성에서 날아올 슈퍼맨까지. 익숙한 기시감이 선우의 등골을 섬뜩하게 훑고 지나갔다.

그가 돌처럼 딱딱하게 굳어 버린 줄도 모르고, 지나는 물 흐르듯 자연스레 이야기를 끌어 나갔다.

"아까 선우 씨가 그랬죠? 차라리 미쳤다고 말해 달라고. 싫어요, 그렇게 말 안 해 줄래요. 내가 왜 지금까지 이런 얘기 아무한테도 안 했는지 알아요? 미쳤냐는 소리 듣기 싫어서예요. 그런데 선우 씨가 미친 거면, 나도 미친 거잖아요. 우린 미치지 않았는데 왜 그런 소리를 들어야 해요?"

"……."

"난 오늘 선우 씨가 해 준 얘기, 충분히 그럼직하다고 생각해요. 비록 그때 나는 여길 떠나 있었지만, 우리가 모르는 뭔가가 있겠죠. 선우 씨는 옛날에 날 만난 적이 있고, 근데 나는 그걸 기억하지 못하고. 그냥 그렇게 생각하면 되잖아요. 굳이 삼라만상 다 이해하려고 노력할 필요가 있을까요? 그래 봤자 세상만사 모르는 것투성인데."

잠시 말을 끊어 낸 지나가 조금 망설이며 선우의 손등 위로 자신의 손을 겹쳤다. 쑥스러운 듯 불그스름한 미소가 설핏 떠올랐다.

"그러니까 믿을게요."

선우는 멍하니 그녀를 바라보았다. 번개라도 내리친 것처럼 강렬한 깨달음이 뇌리로 꽂혀 들었다. 어쩌면, 정말이지 어쩌면 눈앞의 여자가 지난겨울 그에게 무수히 많은 것을 안겨 주었던 그 유지나가 맞을지도 모른다는 확신. 진즉부터 두 사람을 동일시했으면서 내내 마음 한구석에 품고 있었던 조금의 의구심마저 이제는 눈 녹듯이 사라졌다. 그리고 그 빈자리를 채우는 꽃 한 송이.

호흡마저 잊어버린 짧막한 순간, 그는 비로소 확연하게 깨달았다.

나는, 나를 기억하지 못하는 사람과 다시 한번 사랑에 빠졌다고.

무언가 변한 듯해도, 겉보기에 그의 일상은 크게 달라지지 않았다.

"거기서 빡! 만루 홈런을 때렸어야 했는데 말이야."

"홈런은 개뿔, 앞에 주자 있을 땐 안타도 못 치는 거 모르냐. 몸에 맞고라도 나가면 다행이지."

"그러니까 그냥 삼진을 당했어야지! 죽으려면 혼자 죽든가, 왜 병살을 쳐서는……."

프로 야구 한국 시리즈가 한창인 10월 말. 역시나 최근의 화두는 뭐니 뭐니 해도 야구다.

"한 번만 이기면 내가 소원이 없겠다, 진짜. 4 대 0으로 지면 솔직히 좀 쪽팔리잖냐."

2위로 한국 시리즈에 올라간 모 팀의 오랜 팬인 김정혁이 울적한 얼굴로 연거푸 한숨만 내쉬었다. 그로선 푸념에 불과했지만, 만년 꼴찌 팀의 광팬인 안태준의 귀엔 영 아니꼬웠던 모양이다.

"야, 너넨 한국 시리즈라도 갔지. 대체 난 이게 뭐냐? 또 꼴찌야, 또."

"난 아직도 야구 안 끊은 네가 신기하다니까. 야구 보면서 화나지도 않아?"

"당연히 화나지. 그냥 오늘은 이기겠지, 어제도 지고 엊그제도 졌는데 설마 오늘은 이기겠지, 그런 심정으로 보는 거야."

"당최 알 수가 없네. 원래 스포츠는 이기는 재미로 보는 거 아니냐?"

김정혁이 맞장구쳐 달라는 듯 선우의 팔뚝을 툭툭 쳤다. 한데 응하라는 차선우는 조용하고, 대신 안태준만 시무룩하게 퉁퉁거린다.

"선우는 왜. 쟤는 야구 안 보잖아."

"못하니까 안 보는 거지. 이름만은 LG 팬이시잖냐."

"그래도 LG 올해는 꽤 하던데……."

"저 성격에 우승하는 시즌 아니면 보겠어?"

김정혁의 타박에 태준도 고개를 끄덕이며 수긍했다. 하기야 지고는 못 사는 저 철두철미한 성질에, 누구처럼 패배도 기쁨으로 승화시키는 경지에 오를 수 있을 리 없다.

두 사람이 자길 멋대로 재단하거나 말거나, 그때껏 얌전히 초코 우유나 마시던 선우가 심드렁하게 말문을 열었다.

"나 어제 경기 보고 왔는데."

"무슨 경기. 야구? 설마 한국 시리즈?"

"어."

짤막한 침묵 끝에 괴성이 터져 나왔다.

"한국 시리즈? 네가?"

"야, 너……! 어디서 표 구한 거야! 아무리 찾아봐도 암표밖에 없던 데!"

"구하긴 어디서 구해, 미리 예매했지."

"난 예매창 뜨지도 않았다고……."

주머니 사정으로 차마 프리미엄 덕지덕지 붙은 암표까지 사진 못했던 김정혁이 하얗게 산화했다. 그사이로 안태준이 다급하게 끼어든다.

"LG는 한국 시리즈 올라가지도 못했잖아. 혹시 너 팀 바꾼 거야?"

"아니. 같이 간 사람이 상대 팀을 좋아해서."

"같이 간 사람? 누구?"

눈치라곤 조금도 쓸데없는 안태준이 순수한 호기심으로 캐물었다.

선우는 말없이 눈을 굴리며 여기서 어떻게 자연스럽게 **빠져나갈지**를 고민했다. 다른 건 몰라도, 눈치 하나는 귀신같은 김정혁에게 들키는 것만은 최대한 피해야 했다.

"어, 저기."

"저기, 뭐. 박 이사 타령할 거면 관둬라. 내가 바보도 아니고 한두 번 속아?"

"아니, 그게……."

진짠데.

선우는 뒷말을 삼키며, 태준의 뒤쪽으로 고개 숙여 인사했다. 그의 고갯짓을 멀뚱히 지켜보던 안태준이 뒤늦게 안색을 바꾸며 슬슬 뒤를 돌아본다. 설마설마하는 심정이 얄궂게도 그대로 들어맞았다.

등 뒤를 떡하니 지키고 선 중년 사내. 공공연히 사내 최고의 사이코라 불리는 박상철 이사다.

"……."

머리카락 한 올 남기지 않고 깔끔하게 빗어 넘긴 헤어스타일에서 느껴지듯, 박 이사는 한 치의 어긋남도 용납하지 않는 상사다. 당연히 부하 직원의 무례를 가벼이 넘길 리 없었다.

"……곧 미팅이 있어서, 먼저 가 보겠습니다."

이리저리 상사의 눈치를 살피던 선우가 슬그머니 뒤로 **빠져나갔다.** 나중에 태준에게서 의리 없는 사나이라는 볼멘소리가 터져 나오겠지만, 일단은 그도 살아야 했다.

왜냐하면 오늘 저녁에는 약속이 있으니까.

치 떨리는 배신감에 사로잡힌 안태준의 뜨거운 시선이 느껴지지도 않는지, 복도를 가로지르는 그의 발걸음은 사뭇 가볍기만 했다.

"그래서 혼자만 도망쳐 나온 거예요, 지금?"

지나가 식사하다 말고 눈을 동그랗게 떴다. 대수롭지 않게 농담처럼 얘기하던 선우는 불현듯 애매한 표정으로 그답지 않게 뜸을 들였다.

"음, 도망쳤다기보다는……."

"도망쳤다기보다는?"

"지나 씨를 만나러 온 거죠."

"에이, 그게 그거네. 도망친 거 맞잖아요."

"아닌데요."

선우가 괜스레 불퉁한 표정으로 접시에 코를 박았다. 하지만 그가 입이 짧기로는 수준급이란 걸 모르지 않는 지나의 눈엔 그저 유치한 시위로밖에 보이질 않았다. 지나는 조금 더 그를 골리려던 생각을 접고, 짐짓 상냥한 목소리를 냈다.

"그런데 선우 씨, 이번 주 토요일에 한강에서 불꽃놀이 하나 봐요."

"불꽃놀이요? 이 날씨에?"

"날씨가 무슨 상관이에요. 춥다고 폭죽이 안 터지는 것도 아닌데."

"그렇긴 하지만……."

당장 이번 주 주말이면 달이 바뀌어 11월이 된다. 덥고 추울 때는 실내에서 안락하게 시간을 보내길 미덕으로 삼아 왔던 선우에겐 그다지 끌리는 제안이 아니지만, 벌써부터 눈을 반짝거리는 걸 보면 아무래도 지나는 꼭 불꽃놀이에 가고 싶은 모양이다.

"그래서 그런데, 선우 씨는 토요일에 시간 어때요?"

역시나.

"예전에 친구랑 가 본 적 있는데, 사람이 무지 많더라고요. 일찍 가서 미리 자리를 잡아 놔야 할 텐데."

선우는 이런저런 말을 늘어놓는 지나를 마냥 흐뭇하게 지켜보았다.

다른 때 같았으면 단칼에 거절했겠지만, 다른 사람도 아니고 무려 유지나다. 늦가을 한강이 아니라, 한겨울 시베리아도 갈 용의가 있었다.

그래서 토요일 점심때 만나자고 하려는데, 잠시 잊고 있던 일정 하나가 퍼뜩 떠올랐다. 오늘 지나와 만난 이래, 선우의 얼굴이 처음으로 엉망진창 구겨졌다.

"미안해요. 토요일은 좀."

"무슨 일 있어요?"

"잔업이 있어서요. 아무래도 출근해야 할 것 같아요."

하여간에 도움 되는 일이 하나도 없다. 그가 속으로 피눈물을 흘리는 사이, 지나는 못내 아쉽다는 투로 중얼댔다.

"둘이서 같이 불꽃놀이 보고 싶었는데……."

미련이 뚝뚝 떨어지는 목소리에 선우가 멈칫하며 지나를 보았다. 주말 출근이어도 퇴근하려면 오후 네다섯 시는 되어야 할 텐데, 과연 그 시간에 한강으로 가도 괜찮을지 모르겠다. 지나만 일찍 보내서 미리 자리를 맡아 놓으라고 하기엔 그의 마음이 영 내키지가 않았다.

차라리 올해 대학 들어간 사촌 동생에게 넉넉히 용돈 쥐여 주고, 자리 좀 맡아 달라고 해야 하나. 여태 사촌 동생과 데면데면한 사이인 것도 잊고 부질없는 고민이나 할 무렵, 별안간 그런 생각이 들었다.

꼭 불꽃놀이를 한강에서 봐야 할까?

"저, 지나 씨. 우리 집에서 한강 가깝거든요."

"……네?"

영문 모를 소리에 지나가 가만히 눈만 깜박였다. 그때껏 멍하니 접시만 내려다보던 선우가 돌연 시선을 맞추었다.

"우리 집으로 올래요?"

토요일 당일.

고요하던 오피스텔에 갑자기 문 열리는 소리가 들리며, 현관에 반짝
하고 불이 들어왔다. 장을 보고 왔는지 한 손에 비닐봉지를 든 선우가
먼저, 그리고 문앞에서 잠깐 머뭇거리던 지나가 느지막하게 뒤따라 들
어온다.

"실례하겠습니다."

지나는 현관에 엉거주춤 선 채로 슬그머니 안쪽을 들여다보았다. 곧
장 부엌으로 향하던 선우가 피식거리며 잔웃음을 흘렸다.

"아무도 없다니까요."

"그래도……."

"거기 슬리퍼 신고 들어와요."

선우는 그리 말하며 거실에 불을 켰다. 두리번거리며 슬리퍼를 찾던
지나가 문득 거실의 전경을 보고 깜짝 놀랐다.

"와, 집이 무슨 모델 하우스 같아요."

부엌으로 막 들어가려던 선우가 순간 멈칫했다. 칭찬인지, 비난인지
사뭇 헷갈리는 표정이다.

"깨끗하다는 소리죠?"

"그것도 그렇지만……."

조심스레 근처 장식장을 검지로 쓸어 본 지나가 재차 뜨악한 표정을
지었다.

"먼지 한 톨 없는 것 좀 봐. 선우 씨, 도대체 언제 청소하는 거예요?
바쁘다면서 이렇게나 깔끔하게 정리하고 살 겨를이나 있어요?"

"청소할 겨를이 있어서 청소하나. 그냥 틈틈이 하는 거죠."

"앞으로 선우 씨 본받아야겠네요. 전에 우리 집 왔을 때, 무슨 집이 이렇게 더럽냐고 생각했을 텐데."

"누가, 내가요?"

장 봐 온 식재료를 냉장고에 차곡차곡 쌓아 놓던 선우가 의아한 표정으로 그녀를 돌아보았다. 지나가 선뜻 고개를 끄덕거리자, 그는 눈가를 살짝 찡그리며 쓴웃음을 지었다.

"그런 생각 안 했습니다. 나도 시즌이면 제대로 청소기도 못 돌리는데요. 수건도 여기저기 널려 있고."

"정말요?"

그건 또 의외라는 듯 지나가 짧은 감탄사를 내뱉었다. 그러고는 현관 근처 이곳저곳을 서름하게 기웃대다가, 얼른 부엌으로 들어와 버렸다.

"거실 소파에라도 앉아 있어요. 아마 TV 나올 텐데."

"그냥 여기 있을게요. 그리고 TV가 나오면 나오는 거지, 아마 나오는 건 또 뭐예요."

"마지막으로 TV 본 지가 워낙 까마득해서."

선우는 나직한 웃음소리를 내며, 반쯤 물이 차오른 냄비를 불에 올려놓았다. 그사이 식탁 의자에 걸터앉은 지나가 조리대에 있는 식재료를 빠르게 살펴보았다.

"파스타 하려고요?"

"네."

"……선우 씨, 요리 잘해요?"

"아주 못하진 않는 것 같은데."

그럼에도 영 못 미덥다는 듯 조리대를 기웃거리던 지나가 조심스럽게 물었다.

"내가 도와줄까요?"

"괜찮아요. 대신 냉장고에서 샐러드 좀 꺼내 줄래요? 아침에 만들어 놓고 가서 드레싱만 뿌리면 될 거예요."

"출근했다면서 그럴 시간은 또 언제 있었대……."

지나는 내심으로 감탄하며 냉장고를 열었다.

"늘 생각하는 거지만, 내가 아는 사람들 중에서 선우 씨가 제일로 성실한 것 같아요."

"영광이네요."

"그런 소리 많이 듣지 않았어요? 성실하다고 회사에서 예쁨받을 것 같은데."

"성실……하다기보단, 독종이라고들 많이 하죠."

대수롭지 않게 말하는 소리에 외려 지나가 격분했다.

"독종이요? 와, 나쁘다. 이왕 칭찬하는 거 좋게 말해 주면 어디가 덧나나."

"애초에 칭찬이 아니니까요."

"열심히 일하는 사람, 도대체 어디가 아니꼬워서 그러는 걸까요?"

"어느 집단이나 이상한 사람들 있잖아요. 우리 회사라고 뭐 다르겠습니까."

마치 내일의 날씨를 말하듯 지극히 여상한 투다. 의연하다기보단, 애당초 뒤에서 무어라 지껄이든 신경조차 쓰지 않는 무심함. 끓는 물에 파스타 면을 집어넣는 그의 손길을 물끄러미 지켜보던 지나가 불현듯이 입을 열었다.

"앞으로는 내가 칭찬해 줄게요."

"네?"

"매일 칭찬 하나씩, 내가 해 준다고요."

프라이팬에 막 기름을 두르려던 선우가 도무지 알 수 없는 표정으로 그녀를 돌아보았다. 그때껏 심각하지 그지없던 지나가 난데없이 그의 얼굴을 가리키며 박장대소했다.

"그 표정 대체 뭐예요!"

"지나 씨가 자꾸 이상한 소리를 하니까……."

"이상한 소리는 무슨 이상한 소리래. 이상한 건 지금 선우 씨 표정이지."

지나는 얼른 조리대로 다가가, 양 집게손가락으로 그의 입꼬리를 비쭉 위로 추켜올렸다.

"자, 이럴 때는 이렇게 웃는 얼굴로. 웃으면서 고맙다고 하면 돼요. 그렇게 이상한 표정 짓지 말고요."

코앞에서 웃어 보이는 지나의 얼굴을 응시하며 선우는 멍하니 고개만 주억거렸다. 그런데 이번에도 그의 표정이 이상했던지, 지나가 또다시 한바탕 웃음을 터트리고 말았다. 좀처럼 웃음을 멈추지 못하는 그녀의 모습에, 길쭉한 조리용 젓가락을 든 채로 멀뚱히 서 있던 선우도 끝내 엷은 미소를 띨 수밖에 없었다.

저녁 식사는 완벽했다.

간편하면서도 모양새가 그럴듯하다는 이유만으로 선택된 알리오 올리오는 딱히 흠잡을 구석이 없었고, 아침에 대강 만들어 두었던 샐러드도 괜찮았다. 고작 20여 분 만에 그럴싸한 상을 차려 내자 지나는 도저히 믿을 수 없다는 듯 토끼 눈이 되었는데, 선우는 다른 것보다도 그 표정이 참으로 마음에 들었다.

"선우 씨, 이제 보니 회계사가 아니라 셰프 되었어야 하는 거 아녜요?"

파스타를 한입 먹어 본 지나는 몹시 감격한 얼굴로 그런 말을 했다. 얼토당토않은 소리에 선우는 간신히 웃음을 참으며 대꾸했다.

"그 정도는 아니에요."

"식당에서 먹는 거랑 똑같아요. 아니다, 더 맛있어요."

"말만이라도 고마워요."

"빈말이 아니라 진짠데……."

지나는 짐짓 억울한 체하면서도 끊임없이 포크를 놀려 댔다. 그녀가 먹는 모습을 빤히 쳐다보던 선우가 슬그머니 물 잔을 건네주었다.

"천천히 먹어요. 체할라."

"에이, 괜찮아요. 말 안 했나? 내가 다른 건 몰라도 위장은 엄청 튼튼하거든요. 오죽했으면 동생들이 강철도 소화시킬 위장이라고 맨날 그랬다니까요."

"그건 좀 부럽네요."

선우가 진심으로 부럽다는 듯 몸을 살짝 앞으로 기울였다. 조금만 스트레스를 받아도 바로 신경성 위염이 찾아오는 그로선, 유지나의 건강 체질이야말로 최고로 탐나는 것이었다.

"요새도 그래요?"

"위염이요? 아뇨, 이번 주에는 딱히."

"그럼…… 그거는요? 악몽."

행여나 나쁜 기억을 건드릴까 싶어 조심하는 태도가 역력했다. 뜻밖의 화제에 잠시 당혹스러운 표정을 짓던 선우가 선선하게 대답했다.

"그러고 보니 악몽 꾼 지도 오래됐네요. 시간이 약이라더니, 정말인가 보네."

"시간이 약……. 누가 그랬어요?"

갑자기 지나가 미간을 슬쩍 찌푸렸다. 곰곰이 그날 밤 정체불명의 노인을 떠올리던 선우는 느닷없는 그녀의 반응에 의아한 표정을 했다.

"왜요? 무슨 문제라도."

"시간이 약이라는 말. 무슨 뜻인지는 이해하지만, 그렇다고 만사에 시간이 만병통치약이 될 수는 없잖아요. 적절한 처방을 받으면 회복 시간을 단숨에 줄일 수도 있고……. 가끔은 너무 무책임한 말인 것 같아서요."

"그렇긴 하죠."

선우가 순순히 맞장구쳤다. 어쨌거나 지나는 전문 상담사로서, 시간이 흐르면 자연스레 상처가 아물 것이란 말이 신경에 거슬릴 만도 했다.

객쩍은 듯 입을 다물었던 지나가 금세 다정하게 웃어 보였다.

"여하튼 악몽이 사라졌다니 다행이에요. 그럼 요새는 잘 자는 거죠?"

"네. 중간중간 잘 깨긴 하는데, 그건 원래부터 그랬으니."

"평균적으로 하루에 총 몇 시간이나 자는데요?"

지나가 식기마저 내려놓으며 진지한 얼굴로 물었다. 그런데 지금껏 묻는 질문마다 순순하게 대답하던 선우가 어쩐 일로 말없이 그녀를 쳐다보기만 했다. 지나가 눈을 둥그렇게 뜨며 의문스러운 빛을 보이자, 선우는 희미한 미소를 머금으며 파스타 접시를 턱짓했다.

"일단 그런 건 먹고 나서 얘기해요, 우리."

"아……. 그럴까요?"

지나가 머쓱하게 웃으며 다시금 포크를 들어 올렸다. 심각한 화두가 밀려 나간 공터에는 오래지 않아 야구라는 흥미로운 주제가 들어왔다. 응원하는 팀이 한국 시리즈 우승을 앞두어 무척이나 신이 난 지나는 뺨을 붉게 물들인 채로, 지난번 둘이서 직관한 경기가 얼마나 대단했는지 온갖 수식어를 붙여 가며 찬양했다.

물론 그리도 신이 난 것은 선우가 옆에서 적절한 추임새를 넣어 준 덕분이기도 했다. 지나는 아직 선우가 무늬만 야구팬이란 것을 전혀 몰랐는데, 아마 나중에라도 그 사실을 알게 되거든 제법 충격이 클 것이었다.

둘은 즐거웠던 저녁 식사를 마치고 자리에서 일어났다. 지나는 자기가 설거지를 하겠다며 강경하게 주장했으나, 딱히 받아들여지진 않았다. 손님에게 설거지를 시킬 순 없다는 것도 물론 이유 중의 하나였지만.

"지난번에 폐 끼친 게 미안해서 그래요. 불꽃놀이 시작할 때까지 거실에서 좀 쉬고 있어요."

"아니, 쉬어야 한다면 모름지기 오늘 출근했던 선우 씨가 쉬어야……."

"아까 사 온 아이스크림 냉장고에 넣어 놨으니까, 그거라도 하나 먹고 있든가요."

"밥 먹은 지 얼마나 됐다고. 누굴 먹보로 알아요?"

당연하지만, 그렇게 쏘아붙인 지 10분도 채 되지 않아 지나의 손엔 아이스크림이 들려 있었다. 그녀는 거실이 너무 깨끗한 나머지 혼자 있긴 무섭다며—선우는 깨끗해서 무섭다는 것이 대관절 무슨 뜻인지 궁금했다— 설거지가 끝날 때까지 내내 식탁을 지켰는데, 덕분에 선우는 심심하지 않게 설거지를 마칠 수 있었다.

부엌을 정리하고 거실로 나오자, 시곗바늘은 벌써 저녁 8시를 가리키고 있었다. 선우가 침실에서 담요며 외투를 바리바리 챙겨 나오는 동안, 지나는 여태까지 베란다를 꼼꼼히도 가리고 있었던 암막 커튼을 조심스레 열어젖혔다. 내리 암암하던 거실로 단숨에 쏟아지는 서울의 야경이 몹시도 화려했다.

하얗고 노랗고 붉은 불빛이 마치 물에 번진 수채화 물감처럼 유리창에 번들거린다. 지나는 생각지도 못했던 그 광경을 멀거니 굽어보기만 했다. 태엽이 끊긴 인형처럼 가만히 유리문 앞에 선 그녀를 의아하게 보며 선우가 조용히 다가왔다.

"벌써 시작했어요?"

"⋯⋯아뇨, 아직이요."

느지막하게 대답하면서도 지나는 좀처럼 야경에서 눈을 떼지 못했다. 그녀를 따라 말없이 야경을 감상하던 선우는 오래지 않아 의문스러운 기색을 지워 내곤 남몰래 웃었다.

이사한 지 어언 2년, 그도 처음에는 지나처럼 거실 앞으로 펼쳐진 멋있는 야경에 감탄하던 시절이 있었다. 비록 바쁜 일상에 치이며 야경은커녕 커튼을 열어젖히는 날도 점점 줄어들었으나, 이처럼 오래간만에 감상하자니 평소와 다를 게 없는 정경인데도 가슴으로 와닿는 것이 새삼 달랐다.

혹은 함께 있는 사람 때문인지도 모르고.

선우는 아직도 멍하니 야경을 내려다보는 지나의 어깨 위로 두툼한 외투를 걸쳐 주었다. 지나가 퍼뜩 돌아보자, 그는 웃는 낯 그대로 베란다를 턱짓했다.

"이만 나갈까요?"

지나가 기다렸다는 듯이 고개를 끄덕였다.

스르르 열리는 유리문 틈으로 새어 드는 밤공기가 제법 찼다. 지난 주말 온종일 장대비가 쏟아진 뒤로는, 이제 막 시작한 11월이 야속하도록 체감상 날씨는 벌써 초겨울이다. 피부에 닿는 써늘함부터가 늦가을 추위와는 비교할 수 없었다.

선우는 며칠 전에 부랴부랴 주문해서 깔아 놓은 푹신한 방석을 재차 점검하곤 의자에 앉았다. 멀뚱히 그 모습을 지켜보던 지나도 조심스레 옆자리에 착석하자, 그녀의 무릎으로 두꺼운 담요가 떨어진다. 지나가 저도 모르게 웃음소리를 흘렸다.

"누가 보면 한겨울에 스키 타러 가는 줄 알겠어요."

"날씨만 보면 겨울 맞습니다. 오늘 최저 기온이 4도라는데."

"한 새벽 서너 시쯤 그렇다는 거겠죠."

지나는 그러면서도 담요를 펼쳐서 소중히 끌어안았다. 장난스럽게 타박을 주긴 했어도, 추운 건 그녀도 마찬가지인지 양손을 담요 속으로 넣어서 연신 꼼지락대기 시작했다.

"그나저나 야경이 이렇게 멋있을 줄은 몰랐어요. 집에서 한강이 보인다고 했을 때만 하더라도 그냥 그렇구나 싶었는데."

"운이 좋았죠. 앞이 탁 트였으니까. 두세 층만 낮았어도 앞 건물에 가려서 한강은 보이지도 않았을 거예요."

실은 한강이 보인다고 하기도 뭐한 광경이었다. 베란다에서 육안으로 보이는 한강이란 고작해야 엄지손가락만 한 길이고, 나머지는 다른 고층 건물들에 가려서 보이지도 않으니까. 그마저도 지금처럼 꼭대기 바로 아래층이 아니었다면, 아슬아슬하게 앞 건물에 한강이 가렸을 위치다.

작년 여름이었나. 갑자기 엘리베이터가 고장 났을 때, 무조건 다음 보너스 타면 이사 간다는 일념만으로 30층 넘는 계단을 꾸역꾸역 올라갔었는데. 선우는 그때 이사하지 않은 걸 다행으로 여기며 흘끗 그녀를 보았다.

"따뜻한 음료라도 마실래요? 별건 없어도 티백이라면 좀 있는데."

그리 말하며 일어나려는 선우를 지나가 황급히 붙잡았다.

"아뇨, 괜찮아요. 곧 불꽃놀이 시작할 텐데, 선우 씨도 봐야죠."

지나는 얼른 그의 손목을 붙잡으며 조곤조곤하게 얘기했다. 가만히 그녀의 얼굴을 내려다보던 선우가 아무런 말없이 얌전하게 도로 자리에 앉았다. 그러자 지나가 잘했다는 듯 웃으며 그의 손을 놔 주었다.

잠깐 찬 공기를 맞았다고 추워졌는지 지나는 다시 양손을 담요 속으로 쏙 넣어 버렸지만, 선우는 조금 얼빠진 표정으로 그녀에게 잡혔던 손목이나 계속 매만지고 있었다. 처음으로 손잡은 것도 아니고, 웃는 모습을 처음 본 것도 아닌데. 속에 나비라도 한 마리 들어앉은 것처럼 마음 한구석이 못내 간질거린다.

"어, 시작하려나 봐요!"

갑자기 지나가 소리를 높였다. 반사적으로 고개를 들자, 밤하늘을 수놓는 형형색색 아름다운 폭죽이 그의 시야를 가득 메웠다.

분홍색, 아니 연보라색이다. 불티가 사방으로 번져 갈수록 색색으로 짙게 물들어 가는 모습에 절로 감탄하는 소리가 나왔다. 하늘에서 폭죽이 터질 때마다 쾅쾅거리는 소음이 연달아 귓전을 두드려 댔으나, 하나가 저물 즈음 하나가 터지는 광경에 마냥 시선을 빼앗겨 시끄러운 줄도 몰랐다.

하지만 그것도 잠시, 지금껏 본의 아니게 한강에서 불꽃놀이를 할 때마다 거의 빼놓지 않고 보았던 선우는 금세 흥미를 잃고 말았다. 아름답긴 했으나 그뿐이다. 처음 한두 번은 경탄하는 마음으로 관람했지만, 그것이 세 번이 되고 네 번이 되자 이제는 경탄은커녕 폭죽 터지는 소리가 귀에 거슬릴 뿐이었다. 만약 오늘도 지나가 아니었다면, 지금쯤 볼륨을 최고로 높인 헤드폰을 쓰고 〈니모를 찾아서〉나 보고 있을 것이었다.

그래도 좋다는 사람을 방해할 수도 없고. 지루해진 선우는 자연스레 지나에게로 시선을 옮겼다. 역시나 지나는 불꽃놀이에 완전히 매료되어 있었다. 어찌나 집중했는지, 입술은 살짝 벌린 채로 눈은 도무지 깜빡일 생각도 안 했다.

이제 선우는 옆으로 돌아앉아 아예 턱까지 괴고 그녀를 물끄러미 관찰하기 시작했다. 돌이켜 보면 지나가 저렇게나 다른 데 몰두한 모습은 처음 보는 것 같다. 다른 사람과 함께일 때는 무례하게도 엉뚱한 곳에 신경을 빼앗기는 사람은 아니니까. 그래서인지 늘 웃는 표정만 보다가, 저리 무언가에 홀린 얼굴을 보니 무척이나 새로웠다.

그리 지나를 관찰하고 있자니, 어쩐지 조금 취하는 기분이었다. 귓가를 두드리는 소음도 어느새 멀어지고, 시간도 더없이 느리게만 흘러간다. 밤하늘에 산란하는 폭죽보다, 불티가 떨어지는 눈이며 부드러운 얼굴선을 따라 색색의 불빛이 일렁대는 모습에 더욱 눈길이 갔다. 그래서 미처 자각하지도 못한 정겨운 눈빛으로 하염없이 그녀를 바라만 보았다. 입가에는 저도 모르게 잔잔한 미소가 떠올라 있었다.

그러다 문득, 고개를 틀던 지나와 눈이 마주쳤다. 갑작스러운 눈 맞춤에 선우가 살짝 굳은 사이, 지나가 겨우 웃음을 참으며 물었다.

"뭘 그렇게 봐요? 보려면 불꽃놀이를 봐야죠."

"그냥, 좋아서요."

"선우 씨. 내가 그렇게나 좋아요?"

"네."

당연하다는 듯한 즉답에 외려 당황한 쪽은 지나였다. 선우는 방금 자기가 무슨 말을 했는지도 모르는 것 같은 천진한 얼굴로 가만히 그녀를 보고만 있었다.

"……진짜 의외예요. 아무렇지 않게 그런 말도 다 하고."

"그러게요. 나도 의외네요."

선우가 여트막한 웃음소리를 흘리며, 손을 뻗어 바람에 날리는 그녀의 잔머리를 귀 뒤로 넘겨 주었다.

"그런데 불꽃놀이는 왜 그렇게 좋아해요?"

"선우 씨는 안 좋아해요?"

"딱히 좋아하지도 않고, 싫어하지도 않아요. 여기 살다 보니 매년 보게 되기도 하고."

"그건 좀 부럽다."

그 말에 선우가 냉큼 제안했다.

"다음에 근처에서 불꽃놀이하면 또 와요. 난 괜찮으니까."

"됐거든요?"

지나는 새침한 표정으로 즉각 장난스럽게 되받아쳤다. 애당초 진지하게 주고받은 대화가 아님에도 선우는 어째 이유 모를 서운함을 느끼며 머쓱하게 뒷목이나 매만졌다. 갈수록 치기 어린 사춘기 소년이 되어 가는 것만 같아, 스스로가 영 낯설게만 느껴졌다.

그 무렵, 지나는 여전히 불꽃놀이에 시선을 고정한 채로 나직하게 읊조리듯 말했다.

"불꽃놀이를 좋아하는 건, 딱히 거창한 이유는 아니고……. 엄마랑 마지막으로 본 게 불꽃놀이라서 그래요."

조금은 애틋하게, 조금은 서글프게 속삭이는 목소리가 들려온다. 선우는 멈칫하며 그녀를 돌아보았다.

엄마랑 마지막으로. 마지막.

"……어머니께선 언제."

저도 모르게 말문을 열었던 선우가 재빨리 입을 다물었다. 아차 하는 심정이었으나, 지나는 그저 어렴풋이 웃을 뿐이다.

"옛날에요. 아주 옛날에."

그때, 기계에 문제라도 생긴 것인지 갑자기 폭죽이 멎었다. 폭죽이 터질 때마다 빛이 쏟아져 내리던 지나의 눈가에도 순식간에 어두운 밤이 드리워졌다. 너울지는 야경 불빛만이 간신히 횃불이 되어 주는 암암한 베란다. 고즈넉한 적막 속으로, 금방이라도 끊어질 듯 가냘픈 음성이 조금씩 전해져 왔다.

"아직도 눈 감으면 그날이 선해요. 풀벌레 우는 소리가 사방에 가득하고, 싱그러운 들꽃 향기가 콧등을 스치던 어느 여름날. 엄마랑 단둘이서 불꽃놀이를 보는데 그렇게 행복할 수가 없는 거예요. 마치 세상에 엄마랑 나밖에 없는 것처럼. 만약 천국이 있다면 그런 곳이 아닐까 생각했어요."

"……."

"아마 그날이 내 생일이었을 거예요. 그래서 몇 년 전까지만 하더라도 생일이 끔찍했어요. 어쩔 수 없이 생일이면 엄마가 생각나고, 그날 밤이 얼마나 아름다웠는지 떠오르고 하니까. 그런데 지금은 괜찮아요. 엄마가 어떻게 생겼고, 어떤 목소리였는지 기억이라도 하니까요. 아빠는 얼굴도 기억이 안 나요. 고작 이름 석 자 빼고 아는 게 하나도 없거든요."

씁쓸하게 자조하는 빛이 그녀의 입가를 스쳤다. 그러고도 한참을 가만히 도시의 야경을 내려다보던 지나가 문득 꿈에서 깨어나기라도 한 것처럼 몽롱하게 고개를 들어 올렸다. 갑작스러운 정적이 못내 어색하여 부러 밝은 웃음소리도 내 보지만, 공연한 짓이었다. 마주 앉은 선우는 좀처럼 굳게 다문 입술을 열지 않았다.

담요 속에서 손가락을 얽으며 잠시 고민하던 지나가 느릿하게 말문을 열었다.

"선우 씨."

"……네."

목멘 소리가 느지막하게 들려왔다. 지나는 조금 슬프게 웃으며, 어둠에 가려 보이지 않는 그의 뺨을 조심스럽게 쓰다듬었다.

"왜 선우 씨가 울려고 해요. 난 괜찮다는데도."

"……그게 어떻게 괜찮습니까."

"그럼 어떡해요. 엄마 아빠는 이제 내 곁에 없는데. 혼자서라도 어떻게든 살아가야 하잖아요."

어린아이를 달래듯 다정한 목소리가 천천히 이어졌다.

"그리고 거짓말 아니에요. 나 정말 괜찮아요."

"……."

"이젠 익숙해졌으니까."

선우는 입술을 지그시 깨물며, 그의 뺨을 쓰다듬던 지나의 손을 가만히 그러쥐었다. 아무런 반항도 없이 그의 손아귀에 순순히 내맡기는 손길. 그조차 괜찮다는 듯, 슬퍼하지 말라는 듯 도리어 그를 위로하는 것만 같아 못내 가슴이 미어졌다.

지나치게 나이 차가 많이 나는 어린 여동생도, 성씨가 다른 남동생도 이제야 납득이 되었다. 이미 오래전에 뜯겨져 나간 가족의 빈자리를, 핏줄은 다르되 자신과 비슷한 처지의 아이들로 하나씩 기워 나갔을 지난 삶. 그로서는 차마 짐작할 수도, 가늠할 수도 없는 슬픔과 외로움이 그곳에 고여 있었다.

도대체 얼마나 울고, 얼마나 아팠기에 괜찮아진 걸까. 도무지 괜찮아질 수 없는 설움을 무엇으로 달래 왔던 걸까. 애당초 그것이 달랜다고 달래지는 비극이던가. 담담한 얼굴로 지난 상처를 토로하는 모습에 외려 마음이 더욱 애달팠다. 홀로 겪어야 했을 지난날의 아픔과,

모두 이겨 내고 비로소 단단해진 작금의 얼굴이 겹쳐지며 차마 그녀를 마주하기도 힘들었다.

여럿이도 힘겨운 세상. 얼마나 긴긴 세월, 당신은 혼자서 걸어왔던 걸까.

문득 손등으로 따스한 체온이 와 닿았다. 천천히 고개를 들어 보니, 어렴풋하게 윤곽만 보이는 지나가 유난히 가깝다. 물끄러미 그 모습을 바라보던 선우는 그녀가 가파르게 몸을 기울이고 있다는 사실을 깨달았다. 그저 손을 잡아 주기 위해, 그에게 잡히지 않은 나머지 손으로 가만가만 그의 손등을 토닥이고 있었다.

이렇게나 다정한 사람이다. 남의 고통은 가만두고 보지 못하면서 자신의 고통은 혼자서 내리 삭이고, 슬픔을 나눠야 하는 상황에서조차 위로를 자신의 몫으로 돌리는. 그러고도 이토록 상냥해서 도무지 다른 데로 눈길을 돌릴 수가 없는 사람. 하염없이 눈이 멀 수밖에 없었다. 그렇게나 사랑스러운 사람이었다.

그래서 무엇이든 주고 싶다.

시커멓게 타다 못해 문드러졌을 마음에 조금이나마 위안이 되고 싶었다.

"……어릴 때, 뭐든지 어머니께 털어놓는 습관이 있었어요."

선우는 그런 심정으로 말문을 열었다. 반쯤 충동적이었던 말소리 뒤로 순식간에 이야기가 얼개를 갖춰 나가기 시작했다.

"소소하게는 선생님께 칭찬받은 일이나 같은 반 여자애한테 고백받았던 일, 친구랑 작게 말다툼했던 일도 전부 다 어머니께 얘기했어요. 말하지 않은 것보다 말한 것들이 훨씬 많을 겁니다. 당시 어머니는 내가 세상에서 가장 사랑하는 사람이었고, 또 내 말을 세상에서 가장 잘 들어 주는 사람이었으니까."

어린 시절의 기억이 새록새록 떠오르는지, 희미한 웃음기가 말끝마다 맴돌았다.

"하루하루 있었던 일을 얘기하고 나면, 늘 어머니랑 약속했어요. 비밀이니 누구한테도 말하지 말라고. 어머니는 당연히 아무에게도 말하지 않겠노라 다짐하셨죠. 그 말을 곧이곧대로 믿었어요, 그때는.

그러다가…… 언제였더라, 아마 초등학교 5학년 때일 거예요. 어느 날 어머니랑 외출했다가 어머니 지인분을 만났는데, 그분이 그러시더라고요. 얘가 네 논문에 나오는 A군이냐고. 그때는 그러려니 넘겼다가 나중에 집으로 돌아와서 물었죠. 아까 그분이 말씀하셨던 논문이며 A군이 대체 뭐냐고. 그냥 천진한 호기심으로 물은 거였는데, 어머니의 대답은 굉장히 충격적이었어요."

선우야, 엄마가 뭘 연구한다고 했지? 맞아, 사람의 정신을 연구하고 있어. 그런데 엄마한테 가장 가까운 사람이 누구야, 바로 선우잖아. 그러니까 엄마는 선우가 꾸준히 자라나는 모습, 선우가 보이는 행동, 선우가 하는 얘기들…….

선우가 엄마한테 하는 얘기들.

아무에게도 말하지 않겠노라, 손가락 깍지 끼워 가며 약속했던 이야기들.

"어머니는 정신 의학과 교수십니다. 병원에서 진료도 하고 계시고요. 의학자로서 어머니의 선택이 그릇되었다고 생각하진 않습니다. 탐구하는 자세야말로 학자로서 갖춰야 할 기본적인 자세니까요."

"……."

"그런데 열 살의 나에게는 그게 배신이었어요."

어머니를 굳게 믿었던 만큼, 격렬한 배신감이 휘몰아쳤다. 하지만 스스로도 통제할 수 없는 감정이 버거웠던 어린 차선우는 그저 방문만 단단히 걸어 잠그고 혼자서 골방에 틀어박혔다. 어머니가 울면 뭣도 모르고 따라 울었던 지난날이 무색하도록, 어머니의 울음소리조차 귓전에서 털어 내고 싶었다.

하지만 그런다고 뭐가 달라지던가. 부러 잠갔던 문은 허탈할 정도로 쉽게 열렸고, 부모는 어린 아들이 그어 놓은 선을 너무나도 쉽게 넘어 버렸다. 그러고는 마치 그런 적 없었던 것처럼, 선은 그어지지도 않았던 것처럼 아무렇지도 않게 평화로운 예전으로 돌아가 버렸다. 겉보기에 예전과 다르지 않은 아들의 모습에 내심 안도하며, 다시 화목한 가정으로 돌아간 줄로만 착각했다.

"그렇다고 어머니를 미워했던 건 아닙니다. 아무래도 배신감보단 어머니를 사랑하는 마음이 더 컸으니까요. 저 역시 구태여 떠올리고 싶지 않은 일이라, 아무 일도 없었던 것처럼 행동하는 부모님의 심정도 충분히 이해했고요. 그러니 그날 이후로 바뀐 건 별로 없어요. 고작해야 내가 더 이상 어머니께 비밀을 털어놓지 않게 되었다는 거. 어머니의 논문에 A군이 등장하는 일도 없어졌다는 거."

그리고 아무도 믿지 못하게 되었다는 것.

선우가 씁쓸하게 웃었다.

"자연스럽게 그런 생각이 들더라고요. 나랑 가장 가까운 어머니조차 약속을 어겼는데, 과연 누가 나와의 약속을 끝까지 지켜 줄까 하는 생각. 날 낳아 준 어머니도 믿질 못하는데 대관절 누굴 믿을 수 있겠느냐는, 그런 생각들이요."

"……."

"무작정 어머니를 탓하는 건 아니에요. 이건 그날의 일을 내가 어떻게 받아들였는지에 관한 거니까. 다만 그날 이후로 누군가를 진심으로 믿어 본 적이 없습니다. 사랑하고 좋아하는 사람들과 만날 때도 마음

언저리엔 항상 불신이 도사리고 있었어요. 또 그때처럼 배신당하긴 싫어서, 그러다가 상처라도 입으면 어쩌나 겁나서 처음부터 믿음을 주질 않았어요. 겁쟁이였죠."

넌 왜 이렇게 날 믿지 못하느냐며 몹시 서운해하던 오랜 친구. 도무지 둘이서 함께 좋아하는 것 같지가 않다며 울던 옛 여자 친구. 그리고 오빠가 무슨 생각을 하는지 당최 모르겠다던 여동생.

가까웠던, 가까운, 그래서 부러 불신했던 이들의 얼굴이 차례차례 스쳐 지나갔다. 본의 아니게 그들에게 상처 주었던 지난날을 후회하며, 그는 다시 한번 지나의 손을 꽉 움켜쥐었다.

다시는 그런 일을 반복하고 싶지 않았다. 적어도 그녀에게는, 유지나에게는.

"그동안 아무도 믿질 못했는데……."

"……."

"당신은 달라요."

스스로 다짐하듯 점차 목소리가 단단해진다.

"지나 씨의 말은 무엇이든 믿게 돼요. 다른 사람은 몰라도 지나 씨만큼은 믿고 싶어요. 앞으로도 계속 함께하고 싶어요."

선우는 이제 막 깨달은 것처럼 더할 나위 없이 선명한 눈빛으로 말했다.

"내가 그래도 될까요?"

고요한 적막이 내려앉았다. 선우는 흔들림 없는 눈으로 눈앞의 지나를 직시했다. 어둠에 가려 윤곽만 희미하게 보이는 얼굴이 지금쯤 어떤 표정을 짓고 있을지 멋대로 가늠하지 않으면서, 그녀의 대답만을 끈지게 기다렸다.

이윽고 찰나의 순간, 미약한 고갯짓이 눈에 들어왔다. 금방이라도 심장이 터질 것처럼 박동하여 눈앞이 색색으로 이지러진다. 그는 조금쯤 울고 싶은 심정으로 그녀의 뺨을 조심스럽게 감싸 안았다. 일순 두 사람의 거리가 좁혀 들었다.

쾅!

폭죽 하나가 밤하늘로 쏘아 올려졌다. 밤하늘을 물들이는 아름다운 꽃송이 아래, 입 맞추는 연인의 모습이 오래도록 환하게 빛났다.

groundhog day

groundhog day

: 해롤드 래미스 감독의 영화 〈사랑의 블랙홀(1993)〉의 원제

어느덧 연말이 훌쩍 다가왔다.

거리마다 캐럴이 울려 퍼지고, 깜찍하게 장식된 트리가 사람들의 이목을 끄는 계절. 아이라면 꿈에 부풀고, 어른이라면 또다시 무상하게 흘러가는 세월에 우울할 법하지만, 시즌을 코앞으로 맞닥뜨린 회계 법인은 영 그렇지가 못했다. 이 시점의 회계사들에겐 한 살 나이를 먹어 우울해하는 감정조차 사치였다.

하지만 그렇다고 일상의 작은 즐거움마저 포기할 것인가, 하면 역시나 고개를 젓는 사람들이 있다. 회계사에겐 거의 불가능한, 일과 일상의 균형을 매일같이 외치고 다니는 김정혁이 바로 그런 부류였다. 그에게 있어 일상의 소소한 즐거움이란 물론 사랑하는 아내와 나누는 정서적 육체적 대화였으나, 일터에 한해 그의 호기심을 자극하는 인물이 하나 더 있었다.

바로, 근자에 새로운 연애를 시작한 차선우다.

"어이, 차 선생. 요새 얼굴 좋아 보인다? 비법 좀 알려 줘."

오늘도 마찬가지로, 김정혁은 퇴근할 시간이 되자 건들거리며 선우의 책상으로 다가갔다. 그리고 매처럼 날카로운 눈으로 친구의 손가락부터 훑는데, 은회색 반지가 아직 제자리에 있는 걸 보면 다행히도 지난밤 사이 연애가 끝장나진 않은 모양이다.

"오늘도 애인 만나냐?"

"아니."

"웬일이래. 하루도 빠짐없이 맨날 만나러 가더니. 난 네가 나 몰래 결혼한 줄 알았다니까?"

"그러냐."

선우는 자꾸만 치근거리는 김정혁을 익숙하게 받아치며 서류를 들추기 급급했다. 안경까지 쓴 모습을 보면 업무에 집중하고 있는 듯하지만, 언제나 그에게 이런 대접을 받아 왔던 정혁은 크게 개의치 않았다. 박대받으면서도 하고 싶은 말을 줄줄이 늘어놓는 걸 보면 그만한 철면피도 없다.

돌연 김정혁이 소리를 낮춰 물었다.

"혹시 싸웠냐?"

"내가 넌 줄 알아? 싸웠다고 안 보게."

"야, 누가 들으면 오해할 말을……. 난 혜정이랑 싸우면 무조건 숙이고 들어간다고. 싸워서 안 보는 게 가당키나 한 소리냐."

그 말에 선우가 어처구니없다는 듯 안경 너머로 눈을 치떴다.

"그래서 지난주 새벽에 우리 집으로 찾아왔냐? 그때 우리 집에서 얼마나 지냈더라, 이틀? 사흘?"

"그건 혜정이가 쫓아내니까 별수 없이……."

정곡을 찔린 김정혁이 그답지 않게 어물거렸다. 어쨌거나 신세도 그만한 신세가 없었기에, 그로서는 조용히 입 다무는 수밖에 없었다.

"야, 근데 네가 날 받아 줄지 몰랐다. 집에서 쫓겨난 새벽에야, 너도 사람이니 측은지심이란 게 있어서 받아들였겠지만 사흘씩이나 머무르게 허락할 줄은 꿈에도 몰랐지."

"고마우면 밥이나 사."

"역시 제대로 된 연애를 해서 그런 건가?"

은근하게 흘리는 말소리에 선우가 펜대를 놓으며 한숨을 푹 내쉬었다.

"안 돼."

"뭐가?"

"안 보여 줄 거라고."

"아, 차선우. 진짜 너무하네. 그럼 언제쯤 보여 줄 건데? 100일? 300일? 아님 결혼할 때? 결혼하고도 안 보여 줄 건 아니지?"

"안 보여 줄 건데."

"좀 본다고 사람 얼굴이 닳는 것도 아니고. 그냥 너 혼자만 보려고 그러는 거냐? 아무리 좋아도 그건 좀 아니다."

"다른 사람은 몰라도 넌 안 돼."

선우는 냉정하게 말을 끊어 내며 다시금 서류로 시선을 돌렸다. 제대로 된 연애를 해서 좀 바뀌긴 개뿔, 역시 하나도 안 바뀌었다. 속으로 이를 갈던 김정혁이 문득 떠오르는 생각에 우선 말부터 내뱉고 보았다.

"근데 너 그 여자랑 결혼할 생각은 있고?"

"……"

"어, 뭐야. 진짜 결혼할 생각 있나 보네? 이게 웬일이야, 차선우가 결혼이라니. 그렇게 좋냐? 어? 생각만으로도 너무 좋은데, 오늘은 못 만나서 슬퍼?"

"알면 그만 건드리고 저리 가지."

참다 참다 맞받은 말에 김정혁이 크게 웃음을 터트렸다. 살다 보니 네가 애타는 모습도 다 본다는 둥, 혼자 흥분해서 이런저런 얘기를 늘어놓더니 제멋대로 온 것처럼 또 제멋대로 가 버렸다. 파안대소하며 멀어지는 그의 뒷모습을 흘끗 쳐다본 선우가 이내 고개를 절레절레 내저었다.

하여간에 실없기로는 따를 자가 없다. 선우는 그리 생각하며 힘없이 안경을 벗었다. 오랫동안 서류를 읽었더니 눈알이 뻐근하다. 원래대로라면 지금처럼 퇴근이 가까워진 시간에는 저절로 기운이 나야 정상이건만, 어째 오늘은 시들어 가는 풀처럼 축축 늘어지기만 했다. 선우는 그 이유를 알면서도 공연히 내색하지 않으려 아주 애썼다.

김정혁 덕분에 업무에 몰두하던 맥이 탁 끊기자, 자연스레 오른손이 슬금슬금 마우스를 움직이기 시작했다. 쓸데없이 실시간 검색어를 살펴보질 않나, 지구촌은 안녕하신지 평소에는 그다지 흥미도 없던 국제 뉴스를 읽어 보질 않나.

그러다가 별생각 없이 개인 계정 메일함으로 들어갔는데, 어쩐 일로 스팸메일이 아닌 정상적인 메일 하나가 도착해 있었다. 사내 계정이 아니라 개인 계정으로 누군가 메일을 보내온 것은 꽤 오래간만이라, 선우는 호기심 어린 얼굴로 메일을 클릭해 보았다.

메일에는 아무런 내용도 없이, 덩그러니 동영상 하나만 첨부되어 있었다. 그럼 그렇지, 스팸메일이 틀림없다. 김샌 표정으로 인터넷 창을 닫으려는데, 지루함에서 비롯된 호기심이 번쩍 고개를 들었다. 어차피 이런 정신머리로 더 일하긴 글렀겠다, 퇴근할 때까지 어떻게든 시간을 죽일 무언가가 필요하다. 짧게 갈등하던 선우는 슬그머니 주변을 둘러본 뒤, 아무도 없다는 것을 확인하고서야 동영상을 열어 보았다.

시작은 어두운 방이었다.

가구의 윤곽만 흐릿하게 보이는 어둠 속. 핸드폰 카메라로 찍었는지 화질도 썩 좋지만은 않다. 조잡한 공포 영상이라도 되려나 싶어 10초씩 영상을 건너뛰다가 문득, 화살표 버튼을 눌러 대던 손길이 멎었다. 무심히 노트북 화면에 고정되었던 눈이 돌연 휘둥그렇게 뜨였다.

카메라 앞으로 등장한 하얀 스웨터 차림의 여자. 다름 아닌 유지나였다.

"무슨 서프라이즈도 아니고……."

선우는 괜스레 퉁퉁대면서도 절로 떠오르는 미소를 감출 길이 없었다. 오늘 저녁에는 오래간만에 고등학교 친구들과 만나기로 했다며 새침하게 말하더니, 금요일 저녁을 혼자 외롭게 보내게 생긴 그의 허전한 마음을 이렇게나마 달래 줄 심산인 듯했다. 선우는 금세 차오르는 행복감을 만끽하며 얼른 이어폰을 귀에 꽂았다. 영상 속의 지나가 무슨 말을 할지 몹시 기대가 되었다.

— 안녕하세요, 차선우 씨.

꾸벅 허리를 굽혀 인사한 지나가 나지막하게 입을 열었다. 사뭇 멀게 느껴지는 호칭에 선우가 의아해하던 찰나, 미처 예상치도 못한 말소리가 벼락처럼 떨어졌다.

— 날 기억하길 바라지만, 혹시나 기억하지 못할 수도 있으니 바로 소개할게요. 내 이름은 유지나예요. 작년 12월 23일 금요일, 트럭에 치일 뻔한 차선우 씨를 구했고, 이후로도 열한 번을 더 만났어요. 기억하시나요?

입가에 만연하던 미소가 삽시에 저물었다. 선우는 멀거니 화면만 응시했다. 느리지만 끊임없이 들려오는 목소리가 연이어 그를 충격으로 내몰았다.

— 마지막으로 만났을 때 나한테 연락처도 줬었죠, 여기로 연락하라고. 그동안 연락 한 번 없이 감감무소식이었는데, 혹시나 많이 기다렸다면 미안해요. 내가 어떤 변명을 대도 당신이 기다렸을 시간을 보상하진 못할 테지만, 그래도 어떻게든 사과를 전하고 싶었어요.

오늘 이렇게 갑자기 메일을 보낸 건, 차선우 씨에게 할 말이 있어서예요. 어쩌면 지금쯤 영상을 껐을 수도 있겠지만, 부디 그러지 않았길 바라요. 그러면 내가 지금 이러는 거, 전부 부질없어지니까. 내 간절한 마음이 차선우 씨에게 가서 닿으면 좋으련만⋯⋯.

영상 속의 유지나가 몹시 떨리는 목소리로 간신히 말을 이어 갔다.

— 꼭 들어 줬으면 하는 얘기가 있어요. 어디서부터 시작해야 하는지 몰라 가장 처음부터 말하겠지만, 오로지 진실만을 이야기할 것을 맹세할게요. 거짓이 당신의 눈앞을 가리는 일은 없을 거예요.

내내 바닥만 내려다보던 유지나가 이윽고 천천히 고개를 들어 올렸다. 이제야 결심이 선 듯, 더없이 흔들리던 시선이 차츰 결연한 빛을 되찾았다.

— 기나긴 이야기예요. 시작할게요.

그리 이야기는 시작되었다.

이야기의 시작점은 무려 20년을 거슬러 올라간 어느 여름날. 어린 여자아이가 엄마를 영영 잃어버린 밤이었다.

유지나는 버려진 아이였다.

그것이 유지나란 사람의 인생을 송두리째 뒤흔드는 충격이 되진 못했어도, 적잖은 파장을 미친 것만은 자명하다. 하지만 유지나는 고아소리 들으며 자라난 것치고 부모에게 별다른 유감이 없었는데, 그것은 부모가 유달리 좋은 사람이었기 때문이라기보단 너무도 어린 나이에 버림받았기 때문이라 보는 편이 옳았다.

어쨌거나 유감이 있으려면 먼저 섭섭한 마음이 들어야 하므로. 제대로 기억조차 나지 않는 사람들을 원망하기에 그녀는 지나치게 바쁜 삶을 살아왔다. 세상은 늘 그녀의 능력을 시험하려 들었고, 그녀는 세상에 맞서 자신을 증명해 내기 급급했다.

하지만 그렇다고 부모에 대해 티끌만큼의 감정도 남아 있지 않느냐 하면, 그건 또 아니었다. 물론 고작해야 이름 석 자밖에 알지 못하는 아버지야 죽었는지 살았는지 관심조차 없지만, 언젠가 들었던 풍경 소리처럼 기억 속에 아스라히 남아 있는 어머니와의 추억은 꽤나 소중한 것이었다.

우유를 따라 주던 흰 손. 가냘프면서도 상냥한 웃음소리. 바람결에 흩날리던 잔머리. 그리고 쉬이 잠들지 못하는 밤이면 꼭 안아 주던 따스한 품. 그녀에게 남겨진 추억이란 그다지도 단편적인 것들이었다.

혹자는 그래 봤자 아이를 버린 어머니인데 좋게 추억해서 뭐 하겠느냐 면박할지도 모르겠다. 그러나 다시 한번 말하지만, 유지나는 자길 버린 어머니에게도 별다른 유감이 없었다. 어차피 살면서 다시는 보지 못할 사람, 그나마 아름다운 추억으로 남기는 편이 나으리라 여겼을 뿐이다. 그마저 지워 버리면 그녀에겐 '가족'과 함께하는 기억이 죄 사라지는 셈이기에.

좌우지간 이야기는 유지나가 어머니에게서 버림받았던 다섯 살 무렵에서 시작된다. 일견 별 관계가 없어 보이는 사건일지 모르나, 이것이야말로 유지나란 사람의 시작점이며 이야기의 단초다.

그날 밤.

기억하건대, 그날은 여름날치곤 무척이나 선선하지만 그렇다고 가을이라기엔 조금 무더운 날씨였다. 밤하늘은 몹시도 청명해서 오래도록 공해에 가려져 있던 별들이 한눈에 보였으며, 곳곳에서 전해지는 풀벌레 소리와 들꽃 향기가 참으로 애틋한 기운을 자아냈다.

아마도 산 밑 어드메였을 것이다. 원래는 해 저문 시간이면 인적이 뚝 끊기는 곳인데, 그날따라 유난히 사람들이 벅적거렸던 걸 보면 마을 축제라도 벌어졌던지, 아님 순회 서커스단이라도 왔던지 그랬을 것이다.

하여간에 당시 꼬맹이였던 유지나는 다섯 번째 생일을 맞아 새로 산 꼬까옷 입고, 엄마 손 붙잡아 거기로 놀러 나갔다. 종종 마주치는 마을 어른들이 오늘따라 왜 이렇게 예쁘냐며 입이 마르도록 칭찬하는 통에, 드물게 얼굴이 발그레해선 엄마의 노란 원피스 뒤로 숨어 다니고 그랬다.

그리고 거기서 무얼 보았느냐면, 생애 최초로 불꽃놀이란 걸 보았다. 꽃이라 하면 응당 땅에서 피어나는 꽃만을 생각했던 어린 지나에게 그날은 천지가 개벽하는 충격과 거의 엇비슷했다. 귀가 먹먹하도록 시끄럽게 쏘아 올린 폭죽이 밤하늘에 화려하게 흩뿌려지는 모습은 그야말로 장관이었다. 마을 어른들도 밖으로 나와 구경하기 여념없는데, 고작 다섯 살 난 어린애 눈엔 천국도 그만한 천국이 없었을 것이다.

그렇게 지나는 처음 보는 불꽃놀이에 푹 빠져서 밤하늘만 올려다보기 바빴다. 얼마나 열심히 집중했느냐면, 평소에는 못 잡아 안달이던 엄마 손이 스르르 빠져나가는 것도 까맣게 몰랐을 지경이다. 근처에 엄마가 있는지 없는지도 모르다가 불꽃놀이가 다 끝났을 무렵, 그제야 주위를 둘러보니 엄마가 없다는 걸 깨닫고야 말았다.

만약 다른 어린애들이었다면 십중팔구 울고도 남았을 일이다. 하지만 지나는 그 어린 나이에도 제법 똘똘해서, 얼굴만 겨우 아는 주변 어른들을 붙잡고 혹 우리 엄마 보았냐고 물어볼 깜냥은 되었다. 고개를 기우뚱하며 저들끼리 수군거리는 어른들 사이로, 매일같이 얼굴 맞대며 인사하는 주인집 아줌마가 나타났다.

"아줌마, 우리 엄마 보셨어요?"

주인집 아줌마는 강퍅한 성정으로 마을에서 악명 높았지만, 유독 어린아이에게는 친절했다. 그래서인지 새댁은 도대체 정신을 어디다 놓고 다니냐는 둥, 어린애를 데려왔으면 정신 줄을 똑바로 잡고 있어야 한다는 둥, 거하게 욕을 늘어놓으면서도 지나의 손을 꼭 붙잡고 집으로 데려다주었다.

집에는 아무도 없었다.

"어휴, 이 여편네가 이 시간에 어딜 간 거야."

아줌마는 발을 동동 구르며 마을 여기저기 전화를 걸어 수소문했지만, 별다른 소득은 없었다. 그동안 어린 유지나는 문 앞에 쪼그려 앉아, 가방에 늘 소중히 넣고 다니던 짤따란 크레파스로 벽에다가 낙서를 했다. 노란 원피스를 입은 어여쁜 엄마, 그리고 마찬가지로 노란색 꼬까옷을 입은 나. 오늘 입은 꼬까옷은 분홍색이니, 내년에 여섯 살 생일을 맞이하거든 엄마랑 똑같은 노란색 꼬까옷을 사 달라 하기로 다짐도 했다.

"애, 지나야. 너희 엄마 아무래도 애먼 데서 널 찾아다니는 모양이다. 일단 오늘은 아줌마네 집에서 자자."

지나는 고개를 끄덕거리며 순순히 아줌마의 손을 잡고 주인집으로 들어갔다. 지금껏 밤이면 항상 엄마 곁에서 잠들었지만, 오늘 하루쯤 엄마와 떨어져 잔다고 큰일이 일어날 것 같진 않았다. 며칠 전 TV로 보았던 〈미녀와 야수〉의 주인공 벨처럼 용감해지고 싶었던 어린 지나는 그리 씩씩하게 자신을 달랬다.

그러나 이튿날도, 사흗날도 엄마는 나타나지 않았다. 주인집 아줌마는 월세도 반년이나 못 받았다 고래고래 소리를 지르며 가슴을 마구 쳐 댔다. 그새 노란색 크레파스를 거의 다 쓴 지나는 주황색 크레파스를 섞어 칠해 가며 동네 담벼락에 엄마를 수없이 그려 댔다. 노란색 원피스를 입은 우리 엄마, 세상에서 제일 예쁜 우리 엄마. 보고픈 나머지 온갖 곳에다가 엄마 얼굴을 칠해 놓았다.

그리 열흘이 지났다.

지나를 찾아온 사람은 엄마가 아니라, 웬 낯선 어른들이었다.

"지나야. 가서 굶지 말고, 혹시 괴롭히는 애들 있으면 너도 똑같이 괴롭혀. 말로 못 알아먹는 놈들은 흠씬 맞아야 돼, 아주."

주인집 아줌마는 못내 속이 타들어 가는 얼굴로 거듭 강조했다. 지나는 아줌마의 말을 절반쯤, 사실대로 말하자면 거의 대부분 알아듣지 못했지만 일단 씩씩하게 고개는 주억거렸다.

한데 병아리처럼 고갯짓하는 모습에서 무얼 본 것인지, 아줌마는 죽일 년 못된 년 하면서 또다시 허공에다가 욕지거리를 퍼붓기 시작했다. 지나는 무슨 뜻인지도 모르는 욕이 참으로 귀에 거슬렸지만, 아줌마가 목메어 우는 모습이 어쩐지 몹시 슬퍼 보여 저도 모르게 조금 훌쩍거리고 말았다.

어디 관청인지 구청인지에서 나왔다는 어른들은 지나를 데리고 낯설디낯선 곳으로 향했다. 늘 버스만 탔던 지나는 생전 처음으로 타 보는 승합차가 신기하여, 금방까지 엉엉 울던 것도 잊고 창밖을 구경하기 바빴다.

늘 TV로만 보았던 높은 건물들. 한데 몰려 있는 아파트와 빌라가 차례차례 창밖으로 지나가더니, 어느 순간 황량한 벌판이 드러나고 푸른색 갈색 붉은색 강판을 얹은 나지막한 건물들이 나타났다.

승합차는 그러고도 한참을 더 달려, 웬 허름한 2층짜리 건물 앞에서 멈추었다. 지나는 어른들이 시키는 대로 엉거주춤 승합차에서 내려선, 담쟁이넝쿨로 뒤덮인 건물을 물끄러미 올려다보았다.

그곳은 고아원이라고 했다.

나중에야 어감이 별로라며 보육원이라는 명칭이 권장되긴 하지만, 어쨌든 본질적으로는 같은 곳이다. 국가에서 부모 없는 아이들을 보살피는 장소. 여기 거주하는 아이들의 일부는 사고로든 병으로든 부모를 잃은 뒤 주위에 돌봐 줄 친척이 없어 여기까지 흘러든 아이들이고, 일부는 도무지 자식을 키울 여력이 없는 부모가 잠시 여기에 맡겨 둔 아이들이며, 나머지 일부는 부모에게 버림받은 아이들이었다. 그리고 유지나는 마지막 경우에 속했다.

"안녕, 지나야."

고아원을 책임지는 원장 선생님은 둥그런 안경을 쓴 푸근한 인상의 중년 여자였다. 다행스럽게도 아이들을 학대하는 부류는 아니고, 너무 바빠서 일일이 챙겨 주지 못할 뿐이지 아이들에겐 충분히 상냥한 선생님이었다. 지나는 한눈에 원장 선생님이 마음에 들었다.

"지나는 앞으로 여기서 선생님이랑 같이 살 거야. 괜찮지?"

"네."

습관적으로 고개를 끄덕이던 지나가 문득 물었다.

"그런데 엄마는 언제 와요?"

난감한 얼굴로 뜸을 들이던 원장 선생님은 곧 지나의 손을 잡고 고아원으로 들어갔다. 다른 아이들이랑 인사부터 하자. 싸우지 말고, 친하게 지내렴. 다시금 엄마에 대해 물으려던 지나는, 원장 선생님의 목소리가 사뭇 다정하여 그냥 참고 말았다.

고아원에 사는 아이들은 아주 많았다. 다섯 살 먹은 지나는 숫자를 딱 열까지만 셀 수 있어서, 열을 넘어가는 숫자는 전부 '아주 많은 것'에 속했다. 아이들의 나이도 제각각이었다. 학교라는 곳에 들어갔을 정도로 커다란 언니 오빠들도 있고, 또래의 아이들도 제법 있었다. 맨날 이사를 다니느라 한 번도 동년배의 친구를 사귀지 못했던 지나는 그 점이 가장 마음에 들었다.

지나는 무던한 성격에 걸맞게 자연스레 무리로 스며들었다. 착한 아이도 있고, 짓궂은 아이도 있고, 성격이 아주 고약한 아이도 있었다. 하지만 역시 가장 무서운 건 중학교인지 고등학교인지에 다니는 몇몇 언니 오빠들이었다. 툭하면 싸한 냄새를 풍기며 돌아와서는 선생님들 몰래 동생들을 부려 먹질 않나, 귀에 거슬리는 나쁜 말을 해 대질 않나. 하여간에 아주 별로였다.

특히나 제일 무서운 건, 누가 엄마 소리를 낼 때였다.

"엄마 보고 싶다……."

누군가 훌쩍이며 그런 소리를 하거든, 평소엔 얌전하던 언니 오빠들마저 도깨비처럼 무서운 얼굴로 나쁜 소리를 해 댔다. 신경질적으로 문을 쾅쾅 닫기도 하고, 심지어는 아프게 꿀밤을 먹이기도 했다. 지나도 실은 엄마가 몹시 보고 싶었는데, 친구가 맞아서 엉엉 우는 모습을 보고선 절대 입 밖으로 엄마 얘기를 하지 않겠노라 굳세게도 다짐했다.

그러자 엄마가 보고 싶어도, 보고 싶다고 말할 곳이 없었다. 선생님들은 항상 바빴고, 친구들은 엄마 얘기만 하면 울어 댔다. 언니 오빠들 귀에 엄마 소리가 들어가면 어쩌나, 그런 걱정부터 들기도 했다.

그래서 지나는 밤늦도록 마당에 설치된 그네를 타며, 가끔씩 낯선 자동차가 나타나곤 하는 정문만 뚫어져라 지켜보았다. 행여나 저기로 엄마가 오진 않을까 싶은 헛된 기대였다.

"지나야."

노을 지는 저녁. 하루는 원장 선생님이 그네를 타는 지나에게로 다가왔다. 선생님이 좋아 방긋방긋 웃던 지나는 갑자기 주변을 이리저리 둘러보았다. 때마침 저녁 먹을 시간인지, 마당에서 공 차던 아이들도 머리털 한 자락 보이질 않았다. 아무도 없으니, 이제 엄마에 대해 물어봐도 되는 것이었다.

"선생님, 우리 엄마는 언제 와요?"

혹시나 누가 듣기라도 할까, 잔뜩 소리를 죽인 물음이었다. 이번에도 한없이 난감한 표정만 짓던 원장 선생님은 지나의 고사리 손을 잡으며 조금 슬프게 말했다.

"글쎄, 선생님도 잘 모르겠네."

"크리스마스에는 올까요?"

원장 선생님은 말없이 웃기만 했다. 약이 오른 지나가 재차 물었다.

"그럼 내년 생일에는 올까요?"

"저녁 먹을 시간이야. 어서 들어가자."

지나는 그제야 원장 선생님은 질문에 대답할 마음이 없다는 걸 깨달았다. 내심으론 몹시 심통이 났지만, 배가 무척이나 고팠던지라 순순히 선생님을 따라 식당으로 들어갈 수밖에 없었다.

이제 지나가 기다리는 것은 오직 크리스마스뿐이었다. 산타 할아버지가 착한 아이들에게 선물을 나눠 주는 날. 지나는 스스로 착한 아이라 의심치 않았으나, 혹시나 하는 마음이 들어 앞으로는 더더욱 착한 아이가 되기로 마음먹었다. 그래서 맛있는 간식도 친구에게 양보했고, 아침에도 늦잠 자지 않으려 부단히 노력했다. 선생님들이 종종 착하다 칭찬할 때마다 어깨가 으쓱했지만, 한편으로는 조금이라도 더 착한 아이일 때 하루빨리 크리스마스가 오길 바라는 마음이었다.

겨울은 성큼 다가왔다. 하루에도 달력을 수십 번씩 쳐다보며 크리스마스까지 남은 날짜를 헤아리길 수없이 반복하니, 어느덧 정말로 크리스마스이브였다.

12월 24일. 성탄 전야는 삭막하던 고아원에도 드물게 따스한 온기가 감도는 날이었다. 아이들은 예상치 못한 진수성찬에 입이 떡 벌어졌고, 선생님들은 그동안 아이들과 연습한 캐럴을 최대한 노래답게 부르게 하느라 정신이 하나도 없었다. 어쨌거나 시끌벅적하고 좋은 날이었다. 지나도 친구들과 어울려 신나게 크리스마스를 즐겼다. 날이 어두워지거든 곧 만나게 될 엄마를 떠올리니 더욱 기분이 좋아졌다.

그날 밤, 지나는 잠들기 전에 이불을 뒤집어쓰고 산타 할아버지에게 엄마를 선물해 달라 열심히 기도했다. 행여나 산타가 바빠서 듣지 못했을까 염려되어, 기도를 열 번도 넘게 '아주 많이' 올렸다. 계속 가슴이 두근거리는 통에 도무지 잠들지 못하는 줄만 알았는데, 친구들과 사방팔방으로 뛰어논 덕분인지 금세 까무룩 잠들어 버렸다.

밤이 깊어 갈수록, 세상은 고요하게 가라앉았다. 차츰차츰 어두워지는 창밖에는 오직 추운 겨울바람만 휘몰아치고, 저들끼리 속닥거리며 좀처럼 잠들지 않던 아이들도 한둘 수마에 잡아먹혔다. 모두가 잠든 사이, 아무도 모르게 내리기 시작한 함박눈은 소리 없이 온 세상을 덮어 나갔다.

그리 시곗바늘이 12시를 넘어섰을 무렵, 지나는 이상한 소리에 퍼뜩 잠에서 깨어났다. 사위가 쥐 죽은 듯이 조용하여 다시금 잠을 청하려던 찰나, 머리맡에서 재차 이상한 소리가 들려왔다. 똑똑, 누군가 유리창을 두드리는 소리였다.

지나는 이불을 뒤집어쓴 채로, 세상모르게 자는 친구들을 지나쳐 살금살금 복도로 나왔다. 시커먼 어둠에 휩싸인 복도는 평소라면 무서워 벌벌 떨었을 테지만, 오늘만은 달랐다. 오늘은 산타가 찾아오는 크리스마스. 지금쯤 못된 괴물들은 벌벌 떨며 지붕 밑으로 숨었을 것이다.

그렇게 지나는 발소리를 죽여 겨우겨우 현관에 도착했다. 손잡이를 당기며 힘껏 온몸으로 문을 밀려는데, 오늘 저녁까지만 하더라도 바위처럼 무겁던 현관문이 이상할 정도로 손쉽게 열렸다. 고작 손가락 한 번 댔을 뿐이건만, 점차 벌어지는 문틈을 의아하게 보던 지나는 조심스럽게 마당으로 발을 내디뎠다. 맨발에 와 닿는 차가운 감각에 놀라기도 전, 눈앞으로 펼쳐진 장관에 말을 잃고 말았다.

온통 눈으로 뒤덮인 새하얀 세상. 그곳에 엄마가 홀로 서 있었다.

지나는 바람결에 흩날리는 노란 원피스를 물끄러미 쳐다보았다. 기억과 한 점 달라지지 않은 얼굴로 가만히 절 바라보는 엄마가 어쩐지 낯설게 느껴진 탓일까, 좀처럼 엄마에게 다가갈 생각을 못 했다. 그토록 보고팠던 엄마인데. 참으로 이상한 일이었다.

그런데 문득 인형처럼 꼼짝 않던 엄마가 느릿하게 양팔을 뻗었다. 마치 이리로 오라는 듯, 여기 익숙한 품에 안기라는 듯. 지나는 잔뜩 찡그린 얼굴로 머뭇거리며 발을 뗐다. 하염없이 느리던 걸음이 점차로 빨라졌다. 조그만 발자국이 눈밭 위로 수없이 새겨지고서야, 비로소 지나는 엄마의 품이었다.

지나는 그토록 그리웠던 품에서 아주 오래도록 울었다. 그동안 서글 픈 줄도 몰랐던 서글픔과, 외로운 줄도 몰랐던 외로움이 눈물이 되어 줄줄 새어 나왔다. 세상에 단 하나뿐이던 사람을 한순간에 잃어버린 상실감이란 그토록 거대한 것이라, 아무것도 모르는 다섯 살배기 아이 는 구슬피 울고 또 울었다.

"진짜 엄마예요? 우리 엄마 맞아요?"

"응."

엄마는 눈물 콧물로 엉망인 지나의 얼굴을 말끄러미 쳐다보다가, 이 내 손으로 슥슥 물기를 닦아 주었다. 지나는 오래간만에 만끽하는 엄 마의 온기가 마냥 좋아, 금세 바보처럼 헤실헤실했다. 울다가 웃으면 엉덩이에 뿔 난다는 친구들의 말이 떠올랐지만, 엄마만 곁에 있다면 엉덩이에 뿔이 있어도 괜찮을 것만 같았다.

지나가 겨우 눈물을 멈추자, 엄마는 갑자기 지나를 번쩍 들어 올렸 다. 난데없이 불쑥 올라간 시야가 낯설어 지나가 멀뚱히 눈만 껌벅이 는 사이, 엄마는 이불로 지나의 맨발을 소중히 감싸 주었다. 그제야 꽁 꽁 얼어붙은 발이 아파 와, 지나가 이불 속에서 발가락을 꼼지락댔다.

"엄마, 힘이 세졌나 봐. 옛날에는 잘 못 들었잖아, 나."

마냥 신기롭다는 지나의 귓속말에도 엄마는 조용히 웃기만 했다. 지 나는 조금 더 엄마의 목소리가 듣고 싶었지만, 한편으로는 엄마의 침 묵도 좋았다. 그래서 엄마의 목을 꼭 끌어안은 채, 나중에 다시 만나거든 꼭 해 주고 싶었던 이야기들을 미주알고주알 털어놓기 시작했다. 여기서 사귄 친구들, 상냥한 선생님들, 조금 무서운 언니 오빠들, 마지막으로 엄마가 아주 많이 보고 싶었다는 얘기까지. 전부 털어놓고서야 안심이 되었는지 도로 까무룩 잠들고 말았다.

이튿날, 지나는 늦잠을 잤다. 시끄러운 소리가 들려 어찌어찌 무거운 눈꺼풀을 열고 보니, 원장 선생님이 짐짓 엄격한 얼굴로 허리에 손을 올리고 있는 모습이 보였다. 무어라 꾸지람을 들었던 것도 같은데, 너무 졸려서 잘은 기억이 나질 않았다. 어쨌거나 원장 선생님의 손을 잡고 식당으로 들어가자, 똑같은 목도리를 매고 있는 아이들이 보였다.

"난 토끼 인형이 갖고 싶었는데."

몇몇 아이들은 선물이 마음에 들지 않는지 입을 비죽거렸다. 하지만 워낙 선물이 드문 곳이라 그런지, 아이들은 대체로 만족하는 기색이었다. 새로운 자기 물건이 생겼다는 것 자체가 아이들에게는 큰 기쁨이었다.

"있지, 옆방 재영이가 그러는데 어젯밤 원장 선생님이 선물을 두고 가신 거래. 걔가 밤에 실눈 뜨고 다 봤대."

어떤 아이가 식탁을 사이에 두고 비밀스러운 말을 흘렸다. 당연히 산타 할아버지가 두고 간 선물인 줄 알았던 어린아이들은 당연히 그 말을 믿으려 들지 않았으나, 그 순진한 발상이 머리 좀 굵어진 아이들에겐 참으로 우습게 들리는 모양이었다.

"멍청이들아, 세상에 산타가 어디 있냐? 믿을 걸 믿어야지."

"하지만 우리 엄마는 산타 할아버지가 있다고 그랬단 말야."

"그렇게 말해 준 너네 엄마는 지금 어디 있는데?"

절 여기로 버리고 도망간 엄마 얘기가 나오자, 어린아이들은 금세

331

시무룩해졌다. 개중에는 벌써 눈물방울이 그렁그렁 맺힌 아이도 있었다. 심술궂은 말 몇 마디 덧붙이려던 상급생은 때마침 이리로 다가오는 선생님의 눈치를 보며 천연덕스럽게 고개를 돌렸으나, 한순간에 동심이 작살난 어린아이들의 상처 입은 마음은 달랠 길이 없었다.

그때, 꾸벅꾸벅 졸면서 아침을 먹던 지나가 조용히 입을 열었다.

"산타는 있어."

혼자만 속삭임을 들은 옆자리 아이가 시무룩한 얼굴로 지나를 돌아보았다. 지나는 더없이 환하게 웃으며 비밀 얘기하듯 재차 속삭였다.

"정말이야. 산타는 있어."

이후로도 지나는 크리스마스마다 엄마를 만났다. 하지만 엄마가 오직 크리스마스에만 나타났느냐 하면, 그건 또 아니었다. 지나가 엄마를 만나는 날은 1년에 딱 두 번 있었다. 한겨울의 크리스마스와, 한여름의 생일날.

"지나야. 생일 선물로 받고 싶은 게 있으면 선생님한테만 몰래 말해 줘. 그럼 선생님이 하늘에 계시는 천사님한테 전해 줄게."

원장 선생님은 착한 아이가 생일을 맞으면, 천사님이 하늘에서 내려와 몰래 선물을 주고 간다고 했다. 지나는 눈을 반짝반짝 빛내며 당장 그 자리에서 선생님의 귀에다가 속닥거렸다.

"전 엄마를 선물로 받고 싶어요."

이번에도 원장 선생님은 그저 난처한 표정만 지을 뿐이었다. 혹 다른 선물을 받고 싶진 않느냐는 물음에도 좀처럼 지나의 대답이 변치 않자, 선생님은 연거푸 한숨만 내쉬다가 힘없이 다리를 일으켰다.

고아원에서 처음으로 맞이한 여섯 살 생일, 지나는 초를 여섯 개 꽂은 생크림 케이크와 토끼 인형을 선물로 받았다. 원장 선생님은 아직

잠이 덜 깬 지나의 머리에 고깔모자를 씌워 주면서도 내심 아이가 엄마를 찾진 않을까 염려했으나, 다행히도 지나는 평소처럼 환하게 웃는 얼굴로 촛불만 혹 껐다.

아마도 아이가 파티 분위기에 젖어 엄마를 잠시 잊어버린 모양이라 여겼던 선생님의 생각과 달리, 지나는 이미 컴컴한 새벽에 엄마를 만나고 온 뒤였다. 저번 크리스마스에 소리 없이 찾아온 엄마는 이번 생일에도 소리 없이 고아원을 찾아 몰래 지나만 만나고 갔다.

지나는 그것이 꼭 친구들과 하는 비밀 놀이 같아, 아무에게도 엄마를 만났다는 사실을 얘기하지 않았다. 원장 선생님과 무서운 언니 오빠들은 조금도 짐작하지 못하는, 지나만의 남모를 비밀이었다.

1년에 두 번씩, 달리 말하자면 반년에 한 번씩 만날 엄마를 손꼽아 고대하는 동안에 지나는 아주 조금씩 자라났다. 매일같이 보는 원장 선생님도 좀처럼 눈치채기 힘들 정도로 더디게, 하지만 누구보다도 꾸준하게. 새끼손톱만큼 자라던 키가 한데 모여 어느덧 한 뼘이 되고, 두 뼘이 되었다. 그사이 성인이 되어 고아원을 나간 아이가 여럿이며, 갓 들어와 밤이면 엄마 찾아 우는 아이도 여럿이었다.

그리고 지나는 초등학생이 되었다. 다른 아이들은 몰라도 지나만큼은 걱정이 없다는 선생님들의 말처럼, 지나는 낯선 학교에도 쉬이 적응했다. 또래 친구들은 부모에게 버려져 고아원에서 생활하는 지나의 처지를 신기하게 생각하면서도, 지나의 무던한 성격을 무척이나 편히 여겼다.

하지만 그렇다고 모든 것이 수월하지만은 않았다. 아이들의 천진한 발상이야말로 때로는 가장 잔인해질 수 있는 법. 모두가 그런 경험이 있겠지만, 지나를 비롯한 고아원 출신 아이들은 단지 부모가 없다는 이유만으로 무방비하게 그런 공격에 노출되어 있었다.

이를테면 이런 말들.

"네 엄마가 너 버리고 도망갔다며?"

"너도 참, 네가 그 모양이니까 엄마한테 버림받은 거지."

"엄마 아빠 안 보고 싶어?"

무심코 던진 돌에 개구리가 맞아 죽는 것처럼, 아이들이 무심코 내뱉은 말에 지나는 쓰라린 상처를 입었다. 처음 그런 말을 들었을 때는 얼결에 말문이 막혔고, 그다음 번엔 화도 내 보았지만 별반 다를 바가 없었다. 이후로는 그저 말없이 웃기만 했다.

학교라는 조그마한 사회에 맨몸으로 내던져진 지나가 제일 먼저 배운 것은 다름 아닌 체념이었다. 사람에 대한 체념. 관계에 대한 체념. 더 나아가 미래에 대한 체념. 고아원을 가득 메운 체념의 그림자를 지나라고 피할 수 있겠느냐만, 그럼에도 지나는 일찍이 마음속으로 체념과 상반된 감정을 정성 들여 길러 내고 있었다.

바로 희망이다. 사람에 대한 희망. 관계에 대한 희망. 더 나아가 미래에 대한 희망. 가끔씩 서로 상반된 감정이 충돌할 때면 그보다 혼란스러울 수가 없지만, 그렇다고 어느 하나 함부로 놓아 버릴 수가 없었다. 체념하지 않으면 상처받고, 희망을 가지지 않으면 무력해지므로. 마음이 복잡하고 혼란스러울지언정, 그 상반된 두 가지 감정은 죽도록 끌어안고 살아가야 하는 것이었다.

그렇다면 남들은 체념부터 배우는 곳에서 유독 지나만이 희망을 품어 낼 수 있었던 이유는 무엇일까. 그건 아마도 1년에 두 번씩 만나는 엄마 덕분일 것이다. 참고 또 참다가 어느 날 눈물겹게 엄마가 그리워질 무렵이면 어느새 한여름 생일이고, 한겨울 크리스마스였다. 천사님과 산타 할아버지의 인정을 빌어 나타나는 엄마는 척박한 생활 속 한줄기 희망이었다.

그래서 지나는 엄마를 둘러싼 신비롭고 조금은 수상한 점일랑 조금도 개의치 않았다. 추운 한겨울에도 민소매 원피스를 입고 온다든가, 엄마가 처음 고아원으로 찾아왔던 다섯 살 크리스마스부터 쭉 노란 원피스 차림이라든가, 해가 지날수록 원장 선생님은 주름이 늘어만 가는데 엄마는 예전과 조금도 변치 않았다든가.

지나는 다디단 꿈에서 깨어나고 싶지 않았기에 본능적으로 그런 이상한 점들에서 눈을 돌렸다. 허튼 호기심으로 완벽한 지금을 깨트리고 싶지 않았다. 그러나 다시 말하자면 그것은, 만일 이상한 점을 파헤치기 시작하거든 지금의 다디단 꿈이 단번에 무너져 내리리란 걸 직감적으로 알고 있다는 뜻이기도 했다.

"어제 산타 할아버지한테 무슨 선물 받았어?"

"세상에 산타가 어디 있냐? 그거 다 엄마 아빠가 주는 건데."

그래서 이런 대화도 못 들은 척 넘기고.

"하늘엔 우주가 있대. 하늘나라에 천국이 있고, 천사가 있다는 거 순 거짓말이야."

이런 말도 애써 웃음으로 눙칠 뿐이었다.

하지만 차츰 나이를 먹을수록, 꿈과 희망이 가득한 파란 나라보단 가까운 현실이 피부로 체감되는 법이다. 애티를 벗어나 어른에 가까워질수록, 어른들이 사는 현실적인 세상에 가까워지는 것은 일견 당연한 이치. 그리고 지나도 언제까지나 어린아이에 머무를 수는 없기에, 언젠간 지금의 세상을 벗어날 날이 오리라 어렴풋하게만 여기던 차였다.

무려 지금까지 버티어 섰던 세상이 무너지고, 새로운 세상이 도래하는 경험이다. 지나는 당연히 천지가 뒤흔들리는 충격이 닥칠 것이라 예상했지만, 그런 걱정이 무색하도록 변화는 아주 더디고 정적으로 일어났다. 온몸의 신경을 기울이지 않으면, 변화의 기미조차 쉽사리 느끼지 못하는 아주 굼뜬 과정이었다. 그러나 어느 순간 정신을 차려 보거든, 이미 변화는 일어나 버려서 더는 옛 세상의 흔적을 찾아볼 수 없는 것이다.

못내 서글픈 자각이었다. 이제는 예전처럼 마냥 순진하지 않다는 사실이 뿌듯하면서도, 다시는 어제의 세상으로 돌아갈 수 없다는 사실이 애석했다. 그럼에도 끝끝내 새로운 세상으로 어제의 희망을 끌고 왔다는 사실에 지나는 조금이나마 위안을 얻었다.

지난날을 따스하게 위로해 주었던 엄마의 품.

만일 다른 누군가 듣는다면 허황되었다 비웃을 존재를, 지나는 여전히 굳건하게 믿고 있었다.

그러던 어느 날, 고아원 구석에서 자그마한 소란이 벌어졌다.

"바보야, 세상에 산타 할아버지가 어디 있냐? 아직도 그런 걸 믿어?"

"아냐! 선생님이 있댔어!"

"그냥 하는 말이지. 그걸 또 곧이곧대로 믿는 게 더 신기하다."

우연히 그 장면을 목격한 지나는 유심히 그쪽을 지켜보았다. 대충 들어 보니, 초등학교 고학년 아이들이 아직 산타를 믿는 어린애를 짓궂게 놀리고 있는 모양이었다.

"산타 할아버지는 있어! 있단 말야!"

끝내 아이가 분을 참지 못하고 크게 울음을 터트렸다. 그때껏 아이를 놀리던 상급생들은 행여나 선생님에게 들켜 혼이라도 날까 재빨리 줄행랑을 쳤다. 멀찍이서 조용히 상황을 관망하던 지나가 그제야 서럽게 우는 어린아이에게로 다가갔다.

"울지 마. 뚝 그쳐야지."

"하, 하지만 형아들이 산타 할아버지가 없다고 막⋯⋯."

"괜히 그러는 거야. 네가 바락바락 대드는 게 재미있어서."

덤덤한 지나의 말에 아이가 그제야 눈물을 멈추었다.

"그럼 거짓말이야?"

"뭐가?"

"산타 할아버지 말야. 산타 할아버지는 있는 거지? 그런 거지?"

"당연하지."

"정말로?"

"응, 맹세코."

축 늘어졌던 아이의 입가에 밝은 미소가 떠올랐다. 지나는 얼른 세수부터 하라며 아이를 화장실로 들여보냈다.

그런데 근처에서 둘의 대화를 주워듣던 중학생 하나가 심기 불편한 얼굴로 말을 툭 건넸다.

"야, 적당히 해. 쟤도 언젠가 알게 될 텐데 뭘 맹세씩이나 하냐?"

지나가 말없이 상급생을 돌아보았다. 시선이 마주치기 무섭게 상급생이 무시무시하게 얼굴을 일그러뜨렸다.

"그렇잖아. 저러다 쟤까지 너처럼 크리스마스 선물로 엄마 받고 싶다고 생떼 써 봐, 원장 선생님만 고달프지. 너도 이제 제발 철 좀 들어라. 내년이면 중학생인데, 도대체 언제까지 뜬구름 잡는 소리만 할래?"

상급생은 자기 할 말만 쏘아붙이곤 빠르게 1층으로 내려가 버렸다. 그때껏 우두커니 자리를 지키고 서 있던 지나가 문득 바람 빠진 웃음소리를 냈다. 그러네, 하고 중얼거리는 소리에 힘이 하나도 없었다.

열세 번째 생일이 코앞으로 다가온 어느 날. 원장 선생님은 여느 때처럼 지나에게 어떤 선물이 갖고 싶은지 물어보았다. 이제는 초등학교를 졸업할 나이라 그런지, 갖고 싶은 선물을 천사님한테 알려 주겠다며 으레 덧붙이던 말도 사라져 있었다.

지나는 말없이 쪽지만 내밀었다. 늘 그렇듯, 쪽지에는 '엄마'라고 적혀 있었다.

"지나야……."

원장 선생님은 못내 안타까운 표정으로 더는 말을 잇지 못했다. 불편한 정적만이 감도는 가운데, 불현듯 지나가 나지막하게 속삭였다.

"이번까지만요. 약속할게요, 선생님."

그러자 원장 선생님은 별수 없이 고개만 끄덕거렸다.

생일은 눈 깜짝할 새 다가왔다. 시곗바늘이 생일날 자정을 넘기기 무섭게, 살금살금 남모르게 침실을 빠져나온 지나는 소리 없이 현관으로 달음박질했다. 문틈으로 무더운 여름 바람이 밀려드는 한밤. 생일이면 언제나 그러했던 것처럼, 노란 원피스를 곱게 차려입은 엄마가 마당에 홀로 서 있었다.

현관에서 물끄러미 엄마를 쳐다보던 지나가 느지막하게 발걸음을 옮겼다. 망설이는 얼굴로 조심스레 엄마의 품에 안기자, 옛날과 다름없이 가냘픈 손길이 가만히 등을 쓰다듬어 주었다.

"생일 축하해."

엄마는 더없이 정겨운 목소리로 속삭였다. 지나는 말없이 입술을 깨물며 얕게 고갯짓했다. 그러고는 짧지만 치열한 고민 끝에, 머뭇머뭇 고개만 들어 엄마를 올려다보았다.

"……나 보고 싶은 게 있어요."

"무얼?"

"불꽃놀이."

오늘은 생일이니까, 하루쯤은 괜찮잖아요. 지나가 드물게 간절한 얼굴로 청했다. 그 덕분일까, 잠시 골똘하게 생각에 잠겨 있던 엄마가 이내 선선하게 고개를 끄덕거렸다.

지나는 엄마의 손을 붙잡고 고아원의 대문을 넘었다. 고장 난 가로등만 부질없이 서 있는 외진 골목. 엄마는 한 치 앞도 헤아리기 어려운 어둠 속을 아주 익숙하게 걸어 나갔다. 지나의 좁은 보폭에 맞춘 발걸음이 짤막한 간격으로 연달아 흙길을 두드려 댔다.

이윽고 둘은 인적 없는 뒷산 언저리에 도착했다. 간간이 풀벌레 우는 소리만 들려오는 야심한 산중. 간혹 약수터 올라가는 노인들이나 모이는 이곳은 도무지 불꽃놀이와는 연관이 없는 곳이었다.

암암한 사위를 둘러본 지나가 의아한 표정으로 엄마를 올려다보았다. 하지만 엄마는 아무 말 없이 빙그레 웃으며 저 멀리 하늘을 가리킬 뿐이었다. 지나의 눈길이 어느새 엄마의 손끝을 지나 짙푸른 밤하늘에 닿았다. 그러자 잠잠하던 허공에서 돌연 폭죽이 요란하게 터지기 시작했다.

실로 무수한 꽃의 향연이었다.

붉고 푸르고 하얀 꽃들이 수없이 밤하늘에서 피어올랐다. 하나가 질 무렵이면 하나가 새로이 피고, 하나가 채 사라지기도 전에 다른 하나가 겹쳐서 나타났다. 쾅쾅 폭죽이 터지는 소리로 귓가는 더할 나위 없이 혼잡한데, 목전의 경이로운 풍경에 시선을 빼앗겨 이러지도 저러지도 못했다. 금방 화려하게 피었다가, 금세 아무런 흔적 없이 사그라지는 꽃잎 하나하나가 못내 눈물겨웠다.

그리 하염없이 밤하늘만 올려다보던 지나는 문득 느릿하게 고개를 돌렸다. 이루 말할 수 없는 감정이 차오른 눈자위에 어느덧 가만히 웃고만 있는 엄마의 얼굴이 가득 들어찼다. 지나는 엄마를 마주 보며 가까스로 웃어 보였다. 금방이라도 울음이 끓어오를 것처럼, 더없이 행복하면서도 슬픈 양가적인 감정이 마구 휘몰아쳤다.

"지금까지 고마웠어요, 천사님."

"……."

"이젠 괜찮을 거예요."

볼품없이 흔들리는 목소리에도 엄마는 조용히 웃기만 했다. 지나는 바들거리는 입꼬리를 붙들어 조금 더 진하게 웃어 보이다가, 더는 참을 수가 없어 다시금 밤하늘로 시선을 돌렸다.

아직까지도 어두운 밤하늘에선 색색의 꽃송이가 피어나고 있었다. 거센 파도처럼 넘실대는 화려한 불티. 마치 그녀를 위로하는 것처럼 불꽃은 좀체 멈출 기미가 보이지 않았다.

어두운 밤. 지나는 오래도록 불꽃놀이를 지켜보았다. 어릴 때처럼 한없이 정신을 빼앗긴 채로. 그래서 어느 순간, 엄마 손이 스르르 빠져나가는 것도 모르고.

형형색색 찬란한 불꽃이 노을처럼 눈물에 번져 나갔다.

외롭고도 아름답던, 어느 여름날이었다.

▲▲°▲

때로는 즐겁고 때로는 무료하던 초등학교 시절이 무색할 정도로, 중·고등학교 생활은 정신없이 흘러갔다. 초등학생일 적에는 공부보단 도서관에서 책을 빌려 읽거나 친구들과 운동장을 뛰어놀길 좋아하다가, 중학교에 입학하면서 점차 공부에 흥미를 붙이기 시작한 까닭이다. 다른 아이들처럼 학원이나 과외를 받을 수 없는 입장인 데다,

미래가 보이는 탈출구란 공부가 유일하여 더욱 간절하게 공부했던 것도 있다.

어쨌거나 지나는 고아원 아이들이 혀를 내두를 만치 공부에 열중했던 것을 제하면, 아주 평범한 학창 시절을 보냈다. 무던한 성격으로 학교에서 곧잘 친구들과 어울렸고, 가끔은 시내에 나가 한두 푼씩 모아 둔 용돈으로 노래방에서 목이 쉬도록 노래를 불러 댔다. 학급에서도 신망이 두터워 여러 번 반장을 역임하기도 했다.

다행히도 그런 노력이 빛을 발해, 지나는 수능을 치기도 전에 일찌감치 장학생으로 대학 진학이 결정되었다. 이름을 들으면 누구나 알 법한 서울 소재의 유명 대학이었다. 고등학교를 졸업하거든 더는 고아원에 머물 수 없기에 재수는 꿈도 못 꾸었던 지나로선 그보다 반가운 소식이 없었다.

고아원을 나가던 날에는 새벽부터 부슬부슬 비가 내렸다. 우중충한 하늘에 걸맞게 고아원 아이들의 얼굴에도 그늘이 잔뜩 드리워져 있었다. 지나는 그새 정이 많이 든 동생들을 하나씩 안아 주며 간단한 작별 인사를 했다. 영영 못 보는 것이 아니라는데도 여기저기서 훌쩍이는 소리가 잇따랐다.

"굶지 말고. 혹시나 어려운 일 있으면 언제든 연락하렴."

어느새 반백이 넘은 원장 선생님이 눈물지으며 대문까지 배웅했다. 지나는 가까스로 눈물을 참으며 마지막으로 원장 선생님을 꼭 안았다. 어릴 적엔 그토록 커 보이던 선생님이 이제는 동생들과 별다를 바 없이 작아져 버렸다. 지나는 그 점이 못내 가슴 아팠다.

장학금을 받고 입학하긴 했으나, 이제 지나의 수중에는 고아원을 나오면서 받은 기백만 원이 전부였다. 지금까지 먹고 자는 것은 고아원에서 무료로 해결했다면, 지금부턴 기숙사비부터 식비까지 전부 제 손으로 벌어서 해결해야 했다. 그러면서 나중을 위해선 학업을 게을리해서도 안 되었다.

지나는 입학하기 전부터 알바며 과외를 닥치는 대로 구했다. 다른 신입생들은 두근거리는 마음을 안고 새로운 사람들을 사귀기 여념 없던 학기 초, 지나는 학교와 일터를 오가며 몹시도 바쁜 생활을 이어 갔다. 오후 알바를 위해 모든 수업을 오전으로 몰아넣으니, 자연스레 공부는 느지막한 시간으로 밀려났다. 다른 룸메이트들은 일찌감치 잠든 시간에, 지나는 연신 하품을 흘리며 못다 한 학업을 따라잡느라 애를 먹어야 했다.

힘들다, 말할 겨를조차 없이 힘들었다. 체력이 부쳐 도무지 침대에서 일어날 수가 없던 어느 새벽에는 이불 속에서 남몰래 눈물을 훔치기도 했다. 그렇게 열심히 공부해서 겨우 온 학교건만, 입학하고 보니 밤새워 가며 공부했던 고등학생 시절이 그리워질 지경이었다. 아직 졸업할 날이 까마득하여, 심지어는 도대체 언제까지 이렇게 살아야 하나 싶기도 했다.

하지만 쥐구멍에도 볕 들 날 있다는 속언처럼, 말도 못 하게 어렵고 힘들었던 대학 시절이 늘 끔찍했던 것만은 아니다. 대학에서 만나는 사람들이란 신기할 정도로 각양각색이라, 지나는 비로소 자신이 고아원 인근 중·고등학교를 전전하던 우물 안 개구리에서 벗어나고 있다는 사실을 종종 체감했다.

비록 알바 하느라 바빠 학과 행사에는 거의 참여할 수 없었지만, 아주 가끔 시간이 비거든 축제에서 일손을 돕기도 하고 경기도 외곽으로 1박 2일 엠티를 떠나기도 했다. 그때마다 왜 그렇게 바빠서 얼굴 보기도 힘드냐는 구박을 들을지언정, 동기 선후배들과 어울리는 시간은 인생에서 손에 꼽을 정도로 즐거웠다. 수십 년이 흐르더라도 소중히 아로새겨질 추억임에 분명했다.

몇 번은, 연애도 했다.

때로는 학교에서, 때로는 일터에서 만난 사람들이었다. 외모는 가지각색이었으나, 다들 성격만은 온순하고 참 착했다. 지나는 무던한 성격만큼이나 호불호도 심하게 갈리진 않았는데, 다만 싫어하는 부류는 명확했다. 이기적이고 무례하며 반성할 줄 모르는 사람들. 예의상 웃어 줄지언정, 그들에겐 일말의 곁도 내어 주지 않았다.

전혀 다른 세상을 살았던 두 사람이 만나 마음을 나누는 과정은 마냥 매끄럽지만은 않았다. 실은 전혀 예상치 못했던 갈등이 빚어지기도 했다. 반나절 전화가 두절되었다는 이유로 다투기도 하고, 자꾸만 이유 없이 약속을 미루는 상대에게 의심을 품기도 하고. 상대방은 별생각 없이 무심하게 던진 말 한마디에, 행여나 마음이 식은 건 아닌지 고심하느라 날밤 새운 적도 제법 되었다.

하지만 그런 걸 감수하고서라도 좋았다. 중·고등학교 학창 시절에는 미처 여물지 못했던 마음이 이제야 영그는 것인지, 저도 모르는 사이 상대에게 푹 빠져 버린 자신이 못내 낯설 지경이었다. 만나기로 약속한 전날 밤엔 설레는 마음으로 잠 못 들다가, 정작 만나고 나면 속이 수런거리는 통에 말 한마디 제대로 못 건네는 경험은 20년 세월을 통틀어 처음이었다.

웃고 울고, 싸우고 화해하고, 만나고 헤어지고의 반복이었다. 정말 이렇게까지 남을 좋아할 수 있을까 싶을 정도로 마음이 부풀다가, 이렇게까지 남을 미워할 수 있을까 싶을 정도로 한순간 마음이 꺼져 버렸다. 하지만 지나고 나니 전부 추억이었다. 지나는 연애하면서 느꼈던 자그만 감정의 조각들을 하나도 빼놓지 않고 귀하게 간직했다. 상대방의 얼굴은 잊힐지언정, 그때 느꼈던 감정은 온전한 그녀의 것이었다.

눈코 뜰 새 없이 바쁘다는 점만 제하면, 아주 평범한 대학 생활이었다. 많이 힘들었던 만큼 많이 행복했던 나날이 흘러가고, 어느새 졸업을 코앞에 둔 어느 날.

당시 지나는 미래에 대한 고민으로 머리가 아주 복잡했다. 입학할 때부터 당연히 졸업하고 취직할 생각을 갖고 있었는데, 그녀를 아끼는 교수님이 넌지시 대학원을 권유했기 때문이다. 전공을 살리려면 대학원에 진학해서 학위를 따는 게 맞았지만, 그러자니 무시무시한 학비며 생활비가 부담이었다.

그즈음, 지나는 어떤 남자를 만났다. 나이는 그녀보다 서너 살 많고, 이미 학교를 졸업해서 직장에 다니고 있는 남자였다. 우연한 만남에 지나가 별 신경을 쓰지 않았던 것과 달리, 남자는 꾸준히 지나에게 호감을 표했다. 지금은 연애할 만큼 상황이 녹록지 않다며 돌려서 거절하는 말에도 끄끝내 기다리겠다는 말을 덧붙일 정도였다.

다가오는 졸업, 불확실한 미래, 앞으로에 대한 고민. 확실히 연애할 겨를이 없는 것이 맞았다. 그러나 4년 내내 쉴 틈 없이 달려왔던 마음이 이제는 조금 지친 모양인지, 처음에는 관심 없던 배려며 기다림에 자꾸만 마음이 갔다. 지극히 평범한 사람이라 여겼던 것이 무색할 정도로, 순한 성격과 다정한 말씨가 조금은 특별하게 다가왔다. 그러고 보니 어느 순간 연인이 되어 있었다.

그리고 지나는 직장에 들어갔다. 원래도 취직 쪽으로 굳어졌던 마음에 남자가 한 수 거들었다.

'일단 학비라도 좀 마련해 두고 생각하는 게 좋지 않겠어?'

대학 시절 틈틈이 모아 둔 돈이 제법 되지만, 이걸 전부 대학원에 쏟아붓자니 망설여졌다. 게다가 집도 절도 없는 신세에, 학자금이든 뭐든 벌써부터 대출에 손대고 싶지도 않았다. 공부에 대한 미련이 남아 자꾸만 뒤를 돌아보게 되어도, 지나는 애써 씩씩하게 마음먹었다. 일단 열심히 일을 해 보다가, 그럼에도 미련이 가시질 않거든 그때 대학원에 진학하면 될 일이었다.

남자는 그럭저럭 괜찮은 사람이었다. 첫 연애처럼 마냥 상대에게 빠져 헤어 나오지 못하는 시절은 이미 지났기에, 남자의 결점도 꽤나 객관적으로 판단할 수 있었다. 친구들은 그다지 좋아하지도 않는 사람, 왜 만나느냐 타박했지만 지나는 그저 말없이 웃기만 할 뿐이었다. 외로운 나머지 만나고 있었다. 사람의 온기가 고파서, 그래서 만나고 있었다.

직장은 대체로 견딜 만했다. 딱히 좋아하는 일은 아니었지만, 그냥 저냥 잘 적응해 나갔다. 이렇게 살려고 그 고생하며 대학을 졸업한 건가 싶다가도, 차곡차곡 통장에 모이는 돈을 볼 때면 기분이 썩 좋아졌다. 마치 그간의 노력을 보상받는 것만 같았다.

그렇게 취직한 지도 1년이 다 되어 갈 무렵, 남자는 아주 자연스럽게 결혼 이야기를 꺼냈다. 평소에도 실언이 많은 사람이라, 이번에도 그리 여기며 넘긴 것이 실수였다. 남자는 진심으로 결혼을 바라고 있었다.

"결혼? 우리가?"

지나는 어처구니가 없었다. 이제 겨우 스물넷, 결혼하기 이른 나이일 뿐만 아니라 그녀는 딱히 결혼할 생각이 없었다. 결혼할 만큼 좋은 사람을 만나면 얘기가 달라지겠지만, 결단코 지금 이 남자와는 아니었다. 그럼에도 자기는 일찍 결혼하고 싶다며, 크게 싸우지도 않고 1년 넘게 잘 만났으니 결혼을 고려해도 괜찮지 않겠느냐며 반문하는 남자가 참으로 이상하게 보였다.

크게 싸우지도 않았다? 그건 지나가 남자의 실수를 못 본 척 넘어갔기 때문이다. 지적해서 고칠 사람도 아니고, 힘들여 고쳐 줄 만큼 남자에 대한 마음이 깊지도 않았다. 다만 이러다가 더는 못 보아 주겠다 싶을 때가 오거든, 그때는 아마 헤어지지 않을까 싶었을 뿐이다.

"난 아직 결혼 생각 안 해 봤어. 대학원 원서 낼지 말지 고민하는 판에 무슨……."

"대학원? 너 아직도 그 꿈 못 버렸어?"

게다가 그런 말까지.

결혼할 생각도 없지만, 만일 결혼하거든 대학원은 꿈도 꾸지 말라는 투에 지나는 갈수록 기가 찼다. 1년 조금 넘게 사귀었어도, 지나는 한 번도 둘의 관계가 진실하였다 여긴 적이 없었다. 일상에서 느끼는 갖가지 좋고 나쁜 감정을 쏟아 내는 쪽은 남자였다. 지나의 역할은 그저 남자의 말을 들어 주고 위로하는 것뿐. 남자는 그녀의 말을 진지하게 들어 주질 않았고, 그마저 피곤하다며 내치지 않으면 다행이었다. 힘들여 얘길 해 봤자 돌아오는 것은 무성의한 답변이니, 점차 남자에게 건네는 말이 줄어든 것도 무리는 아니었다.

그런데 이제 와 결혼이라니.

어린애 같은 투정을 전부 받아 주었으니, 어쩌면 그의 입장에선 결혼할 상대로 이보다 좋을 수가 없을지도 몰랐다. 하지만 지나에겐 아니었다. 혼자서 외롭게 보내야 하는 주말이 두려워 그와의 지지부진한 관계를 여태 끌고 온 것이 실수였다.

"나 고아야."

지나는 충동적으로 그런 말을 꺼냈다. 평생을 함께할 것도 아니고, 그렇다고 사람이 믿음직한 것도 아니고. 어차피 이러다가 말 관계라 여겨 굳이 털어놓을 필요성도 느끼지 못하던 차였다. 그럼에도 홧김에 말을 꺼낸 연유는, 그저 남자의 반응이 궁금했기 때문이다.

황망한 얼굴로 떠나간 남자는 나흘 뒤에야 그녀를 다시 찾아왔다. 왜 속였느냐는 말에 속이지 않았노라 답했고, 왜 미리 말하지 않았느냐 말에 그럴 필요성을 못 느꼈다고 대답했다. 남자가 느끼는 배신감을 지나도 조금은 이해했다. 만일 그가 결혼까지 생각할 정도로 둘의 관계를 진지하게 여겼다는 걸 진작 알았다면, 일찍이 관계를 정리했을 것이다.

"난 네가 고아라곤 상상도 못 했어. 당연히 사랑받고 자란 줄 알았는데……."

남자가 망연자실해 중얼거렸다. 지나는 무표정한 얼굴로 물었다.

"결혼은?"

"지금 결혼 얘기가 나와? 속여서 미안하다고 사과할 생각은 안 하고……. 너 지금 나한테 사기 친 거야. 어떻게 그렇게 중요한 걸 이제야 말해?"

"먼저 결혼하자고 한 건 오빠야."

"그땐 네가 고아인 줄 몰랐으니까!"

"그래서 고아랑은 결혼 못 하시겠다?"

빈정거리는 소리에 남자가 확 열이 뻗친 얼굴로 목에 핏대를 세웠다.

"지나가는 사람 붙잡고 한번 물어봐! 결혼은 무슨, 가족이 뭔지도 모르는 애랑 어떻게 결혼해서 가정을 꾸려? 엄마가 뭔지도 모르는 애한테 어떻게 마음 놓고 내 아이를 맡기겠냐고! 도대체 어디서 굴러먹다 왔는지도 모를……."

저도 아차 싶었는지 남자가 입을 다물었지만, 이미 흘러나온 말은 어쩔 수가 없었다. 지나는 조금 쓸쓸하게 웃으며 자리에서 일어났다.

평소에도 실언이 많은 사람이었다. 마지막이라고 다를 거란 기대는 애당초 하지도 않았다.

그날, 지나는 밤새워 코미디 영화를 연달아 보았다. 맑은 캘리포니아 하늘을 배경으로 배우들이 우스꽝스러운 몸짓을 수없이 선보이는데도, 집 안을 가득 메운 건 도리어 울음소리였다. 고작 저런 사람에게 일방적으로 막말을 들은 게 억울하면서도, 고작 저런 사람에게 온기를 찾으려 했던 스스로가 너무 미련스러워서. 그럼에도 혼자가 무서운 자신이 마냥 겁쟁이 같은 나머지, 마구 가슴을 치며 울어 댔다.

차라리 믿음이 없다고 하지. 그런 중요한 사실을 숨겨 온 사람과는 결혼할 수 없다고 하지. 나도 아는데. 가족을 모르고 엄마를 몰라서, 좋은 가족 좋은 엄마가 되어 줄 자신이 없다는 거, 나도 잘 아는데. 세상에 나만큼 그런 걸 뼈저리게 느끼는 사람도 없는데.

의지할 만한 사람까진 바라지도 않았다. 다만 조금이나마 위안받을 수 있는 관계에 목매었을 뿐인데, 그조차 잘못이었던 모양이다. 그래서 이토록 속이 후벼 파이는 고통에 시달리는 모양이었다.

지금껏 잘 버텨 왔던 마음이 한순간에 무너져 내리는 기분이었다. 그러나 고작 그런 사람에게 무너질 수는 없었다. 지금까지 악으로 깡으로 버텨 온 시간이 용납하지 않았고, 뭣보다도 스스로가 용납할 수 없었다. 그녀는 어떻게든 잘 살아갈 것이었다. 보란 듯이 잘 살아야만 했다.

이튿날 아침, 지나는 너무 울어서 퉁퉁 부은 얼굴로 집을 정리했다. 조금이라도 남자의 흔적이 남은 물건은 깡그리 쓰레기통으로 던지고, 미련 없이 그의 번호를 삭제했다. 남는 시간에는 눈물로 지새운 지난밤, 조각조각 산산히 부서져 내린 마음을 하나씩 주워 엉성하게나마 붙여 놓았다. 얼기설기 못난 모양이 되었지만 상관없었다. 그렇게 말짱한 척이라도 해야 조금 편해질 것 같았다.

그리고 지나는 사표를 냈다. 스물넷, 늦가을의 일이었다.

"그래, 잘 왔다."

교수님은 느지막하게 학교로 돌아온 못난 제자를 눈물로 반기셨다. 일찌감치 그녀의 사정을 알고 여러모로 돌봐 주셨던 고마운 은사님이다. 지나는 깊숙이 허리를 굽혀 인사하며 그저 열심히 하겠다는 말로 인사를 대신했다.

대학원 생활은 마냥 녹록지만은 않았다. 학업도 학업이지만, 자격증을 취득하기 위해 유료로 받아야 하는 수련도 제법 고되었다. 그나마 모교 대학원이라 장학금이 많이 나온다는 것이 유일한 위안거리였다. 지금껏 악착같이 모아 둔 돈이 술술 통장에서 빠져나가는 걸 볼 때마다 속이 쓰리고 겁났지만, 기왕 도전하는 김에 제일로 끈덕지게 해 보자는 생각이 들었다.

그리 2년 반을 죽은 듯이 공부만 하며 지냈다. 친구들과의 연락도 최소한으로 줄이고, 계절마다 들르던 고아원 방문도 잠시 발걸음을 끊은 채로 수도승 같은 생활을 이어 갔다. 생활비를 줄이기 위해 허리띠를 졸라맸다가, 가끔씩 응급실에서 링거만 맞고 돌아오는 경우도 부지기수였다.

그래도 어찌어찌 학기를 끝마치고 졸업 논문을 제출하자, 드디어 해냈다는 성취감이 몰려들었따. 높은 성적과 만족스러운 졸업 논문, 대학원 졸업장, 그리고 상담 심리사 자격증.

뼈를 깎는 노력의 대가로 이루어 낸 성과가 마냥 헛되지는 않아, 운

좋게도 지나는 학교를 졸업하자마자 취업이 결정되었다. 그간의 성실한 자세와 상담사로서의 자질을 높이 평가한 지도 교수의 알선 덕분이었다. 비록 계약직이긴 해도, 갑자기 자리가 비어 급하게 사람을 채용해야 하는 센터의 사정이 아니었다면 언감생심 꿈도 못 꿀 자리였다.

스물일곱의 늦여름. 지나는 부푼 마음을 안고 첫 출근을 했다. 상담 센터의 동료 직원들과는 이미 안면을 익힌 사이지만, 상담사로서 정식으로 내담자를 상대하긴 오늘이 처음이었다. 긴장되는 것이 당연했다. 오죽했으면 어젯밤부터 물 한 모금 제대로 마시지도 못할 지경이었다.

"안녕하세요."

밝게 인사하며 들어온 센터. 그런데 지난번 면접 보러 왔을 때와 달리, 분위기가 사뭇 어수선했다. 어리둥절하여 입구에 가만히 서 있는 그녀를 원장이 조용히 불렀다.

"유 선생님, 잠깐 나 좀 볼까요?"

센터의 원장은 나이 지긋한 노인이었다. 면접을 본다고 잔뜩 긴장한 지나에게 가벼운 농담을 던지며 경직된 분위기를 부드럽게 풀어 나갔을 정도로 나긋나긋한 성격인데, 오늘은 어쩐 일로 얼굴에 어두운 그늘이 드리워져 있었다.

"오늘 조금 까다로운 내담자가 올 거예요."

멍하니 고개를 끄덕이던 지나가 뒤늦게 물었다.

"원장님께서 상담하시나요?"

"아니요. 유 선생님이 해 줘야겠어요."

"제가요?"

지나는 영문을 몰랐다. 물론 센터에 소속된 상담사로서 모든 내담자에게 최선을 다해야 하겠으나, 당분간 적응할 때까지 비교적 수월한 내담자들을 상대하자고 제안한 건 다름 아닌 원장이었다.

"남은 사람이 유 선생님뿐이에요. 나를 포함한 센터의 다른 선생님들은 전부 상담에 실패했으니까."

뜻밖의 말에 지나가 어안이 벙벙한 사이, 원장이 씁쓸한 얼굴로 말을 이었다.

"원래는 유 선생님한테 맡길 생각이 전혀 없었는데, 어쩌다 신 교수가 우리 센터에 새로운 선생님이 들어온다는 소식을 들은 모양이에요. 센터를 옮기기 전에 마지막으로 유 선생님에게 상담을 받아 보고 싶다고 아주 사정을 하는 통에⋯⋯."

참, 신 교수는 내담자의 모친입니다. 원장이 담담히 설명을 덧붙였다.

"오래전부터 신 교수와 아는 사이라 부탁을 거절하기도 어렵고⋯⋯. 유 선생님한텐 미안하게 되었지만, 한 번만 부탁할게요. 우리 센터뿐만이 아니라 다른 데서도 이미 수십 번이나 상담을 거부한 내담자예요. 너무 부담 갖지는 마요."

그 말에 부담을 느끼지 않을 사람이 누가 있겠느냐만, 그래도 지나는 성심성의껏 고개를 끄덕였다. 그제야 조금 안심한 기색으로 원장이 안경을 빼낸 뒤 눈두덩을 문질렀다.

"아주 어려운 내담자예요. 상담 자체를 아예 거부하고 있으니까. 사고를 당해서 몸이 좀 불편한데, 그보다는 다른 게 문제라⋯⋯. 자세한 건 서류로 보내 줄 테니 한번 읽어 봐요."

마지막으로 원장은 그런 말을 덧붙였다.

"그리고 부담 갖지 말라는 말은 진심이에요. 만일 유 선생님이 상담에 실패한들, 아무도 뭐라 할 사람이 없어요. 모두가 실패했는데 어찌 유 선생님에게만 화살을 돌리겠습니까."

자조적으로 들리는 목소리가 못내 씁쓸했다.

지나는 아직 낯설게 느껴지는 개인 상담실에 들어앉아 서류를 일독했다. 서류를 통해 간접적으로나마 만나 본 내담자의 첫인상은 막막함 그 자체. 첫 문장부터 마지막 문장까지 참으로 숨 막히기 이를 데 없어서, 과연 상담을 잘 진행할 수나 있을지 의심부터 들 지경이었다.

내담자는, 한마디로 심각한 외상 후 스트레스 장애(PTSD)에 시달리는 사람이었다. 지난해 끔찍한 교통사고를 당한 뒤로 간신히 생명은 건졌지만, 척추 신경이 영구히 망가져서 하반신 마비로 여생을 보내야 하는 불우한 경우다. 원래대로라면 아직 병원에서 입원 치료를 받아야 하지만, 우울증이 갈수록 심해져 어쩔 수 없이 지난달부터 통원 치료를 진행한다고 했다.

서류에서 설명하길, 내담자가 보이는 PTSD 증상은 여러 가지였다. 상기한 우울증과 이유 모를 두통, 그리고 불면증. 하지만 가장 심각한 것은 타인과의 교류를 완전히 거부하고 있는 점이었다. 의사나 상담사는 물론이요 가족에게도 말 한마디 꺼내지 않는 것으로 보아 처음에는 실어증을 의심했지만, 간혹 특정한 경우 의사 표현을 분명히 한다는 점으로 미루어 함묵증이란 최종 진단이 내려졌다고 한다.

"원래대로라면 정신과로 가야죠. 아니면 임상 심리 쪽이나. 근데 내담자가 그쪽에 트라우마가 좀 있나 봐요. 다른 과 진찰받으러 갈 때는 그래도 가끔 목소리라도 내는데, 정신과만 딱 들어가면 쥐 죽은 듯이 조용해진대요. 신 교수님만 안 됐죠, 뭐."

"신 교수님이라면, 내담자의 모친 말씀하시는 거죠?"

"네. 실은 그분이 정신 의학과 전문의세요. 고쳐 주고 싶은 마음은 굴뚝같을 텐데, 아들이 영 따라 주질 않으니 그분 마음은 오죽하겠어요. 병원에 입원했을 때도 퇴원하고 싶다는 말 빼고는 도통 입을 열질 않아서 유명한 상담사 선생님들까지 여러 분 모셨는데, 그때도 별 소용은 없었대요. 내담자가 정신과라면 일단 덮어 두고 대화마저 거부하고 있는 실정이라, 어쩔 수 없이 이렇게 상담 센터를 전전하고 계시지만요."

접수처 직원은 어느새 단골 비스무리해진 내담자에 대해 소상히 알려 주었다.

"하시는 말씀 들어 보니까, 우리 센터 전에도 다른 센터 몇 개를 돌아보고 오신 모양이더라고요. 여기까지 오신 걸 보면 그 전에도 다 실패한 모양이지만. 하기야 내담자가 일관되게 상담을 거부하고 있으니, 선생님들 입장에선 도리 없죠."

"상담을 거부한다는 건……."

"아예 말을 안 한대요. 지난주엔 한 선생님이 상담을 진행하셨는데, 상담실 들어와서 나갈 때까지 정말 말 한마디 없었다고 하시더라고요. 다들 고생하셨죠. 유 선생님도 곧…… 하시겠지만."

어쩌면 들으면 들을수록 자신감이 하락하는 전말이었다. 지나는 맥없이 웃으며 감사하다는 말을 남기고 자리에서 일어났다. 그래도 허우대는 참 멀쩡하던데, 접수처 직원이 중얼거리는 소리만 무의미하게 복도를 울렸다.

상담실로 돌아온 지나는 힘없이 소파에 주저앉으며, 금방 들었던 이야기를 차근차근 반추했다. 정신과에 트라우마, 상담을 거부. 게다가 말을 하지 않는 내담자. 어째서 원장이 까다로운 내담자라 평했는지 단박에 이해가 가는 대목이었다. 대화가 불가하면 애당초 상담이 성립할 수가 없다. 가만히 입을 다물고 있는 내담자보단, 차라리 화를 내는 내담자가 상대하기 수월한 것도 그런 연유였다.

이러지도 저러지도 못하는 사이, 시간은 끊임없이 흘러만 갔다. 지나는 남은 시간, 차를 끓여 마시며 떨리는 마음을 애써 가다듬었다. 그렇잖아도 정식 상담사로선 처음으로 만나는 내담자라 어젯밤부터 긴장감에 들들 볶였는데, 시작부터 거대한 난관에 부딪혔으니 못내 불안할 만도 했다.

이윽고 예약 시간이 다가왔다. 지나가 창문 앞을 이리저리 활보하며 가까스로 평점심을 유지하고 있을 무렵, 똑똑 문을 두드리는 소리가 들려왔다. 지나의 시선이 즉각 문가를 향했다.

"들어오세요."

문이 느리게 열리기 시작했다. 넓어지는 문틈을 멍하니 바라보던 지나가 황급히 책상 앞으로 나아갔다. 그리고 고개를 들자마자 곧장, 문턱 너머 휠체어에 앉아 있는 남자와 정면으로 눈이 마주쳤다.

아주 새카만 눈이었다. 동양인이라면 으레 그러한 검은 눈동자를 말하는 것이 아니다. 눈가를 가리는 앞머리 사이사이로 비치는 눈빛이 그러했다. 생선 눈알처럼 마냥 흐리멍덩하진 않아도, 생기가 느껴지지도 않았다. 그것이 마치 산 사람 같지가 않아서.

말하자면, 죽어 가는 눈빛이었다.

"유 선생님?"

상담실까지 남자를 안내해 주었던 접수처 직원이 의아한 얼굴을 했다. 지나는 퍼뜩 정신 차리며 가까스로 입꼬리를 당겨 웃었다.

"아, 죄송해요. 들어오세요."

휠체어 바퀴가 부드럽게 바닥을 가로질렀다. 지나가 문을 닫으려 문가로 다가가자, 상담실 안쪽을 흘깃 쳐다보던 접수처 직원이 양손을 주먹 쥐며 '파이팅!' 하고 입을 뻐끔거렸다. 지나는 말없이 웃으며 대답 대신으로 고개를 꾸벅 숙였다.

어느새 상담실에는 둘만 남았다. 고작 둘뿐인데도 이 넓은 상담실이 꽉 들어찬 것처럼 몹시 갑갑했다. 지나는 부러 창문을 반쯤 열어 둔 채로 남자의 맞은편 소파에 조심스레 앉았다.

시선이 곧장 마주쳤던 아까와는 달리, 이번엔 눈을 맞댈 조금의 여지도 없었다. 테이블만 가만히 내려다보는 남자의 모습이 의외로 견고해 보여, 지나는 그저 속으로만 쓴웃음을 삼킬 따름이었다. 그리고 물어 봤자 십중팔구 알려 주지도 않을, 서류로만 보았던 남자의 이름을 조용히 읊었다.

"안녕하세요, 차선우 씨."

혹시나 돌아올지도 모르는 대답을 기다리듯 잠시간의 정적이 이어졌다. 지나는 변함없이 웃는 얼굴로 간단하게 침묵을 끊어 냈다.

"제 이름은 유지나예요. 오늘 이렇게 만나 뵙게 되어서 정말 반가워요. 앞으로는 선우 씨라고 불러도 될까요?"

여전히 묵묵부답.

"그럼 그렇게 할게요. 제 호칭은, 글쎄요. 보통은 선생님이라고들 부르시는데, 만약 그게 너무 딱딱하게 느껴진다 싶으시거든 그냥 이름으로 부르셔도 돼요. 전 상관없으니까."

"……."

"차라도 한 잔 드시겠어요?"

지나는 자연스럽게 자리에서 일어나, 커피포트며 찻잔과 티백이 놓인 탁자로 향했다. 그리고 진즉 끓여 놓은 물을 머그컵에 따르면서, 앞으로 이야기할 화젯거리를 머릿속으로 차례차례 정리했다. 일상적이되, 좋지 않은 기억을 떠올리지 않게끔 무난한 화제들. 오래지 않아 머그컵 두 개를 쟁반에 받쳐 들고 뒤돌아선 얼굴에는 조급함이나 불안감이라곤 흔적조차 남아 있지 않았다.

예약된 상담 시간 동안, 지나는 무수히 많은 이야기를 했다. 요즘 들어 갑자기 쌀쌀해진 날씨나, 근래 발매된 모 중견 가수의 노래, 혹은 어젯밤 뉴스로 보았던 어느 환경미화원의 미담도 그중 하나였다. 얼핏 들으면 대중없이 지껄이는 말이겠으나, 그녀로서는 다른 수가 없었다. 다른 유능한 상담사들조차 하나같이 실패한 내담자다. 우선은 입이라도 열게 해야, 그다음 방안이 나오고 해결책이 보일 것이었다.

하지만 아무리 시간이 흘러도 남자에게선 입을 열 기미조차 보이지 않았다. 대화는커녕, 제대로 눈을 마주치기도 어려웠다. 그러자 지금껏 혼자서 유려하게 말을 이어 나가던 지나도 조금쯤 지치는 기색이었다. 말소리 사이사이로 대답을 기다리는 침묵이 점차 길어지더니, 어느덧 무거운 적막이 상담실에 내려앉았다.

지나는 못내 서글픈 얼굴로 남자를 응시했다. 상담에선 상담사의 역량만큼, 내담자의 의지도 중요했다. 내담자에게서 진심 어린 소리를 이끌어 내는 것도 물론 상담사의 역량에 해당하겠으나, 저렇게나 완강히 거부하는 경우는 상담 진행 자체가 불가능했다.

그러니 여기서 상담을 중단하는 것이 맞는데도, 지나는 좀처럼 미련을 버릴 수가 없었다. 내담자의 모친이 정신과 의사라고 했다. 본인이 직접 나서고 싶은 마음이 굴뚝같을 텐데, 어찌할 방도를 찾지 못해 상담 센터를 전전하는 심정이 도대체 어떨지. 더구나 지금 상태로는 상담이 불가능하다는 걸 모를 리 없음에도, 갓 들어온 신출내기 상담사에게까지 매달려야 하는 그 심정이 과연 얼마나 애달플지.

뭣보다도 그의 눈이 자꾸만 마음에 걸렸다. 거렇게 빛을 잃어 가는 눈. 일터에서 처음 만난 내담자라 자꾸 마음이 가는지도 모르겠지만, 지나는 이대로 실패를 선언하고 싶지 않았다. 어쩐지 저 남자를 붙잡아야 할 것 같은 이상한 예감이 들었다.

"……제가 마지막이에요, 이 센터에서."

고요한 적막 속으로, 나지막한 목소리가 스며들었다.

"이대로 상담이 끝나면, 신 교수님께선 내일부터 다른 상담 센터를 찾으시겠죠. 선우 씨의 입을 열게 하고, 정상적으로 상담을 진행할 수 있는 사람을 찾아서. 그런데 그런 사람, 아마 없을 거예요. 알잖아요, 선우 씨도. 신 교수님도 알고 계실 거예요. 다만 선우 씨를 이대로 내 버려 둘 수 없어서, 지푸라기라도 잡는 심정으로 계속 새로운 상담사를 찾으시겠죠."

지나는 찻잔을 매만지며 조금 쓸쓸한 얼굴을 했다.

"실례지만, 아까 센터로 들어오시는 모습을 창문으로 봤어요. 신 교수님은 선우 씨를 센터로 들여보내고 금방 나오시더라고요. 그리고 한참을 문밖에서 서성이시는데……. 사람 마음을 꿰뚫어 보는 재주는 없지만, 당연히 힘드실 거예요. 그것도 아주 많이."

쓴웃음이 말끝마다 묻어났다.

"알아요, 선우 씨는 상담을 원치 않는다는 거. 선우 씨에 대해 다른 건 몰라도, 그거 하나만큼은 확실하게 알고 있어요. 지금까지 선우 씨가 저한테 말하고자 했던 게 바로 그거니까. 선우 씨가 겪는 고통이 얼마나 거대한지, 저는 차마 짐작조차 할 수 없어요. 서류로는 그런 걸알 수가 없고, 만일 선우 씨가 설명해 준들 저는 어렴풋하게만 이해하는 것이 전부일 거예요. 이 상담도 그래요. 원치 않는 상담을 계속하면서 선우 씨가 또 얼마나 고통받을지, 솔직히 저는 잘 가늠이 안 돼요. 그저 많이 힘들 거라고 짐작할 뿐이죠."

남자는 여전히 표정 없는 얼굴로 테이블만 응시하고 있었다. 그럼에도 지나는 꿋꿋이 그를 바라보며 진심 어린 목소리로 말했다.

"신 교수님은 쉽게 포기하지 않으실 거예요. 저와의 상담이 끝나면, 내일은 다른 센터를 찾아가시겠죠. 누구 하나 포기하지 않는 이상 쳇바퀴처럼 계속되겠지만, 선우 씨나 신 교수님 둘 중에 누구 하나 포기하지 않는 이상 고통도 계속될 거예요. 말도 안 되는 악순환이에요. 상담은 더 이상 아프고 싶지 않아서 하는 건데, 상담으로 아프다니 이상하잖아요."

"……."

"그러니까, 저로 하세요."

못 박듯 결연한 소리였다. 그제야 위로 올라오는 싸늘한 눈을 마주하며, 지나가 재차 입을 열었다.

"말하고 싶지 않다면, 말하지 않아도 괜찮아요. 오늘처럼 저 혼자 떠들어도 돼요. 만약 제 목소리도 듣고 싶지 않다면, 다시는 입도 벙긋하지 않을게요. 선우 씨가 원하는 대로 해요. 조금이라도 선우 씨가 편할 수만 있다면, 어떤 방식이든 저는 상관없으니까."

줄다리기하듯 팽팽한 긴장이 이어졌다. 지나는 자꾸만 잠기는 목을 애써 가다듬으며 말을 끝마쳤다.

"……저는 그저 선우 씨를 돕고 싶을 뿐이에요."

상담은 그렇게 끝났다.

남자는 끝까지 입을 다물고만 있었을 뿐이라, 상담실에선 지나의 목소리만이 내내 울려 퍼졌다. 덕분에 지나는 남자가 상담실을 나가자마자 맥없이 소파로 쓰러졌다. 원장 선생님과 접수처 직원이 차례로 달려와 고생 많았다는 덕담 아닌 덕담을 전해 주고 갔다.

그날 밤, 지나는 몹시 피곤한데도 좀처럼 잠을 이루지 못했다. 도무지 끝날 것 같지가 않던 상담을 끝냈다는 것만으로도 족히 후련할 일이겠으나, 어쩐지 마음 한구석 찜찜함을 버릴 수가 없었다. 정식으로 맞이한 첫 상담이 결국 실패했기 때문인지, 아니면 남자의 차가운 눈빛이 자꾸만 떠오르기 때문인지. 그리 한참을 뒤척이다 새벽 나절에야 겨우 잠들었다.

그러나 이튿날, 지나는 도저히 믿을 수 없는 소식을 전해 들었다.

"어머, 유 선생님! 신 교수님이 다음 예약 잡으시겠대요!"

접수처 직원이 화닥닥 놀라 소란을 피워 댔다. 원장 선생님까지 토끼 눈으로 달려 나와 그게 정말이냐고 되묻는 가운데, 지나는 어안이 벙벙하여 가만히 서 있을 따름이었다.

정말 나라고?

그리 묻는 소리만 뱅뱅 머릿속을 울렸다.

"대체 뭘 어떻게 하신 거예요?"

마주치는 사람들마다 꼭 한 번씩은 그런 질문을 했다. 그럴 때면 지나는 늘 난감한 표정을 지으며 이렇게 답할 뿐.

"글쎄요. 저도 잘⋯⋯."

그럼에도 꼬치꼬치 캐묻는 사람들에겐 '계속 상담사를 찾아다니기 지치신 것 같아요'라며 개인적인 사견을 조심스럽게 덧붙였다. 실제로도 그가 왜 자길 선택했는진 그녀도 잘 몰랐다. 자기로 하라며 당당하게 말하긴 했어도, 내심으로는 일말의 기대도 없었기에.

다만 이왕 이렇게 된 거, 정말로 최선을 다해 열심히 하자는 각오만은 분명했다. 어쨌거나 다음 상담도 예약한 걸 보면, 차선우 씨도 상담에 적극적으로 임할 생각이 조금이나마 있는 것 같으니까. ⋯⋯아직 확신할 수는 없지만, 적어도 지나는 그렇게 믿고 싶었다. 그렇지 않거든, 상담이라고 할 수도 없는 지난날처럼 혼자서만 줄줄 말하는 시간이 계속될 테니 말이다.

좌우지간 그녀의 마음이 낙관과 비관을 이리저리 오가는 중에도, 예약 날짜는 충실히 다가왔다. 휠체어 바퀴는 변함없이 매끄럽게 바닥을 가로질렀고, 상담실에는 또다시 둘만 남았다.

"안녕하세요, 선우 씨."

지나는 어색한 분위기를 애써 지워 내며 먼저 인사를 건넸다. 그래도 두 번째 만나는 건데, 다시 상담을 예약한 걸 보면 어떤 심경의 변화가 있을 텐데, 있어야 하는데…….

하지만 그런 기대가 무색하도록, 선우는 저번과 비교해 조금도 달라진 점이 없었다. 여전히 묵묵부답이고, 여전히 눈도 마주치지 않았다. 당연히 어찌할 수 없는 실망감이 밀려들었으나, 지나는 흔들리는 마음을 다잡았다.

말하고 싶지 않다면 말하지 않아도 된다고 한 건 그녀 자신이다. 저번처럼 혼자서만 말해도 괜찮고, 만약 귀에 거슬린다면 조용히 입 다물고 있겠다고 말한 것도, 누구의 강요가 아닌 스스로의 의지였다. 바위처럼 옴짝달싹하지 않던 차선우의 마음을 움직인 건, 어쩌면 그런 말 때문이었는지도 몰랐다.

그렇다면 기대에 부응해 주어야지. 지나는 그런 일념으로 입가에 생긋 미소를 올렸다. 혹시나 싶어 몇 날 며칠을 고민해서 준비해 온 화젯거리는 아직 넘치도록 쌓여 있었다. 지금까진 대체로 남의 말을 들어 주는 편이었지만, 살면서 한 번쯤은 세상에서 제일가는 수다쟁이가 되어도 나쁘지 않을 것 같았다.

그리 지나 혼자서만 이야기하는 상담이 이어졌다. 만약 시끄럽다며 좀 조용히 하라는 말이 나오거든 당장이라도 입을 다물 준비가 되어 있었는데, 고집스럽기는 차선우도 마찬가지였다. 그는 그저 첫날과 다름없이 무표정한 얼굴로 테이블만 가만히 내려다볼 뿐이었다. 마치 맞은편의 존재는 까맣게 잊어버린 것처럼, 고요하게.

그런 모습을 지켜보는 입장에선, 가끔씩 저도 모르게 갑갑한 마음이 울컥 치솟기도 했다. 물론 그런 내색일랑 추호도 내비치지 않았으나,

내어 주는 차도 한 모금 마시지 않고 떠나갈 적에는 조금 씁쓸한 마음
이 들기도 했다. 언제쯤이면 한 발짝이라도 가까이 다가설 수 있을까
싶어서. 끊임없이 평행선을 달리는 관계가 힘겹지 않다면 거짓말일 것
이다.

다만 상담이 계속될수록 지나도 나름대로의 해답을 찾아가고 있었
다. 첫날처럼 마냥 벽이랑 대화하는 기분이 들었다면, 아무리 정신적
으로 무장한 그녀여도 하루 이틀 버티기조차 힘들었을 것이다. 하지만
그와 대면하는 날이 점차 늘어나면서, 적어도 '차선우가 싫어하는 화
제'를 대강 골라낼 정도는 되었다.

이를테면 이런 것이다. 언젠가 지나가 한창 순위 싸움이 치열한 프
로 야구를 언급했을 때, 그는 지극히 무료한 기색으로 야트막한 숨을
내쉬었다. 혹은 요새 인기라는 걸 그룹이나 블록버스터 히어로 영화에
대해 듣거든, 고개를 더 틀거나 눈을 반쯤 내리감는 식으로.

본인은 미처 인식하지 못하는 듯했지만, 그는 확실히 표정으로 불호
를 나타내고 있었다. 그의 표정에 집중하지 않으면 쉽사리 알아차릴
수 없는 아주 미세한 변화여도, 입으로는 시답잖은 이야깃거리를 읊으
면서 눈으로는 바쁘게 그의 얼굴을 살펴보던 지나만은 알아차릴 수 있
었다. 그리고 그걸 눈치챘을 때, 지나는 진심으로 자신의 눈썰미에 절
이라도 올리고 싶은 심정이었다.

무얼 좋아하는지는 모르겠지만, 무얼 싫어하는지는 이제 알겠다. 지
나는 그가 싫어하는 화젯거리는 전부 쳐 내고, 그가 나쁘게 반응하지
않는 주제로만 요령껏 시간을 채워 나갔다. 지난한 과정이었으나, 누
군가 이런 노력을 알아주길 바라지도 않았다. 지나는 그저 선우가 자신
의 말을 마냥 흘려듣지 않는다는 것만으로도 족히 만족스러웠다. 저토
록 맞은편의 존재를 까맣게 잊은 듯이 굴어도, 실은 유지나란 존재를

똑똑히 인지하고 있다는 방증이었기 때문이다.

그리고 아마 그때부터였을 것이다. 차선우가 상담실에서 꾸벅꾸벅 졸기 시작한 것이.

처음에 지나는 자는 줄도 몰랐다. 그는 가끔씩 지나의 이야기를 들으면서도 눈을 감곤 했으니까. 정말로 깨어 있을 때와 한 점 다르지 않아서, 그녀는 어안이 벙벙한 나머지 '선우 씨, 진짜 자는 거예요?' 하고 묻기도 했다.

대체로는 지나도 알아차릴 수 없을 만큼 아주 짤막한 쪽잠이었다. 그녀가 얘기하고 있는 도중 남모르게 잠을 청한 적이 있는지도 몰랐다. 때로는 5분, 때로는 10분. 지나는 부러 쪽잠을 언급하지 않았고, 그가 잠에서 깨어나거든 다시금 천연덕스럽게 이야기를 이어 나가곤 했다.

하지만 이따금씩, 꽤나 오래도록 깨어나지 않기도 했다.

그럴 때면 지나는 아주 조심스러운 손길로 담요를 덮어 주고, 책상에서 조용히 제 할 일을 했다. 그가 심한 불면증을 앓고 있다는 건 이미 서류로도 확인한 바 있었다. 이렇게나마 잠들 수 있다면 참으로 다행이다. 저도 모르게 잠들 정도로 그녀와의 상담이 편해진 건 아닌가 싶어, 마음 한구석 찌르르 울리기도 했다.

그러던 언젠가, 선우는 예약된 상담 시간이 끝나도록 깨어나지 않은 적이 있었다. 다행히도 다음 예약이 없었던 지나는 입술에 손가락을 붙이며 접수처 직원을 돌려보낸 뒤, 책상에 앉아 두꺼운 서류를 들춰 보기 시작했다.

그렇게 제법 오랜 시간이 흘렀던 것으로 기억한다. 따스한 오후의 햇살이 가시고 불그스름한 노을이 창문에 넘실댈 무렵, 선우는 그제야 느릿하게 눈을 떴다.

"일어나셨어요?"

지나의 목소리에 비로소 정신을 차린 것처럼, 그는 드물게 멍한 표정으로 그녀를 바라보았다. 지나는 어느새 바닥으로 떨어진 담요를 주우며, 바깥에서 신 교수님이 기다리고 계시노라 조용히 일렀다. 가만히 정지했던 휠체어 바퀴가 느지막하게 움직이기 시작했다.

그때까지도 지나는 별다른 생각이 없었다. 퇴근하거든 저녁은 뭘 해먹을지, 저녁 먹고선 영화를 볼지 책을 볼지, 그런 시답잖은 고민이나 하고 있었다

"……고생하셨습니다."

문득, 나지막한 저음이 상념을 꿰뚫었다. 여상하게 담요를 정리하던 지나가 뒤늦게 뒤를 돌아보았다. 닫히는 문틈으로 사라지는 휠체어. 달칵, 소리를 내며 문이 닫히고도 한참 우두커니 서 있던 지나가 멍하니 양손으로 입을 틀어막았다.

차선우였다. 방금 고생했다고 말한 사람이 분명…….

그날, 지나는 아무도 없는 상담실에서 온몸으로 기쁨을 표출했다. 춤이라고 하기엔 이상하고, 그렇다고 몸짓이라고 하기에도 뭔가 이상한. 하여간에 그만큼이나 기뻤다.

지금까지의 노력이 마냥 헛되지만은 않은 것 같아, 지나는 도무지 참을 수 없는 웃음을 흘리며 창가로 다가갔다. 그리고 때마침 떠나가는 신 교수의 차 뒤꽁무니를 향해 손을 흔들며 남몰래 속삭였다.

안녕, 다음에 봬요.

이후로 차선우는 조금씩 말을 했다. 그렇다고 지나처럼 시끄러운 수

다쟁이가 된 것은 아니고, 다섯 번 물어보면 한 번쯤 답해 주는 정도였다. 남들은 고작 다섯 번에 한 번이냐며 난색을 표할지 몰라도, 지나에겐 그조차 감개무량이었다. 지난 수차례의 상담을 버겁게 혼자서만 채워야 했던 기억을 떠올리면, 지금의 차선우는 누가 뭐래도 장족의 발전이다.

좌우지간 대화를 시작하니, 그에 대해 새롭게 알게 되는 것들도 점차 늘어 갔다. 예컨대 목소리도 얼굴에 걸맞게 아주 잘생겼다는 점, 몸이 아픈 사람들이 으레 그러하듯 짜증이 꽤 많다는 점, 그럼에도 기본적인 예의를 잊지 않고 늘 정중하다는 점.

"안녕하세요, 선우 씨."

이제는 이렇게 인사할 때마다, 고개를 까딱하며 나름대로 맞인사도 해 주었다. 지나는 언제쯤 저 사람에게서 인사말을 들어 볼까 싶었지만, 그건 나중의 기쁨을 위해 잠시 미뤄 두기로 했다. 첫술에 배부르랴. 그녀는 이미 대화가 가능해진 시점에서 배가 부르다 못해 터질 지경이었으므로, 욕심은 최대한 덜어 내려 노력했다. 무릇 사람의 마음이란 욕심낸다고 어떻게 할 수 있는 것이 아니었다.

그래서인지 상담은 여전히 지나의 이야기가 구 할을 이루고 있었다. 그날의 날씨, 요즘의 세태. 화젯거리란 늘 비슷비슷하면서 달랐다. 다행스럽게도 지나는 시답잖은 이야기도 요령 있게 풀어 말하는 재주가 있었다. 선우가 아닌 척해도 그녀의 말에 귀 기울이는 건 아마도 그런 연유일 것이다.

"참, 점심은 드셨어요?"

지나는 술술 이야기를 늘어놓다가 간혹 그런 질문을 던졌다. 처음에는 쉽게 단답으로 대답할 수 있는 질문이었으나, 선우가 대답하는 빈도가 높아질수록 장문의 대답을 요하는 질문이 많아졌다. 지나는 항상 상냥하면서도 조심스러운 태도로 그를 대했는데, 그토록 변함없는 태도 탓인지 이따금 선우는 질문의 진의를 파악하려는 듯 고요한 눈으로 말끄러미 그녀의 얼굴을 들여다보곤 했다.

평화로운 나날이었다. 어느덧 그의 목소리가 낯설지 않아졌을 즈음엔, 두 사람 모두 서로에게 얼마간 익숙한 존재가 되어 있었다. '네', 혹은 '아니요'로 일관하던 선우의 대답도 점차 다채로워졌고, 누구에게나 이야기할 수 있는 지극히 무던한 화젯거리만 골라 오던 지나도 종종 자신의 이야기를 꺼내곤 했다. 어느 특정한 순간을 기점이라 할 수 없을 정도로 더딘 변화였다.

하루는 선우가 평소보다 10분 빨리 도착한 날이었다. 웬일로 핸드폰 삼매경에 빠져 있던 지나는 평소보다 들뜬 얼굴로 그를 맞이하더니, 불쑥 핸드폰 화면을 보여 주었다.

"동생이 그려 준 그림이에요. 아직 초등학교 2학년인데, 아무래도 그림에 재능이 있나 봐요."

도저히 어디든 자랑하지 않고는 못 버틸 것 같은 기색이었다. 무표정한 얼굴로 가만히 핸드폰 화면을 들여다보던 선우가 문득 물었다.

"누굴 그린 겁니까?"

"누구긴요, 당연히 저죠."

"……안 닮았는데."

그런 선우의 말이 적잖이 충격인 듯, 지나는 말까지 더듬으며 핸드폰 화면을 가리켰다.

"저랑 똑같지 않아요?"

"정말 본인 얼굴이 파랗다고 생각해요?"

"그것만 빼면 똑같잖아요."

"그걸 어떻게 뺍니까."

그러면서 선우는 그림과 지나가 다른 점을 무려 열한 개나 읊어 댔다. 어째 지적하는 것마다 차마 반박할 수 없는 점들이라, 지나는 입술을 불퉁하게 내밀면서도 끝내 인정할 수밖에 없었다.

"선우 씨는 그림 잘 그려요?"

"아뇨."

"한번 그려 볼래요?"

지나는 은근슬쩍 종이와 펜을 내밀었다. 미술 치료는 전문이 아니지만, 기본적인 이론은 대강 이해하고 있다. 아는 미술 치료사에게 그림을 보여 주면서, 그의 심리 상태에 대해 조언을 구할 수도 있고.

하지만 그런 계략일랑 이미 꿰뚫고 있는 것처럼, 선우는 그녀를 똑바로 마주 보며 냉담하게 대꾸했다.

"안 합니다."

종이와 펜을 내밀던 손이 머쓱해지는 순간이었다. 이 어색한 분위기를 어찌해야 할지 짧게 고민하던 지나는 이내 펜을 그러쥐며 아예 맞은편에 자리를 잡고 앉았다.

"그럼 내가 그려 줄게요."

"뭐라고요?"

"왜요, 아직 상담 시작하기 전까진 시간 좀 남았는데."

지나가 정말 그릴 것처럼 펜을 들고 그의 얼굴을 유심히 살펴보자, 선우가 질색하며 고개를 틀었다. 얼굴을 모르는 것도 아니고, 그럼 안 보고 그리면 되지. 지나는 짐짓 들으라는 듯 웅얼대며 종이에 슥슥 선을 긋기 시작했다.

"오늘 상담은 됐습니다."

선우가 진심으로 나가려는 것처럼 휠체어를 움직였다. 눈이 대접만 해져선 황급히 그를 뒤따라온 지나가 불쑥 종이부터 내밀었다. 무얼 그렸든지 간에 본체만체 지나치려던 선우가 자석에 이끌리듯 다시금 종이로 시선을 던졌다.

"……이게 나라고요?"

떨떠름한 기색이 당연했다. 턱만 뾰족한 얼굴에 눈이라고 그려 놓은 세모꼴이 둘, 그 밑에 코라고 그려 놓은 세모꼴이 하나, 마지막으로 입이라고 그려 놓은 한일자. 차라리 조금 전에 핸드폰으로 보았던 초등학생의 그림이 나을 지경이었다.

"원래 그림에는 소질이 없어서……."

지나는 머쓱하게 중얼거리며 종이를 얼른 그의 외투 주머니 속으로 넣어 버렸다. 졸지에 원치도 않는 선물을 받게 된 선우가 기가 찬 표정으로 돌아보자, 지나는 새뜻한 미소를 띠며 천연덕스럽게 테이블을 손짓했다.

"그럼 상담 시작할까요?"

사실 상담보단, 시시껄렁한 대화에 가까웠지만 말이다.

상담이 어떻게 진척되고 있는지와는 관계없이, 원장을 비롯한 센터의 사람들은 그녀가 무려 '그 내담자'와 별 탈 없이 상담을 진행하고 있다는 것 자체로 몹시 감격하고 있었다. 하기야 그들은 물론이요, 다른 센터에서도 줄줄이 상담을 실패했던 내담자가 갓 들어온 신출내기와는 그럭저럭 잘 지내고 있으니 신통방통해 보일 만도 했다. 물론 지나는 그 비결에 대한 질문이 들어올 때마다, 쓰게 웃으며 손사래 칠 뿐이었지만.

요새 지나의 머릿속을 어지럽히는 고민도 바로 그것이었다. 어찌어찌 입을 열게 만들고, 나름대로 유대 관계도 쌓았다. 하지만 그다음은?

일상적인 대화에서는 잘 드러나지 않아도, 서류를 통해 확인한 차선우의 현재 상태는 빈말로도 괜찮다고 할 수가 없었다. 그는 필히 병원에서 전문적인 진단을 받아야 했다. 비록 본인이 정신과를 죽도록 거부해 온 터라 이렇게 흘러 흘러 그녀와 만나긴 했어도, 그녀는 어디까지나 중간역이지 절대로 종착점이 될 수는 없었다.

그런 고민은 신 교수와의 만남에서 더욱 심화되었다.

"안녕하세요, 유 선생님. 더 일찍 인사를 드렸어야 했는데, 이제야 만나 뵙게 되네요."

선우와의 상담이 예정되었던 어느 날, 내담자인 차선우는 어디 가고 그의 모친인 신 교수만 나타났다. 지나는 당혹스러운 기색을 재빨리 지워 내며, 웃는 얼굴로 그녀를 맞이했다.

"선생님 덕분에 선우가 많이 좋아졌어요. 말 한마디 없던 애가 이제는 묻는 말에 기다 아니다, 대답이라도 하니까요."

"교수님께서 선우 씨를 정성으로 보살피신 덕분이죠."

"그럴까요?"

신 교수는 소리 없이 웃었다. 힘이라곤 하나도 없어 보이는 미소에 지나는 말없이 시선을 내리깔았다. 대학 병원에서 신경 정신과 전문의로 일하고 있다는 그녀는 아들과 닮은 듯하면서도 닮지 않은 얼굴이었다. 다만 무기력한 표정만은 똑같아서, 어찌할 수 없는 기시감이 자꾸만 목구멍을 타고 넘어왔다.

"오늘은 선우가 상태가 많이 안 좋아서 데려오질 못했어요. 미리 연락드리지 못해서 죄송해요. 발작이 너무 갑작스러워서……."

"발작이요?"

"두통이 너무 심하면 발작으로 이어질 때도 있어요. 두통의 이유를 모르니, 병원에서도 진정제 정도만 처방해 주지만요."

신 교수는 한참을 머뭇거리다가 어렵게 말을 꺼냈다.

"실은 유 선생님한테 부탁이 있어서 왔어요. 선생님도 이미 알고 있겠지만, 선우는 상담으로 치료할 수 있는 상태가 아니에요. 하루라도 빨리 정신과에서 면밀하게 진단을 받아야 합니다."

지나는 조용히 고개를 끄덕였다. 갑자기 신 교수가 나타난 데서 이미 예상한 흐름이긴 했다. 신 교수가 바랐던 상담사의 역할은 어디까지나 굳게 닫힌 그의 마음을 여는 것. 원래라면 그조차 정신과에서 담당해야 하겠으나, 차선우 본인이 격렬하게 정신과를 거부하고 있어 차선으로 선택된 것이 바로 심리 상담이었다.

"정신과 전문의를 상담사로 속여서 진단을 받게 할까도 고민했어요. 그런데 그것도 영 쉽지가 않을 것 같더라고요. 수많은 상담사들을 거부하다가, 겨우 마음을 연 것도 유 선생님 하나뿐이니."

"······."

"그래서 말인데, 선우가 병원의 진찰을 받을 수 있게끔 유 선생님이 설득해 주실 순 없을까요?"

신 교수가 자못 간절하게 부탁했다.

"어렵다는 건 나도 잘 알아요. 지금까지 누구도 성공하지 못했으니까. 당연히 부담스러울 테지만, 현재로선 그 아이가 마음을 연 사람이 유 선생님뿐이에요. 어쩌면 유 선생님의 말이라면 들을지도 모르니······."

속절없이 흔들리는 목소리가 금방이라도 끊어질 듯하면서도 내리이어졌다. 차선우가 반드시 병원에서 진찰을 받아야 하는 이유, 제발 정신과에 가자는 가족들의 말은 귓등으로도 듣지 않는 그의 태도. 쉽게 예측할 수 있는 이야기들이 구구절절 계속되었다. 그럼에도 지나가 신 교수의 말을 담담히 경청한 이유는, 오로지 아들을 위하는 어머니의 애틋한 모습이 못내 가슴 아팠기 때문이다.

어머니란 본디 저런 존재일까.

지나는 조금 서글픈 눈으로 신 교수를 응시했다. 저토록 헌신적인 어머니를 가족으로 둔 차선우가 부러우면서도, 도대체 무엇이 신 교수를 비롯한 세상의 어머니들을 저렇게 희생적으로 만드는지 궁금해졌다.

동시에 오래 묵은 감정이 울컥 치솟았다.

내 어머니는 그러지 않았는데.

지나는 입술을 깨물며 점점 일그러지려는 표정을 애써 지탱했다. 본능적으로 입가에 띤 미소가 이상하게 보이지 않기만을 절실히 바랄 뿐이었다.

"제가 얼마나 도움이 될지는 모르겠지만, 최선을 다할게요. 너무 걱정하지 마세요."

그러곤 망설이다가 한마디 덧붙였다.

"……전부 잘 풀릴 테니까."

속삭임처럼 잦아드는 소리였다. 물끄러미 그녀를 바라보던 신 교수가 불현듯 한숨처럼 말했다.

"왜 다른 사람들은 안 되는 건지 도통 모르겠었는데, 이제야 알겠네요."

"……."

"선우가 어째서 유 선생님에게만 마음을 열었는지."

지나는 영문을 몰라 그저 어리둥절했다. 신 교수는 그리 아리송한 말만 남기며 조용히 자리에서 일어났다. 여트막한 미소가 입가에 흐릿하게 떠오르더니, 이내 교수가 허리를 깊게 숙이며 인사했다.

"그럼 잘 부탁드릴게요, 선생님."

차선우가 병원으로 가야 한다는 정당성은 차고도 넘쳤다. 게다가 나이가 곱절은 더 많은 사람에게 더없이 정중한 부탁까지 받았다. 살면서 이토록 사명감이 넘친 적이 없었을 정도로, 유지나는 반드시 그를 설득하고야 말겠다는 의지를 활활 불태우고 있었다.

다만, 사람 마음이란 본디 욕심낸다고 어찌할 수 없는 것이었으니.

"안 갑니다."

스리슬쩍 병원 이야기를 꺼내기 무섭게, 겨울바람보다 매몰찬 반응이 돌아왔다. 지나는 쥐가 날 것만 같은 미소를 가까스로 유지했다.

"선우 씨. 제가 더 이상 선우 씨에게 해 드릴 수 있는 것이 없……."

"어머니가 그러시던가요?"

정곡을 찔리자 말문부터 막혔다. 지나가 어물거리는 사이, 선우는 말없이 헛웃음만 지었다. 마치 그럴 줄 알았다는 듯 지극히 냉소적인 표정이다. 지나는 어느새 미소가 가신 얼굴로 입술을 사리물었다.

"네, 신 교수님께서 찾아오셨어요. 하지만 병원을 권하는 건 제 의견이기도 해요. 며칠 전엔 심한 두통으로 발작까지 왔다면서요. 전 어디까지나 상담사지, 의사가 아니에요. 그런 두통이나 발작은 제 소관이 아니라고요."

"유지나 씨."

난데없이 매끄러운 저음이 말소리를 가로막았다. 지나는 조금 놀란 표정으로 그를 쳐다보았다. 지금까지의 상담을 모두 통틀어, 선우가 그녀의 이름을 부른 것은 이번이 처음이었다.

"정신과는 안 갑니다."

선우가 전에 없이 딱딱한 얼굴로 못 박았다. 지나는 입술을 달싹거리다가 곧 힘없이 다물었다. 저토록 완강하면 다른 도리가 없다. 상담사로서 그녀의 무기는 오직 말뿐이었으므로.

"……왜 그렇게 정신과를 기피하는 거예요? 외과 진료는 꾸준히 받으러 가잖아요."

지나가 고민 끝에 재차 말문을 열었다. 정신과에 대한 트라우마. 서류에서도 그 이유에 대해선 딱히 설명이 없었다. 유추할 수 있는 거리도 없으니, 그에게 직접 물어볼 수밖에.

역시나 마뜩잖은 주제인지 선우는 한동안 대답이 없었다. 얼굴을 찌푸린 채로 고개를 틀어 테이블 모서리만 가만히 노려보던 그가 느지막하게 입술을 뗐다.

"……속을 털어놓기가 싫습니다."

"어째서요?"

"믿을 수가 없으니까."

지나는 그제야 차선우란 사람의 속내를 조금이나마 엿본 것 같았다. 그가 그토록 정신과를 기피하고, 상담을 거부해 왔던 이유.

도무지 기원을 가늠할 수 없는, 뿌리 깊은 불신.

"나한테는 이렇게 털어놓을 수 있잖아요."

어린아이를 달래듯 상냥한 목소리가 이어졌다.

"처음부터 다짜고짜 믿을 수 있는 사람이 어디 있겠어요. 신뢰는 쌓이는 거고, 믿음은 만들어지는 건데. 나랑 처음으로 상담했을 때와 지금을 비교해 봐요. 천지 차이잖아요. 그만큼 시작은 누구에게나 어려운 법이에요. 내게 기회를 줬던 것처럼, 의사에게도 그런 기회를 한 번만 줘요."

이제는 설득이 아니라, 거의 부탁하는 어조였다. 그만큼 지나는 진심으로 선우가 의사에게 면밀한 진찰을 받길 바랐다. 상담으로는 한계가 분명하다는 걸 누구보다도 잘 알고 있기에, 다른 방법을 통해서라도 더 이상 그가 고통받지 않길 간절히 바라는 마음이었다.

선우는 한동안 말이 없었다. 생각에 골몰하는 것처럼 고개를 기울인 채 한참을 침묵하다가, 불현듯 시선을 들어 그녀를 보았다. 사뭇 어둡게 가라앉은 눈동자가 지나의 얼굴을 낱낱이 훑었다.

"그러게요."

"……."

"왜 당신한테는 털어놓을 수 있는 걸까."

누구도 대답을 알지 못하는 헛된 물음이다. 지나는 조금 씁쓸하게 웃으며 힘없이 고개를 수그렸다. 아들을 부탁한다던 신 교수의 간곡한 목소리가 귓전에서 허망하게 흩어졌다.

이럴 줄 알았으면, 전부 잘 풀릴 거라는 말은 하지 말걸.

짙은 후회를 몰아내듯 눈을 꽉 감았다 뜬 지나가 애써 밝은 표정으로 고개를 들었다.

"알았어요. 선우 씨의 뜻이 정 그러하다면 어쩔 수 없죠."

상담이 시작되었다. 마치 아무 일도 없었던 것처럼, 평화롭게.

그의 완고한 의지를 확인한 뒤로, 지나는 웬만해선 병원에 관한 말을 꺼내지 않았다. 이후로 한 번인가 마주쳤던 신 교수도 질책하거나 채근하는 소리 없이 고개만 숙여 인사할 따름이었다. 아무리 지나와는 정상적인 소통이 가능하다 한들, 그녀의 말 한마디로 바뀔 마음이고 잦아들 트라우마가 아니었다. 차선우는 여전히 아무도 들이지 않는 굳건한 성내에서 홀로 머물고 있었다.

상담은 다시금 지나가 이끄는 일상적인 이야기로 접어들었다. 선우는 그녀가 묻는 말엔 대체로 곧잘 대답했으나, 먼저 나서서 입을 여는 경우는 거의 없었다. 언제나 그랬듯 눈 밑으로 짙은 그늘을 드리운 모습은 무척이나 피곤해 보였다. 심지어 처음 만났을 때보다 살이 내린 것인지, 그렇잖아도 마른 얼굴이 이제는 뼈가 불거질 정도로 버쩍 여위었다.

자연스레 살얼음을 밟듯 조심스러운 상담이 이어졌다. 지나는 행여나 그에게 괜한 스트레스를 줄까 싶어, 단어 하나 고르는 데도 신중을 기했다. 그 덕인지 선우는 사포처럼 까칠한 얼굴로도 그녀에겐 제법 친절한 태도를 보였다. 딱딱하고 무신경할지언정, 결코 남에게 무례하진 않은 기본적인 성정 때문인지도 몰랐다.

하지만 갈수록 짙어지는 피로의 기운은 못내 근심스러운 부분이었다. 신 교수에게 듣기로, 원래도 심하던 불면증이 요새 더욱 심각해졌다고 했다. 지나는 최근 들어 상담하는 도중에 부쩍 조는 일이 줄어든 선우를 걱정스럽게 지켜보았다. 답은 하나인데 자꾸만 답을 벗어나려는 그가 답답하면서, 실질적으로 그를 도울 수 없는 자신이 무력하게만 느껴졌다.

그러던 어느 날이었다. 여느 때처럼 일상적인 화두로 상담을 시작하려던 지나는 난데없이 들려오는 그의 신음 소리에 깜짝 놀라고 말았다. 선우가 양손으로 머리를 부여잡은 채 몸을 둥글게 말고 있었다.

"선우 씨?"

저도 모르게 벌떡 일어나 다가오려는 그녀를 선우가 손짓으로 막았다.

"오지 마요."

"두통이에요? 가서 신 교수님 모시고 올 테니—"

"괜찮으니까, 제발 조용히 좀……."

다른 때는 슬며시 잠드는 데도 무리 없었던 그녀의 목소리마저 지금은 송곳처럼 날카롭게 들리는 듯했다. 지나는 이러지도 못하고 저러지도 못해 전전긍긍하며 서 있었다. 그러다가 도저히 이렇게 방치하면 안 될 것만 같아 발걸음을 옮기려는데, 갑자기 선우가 깊은 숨을 토해 냈다. 이제야 두통이 조금 가셨는지, 백지장처럼 창백하진 안색으로 멍하니 휠체어에 너부러져 있었다.

"……괜찮아요?"

지나가 조심스레 물컵을 내밀며 물었다. 선우는 겨우 물 한 모금 넘긴 뒤에야 맥없이 고개를 끄덕였다.

"신 교수님 모셔 올게요. 일단 병원부터 가 봐요."

"됐어요."

"선우 씨."

하고 싶은 말이 속에서만 들들 끓었다. 하지만 금방이라도 쓰러질 것처럼 핼쑥한 낯빛을 보자니, 차마 말이 나가지가 않았다. 저러다 행여 다시 두통이라도 도지면 어쩌나 싶어서. 아프다, 아프다 말로만 들었지 실제로 고통에 겨워하는 모습은 처음 보는지라, 아직도 놀란 가슴이 두방망이질했다.

"나는 그거 못 고쳐요."

못내 갑갑한 심정으로 입술만 잘근거리던 지나가 끝내 입을 열었다.

"두통이든, 불면증이든, 아니면 우울증이든. 내가 어찌할 수 있는 게 아니에요. 병원에 가야 해요, 제발."

"유지나 씨."

"그렇게나 고통스러워하잖아요. 무작정 견디다 보면 저절로 낫는 게 아니잖아요, 시간이 해결해 주는 것도 아니잖아요. 나를 한번 믿어 봤던 것처럼, 그분들도 믿어 봐요. 언제까지 이렇게 이 악물고 견딜 수만은 없는걸요."

지나는 휠체어 앞에 쪼그려 앉아 그와 눈을 마주치려 애썼다. 그토록 간절한 애원이었으나, 선우는 한 손으로 관자놀이를 짚은 채 한참이나 그녀의 시선을 외면할 뿐이었다. 도무지 틈이라곤 보이지 않는 강고한 벽에 가슴이 옥죄어 들었다.

"……약이라면 이미 먹고 있습니다."

문득 그의 목소리가 미약하게나마 들려왔다. 한없는 좌절감에 허우적거리던 지나가 퍼뜩 고개를 들었다.

"약이요?"

"네. 약이요, 정신과 약."

생각지도 못한 말에 지나는 표정을 수습할 겨를 없이 멍하니 그를 보았다. 선우가 바람 빠진 웃음소리를 내며 고개를 모로 틀었다.

"몇 달 됐습니다. 언젠가부터 내가 모르는 약이 섞여 있더라고요. 워낙에 복용해야 하는 약이 많으니, 몇 개쯤 섞여도 모를 거라고 생각했는지……. 누굴 바보로 아는 것도 아니고."

"……."

"어쨌거나 약은 먹고 있어요. 계속 이러는 걸 보면 별 효과는 없는 것 같지만."

지극히 냉소적인 어조였다. 마냥 입술만 달싹거리던 지나가 자신 없이 말했다.

"그래도 정확한 진단을 받아야 하지 않을까요."

"사고 났을 때부터 지금까지, 내 곁을 한시도 떠나지 않으시는 분이 내 어머닙니다. 진단을 받고 말고가 의미가 있겠어요?"

"검사를 받아 봐야죠. 조금 더 적극적으로 전문적인 의료 시술을 받아야……."

점차 목소리를 높여 가던 지나가 불현듯 말을 멈추었다. 예상치 못하게 허공에서 얽혀 드는 무감한 시선. 어떤 귀에 단 말로도 저 견고한 시선을 넘을 수 없을 것만 같은 불길한 예감이 들었다.

"……어떻게 들릴지 모르겠지만, 나도 나름대로 최선을 다하고 있습니다."

빤히 그녀를 쳐다보던 선우가 느릿하게 말문을 열었다.

"외과 통원 치료는 빼먹지 않고 꾸준히 가고 있고, 언젠가부터 섞여 든 약도 모르는 척 남김없이 먹고 있어요. 그 약들 먹으면 기분이 어떤지 압니까? 반은 깨어 있고, 반은 잠들어 있는 기분이에요. 그런데도 참고 먹는 거예요. 안 그러면 다들 슬퍼하니까. 이 상담만 하더라도—"

드물게 격양된 어조로 말을 이어 가던 선우가 급하게 입을 다물었다. 아차 싶었는지, 채 감추지 못한 당혹스러운 기색이 얼굴에 만연했다. 하지만 지나는 그저 조용히 웃을 뿐이었다. 정작 중요한 말은 뭉텅 잘려 나갔으나, 그런다고 뒷말을 전혀 가늠하지 못하는 것도 아니다.

이 상담만 하더라도.

어머니의 뜻대로. 어머니만 아니었다면. 어머니를 위해서.

표현은 수만 가지겠으나, 그 속에 담긴 함의는 똑같았다. 그는 결코 바라지 않았던 상담. 그저 어머니의 완강한 의지와 간절한 부탁으로, 더 이상 어머니에게 무능함만 되새기는 슬픔을 더해 주고 싶진 않아 그 나름대로 타협한 부분이다.

이 정도 감내하면, 어머니도 덜 슬퍼하시겠지 싶어서.

지나는 아직 그와의 첫 상담을 기억했다. 묵묵히 상담실로 들어와 말 한마디 없이 자리만 지키던 그 모습. 그건 자의로 찾아온 사람의 얼굴이 아니었다. 다른 사람들처럼 상담이라도 받아 보면 좀 낫지 않을까, 그러면 지금보단 괜찮지 않을까 싶은 기대감의 발로도 아니다. 어디까지나 끌려온 사람의 얼굴이었다. 도살장에 끌려온 소처럼 모든 걸 체념한 얼굴이었다.

그러니 애당초 그가 바란 적 없는 상담임을 안다. 다만 이제 조금은 달라지지 않았을까 하는 기대조차 없었다면 거짓이다. 어느 순간부터 그가 말을 하고, 대화를 시작하면서. 비록 처음은 자의가 아니었을지라도, 점차 그의 마음이 돌아서고 있다며 혼자서 지레짐작하고 있었다.

　그렇지 않거든 지금 이 시간들이 전부 무의미하니까. 세상에 상담을 바라지 않는 내담자와 상담을 계속하는 것만큼 무의미한 일도 없었다. 그녀는 어디까지나 상담사지, 시시껄렁한 농담이나 주고받으려고 여기 앉아 있는 것이 아니었다. 아무런 의미도 없이 시간만 죽이다가 돈이나 벌려고 그렇게나 열심히 공부한 게 아니다.

　"……선우 씨가 어떤 마음인지는 알겠어요."

　알지만, 받아들이기는 못내 힘들다.

　그에겐 해 줄 것이 없었다. 다른 사람들처럼 상담을 통해 심리 치료를 해 줄 수도 없고, 그가 먼저 입 열지 않는 이상 속에만 쌓아 둔 이야기를 들어 주지도 못했다. 그는 그녀가 의사가 아니기에 조금이나마 믿음을 줄 수 있었으나, 역으로 그녀는 의사가 아니기에 그에게 아무런 도움도 줄 수 없었다.

　그래서 그와의 상담이 끝나거든, 늘 자책이 밀려왔다. 스스로 이토록 무능력하게 느껴지기도 참으로 오랜만이었다.

　"도대체 선우 씨가 내게서 무얼 바라는지 모르겠어요. 앞으로 내가 어떻게 했으면 좋겠어요?"

　지나는 모든 걸 포기한 사람처럼 무척이나 풀 죽은 얼굴이었다. 실은 대답을 알고 있는 질문이므로. 상담을 바라지 않는 내담자가 상담사에게 원하는 것이 있을 리 없었다. 그럼에도 제 입으로 그렇게 말하긴, 차마 마지막 남은 자존심이 용납하질 않았다.

아무것도 바라지 않는다. 그에게서 직접 들으면 설운 미련이나마 깨끗하게 사라질지 모른다. 지나는 그런 절박한 심정으로 물은 것인데도, 정작 들려오는 대답은 전혀 달랐다.

"……그냥 지금까지 그랬던 것처럼 얘기해 줘요."

나직하게 읊조리는 소리에 지나가 천천히 시선을 들었다. 이윽고 시야에 들어오는 그의 표정이 조금 이상하다. 울 것처럼 일그러지다가도, 내심을 숨기는 것처럼 머뭇거리는. 그 스스로도 지금의 혼란스러운 감정을 어색하게 느끼는 것이 그대로 표정에 드러났다.

"여기 오기 전까진, 정말로 푹 잔 적을 손에 꼽았습니다. 사고가 난 뒤로는 한 번도 없었어요. 예전처럼 잠들 수만 있다면, 내 모든 걸 바친다고 생각했을 정도로……. 그런데 우습게도 여기서 되더라고요."

지나는 멍하니 그를 바라보았다. 상담하는 중간중간 잠드는 그의 모습이라면 여러 번 목격했다. 불면증이 심하구나 싶어 안타까워했을 뿐, 그것이 그토록 중요한 의미를 지녔는지는 미처 몰랐다.

"아마 지나 씨가 편해서 그런 게 아닐까 싶어요."

마른 낙엽처럼 버석거리는 웃음소리가 말끝에 묻어났다. 그는 한 손으로 자신의 무릎을 짚으며 자조했다.

"다리가 이렇게 되고 나서 가장 싫었던 게 뭔 줄 알아요? 사람들의 눈빛이요. 가족들이, 친구들이, 길가에서 낯선 사람들이 날 보는 눈빛. 동정이고 연민이고 혐오고, 다 상관없습니다. 나도 내가 병신이 되었다는 건 잘 아니까. 그런데 내 머리까지 어떻게 되었다고 바라보는 건 도저히 참을 수가 없어요. 내가 다친 건 다리지, 머리가 아니잖아요. 내 머리는 예나 지금이나 똑같이 멀쩡한데, 이상하게 다들 날 모자란 놈으로 보기 시작하더라고요."

타인을 겨누다 못해, 자기 자신마저 난도질할 정도로 신랄한 소리였다. 듣다 못한 지나가 황망히 그를 진정시키려던 찰나, 예상치도 못한 말이 툭 치고 나왔다.

"유지나 씨, 당신만 빼고."

"……."

"다른 상담사들은, 글쎄요. 사실대로 말하자면 그 사람들이 하는 얘기 제대로 들어 보질 않았어요. 한 귀로 듣고 한 귀로 흘렸죠. 당신이 하는 소리도 처음에는 그렇게 흘려듣다가, 내가 원하는 대로 해 주겠다는 말만 정확하게 들었습니다. 그게 바로 내가 바라던 거니까. 날 치료하겠답시고 시험하고 캐묻는 상담, 난 필요 없어요. 그건 어머니가 바라던 상담이지, 내가 바라던 건 아닙니다."

"그럼 선우 씨가 바라는 건 뭔데요?"

지나가 불현듯 물었다. 빤히 그녀를 보던 선우가 흐릿하게 웃었다.

"아까 말했잖아요. 지금까지 그랬던 것처럼 얘기해 달라고."

"……."

"아무 얘기나 상관없어요. 매일같이 똑같은 날씨 얘기도 좋고, 말도 안 되게 허황된 얘기라도 괜찮습니다. 실은 지나 씨가 하는 말이라면 다 좋아요. 그런 것들이 날 평범한 일상 속에 살게 하니까."

날 환자나 병신이 아니라, 차선우란 사람으로 있게 하니까.

"그런 이야기들이 지금 내게는 최고의 위안입니다."

그리 말하는 선우를, 지나는 한참을 멍하니 바라만 보았다. 어쩐지 방금 무척이나 대단한 말을 들은 것 같지만, 그보다는 목전에 있는 그의 얼굴에 더욱 신경이 쏠렸다.

입가에 미미하게 걸친 미소.

그것이야말로 지나가 처음으로 본 그의 웃는 얼굴이었다.

"악몽이요?"

간밤에 한숨도 못 잔 것 같은 안색으로 나타난 어느 날, 선우는 상담을 시작하기 무섭게 잠들었다가 비몽사몽한 얼굴로 깨어나 그런 말을 꺼냈다. 밤이면 악몽 때문에 도무지 깊게 잠들질 못하겠다고.

"그럼 설마 불면증도……."

"어느 정도 영향은 있겠죠."

고작 30분 자다 일어났는데도 선우는 제법 개운한 기색이었다. 그럼에도 그의 눈 밑으로 짙게 드리운 그늘이나, 까칠하게 마른 턱 선 따위를 걱정스럽게 살펴보던 지나가 신중하게 물었다.

"어떤 악몽인지 말해 줄 수 있어요?"

지금까지 그는 정신 질환에 관해선 일말의 언급도 없었기에, 이번에도 별다른 기대는 없었던 것이 사실이다. 그러나 뜻밖에도 짤막한 침묵 끝에 꽤나 상세한 대답이 들려왔다.

"춥고 어두운 날로 시작해요. 마치 내가 사고를 당했던 겨울밤처럼."

선우는 얼핏 무감정해 보이는 얼굴로 말을 이었다.

"그냥 걷고 있었습니다. 주변에 다른 사람들이 많았던 것 같은데 잘은 기억이 안 나요. 그러다가 길을 건너려고 하는데……. 그럴 때면 늘 커다란 경적 소리와 함께 괴물이 나타납니다. 거대하고 흉측한 괴물이요."

"……."

"피해야 하는데, 도무지 피할 수가 없는 겁니다. 그래서 이대로 죽는구나 싶은데, 그때마다 누군가 날 불러요. 가끔씩은 내 옷깃을 잡기도 하고. 아마 그 사람이겠죠. 그래서 뒤를 돌아보려고 하면, 늘 괴물에게 잡아먹힙니다. 그게 끝이에요. 중간은 조금씩 달라도, 항상 마지막은 그렇게 끝납니다."

담담한 설명을 주의 깊게 경청하던 지나가 이내 고심에 빠졌다. 그처럼 심각한 교통사고를 당한 경우에는, 그날의 기억이 아예 트라우마가 되는 경우도 적잖았다. 그런 관점에서 볼 때 커다란 경적 소리와 함께 등장한다는 괴물은 십중팔구 그와 충돌했던 트럭일 테고, 괴물에 잡아먹히는 결말은 트럭과 부딪쳤던 당시의 사고와 일맥상통한다.

그렇다면 악몽에 등장하는 '누군가' 는 과연 누굴까? 선우는 악몽이 중간중간 조금씩 달라진다고 했으나, 실질적으로 다른 것은 누군가의 행동뿐이었다. 언제는 그를 부르고, 언제는 그의 옷깃을 잡기도 하는 누군가. 어쩌면 그것이 악몽을 풀어 나가는 가장 중요한 단초인지도 몰랐다.

"혹시 그 사람이 누군지 알겠어요? 꿈속에서 계속 선우 씨를 부른다는 사람."

"아뇨. 거기까지는 잘."

그는 머리카락 끝을 매만지며 무료하게 읊조렸다.

"다른 꿈같지 않게 굉장히 실감 나긴 해요. 괴물에게 잡아먹히는 그 순간, 진저리 나게 아프긴 하니까. 그 마지막이 너무 인상 깊어서, 날 부르는 목소리가 어땠는지는 늘 기억이 흐릿합니다."

"……."

"어차피 꿈이라서 가능한 거겠죠. 내가 사고 당했을 때는 주위에 아무도 없었으니까."

매일 악몽에 시달릴 정도로 깊은 트라우마가 되었음에도, 사고를 운운하는 그의 얼굴이나 목소리엔 한 점의 동요도 없었다. 정말로 그날의 정신적 충격을 극복했다면 모를까, 그다지 좋은 징조는 아니다.

그런데 지나의 심각한 표정을 어찌 해석했는지, 선우가 맥없이 웃으며 말을 이었다.

"그래도 고맙긴 합니다. 누군진 몰라도, 그 사람 덕분에 악몽이 한결 버틸 만해졌으니까. 다음 꿈에선 그 사람의 얼굴이라도 보고 싶다는 기대감이 있거든요."

농담처럼 건넨 말이겠지만, 그렇게라도 악몽의 부담감을 덜 수만 있다면 좋은 일이다. 지나는 애써 입꼬리를 당겨 웃어 보였다. 좌우지간 그와 이런 이야기를 한 것은 이번이 처음이다. 상담이 그에게 위안이 되는 걸 넘어서 그의 고통을 경감하는 데 도움이 되길 바라기에, 조금씩이나마 이런 시간이 늘어나길 간절히 바랄 뿐이었다.

그날, 선우는 상담을 마치고 돌아가며 이런 말을 남겼다.

"잘 어울리네요."

지나가 말귀를 알아듣지 못하고 어리둥절하자, 그는 무심히 그녀의 머리를 턱짓했다.

"머리 자른 거 아닙니까?"

대답을 기대한 말은 아닌지, 휠체어는 오래지 않아 조용히 문틈으로 사라졌다. 그리 홀로 남은 상담실. 어느덧 시곗바늘 돌아가는 소리만 가득해진 방 안에서, 그때까지도 한참을 멍하니 서 있던 지나가 문득 양손을 들어 입가를 가렸다. 마치 무언갈 애써 억누르는 것처럼. 무심코 돌아본 거울에, 차마 이름을 붙일 수 없는 감정이 비껴가는 얼굴이 선명히 비쳤다.

……아무도 못 알아봤는데.

어쩐지 생경한 기분이 들어, 지나는 입술을 사리물고 가만히 머리카락만 매만졌다. 깊은 정적이 내려앉은 사위. 점차 가빠지는 맥박 소리가 귓전에서 유난히 수런거렸다.

처음에는 부정맥인 줄 알았다. 아니면 그날 점심식사를 걸러서 저혈당이 찾아왔거나.

"유 선생님, 오늘 오후에 차선우 씨 예약 있는 거 잊지 않으셨……. 어머, 어디 아프세요? 얼굴이 빨개요."

하지만 고작해야 이름 석 자에 이런 반응이면 너무하지 않은가.

지나는 홧홧하게 달아오른 얼굴에 손부채질하며 애써 웃어 보였다. 감기라도 걸렸느냐며 수선을 떠는 접수처 직원에겐 요새 홍조가 심해져서 그렇다는, 웃기지도 않은 변명을 늘어놓았다.

부정맥에, 저혈당에, 홍조까지. 아주 가지가지다.

지나는 자기 감정도 모르는 멍청이가 아니며, 풋사랑에 설렐 만큼 연애를 모르지도 않았다. 눈만 마주쳐도 가슴이 쿵쾅대고, 고작 전화를 받지 않는다고 하늘이 무너질 것처럼 우울해하는 시기는 이미 지났다는 얘기다. 풋풋한 시작도, 달콤한 과정도, 씁쓸한 결말도 전부 겪어 보았는데, 어째서 이토록 감정이 주체가 되지 않는지 모르겠다.

게다가 왜 하필이면.

상담실에 혼자 틀어박힌 채로 머리를 싸매고 고민하던 지나가 깊은 한숨을 내쉬었다. 왜 하필이면 내담자고, 하필이면 그중에서도 왜 차선우일까. 물론 차선우가 그녀에겐 제법 특별한 내담자긴 했다. 일터에서 맞은 첫 내담자기도 하거니와, 빈말로도 그간의 상담을 녹록하다 말하지 못했으므로. 지난 몇 달, 고운 정 미운 정 다 들어 버린 처지에 그에게 아무런 인간적인 호의도 없다 한다면 거짓일 것이다.

하지만 인간적인 호의를 지니는 것과, 이름만 들어도 얼굴이 붉어지는 증상은 전혀 달랐다. 심지어는 지금까지 만났던 남자들과는 전혀 다른 부류기에 혼란이 더했다. 확고한 취향이 있던 것은 아니지만, 기본적으로 순한 사람들을 선호해 왔던 지나에게 차선우란 사람은 먼 별나라에서 날아온 외계인 같은 존재였다. 저런 사람을 마음에 담게 되리라곤 한 번도 생각해 보지 않았다.

접수처 직원들이 날마다 수군대는 얼굴 때문인가? 물론 그가 잘생겼다는 점은 백번 동감하지만, 지나의 눈엔 언제나 그의 이목구비가 얼마나 완벽하게 주차되어 있는지보단 눈 밑의 그늘이 얼마나 짙은지가 먼저였다. 점차 말라 가는 모습을 보고 있자면, 멋들어진 외모에 대한 감탄은커녕 수많은 걱정이 샘솟기 마련이었다.

그렇다면 정말로 머리 자른 걸 혼자 알아봐 줘서? 이거야말로 지나가던 개가 웃을 이유다. 직전 연애를 처참하게 끝낸 뒤로, 지나는 거의 3년을 독수공방하며 살았다. 연애에 대한 욕심은커녕 이성에 대한 관심은 손톱만큼도 솟아나질 않았다. 고작해야 머리 자른 걸 혼자만 알아봐 주었다고 이렇게나 요란을 떨 거였으면, 진작 다른 사람에게 호감을 느끼고도 남았을 터다.

"이제 와서 이유가 뭐 중요해……."

지나는 힘없이 중얼거리며 양손에 얼굴을 파묻었다. 고작 손끝이 스치는 정도로도 충분히 호감을 느끼는 계기가 된다는 걸 모르지 않았다. 그렇기에 지금은 별로 중요하지도 않은 이유를 찾기보단, 앞으로 어떻게 그를 대할지를 정해야 했다.

다행히도 그건 어렵지 않았다. 답은 이미 나와 있으니까.

똑똑.

때마침 노크 소리가 들려왔다. 지나는 흠칫하며 시계를 올려다보았다. 어느새 그와의 상담 시간이다.

채 마음을 정리하기도 전에 휠체어가 상담실로 들이닥쳤다. 지나는 황급히 자리에서 일어나 그를 맞이했다. 부디 평소와 다름없어 보이길. 다행히도 그녀는 괜찮은 척 연기하는 데는 아주 이골이 나 있었다.

"안녕하세요, 선우 씨."

그리 여상하게 인사하며 다가가던 중이었다. 소파에 다 와서 발목이 삐끗한 지나가 바닥으로 엎어지려던 순간, 불쑥 튀어나온 손이 그녀의 손목을 강하게 잡아챘다. 일순 심장이 덜커덩 떨어졌다.

바닥에 엎어지는 대신 반쯤 주저앉은 지나가 멍하니 숨만 몰아쉬었다. 가까스로 고개만 들어 보니, 휠체어에 앉은 그의 얼굴이 목전이다. 그러자 갑자기 그에게 잡힌 손목이 타는 듯 뜨거워졌다. 바닥으로 떨어진 심장이 데구루루 구르기 시작했다.

"……."

그대로 고요한 적막이 이어졌다. 마찬가지로 놀란 듯이 눈을 크게 뜬 선우가 조심스레, 그러나 아무런 일도 없었던 것처럼 예사로이 손목을 놓았다.

"조심해요."

뒤이어 머리 위로 떨어지는 나지막한 목소리.

그제야 퍼뜩 정신을 차린 지나가 급히 제대로 일어섰다. 불에 덴 것처럼 뜨거운 손목도 손목이거니와, 순식간에 열 오른 얼굴이 아주 화끈화끈했다. 차마 이런 꼴을 그에게 보여 줄 수는 없어, 바람처럼 등을 돌려 창가로 향했다.

"오늘 날이 좀 덥죠? 이상하다, 이제 곧 겨울인데……."

지나는 창문을 활짝 열었다. 그런데 창을 열기 무섭게 세찬 바람이 들이쳐선, 그녀의 머리채를 한바탕 뒤집고 지나갔다. 게다가 책상에 마구잡이로 늘어놓았던 서류들이 우수수 흩어지기까지. 삽시간에 산발이 된 지나는 조용히 창문을 닫고, 책상 뒤에 쪼그려 앉아 양손에 얼굴을 파묻었다.

정말이지, 울고 싶은 심정이었다. 지나는 짐짓 밝은 목소리로 잠시만 기다려 달라 말하고는, 책상에 숨어 머리를 쥐어뜯을 기세로 자책을 거듭했다. 하필이면 이렇게 멍청한 꼴을 보일 건 뭐란 말인가. 그녀는 산산조각 깨져 버린 평정심을 어찌할 겨를 없이, 황망히 서류부터 줍기 시작했다. 얼마나 경황없던지, 선우가 빤히 이편을 쳐다보고 있는 줄은 까맣게 몰랐다.

다행스럽게도 부산스러웠던 시작과 달리, 상담은 내리 평화로웠다. 다만 선우는 오늘따라 유독 말수가 적었는데, 상담을 자연스럽게 진행하기 급급했던 지나는 미처 그것을 알아채지 못했다. 상담을 끝내고서도, 어찌어찌 잘 마무리했다는 사실에 몹시 감격하여 지난 상담을 반추할 틈이 없었다.

그리고 그날, 지나는 뜬눈으로 밤을 지새우며 결연히 다짐했다. 이 마음은 접자고. 접어야 한다고.

차선우는 지금 이대로를 유지하기도 힘겨운 사람이다. 매일같이 악몽에 시달리며 잠깐의 쪽잠으로 하루하루를 버텨 나가고, 이유 모를 두통으로 때로는 발작까지 일으켰다. 더군다나 그녀와의 상담에서 유일하게 위안을 얻어 가던 중에, 그녀의 일방적인 마음이 얹힌다면 그 위안조차 순식간에 부담으로 바뀔 터였다.

지나는 분명 그를 좋아했다. 하지만 좋아하는 마음에 앞서, 그가 지금보다 편해지길 바랐다. 그에게 도움이 되진 못할망정, 더한 스트레스를 안겨 주긴 싫었다.

'괜찮아. 할 수 있어.'

어차피 싹튼 지 얼마 되지도 않은 마음. 외면하고 무시하다 보면 절로 시들 것이라 여겼다.

그때는, 그랬다.

결연히 다짐한 만큼, 가까스로 되찾은 평정심은 쉽사리 흐트러지지 않았다.

이후로 이어진 몇 차례의 상담. 지나는 예전과 다름없이 상냥하고 명랑한 모습을 보였다. 상담은 변함없이 그녀의 이야기 위주로 흘러갔고, 간간이 질문을 던질 때마다 나지막한 대답이 돌아왔다. 그럴 때면 지나는 겉으로야 아무렇지 않은 척해도, 내심으로는 심장이 덜컹거리고 귓전이 버들잎처럼 흔들리는 느낌에 시달렸다. 하지만 그조차 느끼지 못하는 것처럼 애써 외면했다.

그리 시간은 하염없이 흘러갔다. 어느새 겨울을 목전에 둔 11월의 어느 날, 지나는 따뜻한 코코아를 마시며 창밖을 내다보다가 문득 센터로 다가오는 빨간 자동차를 한 대 보았다. 주차를 끝내고 차에서 내린 사람은, 처음 보는 젊은 여자와 휠체어를 탄 차선우였다.

지나는 저도 모르게 굳어 버린 눈으로 그들의 행방을 좇았다. 여자는 휠체어를 밀며 주차장을 가로질러 센터로 들어왔다. 그리고 잠시 뒤, 문을 노크하는 소리가 들려왔다.

"안녕하세……."

반사적으로 인사말을 내뱉던 지나가 불현듯 입을 다물었다. 평소처럼 접수처 직원이 휠체어를 밀고 온 것이 아니었다. 방금 전, 창밖으로 보았던 여자가 휠체어 뒤에 가만히 서 있었다.

어색한 침묵이 내려앉았다. 머리가 지끈거리는지 관자놀이를 꾹꾹 누르던 선우가 뒤늦게 여자를 돌아보았다.

"먼저 가. 이따가 어머니 오실 테니까."

여자는 무언가 할 말이 있는 기색으로 입술만 달싹거리다가, 이내 문을 닫고 나갔다. 선우는 평소처럼 몹시 피곤한 얼굴로 테이블 가까이 다가왔다. 그제야 소리 없이 숨을 토해 낸 지나가 느릿하게 발걸음을 뗐다.

속이 못 견디게 수런거렸다. 아까 창밖으로 여자를 보았을 때 덜컥 떨어진 심장은 도무지 제자리를 찾을 생각을 안 한다. 이 마음은 접자고, 접어야 한다고 외쳤던 밤이 무색하도록, 입이 제멋대로 열렸다.

"……예쁘시네요, 저분."

"네."

"혹시 애인이세요?"

지금껏 미간을 매만지며 무성의하게 대답하던 선우가 문득 고개를 들어 올렸다. 지나는 무척이나 혼란스러운 속내를 그림같이 숨기며 여상한 얼굴을 했다. 그런 그녀에게서 무언갈 찾겠다는 듯 한참을 뚫어져라 쳐다보던 선우가 느지막하게 말문을 열었다.

"동생입니다."

맥이 탁 풀리는 한마디였다.

지나는 아마도 멍청한 표정이었을 얼굴을 빠르게 수습하며 소파에 앉았다. 못 견디게 시끄럽던 속은 이미 겉으로나마 잔잔한 바다처럼 가라앉은 지 오래였다. 그의 말 한마디로 마구 널뛰는 심정이 우습다가도 못내 혼란스러웠다.

하지만 고민은 지금 당장의 문제가 아니다. 지나는 유심히 저를 살펴보는 선우에게 가볍게 웃어 보이며, 찻잔에 뜨거운 차를 따라 냈다.

"신 교수님은 오늘 바쁘신가 보네요."

"세미나가 있으셔서."

"되게 중요한 세미나인가 봐요. 지금까진 항상 같이 오셨잖아요, 두 분."

"지금까지 무리하셨던 거죠. 굳이 동행하지 않으셔도 되는데."

"그만큼 선우 씨를 사랑하시는 거겠죠. 대단한 분이세요, 정말."

지나는 진심으로 그런 말을 했다. 하기야 아들을 위해 자식뻘 되는 그녀에게까지 고개 숙일 정도로 원대한 사랑이다. 당연히 감탄하는 수밖에 없었다.

"부모님들은 원래 그러시잖아요."

그런데 선우가 미간을 조금 찡그리며 시니컬하게 반응했다. 미처 예상치 못한 반응에 지나는 순간 말문을 잃었다. 꼬여 버린 그의 속내를 엿보았기 때문인지, 아니면 대꾸할 말이 없기 때문인지, 이상할 정도로 당혹스러운 감정이 앞섰다. 그러다가 어색한 웃음으로 대강 능치려했을 때, 좀체 가시지 않는 두통으로 신경이 예민해질 대로 예민해진 선우가 돌연 슬며시 눈살을 찌푸리며 침음을 흘렸다.

"혹시 내가 실수했습니까?"

"네?"

"표정이 안 좋아서요."

멀거니 눈을 깜박이던 지나가 습관적으로 미소를 띠며 고개를 저으려던 찰나, 선우가 먼저 말을 채 갔다.

"두통이 가시질 않아서 좀 예민해졌나 봐요. 혹시나 내가 뭔가 실수했다면 말해 줘요."

"아, 아니에요. 전 괜찮……."

정말로 괜찮은가?

내심 반문하던 지나가 멍하니 입을 다물었다. 예전에 숱하게 상처받았던 말처럼 악의 가득한 것도 아닌데, 고작 저 정도 말로 가슴 한구석

선득해지는 것이 못내 이상했다. 그는 모르니까. 심지어 아파서 예민해졌다는 그의 사정을 충분히 이해하는데도, 살갗이 베인 것처럼 따끔한 기분을 어찌할 수가 없었다.

지나는 입술을 지그시 깨물었다. 이게 다 마음이 한바탕 뒤집어졌기 때문이다. 조금 전, 터무니없는 착각으로 지난 결심을 삽시간에 무너뜨린 벌이었다.

"지나 씨."

나직한 목소리가 귓가에 감겨들었다. 어찌할 줄 몰라 마냥 헤매던 지나가 끝내 머뭇거리며 입을 열었다.

"실은, 제가 고아라서."

"……."

"부모님들은 원래 그러시는 건지, 잘 몰랐어요. 그게 전부예요."

그녀에게 부모란, 자식을 버리고 도망간 사람들이니까.

손끝만 가만히 내려다보던 지나가 애써 입꼬리를 당겨 웃었다. 부모 없는 고아 신세라는 건 이미 초등학교 들어가기 전부터 절감하고 있었건만, 스물일곱씩이나 되어서 이러는 게 참으로 우스웠다. 뜻하지 않은 발언에 당황했을 그에게도 참으로 미안한 일이다.

"신경 쓰지 마세요. 제가 괜한 말을 해서—"

"미안합니다."

돌연 선우가 말을 자르고 들어왔다.

"미처 모르고 한 말이었지만, 행여나 상처가 되었다면 진심으로 사과할게요. 미안합니다."

더없이 진중한 목소리에 절로 입이 다물어졌다. 멍하니 그를 바라보던 지나는 느릿하게 시선을 내렸다. 무진 어지럽던 머릿속이 조금 차분해진 틈으로, 저답지 않은 짓을 했다며 자책하는 목소리가 울려 퍼졌다. 하지만 지금은 아무래도 좋았다. 나중에 후회할지언정, 지금은 더할 나위 없이 평온했다.

고아라는 사실을 알자마자 난색을 표하는 것은 물론이요, 함부로 공감할 수 없는 일에 공감을 표하며 소란을 떠는 것도 몹시 지겹던 차다. 또한 남의 일이라고 함부로 말하는 사람들에게 지쳐 가기도 했다. 그래서일까, 지나는 아무도 쉬이 입을 열지 못하는 지금의 침묵이 좋았다. 선뜻 말 한마디 건네지 않는 그에게서 따뜻한 배려와 위안을 느꼈다.

이러니 좋아하는 마음을 어떻게 접을 수 있을까.

지나는 쓰게 웃으며 눈을 내리감았다. 뒤늦은 포기가 마음의 기저를 가리던 베일을 걷어 냈다. 시든 줄 알았던 싹은 이미 오래전 줄기를 뻗친 뒤였다.

첫눈에 반한 것도, 한눈에 운명적인 사랑을 느낀 것도 아니다.

다만 원래 그러했던 것처럼, 그게 자연스러운 수순인 것처럼 저도 모르는 사이 물들어 있었다. 씨앗이 떨어진 줄도 몰랐던 마음에 어느새 싹이 텄고, 내내 외면하던 사이 시들긴커녕 건강한 줄기를 뻗어 냈다. 이제는 함부로 베어 넘길 수도 없을 만치 깊게 뿌리 내렸다.

그렇다면 이 마음을 전해야 하는가.

다른 때였으면 십중팔구 그리했을 것이다. 혼자만 하는 사랑은 결코 결실을 맺을 수 없으므로. 싹이 열매를 맺을지, 아무것도 맺지 못하고 죽어 갈지는 오로지 상대에게 달렸으나, 마음을 전하지 않으면 무용지물이다. 거절당할 것이 무서워 지지부진하게 상대의 주위만 맴돈다면, 헛되이 보낸 시간만큼 나중에 더 고통스러울 것이 자명했다.

하지만 지나는 전하지 않기로 했다. 그를 위해서. 그리고 스스로를 위해서.

그는, 차선우는 오늘 하루를 버티기도 힘든 사람이다. 그런 그에게 괜한 부담까지 더해 주고 싶지 않다는 것은 예나 지금이나 같은 생각이었다. 만일 고백으로 지금의 관계가 어그러지고, 그리해 선우가 상담에서 유일하게 느끼는 평온함마저 가신다면. 상상만으로도 끔찍한 가정이다. 지나가 여기기에 그건 자신의 마음을 드러내기 급급한 이기적인 선택이었다. 그로써 무너져 내릴 것들을 상상하면, 마음을 드러내긴커녕 꽁꽁 숨기고만 싶었다.

그저 돕고 싶을 뿐이다. 그가 그녀를 필요로 하는 만큼, 딱 부담스럽지 않을 정도로만 도와주고 싶었다. 오직 그녀와의 상담으로 평범한 일상을 느낄 수 있거든, 언제까지고 곁에서 평온함을 선사하고 싶었다. 그로 인해 조금이나마 마음의 평화를 얻길 바랐다.

왜냐하면 그는 단순히 좋아하는 사람이 아니니까.

지나에게 있어 차선우는 일터에서 최초로 맞은 내담자일 뿐만 아니라, 처음으로 좌절을 안겨 준 내담자이며, 한편으로는 처음으로 보람을 느끼게 해 준 내담자이기도 했다. 이제 막 궤도에 오른 그녀에게 그는 모든 것이 처음이었다.

상담에 비협조적이었던 첫 만남에서 느꼈던 막막함. 모친의 뜻으로 하릴없이 끌려오는 그의 모습에서 느꼈던 좌절감. 그리고 상담하는 동안 유일하게 일상 속에 머물 수 있다는 말에서 느꼈던 모든 벅차오르는 감정이 아직도 선명하다. 아마 죽어서도 잊지 못할 시작점일 터.

지나는 처음을 실패로 끝마치긴 싫었다. 말 한마디 없던 그가 차차 대화를 이어 나간 것처럼, 상담도 변하고 그녀도 변할 것이다. 뭣보다도 선우가 변할 것이다. 그는, 점차 나아질 것이다.

그래서 그때까진 나날이 줄기를 뻗쳐 나가는 사랑을 모른 척하기로 했다. 그녀만 볼 수 있는 심중에 고스란히 담아 두고, 아무도 모르게 암막으로 덮어 둘 것이었다. 적어도 그는 알아채지 못하도록. 설사 어렴풋이 눈치챘더라도 더는 신경 쓰지 않도록 아무렇지 않은 체할 것이다. 다행히도 지나는 괜찮은 척 표정을 꾸미는 데는 누구보다 자신 있었다.

그리 결심을 다잡는 사이, 달이 바뀌었다. 어느덧 12월이었다.

거리마다 캐럴이 울려 퍼지고, 초록색 빨간색 크리스마스 장식이 곳곳에서 눈에 띄는 계절. 날이 갈수록 추워지는 날씨에 사람들은 부랴부랴 코트며 스웨터를 꺼내 입기 시작했고, 첫눈은 언제쯤 내릴 거라는 기상청의 예보가 쉴 새 없이 빗발쳤다.

늘 평화롭고 고즈넉한 분위기를 유지하던 센터도 연말 분위기를 당해 내진 못했다. 어느 순간 크리스마스트리가 로비에 들어서더니, 산타클로스와 루돌프 인형도 슬금슬금 접수처에 모습을 드러냈다. 접수처 직원들은 크리스마스가 가까워지면 쓸 거라며 야심차게 산타 모자까지 준비했다.

지나도 이제껏 집에만 고이 모셔 두었던 크리스마스 장식을 가져와 상담실에 걸어 두었다. 딱히 종교가 있는 것은 아니지만, 그녀는 1년 중에서 크리스마스가 다가오는 이맘때를 가장 좋아했다. 산타 할아버지에게 소원을 빌던 어린 시절의 추억이 남았기 때문일까. 여전히 그녀는 혼자고, 어릴 적 그토록 바라던 가족은 아직 이루지도 못했건만, 크리스마스만 되면 유난히 떠들썩하던 고아원 생활이 떠올라 저도 모르게 흐뭇해지곤 했다.

그리 연말 특유의 어수선한 분위기가 만연한데도, 선우와의 상담만은 변함없이 차분하고 평온하게 흘러갔다. 그의 앞에서는 늘 언행을 주의했기에, 겉보기로 지나는 딱히 달라진 점이 없었다. 여전히 명랑하고 상냥한 모습이었다.

선우는 예나 지금이나 말수가 적었다. 다만 가끔씩 흐릿하게 웃는 모습을 보였는데, 그리 예상치 못한 순간순간 그의 미소를 볼 때마다 지나는 빠르게 박동하는 심장을 추스르기 급급했다. 그러면서도 한편으론 언젠가 그가 활짝 웃는 모습을 보고 싶다는 소망을 남몰래 마음속으로 적어 내렸다.

"선우 씨는 언제까지 산타 할아버지를 믿었어요?"

연말이 가까워지자, 자연히 그런 화제가 나왔다. 선우는 잠시 고민하다가 선선히 대답했다.

"열 살쯤이었던 것 같은데요."

"오, 그래도 꽤 오래 믿었네요. 선물은 많이 받았어요?"

"초등학생 때까진 받았죠."

"그럼 그 이후론 소원도 안 빈 거예요?"

"산타가 없다는 걸 알고서는 부모님께 직접 말씀드렸습니다. 초등학교 졸업하고선 어차피 선물도 못 받을 텐데, 소원을 빌었을 리가요."

하기야 그게 평범한 수순이긴 했다.

"지나 씨는 계속 산타에게 소원이라도 빈 거예요?"

갑작스러운 물음에 지나는 잠시 말을 골랐다. 그는 질문엔 곧잘 대답했지만, 먼저 나서서 질문하는 경우는 드물었다.

"대학생 때까진 빌었던 것 같아요."

"대학생? 그렇게나 오래요?"

"네."

정말로 소원이 이루어졌다는 얘기는 당연하게도 하지 않았다. 대학교 졸업할 때까지 소원을 빌었다는 데서 이미 놀랄 만큼 놀란 선우가 재차 물었다.

"대체 뭘 빌었는데요?"

"음, 잘은 기억이 안 나는데……. 대학교 3학년 땐가, 갑자기 샴푸가 떨어져서 샴푸 세트 하나만 달라고 빌었을걸요."

"샴푸……."

"잠깐, 불쌍하게 생각하지 마요. 이젠 그럴 일 없으니까."

지나가 배시시 웃었다.

"그러다가 대학교 졸업할 때쯤 되니, 점점 소원도 안 빌게 되더라고요. 이제 필요한 건 내가 노력하면 어떻게든 마련할 수 있고. 양심도 없이 빈둥거리며 놀다가 취직 좀 시켜 달라고 소원 빌 수는 없잖아요."

게다가 노력으로도 이룰 수 없는 일은 포기하는 법을 배웠으니까.

지나는 쓴웃음을 삼키며 뜨거운 차를 한 모금 마셨다. 세상에 천사가 있고 산타클로스가 있어, 사람들이 모르는 곳에서 비현실적인 무언가가 이루어진들 이제는 그녀와 상관없는 일이었다. 지나는 자신의 분수를 알았다. 일생을 통틀어 그녀에게 허락된 신비란, 생일마다 크리스마스마다 도망간 엄마를 만난 것 정도다. 더는 바라지도, 바라는 것도 없었다.

그리 며칠이 더 흘러갔다.

겨울 방학을 맞이한 동생들이 언제쯤 고아원에 올 거냐며 쉴 틈 없이 전화를 걸어 대고, 친구들이며 대학 동기들은 하나둘 송년회 연락을 돌리기 시작했다. 상담사로 취직하여 처음으로 맞은 연말. 그럼에도 지나는 어제 같은 오늘, 오늘 같은 내일을 보내고 있었다. 한마디로 지극히 평탄한 시절이었다. 어쩌면 이토록 평화로울까 싶어 못내 불안하다가도, 살면서 한 번쯤 이런 때도 있어야 하지 않겠느냐는 느긋한 생각이 들었다.

선우와의 상담도 순조롭긴 매한가지였다. 여전히 그와 시선이 마주칠 때면 가슴이 두방망이질했으나, 동요한 기색을 숨기는 기술은 날이 갈수록 늘어만 갔다. 지나는 이따금 그의 미소를 보고, 평온하게 자는 모습을 보는 것으로 충분히 만족했다. 어느새 잠든 그에게 조심스레 담요를 덮어 줄 때가 가장 행복한 순간이었다.

하루는 선우가 중간에 잠들어 늦게까지 깨어나지 않던 날이었다. 서류를 보다가, 자는 그의 얼굴을 보길 수없이 반복하니 어느덧 발간 노을이 질 무렵이었다. 바깥에서 기다리고 있을 신 교수를 생각해서 그를 깨워야 하나 고심하던 중, 때마침 선우가 느리게 눈을 떴다.

"일어났어요?"

지나는 말갛게 웃으며 소파에서 일어났다. 선우는 아직 졸음에 겨운 얼굴로 고개만 꾸벅 숙였다. 늦게까지 폐를 끼쳤다는 사과의 의미도, 다음에 뵙겠다는 작별 인사도 고루고루 섞인 몸짓이었다.

이제는 그녀도 곧 퇴근할 시간이다. 슬슬 가방을 챙길 생각으로 책상을 정리하는데, 상담실 문턱을 넘던 선우가 갑자기 그녀를 돌아보았다.

"……지나 씨."

지나는 그제야 고개 들어 문가를 보았다. 불그스름한 노을빛이 닿는 경계. 그곳에서 물끄러미 그녀를 응시하던 선우가 불현듯 흐린 미소를 지었다.

"고마워요."

문이 스르르 닫혔다. 한참이나 문가를 바라보던 지나가 느릿하게 허리를 폈다. 영 더디게 움직이는 머리를 다독여, 방금 무슨 말을 들었는지 찬찬히 반추하길 여러 번. 그러고서야 겨우 고맙다는 말이 인지되었다.

절로 어리어리한 표정이 올라왔다. 지나는 수만 감정이 뒤섞인 얼굴로 조급하게 숨을 들이켰다. 그에게선 처음으로 듣는 감사 인사다. 감사는 바라지도 않던 차에 느닷없이 듣게 되니, 행복감이나 뿌듯함보다는 자연스레 당혹스러움이 앞섰다.

그래도 좋은 일이겠지.

지나는 쑥스러운 기분이 들어 공연히 목을 매만졌다. 왠지 오늘은 남은 월급을 긁어모아 고기라도 한 근 사서 집에 들어가야 할 것만 같았다.

돌이켜 봐도, 참으로 행복한 나날이었다. 이런 하루하루만 계속된다면 더는 바랄 것이 없을 정도로. 하지만 너무도 행복한 나머지, 간과한 점이 하나 있었다.

그녀의 지난 스물일곱 해와 행복이란 그다지 어울리는 단어가 아니었노라고.

이튿날 새벽, 지나는 시끄러운 벨소리에 깨어 전화를 받았다.

"……네?"

끊임없이 들려오는 원장 선생님의 목소리를 도무지 알아들을 수가 없었다. 멍하니 허공을 응시하던 지나는 저도 모르게 핸드폰을 떨어트렸다. 못내 다급함을 숨기지 못하는 원장의 목소리가 순식간에 멀어졌다. 그리고 액정에서 뿜어져 나오는 액정 불빛이 점차 사그라들 무렵, 끔찍한 어둠에 잠긴 방 안에서 지나는 금방 들었던 말을 천천히 되새겼다.

유 선생님, 놀라지 마요.

차선우 씨가 자살했습니다.

— 병원에서 퇴원하자마자 준비했던 모양이에요.

무슨 정신으로 집을 나왔는지 모르겠다. 콜택시를 불러 허겁지겁 집 밖으로 나왔을 때는 아직 해도 뜨지 않은 시커먼 새벽이었다. 옷장을 뒤져 겨우 찾아낸 검은 정장만 입고 택시를 기다렸으나, 추위는커녕 아무것도 느껴지지 않았다. 그저 핸드폰 너머로 들려오던 원장의 목소리만 귓가에 맴돌 뿐.

— 가족들도 전혀 눈치채지 못했다고 해요. 유언장이나 장기 기증 서약 외에도 주변 정리를 깨끗하게 끝내고 갔다는데……. 거의 반년에 걸쳐서 아무도 모르게 준비한 셈이에요.

멀리 택시가 희뿌연 매연을 뿜어내며 다가왔다. 지나는 택시에 올라 황급히 원장이 일러 준 주소를 말했다. 가로등 불빛만 연신 깜박대는 암암한 거리로 택시가 미끄러지듯 달리기 시작했다.

— 소식을 전해 듣고 한참을 멍하다가, 갑자기 유 선생님 생각이 났어요. 이걸 어떻게 전해야 하나 고민이 많았는데……. 방도가 없네요. 어떻게 말하든 충격이 클 테니.

지나는 어둠에 휩싸인 창밖을 멍하니 내다보았다. 심장이 금방이라도 터질 것만 같았다. 순식간에 지나쳐 버리는 가로등 불빛이 눈앞에서 현란하게 이지러지며, 온갖 해괴한 형상을 자아냈다.

— 다만 한 가지 당부하고 싶은 게 있어요.

아무런 생각도 들지 않았다. 그저 꿈꾸는 것처럼 몽롱하기만 해서.

— 유 선생님의 잘못이 아니에요.

눈물도, 울음도 나오질 않았다.

장례식장은 수많은 사람들로 북적이고 있었다. 기사에게 지폐 몇 장을 쥐여 주고서 택시를 박차고 나온 지나는 정신없이 로비를 가로질렀다. 그러나 한없이 낯설기 때문일까, 이목구비가 흐릿하게 뭉그러지는 얼굴들 사이로 유일하게 익숙한 사람이 눈에 들어왔다.

지나는 가만히 숨만 몰아쉬며 저도 모르게 걸음을 멈추었다. 심장이 쿵쿵 엇박을 뛰었다. 그녀에게로 원장이 천천히 다가왔다. 주름살이 깊게 패도록 웃고만 다니던 노인이 오늘따라 무척 착잡한 얼굴을 하고 있었다.

"……우선 머리부터 묶읍시다."

나지막이 건네는 말에 지나가 뒤늦게 제 머리를 만져 보았다. 바람에 날려 산발이 된 모양새가 손끝으로 느껴졌다. 원장은 허겁지겁 머리를 묶는 그녀의 모습을 안타까운 눈으로 응시했다.

둘은 그렇게 어딘가로 향했다. 엘리베이터를 탔던 것 같기도 하고, 계단을 올라갔던 것 같기도 하다. 어쨌거나 다다른 곳에는 너무나도 익숙한 이름이 큼지막하게 쓰여 있었다. 여기 이름이 올라서는 아니 될, 아직은 너무나도 이른…….

"선우야!"

별안간 안쪽에서 목청 찢어지는 소리가 들려왔다. 바깥에서 두런두런 이야기를 나누던 사람들이 반색하며 뛰어 들어갔다. 지나는 쿵쾅거리는 가슴을 붙들고 간신히 고개만 숙여 안쪽을 들여다보았다. 검은 양복을 입은 사람들 사이로 오열하는 신 교수가 얼핏 보였다. 항상 차분하던 얼굴이 끔찍한 고통으로 일그러져 있었다.

통곡하는 소리가 잇따랐다. 이제는 신 교수뿐만이 아니었다. 그녀는 미처 알지 못하는, 그와 가까웠을 사람들이 연이어 슬픔을 토해 냈다. 왜 그랬느냐, 왜 말도 없이 갔느냐, 왜 그런 선택을 했느냐, 왜, 왜, 왜. 아무리 물어도 이젠 대답을 들을 수 없는 질문들이 숱하게 이어졌다.

왜.

그는 왜.

"유 선생님?"

원장이 들어가려다 말고, 의아한 빛으로 그녀를 돌아보았다. 지나는 멍하니 원장을 바라보며 입술을 달싹거렸다. 하고 싶은 말이 많았다. 토해 내고 싶은 말이 많았다. 저들처럼, 그에게 묻고 싶은 말이 산더미 같았으나.

"……어떻게 제 잘못이 아니에요."

왜, 당신은 왜.

"말도 안 되잖아요. 그게, 어떻게 제 잘못이 아닐 수가……."

일순 눈물이 터져 나왔다. 그러나 흘러나온 눈물이 뺨을 적시는 감촉조차 멀게만 느껴졌다. 이 모든 것이 전부 꿈만 같았다. 그렇지 않고서야, 이런 일이 벌어질 리가 없는데.

복잡한 눈으로 그녀를 응시하던 원장이 이내 복도로 발걸음을 옮겼다. 지나는 원장에게 끌려가는 내내 눈물만 뚝뚝 흘려 냈다. 아무것도 느껴지질 않는데, 이상하게 눈물만은 멈추지 않았다.

"나 혼자 들어갈게요. 금방 나올 테니, 유 선생님은 여기서 잠시만 기다려요."

원장은 그렇게 시야에서 사라졌다. 홀로 남겨진 지나는 복도 구석에 쪼그려 앉아 주먹으로 가슴을 마구 쳐 댔다. 숨이 막혔다. 눈물이 목 끝까지 차올라 숨이 막혔다.

'고마워요.'

그리고 불현듯 떠오르는 한마디에 억장이 무너져 내렸다.

언제 나왔는지, 원장은 어느새 그녀의 곁이었다. 그러고 보니 더 이상 복도도 아니었다. 두 사람은 주차장 한편에 설치된 벤치에 앉아, 서늘하게 불어오는 겨울바람을 맞으며 한없이 침묵만 자아내고 있었다.

"차선우 씨……. 차선우 군은 어릴 적부터 보아 와서 꽤 잘 아는 사이예요."

원장의 말소리가 더디게 들려왔다.

"키가 요만했을 때 처음 봤는데, 그때도 참 똘똘하더라고요. 부모를 닮아서 아이가 영특하구나 싶었죠. 그런데 어디 머리만 좋던가요. 생김새도 멀끔하고, 집안도 풍족하고, 가족도 그만하면 화목한 편이고. 별일 없으면 평안하게 살다 갈 거라고 생각했어요. 그때는 이런 일이 벌어질 줄 꿈에도 몰랐으니까."

원장은 쓴웃음을 지으며, 커피가 반쯤 채워진 종이컵만 하염없이 내려다보았다.

"신 교수가 그러더군요. 그 사고가 선우 군이 살면서 최초로 겪는 좌절이라고. 대학도, 시험도, 직업도 노력한 것보다 순탄하게 이루어졌으니, 지금까지 좌절을 느낄 일이 별로 없었다고요. 그러니까 선우 군의 가장 큰 비극은 그거예요. 작년의 그 사고가 처음으로 겪은 좌절이라는 것. 처음치고는 너무 잔인하잖아요."

어마어마한 덤프트럭에 받쳤다고 했다. 그런 트럭과 충돌하고도 살아남은 것이 기적이라 할 정도로. 하지만 한순간에 다리를 잃은 사람에게 죽지 않은 것으로 감지덕지하라는 말이 얼마나 크게 와닿겠는가. 살아남은 것에 만족하기엔 그는 너무 젊었고, 좌절을 몰랐다. 청춘이 한창인 시기에 다리를 잃었단 사실은 그저 끝을 모르는 나락과 다름없었다.

"영영 다리를 움직이지 못한다는 사실을 인정하기까지도 석 달이 걸렸다고 해요. 척추를 다쳐서 다른 방도가 없다는데 계속 재활 치료를 요구했다죠. 어떻게든 움직이게 할 거라고. 영원히 불구로 살 수는 없다고 하면서."

"……."

"그런데 실은 그게 문제가 아니었어요. 진짜로 심각한 문제는 조금 더 나중에 찾아왔으니까."

악몽, 그리고 불면증.

"잠을 못 자더랍니다. 정말 심각했을 때는 무려 닷새나 뜬눈으로 지새웠다고 하더군요. 조금만 깊게 잠들어도 악몽 때문에 소스라치게 깨어나고, 그러다 보니 스스로 잠들길 두려워하게 되었고요. 그러다가 언젠가부턴 두통이 찾아오고, 우울증이 찾아오고. 신 교수가 말하길, 병원에 입원했을 때는 아들이 정말로 미쳐 가는 줄만 알았답니다. 약으로도 진정이 안 되니 병원에서도 어찌할 방도가 없었지요.

당시 신 교수가 원하던 건 딱 하나였어요. 대화. 의사로서든, 아니면 부모로서든 선우 군과 마음을 터놓고 얘기하고픈 마음뿐이었답니다. 그런데 유 선생님도 알잖아요. 몸이 아프고, 정신이 아프거든 지나치게 방어적으로 변하는 사람들. 선우 군은 그게 좀 심했어요. 입을 걸어 잠그고, 집으로 돌아가고 싶다는 말만 앵무새처럼 반복하더랍니다."

원장은 잠시 입을 다물고 눈을 내리감았다. 싸늘한 정적이 내려앉은 사이, 서글피 눈을 뜬 원장이 옆자리에 앉은 지나를 돌아보았다.

"그래서 퇴원했지요. 정신과를 거부하니, 어쩔 수 없이 상담 센터를 전전했고요."

"······."

"그러다가 유 선생님을 만난 거예요."

처음으로 출근한 신출내기. 아무도 기대하지 않았던 그녀를 차선우가 선택했다. 모두가 신기해하며 그의 마음을 연 방법을 물었으나, 이제는 모두들 방법 따위 없었음을 안다.

그 시절, 차선우는 이미 끝을 준비하고 있었으니까. 닥치는 대로 상담사를 전전하다가 아무렇게나 선택한 사람이 그저 그녀였을 뿐이다.

"자책하지 말아요. 많이 힘들겠지만 이겨 내야 해요. 우리는 상담사지, 전지전능한 신이 아니잖아요. 매일같이 붙어 있던 가족들도 눈치채지 못했는데, 유 선생님이라고 어떤 책임이 있는 건 아니에요."

원장은 지나의 손을 부여잡으며 간곡히 일렀다. 차선우에게 첫 좌절이 작년 이맘때의 교통사고였다면, 상담사로서 그녀의 첫 좌절은 차선우였다. 반년 가까이 말을 주고받았던 내담자의 자살. 그것도 무려 반년을 차근차근 준비한, 자살.

"······그래도 전 알았어야 하잖아요."

지나가 붉어진 눈시울로 그리 속삭였다.

"조금이라도 이상한 점을 알아챘어야 했는데······."

"유 선생님."

"그 사람이 마지막으로 했던 말이 뭔지 아세요? 고맙다고 그랬어요. 저한테, 고맙대요. 대체 뭐가 고마웠던 걸까요? 고맙다는 사람이 다음 날에 바로 목숨을 끊어요?"

숨죽인 흐느낌 사이로 마디마디 더듬거리는 소리가 이어졌다.

"고맙다는, 그런 말……. 저는 들을 자격이 없는데……."

도대체 당신은 무엇이 고마웠던 걸까. 무엇이 그리도 고마웠기에, 마지막 가는 길에 그런 말을 남긴 걸까.

정작 나는 이렇게나 헤매고 있는데. 당신의 뜻을 헤아리지도 못한 채로, 하염없이 미로를 헤매고만…….

왈칵 터진 눈물이 그녀의 얼굴을 적셨다. 지나는 양손에 얼굴을 묻은 채로 오래도록 울었다. 저 멀리 아침이 부옇게 밝아 오는데, 그녀가 앉아 있는 벤치는 한없이 어둡기만 했다.

🌲🌲🌲

장례식장에 다녀온 뒤로, 지나는 일주일의 휴가를 받았다. 원장은 손수 그녀를 데려다주면서도 근심을 놓지 못했으나, 지나는 말없이 허리만 숙여 감사를 표하고는 집으로 들어가 버렸다.

그 하루는 어떻게 지나가는지도 모르게 지나갔다.

그저 정신을 차려 보니 어느새 어두운 밤이었다. 멍하니 창밖의 네온사인을 응시하던 지나는 그제야 오늘 한 끼도 먹지 않았다는 걸 깨달았지만, 이상하게도 배가 고프질 않았다. 그래서 옷을 갈아입지도 않고 그대로 잠들었던 것 같다. 다시 눈을 떴을 때는, 이미 해가 높이 솟아난 정오였다.

이튿날, 지나는 잠에서 깨어나자마자 샤워부터 했다. 그리고 밥솥에 남아 있는 밥으로 대강 끼니를 때운 뒤, 본격적으로 청소를 하기 시작했다. 바닥에 굴러다니던 수건이며 옷가지들은 전부 세탁기로 던져 넣고, 바쁘다는 핑계로 하루하루 미뤄 놓았던 이불 빨래도 했다. 밀린 설거지를 하고 바닥까지 쓸고 닦으니, 어느새 저녁나절이었다. 지나는 새로이 밥을 지어 저녁을 먹은 뒤, 새로 갈아 향긋한 냄새가 나는 이불에서 잠을 청했다.

그다음 날은 온종일 TV를 보며 지냈다. 케이블 채널에서 틀어 주는 예능이란 예능은 전부 찾아 봤고, 날이 어두워지자 별로 웃기지도 않은 코미디 영화를 틀어 무표정한 얼굴로 크레디트까지 보았다. 그렇게 코미디 영화를 연달아 다섯 편 정도 보고 나니, 어느덧 아침이었다. 지나는 영화를 보며 까먹었던 과자 봉지를 옆으로 밀어 둔 채 그대로 잠들었다. 바라던 것처럼 아무런 꿈도 꾸지 않았다. 아니면 꾸고도 잊어버렸거나.

그다음 날도, 그 다음다음 날도 비슷비슷한 하루였다. 예능 프로를 보고, 영화를 보고, 가끔은 드라마도 보고. TV가 보여 주는 세상은 무궁무진해서, 리모컨만 있으면 어디든 갈 수가 있었다. 재미는 둘째 치더라도, 어쨌거나 참으로 편리한 시대였다.

그렇게 두문불출하며 보내길 며칠. 어지럽혀진 집을 다시 청소하고 뜨거운 물에 샤워까지 하고 나왔을 때, 웬일로 딩동 하는 벨소리가 집 안을 요란하게 울리고 있었다. 지나는 젖은 머리를 대강 수건으로 감싸고 벌컥 문을 열었다. 문밖에는 오기 가득한 표정으로 벨을 눌러 대던 여자가 엉거주춤 서 있었다.

지나는 여자가 누군지 단박에 알아보았다. 말없이 옆으로 비켜서자, 여자는 잠시 머뭇거리다가 조심스레 구두를 벗고 집으로 들어왔다. 마치 못 올 곳에 오기라도 한 것처럼 불안해하는 기색이 역력했다.

두 사람은 앉은뱅이 상을 사이에 두고 앉았다. 지나가 건넨 머그컵을 마치 구명줄이라도 되는 양 강하게 움켜쥔 여자가 입술을 잘근거리며 겨우 목소리를 냈다.

"……차세연이라고 합니다. 이미 알고 계시는 것 같지만, 선우 오빠의 동생이에요."

"유지나입니다."

기계적으로 인사말을 내뱉던 지나는 내심으로 조금 놀랐다. 집에 틀어박혔던 지난 며칠. 이야기할 상대가 없어 본의 아니게 묵언을 지켰더니, 그새 제 목소리마저 생경해진 모양이다.

"주소는 강 선생님께 여쭤보았어요. 실례인 줄은 알지만……. 혹시나 실례를 끼쳤다면 죄송합니다."

여자, 차세연은 고개까지 깊이 숙여 가며 사과했다. 강 선생님이라면 센터의 원장이다. 평소라면 족히 불쾌했을 일이나, 이제는 그런 감정조차 느껴지지 않았다. 지나는 세연의 몫으로 건넨 커피 잔만 물끄러미 내려다보며 건조하게 물었다.

"어쩐 일로 오셨는지."

한동안 대답은 들려오지 않았다. 지나는 미동조차 하지 않은 채로 끈지게 시간을 버텨 나갔다. 그렇게 얼마의 시간이 흘렀을까. 목이 졸리기라도 하듯 억지로 짜낸 목소리가 간신히 전해져 왔다.

"……드릴 것이 있어서요."

세연은 가방에서 하얀 봉투를 꺼내 탁상에 올려놓았다. 북받치는 감정을 참는 것이 영 힘겨운지, 목소리가 점차 떨리기 시작했다.

"오빠가 남긴 편지예요. 다른 건 가족들에게 남긴 유서고……. 편지는 읽어 보지 않았어요. 왠지 제가 읽으면 안 될 것 같아서."

지나는 가만히 편지를 바라보기만 했다. 잠시 침묵을 지키던 세연은 고개를 틀어 빠르게 눈물을 훔치곤 가방을 챙겨 일어섰다.

"전 그만 가 볼게요."

도망치듯 그 한마디 남기고 떠나려던 찰나, 세연이 망설이며 뒤를 돌아보았다. 오후의 햇살을 내리받으며 그림처럼 고요히 앉아 있는 뒷모습. 세연은 어여쁜 얼굴이 참혹하게 일그러질 만치 고통스러운 고민을 끝으로 나지막한 고백을 토해 냈다.

"어떤 분이신지 궁금했어요. 우리 오빠, 선생님을 만나고서 조금씩 편안해지는 게 느껴졌거든요. 그래서 감사하다는 말, 언젠가는 꼭 전하고 싶었는데……."

슬픔에 젖은 말끝이 허망하게 사그라졌다. 세연은 입술을 짓씹으며 돌아섰다. 다급히 신발을 신는 기척에 이어 문이 급하게 열렸다가 쾅, 닫히는 소리가 들렸다.

집은 도로 적요한 침묵에 휩싸였다. 지나는 석상처럼 앉아, 하얀 편지 봉투 위로 너울거리는 한낮의 햇살을 말끄러미 쳐다보았다. 잡힐 듯 잡히지 않는. 그러나 이제는 영영 잡을 수 없는 사람이 남기고 가 버린 흔적.

한참을 망설이던 손길이 이윽고 봉투에 닿았다. 두 번 곱게 접은 편지지를 펴니, 단정한 글씨체가 먼저 눈에 들어온다. 저도 모르게 깊은 숨을 빨아들인 가슴이 크게 부풀었다가, 이내 죽은 듯이 가라앉았다.

편지는 짧지도 길지도 않았다.

「오래 고민했습니다. 당신에게 이 편지를 써야 할지 말지를. 괜한 짐만 안겨 주는 것은 아닌지 끝내 염려스럽지만, 그럼에도 이 편지를 적는 이유는 당신이 고맙기 때문입니다. 고맙기에 많이 아프지 않았으면

하는 바람이에요.

지나 씨를 처음으로 만난 것이 아마도 늦여름이었다고 기억합니다. 정확한 시기를 기억하지 못해 미안해요. 그 당시 나는 느긋하게 날짜나 헤아릴 정도로 마음이 여유롭진 못했습니다. 알다시피 그때의 나는 많이 아프고 지쳤으니까요.

그리고 꽤 많은 시간이 흘렀네요. 그간 고마운 일이 참으로 많았는데, 그때마다 고맙다고 말하지 못한 것이 지금까지도 후회스럽습니다. 무엇이 고마웠고, 어떤 점에 감사했는지 일일이 적지는 않겠습니다. 그건 당신도 바라는 바가 아닐 테니까.

아마 이 편지를 받았을 즈음엔 나를 떠올리기도 싫을 거라고 생각합니다. 어쩌면 내 마지막 선택을 비난할지도 모르겠어요. 나 역시 이해 받으리란 기대는 없습니다. 이해를 구할 수도 없는 일이고요. 세상의 어느 누가 스스로 목숨 버리는 선택을 완전히 이해할 수 있을까요? 그건 오직 나만이 이해할 수 있는 일입니다. 그로 인한 비난과 업보는 온전한 내 몫이겠지만요.

다만, 내 선택으로 당신이 힘들어할지도 모른다는 것이 못내 염려스럽습니다. 행여나 자책으로 스스로를 해치고 있다면, 부디 그만두길 바랍니다. 나는 지나 씨를 만나기 전부터 이 선택을 준비하고 있었어요. 그리고 준비를 마칠 때까지, 반년 남짓한 기간 동안에 조금이나마 평안할 수 있었던 것은 오로지 당신 덕분입니다. 감사해요. 백번 고개 숙여도 부족한 일입니다.

너무 상처받지 않았으면 좋겠어요. 나는 많이 부족한 사람입니다. 결국엔 이겨 내지 못하고 삶을 포기할 정도로. 당신에겐 이보다 더욱 근사한 사람이 어울립니다. 그러니 아주 조금만 슬퍼했으면 좋겠어요. 나는 그저 지나가는 악몽에 불과하니, 한낱 짧은 꿈이었다 여기며 잊고 살아가길 바라요. 언젠가는 당신도 소중한 사람을 만나 외롭지 않은 날이 올 거예요.

주제넘게도, 앞으로는 영영 행복하길 빌겠습니다.」

시침이 두어 바퀴 돌았을 무렵, 지나는 느릿하게 편지지를 접어 봉투에 넣었다. 그러고 다시금 미동 없이 앉아 있길 한참. 느닷없이 자리에서 일어난 지나가 급하게 옷을 갈아입기 시작했다. 부산스럽게 나갈 준비를 하는 소리가 멎은 뒤 얼마 지나지 않아, 현관문이 크게 열렸다.

어느덧 정적이 내려앉은 방 안. 하얀 봉투 위로 오후의 따스한 햇살이 내려앉았다.

🌲🌲🌲

정말로 잊으려고 했다.

지난 반년, 헛된 꿈을 꾸었노라 여기며 이제는 꿈에서 깨어나려 했다. 덧없이 이 세상을 떠나가 버린 그와 달리, 그녀는 아직 살아갈 날이 너무나도 많이 남았으니까. 당장 일주일이 지나면 다시 출근하여 하루하루가 힘겨운 사람들의 이야기를 들어야 했고, 그리 번 돈으로 집세를 내고 생활비를 충당해야 했다. 슬픔에 허우적대며 시간을 낭비하기에, 그녀는 지나치게 바빴다. 돌봐 줄 이 하나 없는 혼자라서 어떻게든 스스로 버텨 서야만 했다.

그래서 그를 나쁜 사람으로 만들었다. 집에 틀어박혀 TV 채널만 돌려 대던 며칠 동안, 차선우란 사람은 그녀의 머릿속에서 수많은 악당의 이름이 붙고 저지르지도 않은 악행으로 난도질되었다. 그리 나쁜 사람이 되어야만, 그녀가 살 수 있으니까. 그렇게 해서라도 아득바득 살고 싶었다.

말하자면 이런 식이다. 차선우는 본인 때문에 고통받는 가족들은 모른 체하며, 스스로의 상처만 핥다가 끝내 소중한 목숨마저 저버린 사람이다. 지금도 곳곳에선 살고 싶어 몸부림치는 사람이 수천수만 명인데, 고작 다리를 잃고 잠 못 든다는 이유만으로 손목에 칼을 찔러 넣었다. 세상에 다리를 잃고 불면증으로 고생하는 사람이 어디 그뿐일까. 그럼에도 그만이 이겨 내질 못했다. 남겨진 사람들이 어찌 되든 신경조차 쓰지 않은 채, 그리 이기적인 선택을 내린 것이다.

그러니 그를 기억할 필요가 없다고 여겼다. 그리 나쁜 사람이니, 추억하고 기억을 되새기는 것조차 못할 짓이라고 여겼다. 그런 사람 때문에 아파할 시간이 아깝고, 눈물 흘릴 기운이 아까웠다. 하물며 평생을 함께했던 동반자도, 사랑하는 가족도 아니다. 잠시 정신이 나가 풋풋한 감정을 품었던 것이 전부이니, 이쯤에서 뿌리 뽑고 다시금 평화롭고 안전한 어제로 돌아가야 한다고 여겼다.

돌아가는 길은 생각보다 순탄했다. 재미도 없는 오락 프로를 내내 돌려 보면서, 그에 대한 생각은 조금도 하지 않았다. 언젠가 고아라는 이유로 막말을 퍼붓고 떠났던 옛 남자 친구처럼, 마음고생 조금 하다가 깨끗이 잊어버릴 수 있을 것만 같았다. 그를 만나지 않았던 시절로, 그를 마음에 담지 않았던 시절로 돌아갈 수 있을 것만 같았다.

그러다가 받은 편지였다.

지나는 이제 진심으로 차선우가 미웠다. 그간 혼자서 일방적으로 매도했을 때도 이토록 밉진 않았는데, 이제는 그를 미워하는 감정이 주체할 수 없이 비대해졌다. 그래서 앞뒤 가리지 않고 그에게로 달려갔다. 더 이상 그는 들을 수 없을지언정, 금방이라도 터질 것처럼 속에서 부풀어 오르는 이 오만 감정을 어떻게든 퍼붓고 싶었다.

그렇게 도착한 곳이 납골당이다.

지나는 택시에서 내리자마자 계단을 뛰어 올라갔다. 숨이 턱 끝까지 차오르고, 어깨가 마구 들썩거리는데도 정신없이 내달렸다. 그렇게 가까스로 어느 유골함 앞에 다다랐을 때, 그때는 정말로 울고 싶어졌다.

차선우.

이름 석 자를 마주하자, 모든 것이 와르르 무너져 내렸다.

한참을 우두커니 서 있던 지나는 간신히 한 걸음 앞으로 내디뎠다. 고작해야 열 뼘도 안 되는 거리인데 그토록 더뎠다. 그조차 끝까지 가지도 못하고 중간에서 멈춰야만 했다.

하얀 유골함.

이름만 써 붙이지 않았더라도 영영 몰랐을 것이다. 그렇게나 흔한 색이고, 흔한 모양이었다. 주변의 다른 유골함과 비교해도 딱히 특별하지 않은, 평범하기 짝이 없는 함. 다만 써 붙인 이름 석 자 때문에 새삼 달리 보일 뿐이다.

저곳에 그가 몸을 뉘었다는 사실을 깨달으면서.

지나는 입술을 짓씹으며, 자꾸만 목구멍으로 치솟는 무언갈 애써 내리눌렀다. 이상했다. 저렇게나 작은 함에 그가 담겨 있다는 것이 못내 이상할뿐더러, 다시는 그를 볼 수 없다는 사실이 도무지 믿기지가 않았다. 아직도 세상 어딘가에서 그가 살아 숨 쉬고 있을 것만 같은데. 당장 내일 출근하거든, 눈 밑으로 검은 그늘을 드리운 그를 만날 수 있을 것만 같았다.

그런데, 고작 저기에 묻혔다니까. 아무리 눈을 깜박여도 변치 않는 그의 이름이 저곳에 선명히 적혀 있으니까.

그제야 차선우가 죽었다는 것이 실감 났다. 저세상으로 떠나가 다시는 돌아오지 않는다는 사실이 이제야 피부로 와닿는다. 이제는 정말로

이 세상에 없는 사람이라는 것을 알겠어서, 그게 너무나 소름 끼쳤다.

그저 모든 것이 허무했다.

지금까지 별 같잖은 이유를 붙여 가며 그를 나쁜 사람으로 몰았던 것도, 편지를 읽고서 숨도 못 쉬게 화가 났던 것도, 그가 너무 미워서 여기까지 단걸음에 달려온 것도. 그냥 전부 무의미하게 느껴졌다.

분명 여기로 오거든 하고 싶은 말이 아주 많았던 것 같은데. 알고 있는 욕이란 욕은 죄 끄집어내고, 그로도 부족하면 한바탕 소리라도 질러 대고 싶었는데. 그조차 전부 물거품처럼 허무하게 사라졌다. 어차피 듣지도 못할 사람, 아무리 허공에 대고 욕해 봤자 무의미하거니와, 정작 저 꼴이 되어 버린 모습을 보자니 무진 끓어올랐던 감정이 삽시간에 가라앉고 말았다.

그러니까 결국엔 저거였다. 저토록 초라한 모습으로.

너무 가슴이 아파서, 저기에 대고 차마 욕지거리를 퍼부을 수가 없었다.

"나쁜 새끼⋯⋯."

지나는 눈물을 글썽이며 피가 배어나도록 입술을 씹었다. 화도 못 내게, 욕도 못 하게 하는 초라한 꼴이 싫다가도 한편으론 죽도록 안쓰러웠다. 몸이라도 편하게 커다란 관에나 들어가든가, 저렇게나 조그만 함이라니. 구태여 화장해 달라 유언을 남겼다는 그가 괜스레 미웠다. 그리고 굳이 편지를 남긴 그가, 못 견디게 미웠다.

차라리 끝까지 매정하지. 차라리 다정하지나 말지.

편지를 읽기 전까진, 진실로 잘해 내고 있었다. 옛 사람들을 잊었던 것처럼 조금만 아프고, 그다지 어렵지 않게 잊을 수 있을 것 같았다. 그러다 1년이 지나고 2년이 지나거든, 조금은 애틋하지만 그다지 무겁지만은 않은 마음으로 그를 추억할 수 있을 것 같았다. 마치 지나간 꿈처럼 아련하게 남을 줄만 알았다.

그런데 이제는 아니다. 편지 한 장이 전부 망쳐 놓았다. 도무지 그를 잊을 수 있을 것 같지가 않았다.

"더 근사한 사람이 나타날지, 자기가 어떻게 안다고……. 지나가는 악몽이면 깨어나야 하잖아요. 근데 난 왜 아직도 깨어나질 못하는데……."

지나는 어린애처럼 훌쩍이며 천천히 제자리에 주저앉았다. 그때껏 앙버텼던 다리에서 점차 힘이 빠져나갔다. 다리뿐만 아니라, 온몸의 힘이 증발하는 듯했다. 전부 눈물이 되어 줄줄 새어 나갔다.

"대체 나한테 왜 이래요……."

끝까지 다정해서 차마 잊지도 못하게 만든 사람. 미워서 욕하고 원망하다가도, 그만큼 안쓰럽고 연민하는 마음이 차올랐다. 동시에 양가적인 마음에 마구 휘둘리며 끝내 그를 놓지 못하는 스스로가 애처로웠다. 채 피지도 못하고 져 버린 마음이 너무나도 가련했다.

또한 그에게 너무 미안해서.

나 살자고 제멋대로 그를 매도하고 난도질한 며칠이 죽도록 미안해서.

몇몇 사람들은 자살하는 사람을 두고 약하다며 손가락질하지만, 아니다. 아니었다. 마음이 약해서 스스로를 저버리는 것이 아니라, 그만큼 아프고 힘들어서 내리는 선택이다. 당사자가 아닌 이상에야 어찌 그가 겪어 온 고통을 함부로 재단할 수 있을까. 조금만 달리 생각하자면, 죽음이라는, 단 한 번도 걸어 보지 않은 길을 선택할 만큼 삶이 버거웠다는 뜻이니.

그렇다면 그는.

그는 얼마나 힘들었던 걸까.

갑자기 그런 생각이 들자, 가슴이 못 견디게 미어졌다. 그는 충동적으로 자살한 것이 아니다. 거의 반년을 들여 차근차근 주변을 정리한 뒤, 남겨진 이들의 몫으로 장례만을 두고 떠나갔다. 반년이면 중간에 포기할 수도 있었을 텐데 끝끝내 죽음을 선택했다. 그렇게나 고통스러웠다는 뜻이다. 더는 이 세상에서 발붙이고 살 수가 없어서.

울음과 웃음이 뒤섞여 실성한 듯이 튀어나왔다. 도무지 자조를 멈출 수가 없었다. 명색이 상담사다. 그런데도 전혀 알아채지 못했던 자신이 원망스럽고, 그가 고통에 신음하며 죽을 준비를 하는 동안에 시답잖은 이야기나 꺼냈던 자신이 싫었다. 심지어는 고맙다는 말까지 들어 버린 스스로가 어처구니없을 만치 미웠다.

"미안해요……. 도와주지 못해서 미안해요."

다 내어 주지 못해서. 미처 알아봐 주지 못해서.

그토록 아팠던 당신을 너무 쉽게 보내 버린 나를 용서하지 마요.

이별은 늘 가슴 아프다.

— 졸업하고도 우린 영원히 친구야. 꼭 연락해야 돼?

늘 손 붙잡고 다니던 친구와의 이별도. 제집처럼 따뜻하던 고아원과의 이별도. 혹은 한때 열렬히 사랑했지만 어느새 식어 버린 마음을 달랠 길 없던 옛 연인들과의 이별도.

때로는 섭섭하고, 때로는 시원할지 몰라도 언제나 이별의 기저에는 슬픔이 깔려 있었다. 덧없는 미련이라 해도 좋고, 부질없는 집착이라

해도 좋다. 좌우지간 그녀는 스물일곱 해 동안 이별을 겪을 때마다 술하게 감기처럼 앓아 왔다.

감기의 정도는 천차만별이다. 재채기 몇 번으로 지나갈 때도 있지만, 며칠을 꼬박 드러누운 적도 있었다. 종내 자리를 털고 일어나긴 해도, 이별은 언제나 그녀의 가슴속에 자신의 흔적을 남기곤 했다. 언젠가는 아주 자세히 들여다봐야 알 수 있는 생채기로, 또 언젠가는 아직도 피가 멎지 않는 상처로.

하지만 그렇게나 많은 이별을 겪고서도, 그와의 이별이 어떤 상흔을 남길지 가늠할 수 없었다.

이제 다시는 만날 수 없는 사람. 벌써부터 그의 얼굴이 눈앞에 어른거리고, 그의 목소리가 못 견디게 그리워지는데 당장 내일부터 그가 없는 세상을 살아갈 용기가 나질 않았다. 온몸이 조각조각 흩어지는 듯하면서도, 순식간에 슬픔의 바닷물이 머리 꼭대기까지 차올랐다. 마치 이대로 세상이 무너져 내린 것처럼 한없이 참담했다.

"그렇게나 보고 싶니?"

그래서 어디선가 냉소적인 물음이 들려왔을 때도, 단번에 알아듣지 못했다.

정신없이 흐느끼던 지나는 뒤늦게야 느릿느릿 고개를 돌렸다. 아무도 없던 구석에, 체크무늬 정장을 차려입은 웬 단발머리 여자가 비딱하게 기대어 서 있었다.

"죽고 싶을 정도로 보고 싶어? 진심으로?"

지나는 눈물을 뚝뚝 떨구며 멀거니 그녀를 바라보았다. 그제야 벽에 기대었던 등을 곧추세우며 느릿하게 다가온 여자가 지나의 눈앞에 쪼그려 앉았다.

"그게 네 소원이야?"

목전에 가득 들어찬 얼굴이 참으로 낯설다. 오래도록 침묵하던 지나는 가쁜 숨을 들이켜며 간신히 말문을 열었다.

"누구세요?"

"이젠 알아보지도 못하네. 섭섭하다, 얘."

"네?"

"얼굴은 이렇게 엉망이 되어선……. 조금 늦었지만 어쨌든 왔으니까 그만 울어."

여자는 그러면서 눈물로 젖은 지나의 뺨을 손가락으로 문질렀다. 어깨를 흠칫하며 뒤로 물러난 지나가 당황과 경악이 뒤섞인 얼굴로 이리저리 눈을 굴렸다.

"누구세요, 대체 누구시길래……."

"글쎄, 어떻게 설명해야 할까. 정확한 소개는 아니지만, 네가 부르던 바에 따르면."

여자가 검지로 가볍게 지나를 가리켰다.

"천사님?"

기묘한 침묵이 내려앉았다. 제법 오랫동안 눈앞의 여자를 응시하던 지나가 갑자기 휘청거리며 자리에서 일어났다. 그러곤 기대 가득한 얼굴로 대답을 기다리는 여자를 무심히 스쳐 지나갔다.

"이대로 가려고? 후회할 텐데."

뒤에서 여자가 뭐라고 지껄이거나 말거나, 지나는 더 이상 신경 쓰고 싶지 않았다. 그렇잖아도 너덜너덜하게 지쳐 버린 상태다. 이상한 사람에게 붙잡혀 낭비할 감정이라곤 조금도 남아 있지 않았다.

그런데 문득, 소름 끼치도록 익숙한 목소리가 들려왔다.

"지나야."

발걸음이 우뚝 멈추었다. 지나는 눈 깜박이는 것도 잊고, 가만히 숨을 멈추었다. 잘못 들은 것이다. 그렇지 않고서야, 다시 들을 수 없는 목소리인데. 아무래도 너무 울어서 귀까지 이상해진 모양이라 다독이며, 재차 걸음을 옮기려던 무렵.

"오랜만이야, 지나야."

본능적으로 고개가 돌아갔다.

단발머리 여자는 온데간데없다. 대신 그 자리를 차지한 낯익은 얼굴.

노란 원피스를 곱게 차려입은, 엄마.

지나는 아득한 충격에 휩싸여, 한참이나 여자에게서 시선을 떼지 못했다. 그도 그럴 것이, 아무리 눈을 씻고 봐도 엄마였다. 까만 머리카락을 어깻죽지까지 기르고, 유달리 가느다란 손가락을 지녔던. 그리운 마음에 벽이며 담벼락마다 크레파스로 열심히 그려 댔던, 우리 엄마.

하지만 그럴 리가 없는데.

다섯 살배기 딸을 버리고 도망갔던 엄마가 이제야 나타날 리 없다. 하물며 20년이 넘게 지난 마당에, 기억 속 마지막 엄마의 모습을 저토록 충실하게 재현하여 나타날 수는 없었다.

간신히 멈추었던 눈물이 다시 쏟아질 것만 같았다. 지나는 너무도 비현실적인 상황에서, 가슴이 무너지는 고통을 무릅쓰고 지극히 현실적인 판단을 내렸다.

"……천사님."

엄마가 조용히 미소 지었다.

"이제야 알아보는구나."

지나는 눈물을 꾹 참으며 말없이 고개만 주억거렸다. 천사가 쓴웃음을 머금고 다가와 지나의 젖은 눈가를 닦아 주었다.

"그리도 보고 싶니?"

"네?"

"저 남자 말이야. 그렇게나 보고 싶냐고."

천사의 손가락이 선우의 유골함을 향했다. 멍하니 그편을 바라보던 지나가 잇새에 힘을 주며 빠르게 고갯짓했다. 그러자 천사는 마치 어수룩한 손녀를 보는 할머니처럼, 냉정한 애정이 서린 얼굴로 재차 입을 열었다.

"다시 물으마. 진지하게 생각하고 대답해."

"……."

"저 남자를 다시 보고 싶니?"

엄숙한 물음이었다. 지나는 느릿하게 천사와 시선을 맞추며 다시금 고개를 끄덕였다. 일말의 흔들림도 없이, 간절한 그리움을 담은 눈빛으로.

천사는 미소가 조금 사라진 얼굴로 물었다.

"그것이 진정 네 소원이야?"

소원.

그저 질문에 착실히 대답하던 지나는 그제야 벼락같은 깨달음을 얻었다. 소원을 빌면 족족 이루어졌던 지난날들. 보고픈 엄마를 선물로 빌었던 어린 시절의 소원과, 그때그때 필요하던 자질구레한 물건을 빌었던 언젠가의 소원들.

점차 맥박이 빨라졌다. 어쩌면, 혹시 어쩌면 이번에도 이루어질지 모른다는 생각에 희열이 솟구쳤다. 하지만 그 전에 당연한 의문이 앞섰다.

"오늘은 생일도 아니고, 크리스마스도 아닌데 왜……."

머뭇거리며 내놓은 질문에 천사가 자그맣게 웃음을 터트렸다.

"너 달력도 안 보고 살았구나. 내일이 크리스마스야."

지나는 멀거니 눈만 깜박였다.

"그럼 천사님이 아니라 산타클로스였어요?"

"지금 나 말하는 거니?"

"네."

"애도 참, 아직도 그런 걸 따지네."

방금 전까지 마뜩잖아하던 기색은 어디 가고, 천사의 얼굴엔 장난스러운 미소만이 감돌았다.

"상식적으로 산타클로스였으면, 네가 소원을 빌어도 내일 왔겠지. 엄연히 오늘은 크리스마스이브인데."

"산타클로스도 아니면 대체……."

지나의 표정이 삽시에 허물어졌다. 천사는 기이한 미소를 입가에 띠며, 고개를 모로 기울였다.

"설명하면, 네가 알아들을 수는 있을까?"

"……."

"난 천사도 산타클로스도 아니지만, 동시에 천사이면서 산타클로스이기도 해. 너희들이 흔히 말하는 다른 초월적인 존재일 수도 있고. 하지만 지금 네게 중요한 건 그런 게 아니잖니."

천사는 엉망이 된 지나의 머리를 손수 매만지며, 뒤편을 턱짓했다.

"만나고 싶다며. 그게 네 소원이잖아."

"……정말 들어주실 거예요?"

속절없이 목소리가 달달 떨렸다. 눈물이 그렁그렁한 눈을 마주하며, 천사는 가볍게 한 걸음 뒤로 물러섰다.

"내 손으로 직접 죽은 사람을 되살릴 순 없어. 하지만 죽지 않게 하는 방법은 다양하지. 예컨대 네가 과거로 돌아간다든가."

"과거로……."

"며칠 전으로 돌아가서 저 남자의 자살을 막으면 되잖아."

지나가 멍하니 고개를 끄덕였다. 하지만 곧이어 세차게 고개를 저으며 정정했다.

"아뇨. 며칠 전이 아니라, 작년이요. 작년 12월 23일."

"작년?"

"네, 작년. 작년으로 돌아가서 선우 씨를 구해 낼게요. 사고만 없으면 선우 씨가 자살할 이유도 사라지는 거잖아요."

그럼 죽지 않을 거잖아요.

몹시도 간절한 말에, 천사는 고개를 기우뚱하며 잠시 눈살을 찌푸렸다.

"하지만 그러거든 널 기억하지 못할 텐데?"

지나가 의아한 빛을 폈다. 그럴 줄 알았다는 듯 천사가 차근차근 설명했다.

"그렇잖아. 사고가 없던 일이 되면, 저 남자는 널 만날 일도 없을 테고. 뭐, 그때는 너도 저 남자를 기억하지 못하니 상관없으려나."

"잠깐, 그게 무슨 말이에요? 저도 기억하지 못하다니."

"쉽게 생각하렴. 만일 네가 과거로 돌아가서 사고를 없던 일로 만들면, 미래도 바뀌는 거야. 바뀐 미래의 너는 당연히 저 남자를 만나지 못한 채로 살아가겠지. 덧없이 가 버린 남자 하나 때문에 이렇게 슬퍼하지도 않을 테고."

만일 작년에 교통사고가 일어나지 않았다면, 차선우는 그때껏 순탄하게 살아왔던 그대로 같은 길을 걸어갈 것이다. 그러거든 상담사를 찾을 일도 없을 테니, 당연히 유지나는 그를 만나지 못한 채로 살아갈 것이고.

한마디로, 두 사람의 연결 고리가 끊어지는 셈이었다.

"괜찮아요, 절 기억하지 못한대도. 그런 비극은 사라지는 편이 훨씬 나으니까."

지나가 한 치의 흔들림도 없이 고했다. 그의 인생에서 그녀가 사라지고, 그녀의 인생에서 그가 사라지는 일이 있더라도 상관없었다. 다만 지나는, 그의 인생에서 절망을 지워 주고 싶을 뿐이었다.

"네 뜻이 정히 그러하다면 어쩔 수 없지만……. 하나만 알아 둬. 이건 샴푸 세트나, 고작 하룻밤 엄마를 만나고 싶다는 간단한 소원이 아니야. 너 하나쯤 과거로 잠시 보내는 건 일도 아니지만, 과거로 돌아간 네가 한 사람의 인생을 절단 냈던 사고를 아예 없애면 그때서야 큰일이 되는 거지."

천사가 드물게 망설이며 속삭였다.

"무거운 대가가 따를 거야."

"그래도 상관없어요."

"무슨 대가인지, 들어 보지도 않으려고?"

"들으면 뭐가 달라지나요?"

지나는 서글픈 미소를 지어 올렸다.

"나중에, 제가 정말로 저 사람을 구하거든. 그때 알려 주세요."

진심을 헤아리는 것처럼 말끄러미 그녀의 얼굴을 들여다보던 천사가 이내 느릿하게 고개를 끄덕였다. 그리고 뒤돌아 몇 걸음 멀어지더니, 노란 원피스를 입은 엄마의 모습에서 체크무늬 정장을 입은 단발머리 여자의 모습으로 돌아갔다. 마냥 상냥하던 말씨도 이제는 보다 무겁고 엄숙해졌다.

"20분이야. 네가 사고를 막든 막지 못하든, 20분이 지나면 다시 돌아오게 될 테니까."

"네."

"그리고 네가 과거로 돌아갈 수 있는 기회는……."

잠시 뜸을 들이던 천사가 갑자기 빙긋 웃었다.

"아흔아홉 번."

"아흔아홉 번이요? 그렇게나 많이?"

"많다고? 정말로 그렇게 생각하니?"

천사의 짓궂은 물음에 지나는 혼란스러운 얼굴로 입을 다물었다. 소매를 매만지며 골똘히 생각에 잠겼던 천사가 불현듯 피식거리며 속삭였다.

"하긴, 많을 수도 있겠지. 네가 성공한다면 말야."

"……."

"일단 한번 해 보자. 과거를 바꾸는 것이 과연 녹록한지, 아니면 녹록지 않은지. 네가 직접 겪어 보면 알겠지."

천사는 쉽사리 이해할 수 없는 말을 장황하게 늘어놓으며 천천히 다가왔다. 그리고 대번에 손을 뻗어 지나의 눈가를 가린다. 순식간에 시야가 막힌 지나는 저도 모르게 긴장으로 몸을 굳혔다. 암암한 어둠 속에 파묻힌 그녀의 귓가로, 잘 다녀오라는 목소리가 나직이 울려 퍼졌다.

그리고 다음 순간, 크리스마스 캐럴이 요란하게 귓속을 파고들었다.

지나는 퍼뜩 눈을 떴다. 가장 먼저 시야에 들어온 것은 형형색색 전등이 늘어진 거리. 뒤이어 발 디딜 새 없이 빼곡한 인파와, 멀찍이 세워 둔 거대한 백색 트리가 보였다.

낯선 풍경에 잠시 얼빠졌던 찰나, 차디찬 겨울바람이 휑하니 드러난 뒷목을 싸하게 훑고 지나갔다. 지나는 추위에 몸을 옹송그리며 황망히 주변을 둘러보았다.

연말 분위기가 물씬 풍기는 번화가. 일견 요즈음과 달라진 점이 없으나, 이곳은 엄연히 현재가 아니다.

작년 12월 23일, 사고가 일어났던 당시의 거리.

그런데 반사적으로 걸음을 내디디려던 지나가 갑자기 멈칫하며 발을 물렸다. 설마설마하는 마음에 한없이 흔들리는 눈길이 주위를 이리저리 훑는다. 그러나 도무지 찾을 수가 없다. 생경한 얼굴들만 가득한 거리에는 아무런 지표도, 아무런 흔적도, 심지어는 그의 옷자락조차 없었다.

지나는 그저 아득한 기분으로 길가에 오도카니 섰다.

도저히 갈피를 잡지 못하겠는 끔찍한 20분. 거미줄처럼 얽힌 수많은 길들이 그녀를 희롱하듯 연신 손을 흔들어 대는 가운데, 눈앞이 빙글빙글 돌기 시작했다. 마치 미아가 된 기분이었다.

"대체 거기서 뭘 어떻게 찾으라는 거예요!"

쏜살같은 20분이 흘러 과거에서 돌아오자마자, 지나는 천사의 옷자락을 붙잡고 늘어졌다.

"그 많은 사람들 중에 차선우 씨가 어디 있는 줄 안다고……!"

"그래서 내가 말했잖아. 아흔아홉 번이 결코 많은 게 아니라고."

천사는 지나의 눈앞으로 불쑥 검지를 들이댔다.

"한 번, 다녀왔으니까 이젠 아흔여덟 번 남은 거지?"

망연자실한 얼굴로 천사의 얼굴과 검지를 번갈아 쳐다보던 지나가 이내 입술을 지그시 깨물었다. 독이 오를 대로 오른 눈빛이 자못 살벌하게 타올랐다.

이후로는 무작정 눈에 보이는 곳으로 달려 나가는 것이 반복되었다. 이번에는 오른쪽, 다음에는 왼쪽, 그다음에는 뒤쪽. 하지만 그리

네 방향으로 나누기도 영 마땅치가 않았다. 그렇잖아도 진저리 나게 복잡한 번화가. 새로운 길 위로 다른 새로운 길이 연이어 겹치니, 혹시 몰라 일대를 전부 훑어야 하는 지나로선 더없이 막막할 수밖에 없었다.

"나라고 전지전능한 건 아냐."

하도 쉼 없이 뛰어다니느라 녹초가 되어 돌아온 지나를, 천사는 그런 어수룩한 변명으로 반겼다.

"당연히 나도 널 사고가 난 지점으로 정확히 보내 주고 싶지. 하지만 그런 건 불가능해."

"……이해해요. 저야 이런 기회가 주어진 것만으로도 충분히 놀랍고 감사한 일인걸요."

지나는 허옇게 질린 얼굴로 간신히 미소를 지어 올렸다.

"그나마 여름이 아니라서 다행이네요. 뙤약볕 아래 달리는 것보단, 차라리 추운 게 나으니까."

그의 편지를 읽고 정신없이 집에서 뛰쳐나오느라, 제대로 된 외투 한 벌 챙겨 입지 못한 차림이었다. 고작해야 얇은 청바지 하나와 하얀 스웨터 차림으로 번화가 일대를 열심히도 돌아다닌 지나는 후들거리는 다리에 애써 힘을 주며 자리에서 일어났다.

"다시 보내 줘요."

"……."

"이제 좀 알 것 같으니까."

천사는 영 꺼림칙한 표정을 지으면서도, 군소리 없이 그녀를 과거로 보내 주었다. 눈을 감기 무섭게 피부로 와 닿는 공기의 온도부터가 달라졌다. 동시에 귓전으로 들어차는 흥겨운 캐럴과 떠들썩한 사람들의 목소리.

시작점은 언제나 똑같다. 가만히 서 있어도 연신 어깨를 치이는 길 한복판. 지나는 저 멀리 하얀 크리스마스트리를 노려보다가, 이내 뒤쪽으로 내달리기 시작했다. 트리에서 멀어지는 방향으로. 저 트리가 번화가의 중심이라면, 어떻게든 외곽으로 향해야 했다. 커다란 덤프트럭이 다닐 만한 대로라면, 무조건 외곽으로 나가야 있을 테니.

연말 크리스마스를 앞둔 번화가는 참으로 각양각색의 사람들이 몰려 있었다. 그렇잖아도 갈 길 바쁜 지나에겐 그보다 더한 방해꾼도 없었다. 시야를 가리고 앞을 막는 사람들을 몸으로 부딪쳐 가며 길을 열고, 빼곡하게 서서 움직이지 않는 인파 사이사이를 비집고 들어가며 가까스로 길을 찾았다.

때때로 부딪친 사람들이 투덜대는 소리가 뒤쪽에서 전해졌으나, 미처 얼굴을 마주하고 사과할 겨를이 없어 속으로만 그런 마음을 전할 뿐이다. 오만 데서 부딪치고 깨진 온몸이 무척이나 아려 왔지만, 차마 발걸음을 멈출 수 없었다. 이번에는, 이번만은 반드시. 그런 일념으로 만신창이가 되어 버린 몸을 끊임없이 움직여 나갔다.

그리 마흔 몇 번째의 과거에 다다랐다. 외딴 사막에 불시착한 조종사처럼, 알지도 못하는 곳을 마흔 몇 번이나 헤집고 다닌 지나는 비로소 인적 드문 대로에 이르렀다. 다리가 금방이라도 힘이 풀려 주저앉을 것처럼 후들거렸지만, 그녀는 여기서 멈출 생각이 없었다. 만일 이번 기회가 헛되이 날아가면, 다시 처음부터 여기까지 달려와야 했다. 이번에 끝내지 못할 거라면, 적어도 이 길은 아니라는 확신이라도 얻어야 했다.

그때, 눈부신 불빛이 불현듯 시야에 너울거렸다. 지나는 눈살을 찡그리며 주위를 두리번거렸다. 어느새 크리스마스 캐럴도, 왁자지껄한 사람들의 목소리도 까마득해진 밤의 거리. 저 멀리로, 널따란 사거리의 신호등 불빛이 바뀌고 있었다. 붉은빛 천지이던 대로의 신호등이 일제히 초록빛으로 변하는 광경을 멍하니 지켜보던 지나는 그제야 횡단보도를 건너는 누군가를 발견했다.

찬 바람에 코트 자락이 덧없이 흩날린다.

지나는 가만히 숨만 몰아쉬었다. 쥐 죽은 듯 고요하던 사위에 심장 요동치는 소리가, 거칠게 숨을 들이켜는 소리가 북처럼 울려 퍼졌다.

그였다. 차선우.

억겁 같은 찰나가 흘러 간신히 발을 앞으로 내디딜 무렵, 느닷없이 요란한 경적 소리가 상념을 마구잡이로 깨부쉈다. 깜짝 놀란 지나가 도로변으로 고개를 돌렸다. 그 순간, 거대한 덤프트럭이 그녀의 시야를 삽시에 스쳐 지나갔다.

······더 이상은 기억하고 싶지 않다.

악몽이었다.

지난해 12월 23일 금요일 22시 46분. 덤프트럭 추돌 사고.

처음 서류로 보았을 때는 그냥 그렇구나 했다. 그를 처음 만났을 때는, 휠체어를 탄 모습에서 서류 속 사고로 양다리를 잃었다는 것이 비로소 체감되었다. 그러다가 그를 알아 가는 시간이 점점 길어질수록, 사고가 그에게 미친 어마어마한 여파가 선득하게 와닿았다.

다만 사고로 인해 그가 얼마나 고통받는지에 초점을 맞추었을 따름이다. 당연했다. 그녀는 상담사니까. 지나는 당시 그가 겪고 있던 끔찍한 고통에 집중했을 뿐이지, 사고 그 자체에 대해선 딱히 생각해 본 적이 없었다. 얼마나 참혹한 사고였던가, 그런 건 단 한 번도 상상하지 않았다.

그래서 내내 손가락 하나 까딱하지 못하고 지켜만 봐야 했다.

거대한 덤프트럭이 횡단보도를 덮치고, 그대로 괴물처럼 선우를 잡아먹는 광경을.

어느새 과거에서 돌아온 지나는 속을 죄 토해 내듯이 오열했다. 천사가 당혹스러운 기색으로 다가와 등을 쓸어 주었지만, 울음이 그칠 새가 없었다. 외려 마지막 남은 동아줄처럼 천사의 옷자락을 간절히 붙들며 흐느낄 뿐이었다.

"봤어요, 그 사람이 어떻게 다치는지……."

지금도 눈 감으면 떠오를 듯 선명했다.

"나는, 난 그러면 안 됐어요. 그렇게 쉽게 말하고, 쉽게 대하면 안 되었는데……. 내가 잘못한 거예요."

지난 악몽을 힘겨워하는 그에게 따뜻한 말 한마디라도 건넬걸. 마음 다잡겠다고 애써 아끼고 눌러놓았던 모든 위로가 너무나도 애석했다. 결국엔 아무것도 듣지 못하고 떠나간 그에게 너무도 미안했다.

"그러니까, 내가 어떻게든 구할 거예요."

지나는 눈물로 흥건한 뺨을 닦으며 고개를 들어 올렸다. 걱정스럽게 절 바라보는 천사의 뒤로, 변함없이 고요하게 잠들어 있는 유골함이 보였다. 또다시 그를 저렇게 만들 수는 없었다. 어떻게든, 무슨 수를 써서라도. 그를 이대로 영영 악몽 속에 살게 할 수는 없다.

20분의 과거는 다시금 도돌이표처럼 반복되었다. 언제는 대로에 닿지도 못했고, 언제는 가까스로 도달했으며, 또 언제는 운 좋게 횡단보도까지 닿기도 했다. 그 수많은 시간 동안 차선우는 언제나 뒷모습뿐이었다. 까만 코트 자락을 여미는 손길, 피로에 짓눌린 어깨. 그토록 사소한 모습조차 머릿속에 깊이 각인되었다.

그리 거듭되는 수십 번의 시간 여행. 그럴싸하게 포장하자면 누군가의 생명을 구하기 위한 것이겠으나, 실은 그에게로 닿기 위한 여로에 불과했다. 어떻게든 그를 붙잡으려 심장이 터지도록 달리고, 목이 터져라 이름을 불러 댔다. 이리도 간절한 마음이 그에게 닿아 뒤를 돌아보는 일이 생기길 바랐으나, 그의 발걸음은 끝없이 횡단보도를 향할 뿐이었다.

이제 남은 건 오기뿐이었다. 숨이 헐떡거리다 못해 가슴이 꽉 죄어오고, 수많은 사람들과 부딪쳤던 어깨며 팔은 시퍼런 멍투성이다. 그 짧은 시간에 혹사당한 다리는 가만히 서 있는 것조차 힘겨울 지경이었다. 그럼에도 지나는 멈추지 않았다. 닿지 못하면 다시 과거로 돌아갔고, 그래도 실패하거든 천사를 닦달하여 다시 시작했다.

그저 딱 한 번, 그의 얼굴이 보고팠을 뿐이다. 현재로 돌아갈 때마다 보이는 하얀 유골함이 너무도 참담해서. 죽기 전에 단 한 번만이라도 살아 숨 쉬는 그를 마주하고 싶었다.

"왜 그렇게 간절한 거니? 만난 지 고작 반년밖에 되지 않은 사람이잖아."

불현듯 천사가 그런 말을 했다. 초주검이 된 몸으로 벽에 기대어 앉아 있던 지나는 멍하니 입을 열었다.

"모르겠어요."

"네가 모르면 어떡해."

"그러게요."

지나는 헛헛하게 웃으며 힘겹게 자리에서 일어났다.

"다시 보내 주세요. 과거로."

이제는 대체 몇 번이나 과거로 돌아간 건지도, 아흔아홉 번의 기회에서 몇이나 남은 것인지도 모르겠다. 어느 순간부터 지나는 기계적으로 과거로 돌아가, 같은 방향으로 내달리고 차선우의 이름을 애타게 부르짖으며 그에게 닿기 위해 안간힘을 쓰길 반복했다.

갈수록 요령이 생겨서 이제는 대로까지 손쉽게 도달했으나, 그 이후가 문제였다. 고작 몇 걸음 차이로 늘 문턱에서 주저앉아야 했다. 언젠가 가까스로 그의 옷깃을 잡았던 적조차, 눈앞에서 괴물에 잡아먹히는 그의 처참한 모습을 우두커니 목도해야만 했다.

얼굴로 뿌려지는 선혈. 코를 찌르는 비릿한 냄새. 발치로 흘러드는 붉은 핏물.

수십 번을 보아도 도무지 익숙해지지 않는 광경에 지나는 오래도록 몸을 떨었다. 거듭되는 악몽에 정신이 나갈 지경이었다. 그럼에도 포기할 수가 없어서, 악에 악을 써서 과거로 돌아가고 또 돌아갔다.

정말로 내가 그를 구해 낼 수 있을까?

그런 회의적인 생각조차 더는 들지 않을 무렵, 지나는 온 힘을 다해 땅을 박찼다. 이젠 제대로 들리지도 않는 팔을 이 악물고 뻗었다. 조금만, 조금만 더. 오직 눈앞을 가득 메운 그의 뒷모습만 응시하며 온 정신을 불살랐다.

그리 닿았다.

지나는 무척이나 섭게 울며 속삭였다.

다행이에요. 무사해서 정말 다행…….

암암한 어둠.

언제 깨어났는지도 모르고 멍하니 허공을 주시하던 지나가 느릿하게 고개를 틀었다. 거리를 가늠할 수 없는 저편. 어둠 속에서도 환히 빛나는 천사가 말끄러미 그녀를 주시하고 있다.

"축하해. 네가 그 남자를 구했어."

그 남자.

아주 천천히 기억을 되짚어 나가던 지나는 느지막이 차선우의 존재를 떠올렸다. 상담실로 들어오던 그와의 첫 만남과, 수없이 나누었던 대화, 고맙다는 인사만 남기고 덧없이 떠나가 버린 모습이 차례차례 눈앞을 스쳤다.

"난 네가 성공하리라곤 확신하지 못했는데. 참 대단해."

대견한 듯하면서도 못내 안타까움이 느껴지는 어조였다. 지나는 말 없이 새카만 주위를 둘러보다가 문득 물었다.

"여긴 어디예요?"

"어디긴, 보다시피 어둠 속이지."

천사가 어깨를 으쓱하며 너스레를 떨었다.

"훌륭하게도 네가 과거를 바꿔서 말이야. 이제는 우리가 있던 미래가 사라져 버렸어. 그 납골당에도 이제 차선우의 유골함은 없을 테고."

"……다행이네요."

"그래, 다행이지. 그 남자한테는."

어쩐지 음산하게 느껴지는 소리에 지나가 시선을 틀어 지그시 천사를 응시했다. 드물게 망설이는 기색으로 한참이나 말을 고르던 천사는 툭 던지듯 말을 내뱉었다.

"아직 과거로 돌아갈 수 있는 기회가 열두 번이나 남았어. 그래서 여기로 데려온 거야. 원래대로라면 미래가 바뀐 시점에서 지금의 넌 사라졌겠지만……. 사라진다는 표현은 조금 이상하네. 바뀐 미래의 너는 아직 멀쩡히 살아 있을 텐데."

천사가 짐짓 해맑은 투로 물었다.

"그래서 이번엔 어느 시점으로 돌아가고 싶니? 열두 번이나 된다고 헤프게 쓰지 말고 이번에야말로 잘 생각해 봐. 네가 그토록 그리워하던 엄마를 보러 어린 시절로 돌아가도 되고, 아님 못돼 먹은 네 예전 남자친구에게 욕이라도 한 바가지 퍼부을 수 있는 기회도 될 거야."

"그건 또 어떻게 알았어요?"

"계속 지켜보고 있었으니까."

천사는 아무렇지도 않게 대꾸했지만, 듣는 입장에선 결코 아무렇지 않은 말이 아니다. 지나는 남몰래 입술을 깨물었다. 경황없어 그동안 묻지 못했던 것이 이제야 목구멍을 타고 넘어왔다.

"왜 나예요?"

어느 하나 특별한 구석 없는 유지나. 스물일곱 해를 통틀어, 부모에게 버림받았다는 걸 제하면 다른 사람들과 비교해 유독 두드러지는 점도 없다.

그저 남들만큼 선량하고, 남들만큼 매정하게 살아온 나날. 그렇기에 아무리 기억을 더듬어 보아도, 저토록 초월적인 존재의 시선을 잡아끌 만큼 돋보이는 구석은 찾을 수가 없었다.

"그냥 불쌍해서 그런 거예요? 하지만 세상에 나보다 불쌍한 사람은 한둘이 아닐 텐데."

"맞아. 불쌍한 사람들은 수두룩하지. 너도 그중 하나긴 하지만."

천사가 무릎에 양손을 가지런히 올려 두며, 사뭇 다정한 미소를 지어 올렸다.

"다른 이유는 없어. 네가 날 믿었기 때문이니까."

"믿었⋯⋯다고요?"

"그래. 내 존재를 믿고, 내 기량을 믿고. 세상에 불쌍한 사람들은 많지만, 너처럼 순수한 마음으로 날 믿어 주는 사람은 드물지."

지나는 멍하니 천사를 응시했다. 저도 모르게 목소리가 떨리기 시작했다.

"그럼, 옛날에 엄마로 나타났던 것도 다……."

"네 소원이니까. 열심히 빌었잖아, 나한테."

어릴 적, 크리스마스며 생일이 다가오거든 한 달도 전부터 날이 새도록 엄마를 바라던 밤. 그리고 머리가 굵어져서도 변함없이 경건한 마음으로 소원을 빌던 시간들. 당시에는 아무렇지 않게 여겼던 그날들이 조금씩 모여 오늘을 이룩했다.

"넌 모르겠지만, 나는 아주 오랫동안 널 지켜봐 왔어. 요즘 세상에 스물일곱씩이나 되어서도 나를 믿고 기억해 주는 사람은 그다지 흔치 않거든. 더군다나 소원이란 것들도 어쩜 그렇게 하나같이 소박한 지……."

천사가 쓸쓸한 웃음을 터트렸다.

"그런데 내가 잘못한 것 같아. 결국엔 내 손으로 널 구렁텅이로 빠트린 꼴이잖아."

책망하는 것처럼 들리면서도, 한편으론 지독히 애처로운 목소리였다. 지나는 가만히 손끝만 내려다보았다. 표정이 지워져 사뭇 생경하게 다가오는 얼굴 위로, 오래지 않아 가느다란 미소가 떠올랐다.

"대가라는 게, 그리도 무겁나요?"

"그래."

"대체 어떤 건데요?"

"네가 바꾼 과거."

천사의 눈가로 엄숙한 그늘이 졌다.

"너 하나쯤 과거로 보내는 건 일도 아니야. 과거로 돌아간 네가 조금 장난질을 하더라도 별일은 아니고. 하지만 과거를 어그러뜨리면 문제가 되지. 그리고 넌 과거를 아주 크게 뒤바꿔 놓았어. 일어났던 사고가 아예 없던 일이 되어 버렸으니."

"……."

"그렇기에 유지나. 넌 올해 12월 24일 19시 17분, 과거를 바꾼 그 시점에 차선우와 똑같은 사고를 당하게 될 거야."

무심코 횡단보도를 건너던 밤, 거대한 덤프트럭과 추돌하는 사고를.

엄정한 판결이 내려졌다. 지나는 고개를 수그린 채로 덤덤히 천사의 선고를 받아들였다. 그녀로선 받아들이지 않고는 달리 할 수 있는 바가 없었으나, 천사는 그조차 보기 싫었던 모양이다.

"놀라지도 않네? 말이 똑같은 사고지, 넌 죽을지도 몰라. 실은 그 남자가 운이 좋았던 거지."

"알아요. 선우 씨는 기적적으로 생명을 건졌다고 그랬으니까. 나는 살면서 그다지 운이 좋은 편은 아니었으니 정말 죽을 수도 있겠네요."

"그런데도 반응이 고작 그거야?"

어쩐지 화난 것처럼 들리는 투다. 하지만 지나는 그마저 흐릿하게 웃어넘겼다. 마침내 그를 구했기 때문일까, 텅 비어 버린 속이 도리어 가볍게만 느껴졌다.

"다행이에요. 가족도, 연인도 없어서. 내가 죽었다고 하늘이 무너진 것처럼 슬퍼할 사람은 없을 거 아녜요."

지나는 눈가를 살짝 접으며 진심으로 편안하게 웃어 보였다. 그의 장례식에서 목 놓아 울던 사람들이 아직도 눈앞에 선했다. 그렇기에 자신의 장례식은 그러지 않길 바랐다. 다들 조금만 슬퍼하고, 금방 잊어버리길. 처음에는 도무지 이해하지 못했던, 선우가 남긴 편지의 한 줄이 이제야 조금 이해가 될 것 같았다.

"……이러면 안 되는데, 그 남자가 미워."

천사가 얼굴을 일그러뜨렸다.

"어째서 네가 이토록 희생해야 하는지, 난 아직도 잘 모르겠어. 그 남자는 네가 자길 위해 어디까지 희생한 줄도 모르고 살아갈 거 아냐. 넌 억울하지도 않니? 그렇게나 삶에 미련이 없어?"

"삶에 미련이 없는 사람도 있나요. 다들 조금씩은 갖고 있을 텐데, 나라고 뭐 다르겠어요. 다만 무엇이 더 중요한가, 그게 문제죠."

지나는 눈을 내리뜨며 나지막이 읊조렸다.

"저한테는 선우 씨가 더 중요해요. 그 사람이 앞으로 아프지 않고, 잠도 잘 자면……. 그러면 돼요."

나는 그걸로도 충분하니까.

새파랗게 날이 선 얼굴로 무섭게 그녀를 쏘아보던 천사가 불현듯 헛헛하게 웃었다. 못내 허탈하게 들리는 소리였으나, 뒤이어 지나야, 하고 부르는 목소리는 또 눈물겹게 다정했다.

"난 네가 행복하길 바랐단다. 날 믿는 마음이 어여뻐, 매년 네 앞길에 축복을 내렸지. 하지만 정작 너의 믿음으로 구원받은 사람은 네가 아니구나."

"……."

"너의 믿음은 그 남자를 구했지."

유독 쓸쓸하게 흩날리는 말끝이 잔상처럼 남아 귓전을 어지럽혔다. 넋 놓고 허공을 응시하던 지나가 느리게 고개를 들어 올렸다. 어둠 속에서 유난히 환히 빛나는, 그러나 이 순간만큼은 누구보다도 슬퍼 보이는 천사의 얼굴이 선명히도 눈에 들어온다.

나의 믿음이 그를 구했다.

지나는 천사의 말을 몇 번이고 중얼거렸다. 믿음. 때로는 사람을 구하기도 하는 강한 믿음. 그리고 남은 열두 번의 기회.

동떨어진 두 가지가 느닷없이 뒤섞이기 시작했다. 지나는 이유도 모른 채 그저 생각에 골몰했다. 강한 예감이 머릿속을 짓누르고 있었다.

말도 안 된다고, 그토록 허황될 수가 없다며 코웃음 치다가도 못내 미련이 남아 자꾸만 뒤를 돌아보게 되었다. 누구라도 듣는다면 어처구니없어 까무러칠 소리건만, 그것이야말로 마지막 남은 동아줄이다. 이렇듯 암암한 미래에 유일하게 드리워진 한 줄기 희망이었다.

어쩌면, 가능할지도 몰랐다.

"저, 선우 씨를 보러 갈래요."

"뭐? 넌 정말 마지막까지—"

"그런 게 아니에요. 이번엔 나를 구하러 가는 거니까."

천사가 처음으로 어리어리한 표정을 보였다. 지나는 속에서 터져 나오는 웃음을 가까스로 참아 내며 고했다.

"제 믿음이 선우 씨를 구했다고 했죠?"

"……."

"확신할 수도 없고, 장담할 수도 없지만……. 그래도 혹시 모르는 거잖아요. 진짜로 만에 하나, 기적이 일어날 수도 있으니까."

모두가 불가능하다고 외쳤을 상황.

수백 번 넘어지고, 수천 번 부딪쳐 결국에 그를 구해 낸 것처럼.

"이번엔 선우 씨가 절 구할지도 몰라요."

지나는 물끄러미 제 얼굴을 들여다보는 천사의 시선을 올곧게 마주했다. 내내 서글프게 가라앉았던 눈에 처음으로 결연한 빛이 돌았다. 무기력하게 생을 포기하여 활활 타올라 버렸던 마음의 잿더미에서 다시금 의지가 움트고 있었다.

결심은 굳건했다.

그녀는 차선우를 만나러 갈 것이다. 그리고 무너진 인연의 탑을 재건할 것이다.

— ……사실 내가 마지막 남은 열두 번의 기회를 이렇게 쓰지 않았다면, 나와 차선우 씨는 살면서 영영 만나지 못했을지도 몰라요. 미래야 모르는 일이라지만, 아마 그랬겠죠. 차선우 씨가 사고를 당하지 않았더라면, 우리가 상담자와 내담자로 만나는 일도 없었을 테니까.

어찌 보면 이대로 끊어졌어야 하는 인연을 내가 억지로 접붙인 꼴이에요. 혹 자연스럽지 않게 맺어진 인연이라 쉬이 무너지고 말까요? 어쩌면 그럴 수도 있겠지만, 난 진심으로 그러지 않길 바라요. 결국에 난 모든 걸 미래의 차선우 씨와 미래의 나에게 내맡긴 셈이니까. 도박이나 마찬가지죠.

남은 기회를 사용해서 차선우 씨와 어떻게 만나야 할지도 고민했어요. 이것저것 생각이 많았는데, 그냥 차선우 씨가 많이 힘들어하는 시기로 잡았어요. 시기가 시기인 만큼, 대부분이 야근에 지쳤을 때였지만요. 전에 말했던 것처럼 많이 수상해 보였을 텐데, 화내고 무섭게 굴지 않아 줘서 고마워요. 나는 그저 고단한 당신에게 잠깐의 위안이 되고 싶었을 뿐이지만, 진심이 언제나 상대방에게 고스란히 전달되지 않는다는 것 정도는 알고 있어요.

아, 실은 지금도 많이 혼란스러워요. 지금은, 그러니까 마지막 아흔아홉 번째 기회를 사용해서 차선우 씨에게 보낼 동영상을 찍고 있는 건데……. 조금 전에 차선우 씨에게 작별 인사를 하고 왔거든요. 내겐 조금 전이지만, 차선우 씨에겐 반년이나 지난 이야기겠죠. 차선우 씨가 얼마나 기억할지 모르겠어요. 나는 그때 나누었던 대화로 지금 너무 혼란스러운데.

그때, 차선우 씨가 그랬죠? 지금은 아니라도, 언젠가 나를 좋아하게 될 수도 있다고. 네, 그걸 전혀 바라지 않았다고는 말하지 않을게요. 나는 차선우 씨를 아주 많이 좋아하니까. 좋아하는 사람에게 그런 말을 듣는 게 얼마나 큰 행복이겠어요.

그런데 내겐 그 '언젠가' 가 남아 있질 않아요. 당장 이 마지막 20분이 끝나면 사라질 텐데요. 물론 바뀐 미래의 나는 아무것도 모른 채 살아가고 있겠지만, 그게 다 무슨 소용이에요. 이토록 차선우 씨를 절절히 그리워하던 나는 그 언젠가를 영영 보지 못할 텐데. 바뀐 미래의 나 역시, 운이 나빠 사고로 죽는다면 그걸로 영영 끝이잖아요.

열심히 살았고, 그래서 후회도 크지 않아요. 차선우 씨를 악몽에서 끌어냈으니 그걸로 충분히 만족하고 있고요. 다만 먼 미래에 어쩌면 이루어질지도 모르는 그 언젠가를 보지 못한다는 거, 그거 하나가 너무 아쉬워요.

그냥, 그런 마음이었어요. 마냥 아쉽고, 이대로 끝이라는 생각에 마냥 서글프고. 혹시나 그때 내가 이상하게 행동해서 당황했다면 너그러이 이해해 줘요. 내겐 차선우 씨와 만났던 열두 번의 기회가 전부 간절하고 절실했어요. 말이 열두 번이지, 사실상 코앞에 끝이 보이는 만남이었는걸요.

차선우 씨가 이 메일을 볼 때쯤, 우리는 어떤 관계일까요? 나는 상상이 잘 안 돼요. 차선우 씨는…… 평범하게 회사를 다니고 있을 것 같지만, 과연 나는 지금쯤 어떻게 살고 있을지. 나의 올해는 차선우 씨로 가득 차 있었거든요. 바뀐 미래의 나는 차선우 씨 없이도 잘 살고 있을까요?

내가 바라는 건 크지 않아요. 우선은 차선우 씨가 아직 나를 기억하고 있었음 좋겠어요. 그리고 이 동영상을 끝까지 봐 줄 만큼, 나에 대한 감정이 나쁘지 않으면 좋겠고. 음, 그런데 마지막이 조금 어렵네요.

내가 지금까지 늘어놓은 허황된 이야기들, 전부 믿어 줬음 좋겠어요.

알아요, 차선우 씨는 이런 얘기 안 믿는 사람이라는 거. 그런데 사람이라는 게 원래 말도 안 된다는 걸 알면서도 어쩐지 믿고 싶어질 때가 있잖아요. 그럴 때가 바로 이번이었으면 좋겠어요. 고작 열두 번 만났던 걸로 너무 원대한 걸 바라는 걸까요? 하지만 내겐 이제 남은 길이 없는 걸요. 차선우 씨가 믿지 않으면 난 이대로 끝이니까. 믿고, 또 믿는 수밖에.

천사님이 말씀하시길, 어쩌면 내 마지막이 될지도 모르는 사고는 올해 12월 24일 19시 27분에 일어난대요. 메일 예약을 대체 언제로 걸어 두어야 할까 고민이 많았는데, 지금 결정했어요. 딱, 세 시간 전에 보내려고요.

만에 하나라는 게 있잖아요. 사고가 일어나기 며칠 전에, 혹은 몇 시간 전에 차선우 씨와 바뀐 미래의 내가 만날 수도 있으니까. 어쩌면 사고가 일어나기 직전에, 나에 대한 차선우 씨의 마음이 변할지도 모르니까요. 그러다가 차선우 씨가 메일을 늦게 확인하거든…… 그건 내 운명이려니 하고 받아들여야죠. 나에 대한 당신의 마음이 돌아서기 전에 메일을 보냈다가 차갑게 거절당하는 것보단 낫잖아요.

나도, 사실은 살고 싶어요.

살면서 후회를 많이 남기진 않았지만, 아예 삶에 미련이 없는 건 아니에요. 차선우 씨를 살린 대가로 무조건 죽어야 한다면 죽겠고, 무조건 사고를 당해야 한다면 감내하겠어요. 하지만 살길이 있다면, 나도 살고 싶어요. 그리고 차선우 씨를 다시 한 번만 더 보고 싶어요.

과연 차선우 씨가 이 동영상을 보고 어떻게 반응할지 모르겠어요. 진작 껐을 수도 있고, 어디까지 가나 싶어서 관전하듯이 보고 있을 수도 있겠죠.

다만 진지하게 들어 줄 수도 있으니까. 그거 하나 믿고 여기까지 왔어요. 쉽게 단념하지도, 쉽게 기대하지도 못하겠어요.

자, 이야기는 여기서 끝이에요. 앞으로는 선우 씨에게 달렸죠.

지금까지 내 지옥을 들어 줘서 고마워요.

6

the road to you

퇴근 시간에 다다른 사무실.

업무를 막 끝마친 김정혁이 신음 소리를 흘리며 한껏 기지개를 폈다. 이제 급한 불은 껐으니, 남은 것은 아내와의 달콤한 크리스마스이브뿐이다. 즐거운 마음으로 콧노래를 부르는데, 저만치에서 갑자기 사무실을 박차고 나가는 차선우의 뒷모습이 얼핏 눈에 들어왔다.

"어, 차 선생! 어디 가?"

멀어지는 등에다 대고 큰 소리를 내 보았지만, 별다른 효과는 없다. 어느덧 시야에서 완전히 사라진 친구를 생각하며 김정혁은 떨떠름히 머리를 긁적였다.

"오늘 약속 없다더니, 어딜 저렇게 급하게 가는 거야?"

요란한 발소리가 로비를 가득 뒤덮었다. 놀란 시선이 한데로 모여들었으나, 정작 장본인은 로비를 뛰쳐나가기 급급하다. 느긋하게 퇴근하는 직원들을 밀치며 금방이라도 넘어질 듯 유리문을 밀고 나간 선우는 주머니에서 핸드폰을 빼 들며 다급히 거리를 내달렸다.

"지나 씨, 지금 어디예요?"

벌써 퇴근했는지, 핸드폰 너머로 차 소리가 선명하게 들려왔다. 선우는 입술을 짓씹으며 외쳤다.

"거기 꼼짝하지 말고 있어요. 내가 지금 거기로 갈 테니까……. 아뇨, 가서 말해 줄게요. 제발, 움직이지 말아요. 제발……."

그새 흐느낌이 섞여 든 목소리에 마냥 해맑던 지나가 멈칫하며 걱정을 쏟아 냈다. 무슨 일 있냐는 둥, 어디 아프냐는 둥. 하지만 선우는 대강 얼버무리며, 택시부터 급하게 잡아탔다. 지금 거기서 한 발자국도 움직이지 말라는 경고를 거듭하고서야 겨우 전화를 끊을 수 있었다.

"네? 아뇨, 거기 말고 백화점 앞으로 가 주세요."

단번에 목적지를 알아듣지 못하는 기사나, 느려 터진 내비게이션이 이렇게 원망스럽기도 처음이다. 선우는 저도 모르게 손끝을 바르르 떨며, 하얗게 일어난 입술 거스러미를 뜯어내기 시작했다. 끔찍이 경악하여 쿵쿵 북 치듯 울려 퍼지는 심장 박동이 좀체 가라앉질 않았다. 가라앉긴커녕 갈수록 막대해지고 있었다.

아니다, 일단은 침착하자. 선우는 그런 심정으로 애써 불규칙한 호흡을 다독였다. 숨이 모자란 것처럼 머리가 빙글빙글 돌았으나, 어떻게든 제정신을 찾아야 했다. 조금 전에 보았던 동영상에서 지나가 무어라 말했는지, 어떤 믿을 수 없는 소리를 늘어놓았는지 차근차근 되짚어야 했다.

진실일까?

애당초 그런 의심은 하지도 않았다. 그러기엔 지금까지 도통 영문을 몰랐던 퍼즐이 완벽하게 맞추어지는 실마리였으니까. 하지만 쉽사리 믿을 수 없는 이야기이기도 했다. 더 정확히 말하자면, 결코 믿고 싶지 않은 이야기다.

순순히 받아들이기엔, 너무나도 끔찍했으므로.

천사니, 산타클로스니. 평소라면 웃기지도 않은 소리라며 면박 주었을 존재는 안중에도 없었다. 지난해 피한 줄 알았던 사고가 원래는 그대로 일어나서, 자신이 불구가 되고 악몽이며 우울증에 시달렸다는 것도 다 제쳐 두었다. 그런 건 그럭저럭 담담히 수긍할 수 있으니까. 심지어는 자신이 고통에 못 이겨 자살했다는 것도, 어떻게든 받아들일 수 있었다.

하지만 이건 아니다. 나를 살리기 위해 유지나가 수십 번이나 과거로 돌아갔고, 마침내 나를 악몽에서 건져 낸 대가로 똑같은 사고를 당하게 된다고? 이것이야말로 말도 안 되는 이야기다. 믿음을 논하기 이전에 믿기 싫었다. 끔찍했다. 그에겐 차라리 이것이 악몽이었다.

그 여자는, 유지나는 고작 그런 이유로 사라질 사람이 아니다. 지금까지 수많은 사람을 만났지만, 단언컨대 그녀처럼 눈부시게 빛나는 사람은 없었다. 죽어야 한다면 자신이지, 결단코 그녀가 아니었다. 그런데 고작, 고작해야 차선우라는 사람을 고통에서 구해 내기 위해 스스로의 목숨을 내걸다니.

그럼에도 만약 그녀가 원래의 자신이 그러했듯 불구가 된다면.

더 나아가, 덧없이 목숨을 잃는다면.

선우는 창백하게 질린 얼굴로 황급히 입을 틀어막았다. 상상만으로도 토기가 치밀었다.

왜냐하면, 그녀가 없는 삶은 더 이상 상상할 수도 없으니까.

돌이켜 보면 그녀와 재회하기 전에도 그러했다. 지루할 정도로 평화롭고, 시시할 정도로 규칙적이던 나날. 그때는 몰랐었다. 그녀가 없어서 지루하고, 그녀가 없어서 시시했음을. 같은 일상도 그녀가 있음으로써 얼마나 달라질 수 있는지를.

그녀를 향한 마음을 미처 자각하기 전에도 그러했다.

그렇다면 지금은? 매일 아침 그녀를 생각하며 눈뜨고, 매일 밤 그녀를 생각하며 잠드는 지금은?

고작 지루하고 시시한 정도로 끝날 리 없다. 그녀가 없는 하루하루, 이제는 가정조차 힘겨운데 남은 수십 년을 그녀 없이 혼자서 살아가라는 것은 고문이었다. 김정혁은 그토록 사랑하는 아내도 어떻게든 마음에 묻고 살아갈 수 있다고 하였으나, 아니다. 사랑하는 사람을 잊는 과정이 그토록 힘겹고 고단하다면, 그는 일평생 그러한 고통의 굴레를 벗어나지 못할 것이다. 그럼에도 잊지 못하고, 짙은 회한만을 남긴 채 눈을 감을 것이었다.

반년 전만 하더라도, 그녀에 대해 알던 것이라곤 고작해야 이름과 얼굴뿐이었다. 그녀에 대해 더욱 많은 걸 알고 싶었지만, 그녀는 홀연히 나타났던 것처럼 홀연히 사라져 버렸다. 지구상에 유지나란 사람을 아는 사람이 저 혼자 남은 것처럼, 그녀가 존재했다는 흔적은 조금도 남질 않았었다.

다시 만날 수 있을까. 막연히 생각했던 것은 한순간에 이루어졌다. 이별이 갑작스러웠던 것처럼, 재회도 갑작스러웠다. 처음에는 저를 까마득하게 잊어버린 그녀를 보며, 이토록 불운할 수 있느냐 하늘에 대고 원망을 퍼붓기도 했다. 농락당하는 것 같은 스스로가 한심하고, 아무렇지도 않게 웃어 보이는 그녀가 미웠다. 때로는 그녀를 탓하기도 했다.

하지만 전말을 알아 버린 지금은 그녀와 재회한 것 자체가 기적이었음을 안다. 지금까지 살면서 단 한 차례도 얽히지 않았던 사람. 같은 하늘 아래 산다는 걸 제하고는 도무지 공통점을 찾을 수가 없으니, 그토록 절묘한 시기에 재회한 것을 기적이 아니면 무어라 설명하겠나.

그렇기에 여기서 놓칠 수 없었다. 그토록 힘들게 재회했기에, 이제는 그녀가 저를 위해 무얼 포기하고 희생했는지 잘 알아서. 그녀가 공들여 재건한 인연의 탑을 쉽사리 무용하게 만들 수는 없다. 어떻게든 그녀를 살려야 했다.

"아휴, 어쩌죠? 퇴근 시간이라 차가 많이 막히네요."

불현듯 택시 기사가 걱정스럽게 말을 걸어왔다. 선우는 화들짝 고개를 들어 창밖을 내다보았다. 이제 제법 가까워진 줄 알았는데 아직 멀었다. 사방이 움직이지 않는 자동차들로 빼곡했다.

선우는 잇새로 욕지거리를 씹어 삼키며, 지갑에서 대강 집히는 대로 돈을 꺼내 앞좌석으로 건넸다. 뒤에서 기사가 무어라 외치는 소리가 들려왔으나, 돌아볼 겨를도 없다. 그대로 차에서 뛰쳐나온 선우는 꽉 막힌 대로를 가로질러 힘껏 인도로 달리기 시작했다.

점점 어두워지는 크리스마스이브. 형형색색 불빛이 사방으로 오르는 가운데, 수많은 인파를 헤쳐 선우는 정신없이 내달렸다. 거센 바람 소리 사이로, 흥겨운 캐럴과 사랑하는 연인들의 웃음소리가 귓전에서 희미하게 일렁였다.

곁으로 수많은 사람들이 스쳐 지나갔다. 얼굴도 이름도 알지 못하는 익명의 사람들. 직업이든 성격이든 가지각색일 테지만, 오늘 하루만큼은 비슷비슷한 밤을 보낼 것이다. 사랑하는 사람과 함께하는 따스하고 풍요로운 크리스마스이브. 얼굴이 다르고 성격이 다를지언정, 사랑하는 사람에게로 달려가는 모습만은 다들 똑같았다.

사랑하는 사람에게 달려간다는 것은 선우도 마찬가지다. 하지만 그는 조금 달랐다. 설레는 마음을 가득 안고 걸어가는 그들과 달리, 지금 그에겐 한없는 절박함뿐이었다. 조금이라도 빨리 그녀에게 닿고픈 일념으로 벅찬 숨을 외면하며 쉼 없이 내달렸다. 거리는 사랑으로 충만한데, 오직 그만이 슬프게 이지러지고 있었다.

'당신에게 미래가 있었으면 좋겠어요.'

그리 정신없이 뛰는 와중에도, 동영상 속 유지나의 목소리가 줄곧 귓전에서 맴돌았다.

'당신에게 꿈이 있었으면 좋겠어요. 당신에게 진심으로 사랑하는 사람이 생겼으면 좋겠어요.'

담담히 속삭이던 그 얼굴이 아직도 눈에 선하다.

'그게 나였음 좋겠지만, 꼭 내가 아니어도 괜찮아요. 나는 그저 당신이 오래오래 행복하게 살기만을 바라요.'

실소가 터져 나왔다. 만약 내 행복을 바랐다면, 당신은 그래선 안 되었다. 당신 없이는 오래오래 행복하게 살 수가 없으니까. 당신 없는 세상이라면, 슬픔이 눈물이 되고 눈물이 가시가 되어 숨통을 막아 버릴 테니까.

'그렇지만 만일, 만에 하나 당신이 나를 마음에 담는 날이 오거든, 당신이 사는 세상의 나는 당신을 기억하지 못하겠지만, 부디 포기하지

말아 줘요.'

기억 속 유지나가 눈물 젖은 얼굴로 담뿍 미소를 지어 올렸다.

'나는 반드시 당신을 사랑하게 될 거예요.'

그토록 원대한 사랑.
그 깊이에 익사할 것만 같았다.
"선우 씨!"
일순, 눈물겹게 그립던 목소리가 귓속을 파고들었다. 선우는 황망히
고개를 돌렸다. 멀찍이 도로의 저편, 마법처럼 그녀가 손을 흔들고 있
다.

당장이라도 터질 것처럼 불안하게 용솟음치던 속이 일시에 잠잠해
졌다. 그는 멀거니 지나를 바라보았다. 거리를 뒤덮은 자동차도, 수많
은 인파도 순식간에 자취를 감추었다. 지금 이 순간, 오직 그녀만이 세
상에 있었다. 그토록 찾아 헤매던 사람이 바로 저편에 있었다.

때마침 신호등 불빛이 녹색으로 바뀌었다. 선우는 다급히 횡단보도
로 발을 내디뎠다. 저편에서 지나도 조심스레 횡단보도로 내려온다.
조금씩 둘의 간격이 좁아졌다. 한 걸음, 두 걸음. 후들거리는 다리로
간신히 내딛는 걸음이 차곡차곡 쌓여 갔다.

'그러니까 마지막으로 말할게요.'

종막을 속삭이는 지나의 음성이 아스라하게 귓전을 울린다. 선우
는 마음을 좀먹던 공포와 불안감을 전부 흩트리며 애써 표정을 폈다.

이제 되었다. 이제 만났으니 되었—

"어어, 거기 피해요!"

누군가 비명처럼 고함을 내질렀다. 미처 돌아보기도 전, 요란한 경적 소리가 뒤따랐다. 마치 그날처럼. 유지나를 처음 만났던 바로 그날처럼, 일대의 소음이란 소음은 죄 뒤덮는 경적 소리가 참으로 낭자하다.

문득, 눈앞의 지나가 오도카니 멈춰 섰다. 선우는 더 이상의 상념을 끊어 내며 무작정 달음박질했다. 점차 시끄러워지는 사위. 그리고 무언가 끔찍한 것이 엄습하는 것처럼 그녀에게로 드리워지는 눈부신 불빛.

'날 믿어 줘요.'

마침내 종언을 고하는 그녀의 목소리가 덧없이 흩어진다.

'날 구해 줘요.'

힘껏 도로를 박찼다. 하얗게 밝아 오는 그녀의 얼굴이 비로소 그를 향한다. 그 찰나, 허공에서 얽혀 드는 시선. 차츰 절망으로 물들어 가는 눈빛에서, 이제는 누구도 기억하지 못하는 유지나의 고백이 불현듯 떠올랐다.

'사랑해요, 차선우 씨.'

눈물로 토해 내는 그 소리가 어찌나 애달프던지.

만일 천사가 이 순간을 보고 있다면, 부디 그녀만은 살려 주길 바라고 또 바랄 뿐이다.

사람이 죽으면 어떻게 돼요?

언젠가 그런 질문을 한 적이 있다. 아마도 평소처럼 커피를 드시고 계셨을 어머니는 그때 뭐라고 대답하셨더라…….

글쎄. 엄마도 그건 잘 모르겠네.

대충 이렇게 대답하셨을 것이다. 어머니는 모르는 걸 아는 척할 정도로 몰상식한 분이 아니시니.

죽으면 천국에 가요?

보통 착한 사람만 천국에 간다고 하지 않니?

그럼 난 죽어서 지옥에 갈지도 모르는 거예요?

선우가 나쁘게 살면 지옥에 갈지도 모르지.

또한 어머니는 사랑하는 아들에게조차 이렇듯 지옥을 운운할 정도로 가차 없는 분이셨다. 그리 말씀하시던 어머니의 표정이 또렷하게 기억나진 않지만, 짐작건대 다정하게 웃고 계셨을 것이다. 늘 그렇듯이.

앞으로 엄마 말 잘 들으면 천국에 가겠죠?

선우야, 무작정 엄마 말 잘 듣는 게 착한 것만은 아니야.

그럼 엄마 말 잘 안 들어도 돼요?

그것도 아니지.

어려워요.

도무지 어머니의 말이 이해가 가질 않아서 입술만 불퉁하게 내밀고 있는데, 불현듯 어머니께서 머리를 살살 쓰다듬어 주셨다.

그런데 우리 선우가 갑자기 왜 그런 질문을 할까. 누가 죽음에 대해서 뭐라고 하디?

그냥 무서워서요.

왜?

무지 아플 것 같고, 죽으면 어떻게 되는지도 모르겠고.

선우는 죽기 싫으니?

당연하죠. 엄마도 안 죽었으면 좋겠어요.

하지만 엄마는 언젠가 죽을 텐데. 선우보다 일찍.

싫어요. 엄마, 안 죽으면 안 돼요? 죽지 마요.

그러자 어머니는 상냥하게 웃어 주셨다.

선우야, 그럼 이렇게 생각해 보자. 우리 전에 기차 탔던 거 생각나지?

부산 이모 댁에 갔던 거요?

그래. 그때 기차가 서울역에서 출발해서, 여러 역을 지나 부산역에서 끝났잖니.

네.

그게 바로 인생이란다. 사람도 세상에 태어나 여러 가지 다양한 경험을 하다가, 마침내 죽음에 다다르는 거야.

그럼 기차는 서울역에서 태어나서, 부산역에서 죽는 거예요?

음, 비유하자면 그렇다는 거야.

실은 그때 비유가 뭔지도 여쭙고 싶었는데, 어머니께서 이리 오라며 손짓하시는 통에 까먹고 말았다. 그래도 어머니의 품이 따스해서 마냥 좋았던 기억이 난다.

선우야. 기차가 종착역을 향해 달려가는 것처럼, 사람도 어쩌면 죽음을 향해 살아가는 걸지도 몰라. 힘들게 공부하고, 일하고, 사랑하고 하지만 결국에 모든 사람은 똑같이 죽음으로 귀결되니까.

죽음을 피할 수는 없는 거예요?

역사상 어떤 현자도 죽음을 피하진 못했단다.

어머니는 아마 죽음을 너무 두려워하지 말라는 의도로 그런 말씀을 하셨을 것이다. 하지만 어머니의 설명이 너무나도 명쾌했기 때문일까. 어린 마음에 인생이 전부 부질없게 느껴졌다.

그게 뭐예요. 어차피 죽을 거면 열심히 살 이유가 하나도 없잖아요.

아니지, 며칠 전에 엄마가 그랬잖아. 결과보다 과정이 중요할 때도 있다고. 똑똑하든 멍청하든, 부자든 가난뱅이든 죽음이란 결과는 똑같아. 하지만 어떻게 사느냐에 따라서 과정은 천차만별로 달라질 수 있단다.

어떻게 살아야 하는데요?

글쎄, 그건 앞으로 선우가 찾아야 할 답이겠지. 다만 엄마는 선우가 외롭지 않길 바라. 좋은 사람들과 부대끼며 행복하게 살아갔으면 좋겠어.

어떻게요?

음, 전에 부산에서 이모랑 헤어질 때 생각나니?

네.

엄마랑 선우는 기차에 타서 창밖으로 열심히 이모에게 손을 흔들었잖아. 그때 선우는 기분이 어땠어?

슬펐어요. 이모랑 헤어지기 싫어서.

그래, 그 마음이야. 그 마음만 기억하렴. 만일 헤어지고 싶지 않은 사람이 있거든, 그때는 얼른 기차에서 내려야 해. 영원히 기차역에 머물며 죽음을 피해 갈 수는 없겠지만, 적어도 다음 기차가 오기 전까진 죽음으로 향하는 여로를 잠시나마 유예받을 수 있겠지.

그게 가능해요?

엄마도 장담할 수는 없다만, 선우가 간곡히 바란다면 이루어질 수도 있어. 사람이란 생각보다 대단한 존재니까.

그 시절, 어머니의 말씀은 참으로 아리송했다. 이해가 될 듯, 말 듯 한 말을 여러 번 곱씹다가 아마도 이렇게 물었을 것이다. 그럼 다음에도 이모랑 헤어지고 싶지 않으면 기차에서 내려도 되느냐고. 거기에 어머니는 기차를 타지 않으면, 서울에서 우릴 기다리고 계실 아버지가 보고 싶지 않겠느냐 역으로 응수하셨을 테다.

지금까지 까마득하게 잊고 있었던 일이 어째서 갑자기 떠오른 걸까. 설마 벌써 죽음에 다다른 건…… 다행히도 아니다. 온몸이 구석구석 쓰리긴 해도, 죽을 만큼 아프진 않았다. 아직 죽어 보지 않아서 죽을 만큼 아프다는 게 어느 정도인진 모르겠지만, 대충 견딜 만은 하다는 뜻이다.

그렇다면 십중팔구 지금이 어머니께서 이르시던, 기차에서 잠시 내려야 할 때라는 건데. 하지만 그토록 헤어지고 싶지 않은 사람이 있던가. 아무리 기억을 더듬어 봐도 전부 떠나갔고, 곧 떠나갈 사람들뿐이다. 그들과 헤어질 때마다 느꼈던 아쉬움은 이미 익숙해진 참이라, 선뜻 기차에서 내릴 정도로 간절하지 못했다.

그럼 누구일까. 지금도 기차의 창밖에서 저토록 절절하게 손을 흔들어 대는 사람은…….

아.

유지나.

서리가 끼어 흐릿하던 창문이 일순 깨끗하게 닦였다. 그러자 창문에 매달려 입을 벙긋거리는 눈물 젖은 얼굴도 명료해진다. 그래, 저 얼굴.

유지나다. 유지나가 맞았다.

'……!'

그녀의 목소리가 단숨에 가까워졌다. 하지만 여전히 바람 소리가 뒤섞여 윙윙거린다. 아무리 창가에 귀를 가까이 붙여도 도무지 그녀의 말을 알아듣질 못하겠어서, 결국 답답한 마음에 벌떡 자리에서 일어나고 말았다.

기차는 금방이라도 출발할 것처럼 연신 증기를 뿜어냈다. 입석까지 가득 찬 만석 객실. 눈앞을 가리는 검은 그림자들 사이로 틈을 비집어 가며 조금씩 앞으로 나아갔다. 하지만 객실 끄트머리로 보이는 철문은 아직 멀기만 하다. 임박한 출발을 알리는 기적 소리는 갈수록 빨라지는데 정작 제자리걸음만 거듭하자, 급한 마음에 자꾸만 발을 헛디뎠다.

부우우—!

별안간 경적 소리가 우렁차게 울려 퍼졌다. 동시에 철커덩거리며 기차가 조금씩 움직이기 시작한다. 연신 창을 두드려 대던 그녀의 얼굴이 삽시간에 절망으로 일그러졌다. 마음이 더욱 바빠졌다. 이대로 그녀와 헤어질 수는 없다. 어떻게 만났는데, 어떻게 재회했는데 이대로…….

기차는 점차 속도를 더해 갔다. 그녀는 더 이상 창문에 매달리지 못하고, 기차를 따라 달리기 시작했다. 손 뻗으면 닿을 듯 가깝던 얼굴이 벌써 멀찍이 멀어져 버렸다. 더는 한시도 지체할 수가 없다. 이대로는 이별이었다. 제대로 된 작별 인사조차 하지 못하고, 또다시 이렇게 헤어지는 것이다.

아니, 아니다. 이번에는 아니다. 벌써 두 번이나 그리 헤어졌으면서, 이번에도 이렇게 덧없이 헤어질 수는 없다. 그녀가 기차에 오르지 못한다면, 제가 내리면 그만이었다.

그래서 무작정 내달렸다. 어찌 나아가는 줄도 모르고 무작정 나아갔다. 검은 그림자들을 밀치고 헤집으며. 수없이 발등이 밟히면서도, 저 멀리 언뜻언뜻 드러나는 철문밖에 보질 않았다. 어떻게든 문가에 닿고자 안간힘으로 인파 사이를 비집고 들어갔다.

부우우─!

기차는 점차 속도를 더해 갔다. 창밖으로 스쳐 지나가는 기차역의 풍경도 시시각각 바뀐다. 절 재촉하듯 시끄럽게 울려 퍼지는 기적 소리에 떠밀려 가까스로 다다른 철문은 엔간해선 꿈쩍도 하지 않을 것 같았다. 온 힘을 다해 무턱대고 돌진해도 마찬가지다. 거대한 바윗덩이처럼 제 앞을 가로막은 철문은 그저 아득하게만 보였다.

그럼에도 포기할 수가 없어서, 지금도 힘겹게 기차를 따라오고 있을 그녀를 포기할 수 없어서 무작정 어깨를 디밀고 이 악물어 문을 밀어 냈다. 몸이 산산조각 부서지는 아픔 속에서도 눈물 젖은 그녀의 얼굴이 자꾸만 눈에 밟혔다. 죽음의 수렁에서 날 건져 낸 유지나. 그녀가 간신히 접붙인 인연의 끈을 이대로 쉬이 놓아 버릴 수는 없었다.

쿵!

그래서 온몸이 바스라지도록 돌진했다. 어깨가 빠지고 뼈가 부러지도록 부딪쳤다. 이 아픔조차 그녀가 겪었을 지난한 고통에 비할 수 없어 도저히 멈추지 못했다. 이제는 자신의 차례였다. 이번에는 그가 그녀에게로 가야 했다.

그리 무턱대고 철문에 몸을 갖다 박은 것이 얼마나 되었을까. 조각난 것처럼 아파 오는 몸으로 다시금 이 악물고 돌진하는데, 느닷없이 문이 벌컥 열렸다. 마치 잠긴 문의 자물쇠가 한순간 풀린 것처럼, 갑작스레.

확 트인 시야로 눈 시린 찬 바람이 몰아쳤다. 1초가 억겁처럼 느껴지는 찰나. 새하얀 눈밭 위로 서서히 검은 그림자가 드리워졌다. 삽시간에 문밖으로 튀어 나간 몸을 지탱할 방법이 없다. 미는 힘을 이기지 못하고 바깥으로 튕겨져 나간 몸이 그대로 추락하는 듯했다.

그 순간, 멀리서 그녀의 목소리가 엄습했다.

"—선우 씨!"

갑자기 눈이 확 뜨였다. 동시에 시야로 어지러이 흘러드는 눈부신 불빛들. 시끄러운 경적 소리나, 아득하게 전해지는 크리스마스 캐럴, 혹은 사람들이 수군대는 소리는 귀가 점점 열리면서 잇따라 들려온다.

"서, 선우 씨……."

그리고 무척이나 그립던 얼굴.

선우는 눈앞에 있는 지나의 얼굴을 멀거니 바라보았다. 갈색 머리칼이 엉망으로 바람에 흩날린다. 여태 본 적 없을 정도로 창백하게 질린 뺨은 눈물로 흥건하게 젖어 있었다. 그것만으로도 족히 안쓰러운 모습이건만, 마치 고장 난 수도꼭지처럼 두 눈에선 눈물방울이 연이어 떨어져 내렸다. 격렬한 설움이 자꾸만 그의 얼굴을 적셔 나갔다.

울리려고 그런 게 아닌데.

멍하니 지나의 얼굴을 들여다보던 선우가 천천히 손을 들어 그녀의 뺨을 매만졌다. 손끝으로 와 닿는 축축한 느낌에 못내 가슴이 미어졌다. 그만 울라고, 제발 울지 말라고 말해 주고 싶은데 도무지 입이 떨어지질 않았다.

살아 숨 쉬는 그녀가 믿기질 않아서.

상처 하나 입지 않은 멀쩡한 모습에 잠시 어안이 벙벙하다가, 마침내 이루 말할 수 없는 행복감이 넘치게 차올랐다.

"……지나 씨."

잔뜩 쉬어 버린 목소리에 지나가 다시금 왈칵 울음을 터트렸다. 선우는 뚝뚝 떨어지는 눈물방울을 손으로 받아 내다가, 종국에는 지나를 품으로 이끌었다. 어린아이처럼 엉엉 소리 내어 우는 그녀를 달래고 등을 쓸어 주며, 그녀의 어깨에 깊이 얼굴을 파묻었다.

"사랑해요."

이 한마디로 나의 모든 감사와 사과를 전할 수는 없겠으나.

"사랑해요, 지나 씨."

지나의 서러운 울음소리 위로, 고장 난 태엽 인형처럼 끊임없이 고백을 되풀이하는 선우의 목소리가 겹쳐졌다. 부디 이번에는 그녀에게 닿길 바라는 마음으로. 그녀가 간신히 쌓아 올린 인연의 탑이 더는 무너지지 않길 바라는 간곡한 마음으로.

찬란한 크리스마스이브의 밤거리. 이 세상 모든 사랑하는 이들을 축복하듯 하늘하늘 풋눈이 내려오기 시작했다. 슬픔은 조용히 묻고, 행복은 포근히 감싸 안는 눈이.

연인은 이윽고 기차역에서 재회했다. 이미 떠나간 기차는 멀리 흔적도 없이 사라졌지만 상관없다. 기차는 다시 올 것이고, 그때엔 손 붙잡고 함께 기차에 오를 테니까.

7

epilogue

"네, 지나 씨. 지금 가고 있어요."

겨우내 움츠렸던 가지가 새로이 나뭇잎을 틔우는 초봄. 상담 센터로 향하는 길을 익숙하게 걸어가던 선우가 불현듯 핸드폰에 대고 웃음소리를 흘렸다.

"괜찮다니까요. 몇 번이나 말했잖아요. 나도 가고 싶다고."

지금, 퇴근 준비에 여념 없는 지나는 핸드폰을 붙들고 온갖 걱정을 쏟아 내고 있었다. 실은 걱정이랄 것도 되지 않는 그녀의 지나친 배려였지만.

"그렇지 않아도 나도 그 원장 선생님이라는 분, 꼭 한 번 뵙고 싶었어요. 지나 씨한텐 어머니 같은 분이라면서요. 그럼 어차피 언젠가는 뵈어야 할 텐데. ……그게 무슨 소리냐고요? 글쎄, 곰곰이 잘 생각해 봐요."

화르르 붉어진 얼굴로 이러지도 저러지도 못하는 모습이 보지 않아도 눈에 선하다. 선우는 가까스로 웃음을 참으며 핸드폰을 고쳐 들었다. 그리 모퉁이를 돌려는데, 반대편에서 걸어오던 웬 남자와 가볍게 어깨를 부딪치고 말았다.

"아, 죄송합니다."

사과하는 소리가 반사적으로 튀어 나갔다. 부러 멀찍이 핸드폰을 떨어트리고 건넨 말이건만, 용케 목소리를 주워들은 지나가 무슨 일이냐며 거듭 캐물어 온다. 지난해 크리스마스이브 이후로, 지나는 그의 신변에 관한 것이면 일단 걱정부터 하고 보는 좋지 않은 습관이 생겼다.

"아무것도 아니에요. 그냥 지나가다가 누구랑 부딪쳐서."

그리 대수롭지 않게 남자를 지나치려는 순간, 나지막한 속삭임이 귓속을 파고들었다.

"—행복해 보여서 다행입니다."

선우는 어깨를 흠칫하며 뒤를 돌아보았다. 하지만 길가엔 아무도 없었다. 금방 어깨를 부딪쳤던 남자는 그대로 증발해 버린 것처럼, 아무런 흔적도 없이.

"……잘못 들었나."

멍하니 중얼대던 선우가 고개를 갸웃거리며 도로 길을 걷기 시작했다.

"네? 아뇨, 혼잣말이에요. 아, 진짜. 아무 일도 없다니까 그러네."

정답게 주고받는 소리만 가득한 거리. 그가 지나간 모퉁이로, 잿빛 깃털 두어 개가 하느작거리며 조용히 내려앉았다.

— The end